Venuskind

SÒNIA LLEONART DORMUÀ

VENUS KIND

Vertaald door Hendrik Hutter

Een verloren schilderij, een verboden liefde – kan Carla de geheimen van Botticelli ontrafelen?

LUITINGH-SIJTHOFF

Oorspronkelijke titel *Nascuda de Venus*
Vertaling Hendrik Hutter
Omslagontwerp Jose Luis Paniagua Frances/bij Barbara
Omslagbeeld handschrift Depositphotos
Kaart binnenwerk Alamy/ACI
Opmaak binnenwerk Crius Group, Hulshout

ISBN 978 90 210 5563 3
ISBN 978 90 210 5564 0 (e-book)
NUR 302

www.lsuitgeverij.nl
www.boekenwereld.com

Uitgeverij Luitingh-Sijthoff vindt het belangrijk om op milieuvriendelijke en verantwoorde wijze met natuurlijke bronnen om te gaan. Bij de productie van dit boek is daarom gebruikgemaakt van papier waarvan het zeker is dat dit niet tot bosvernietiging heeft geleid.

Voor Yago en Èric

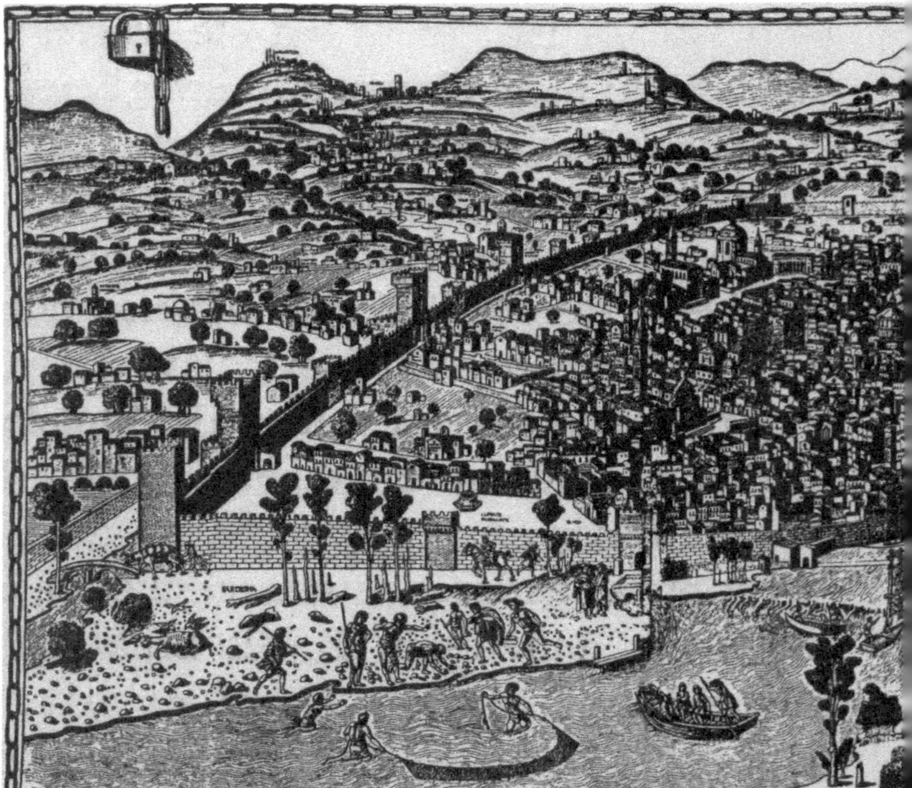

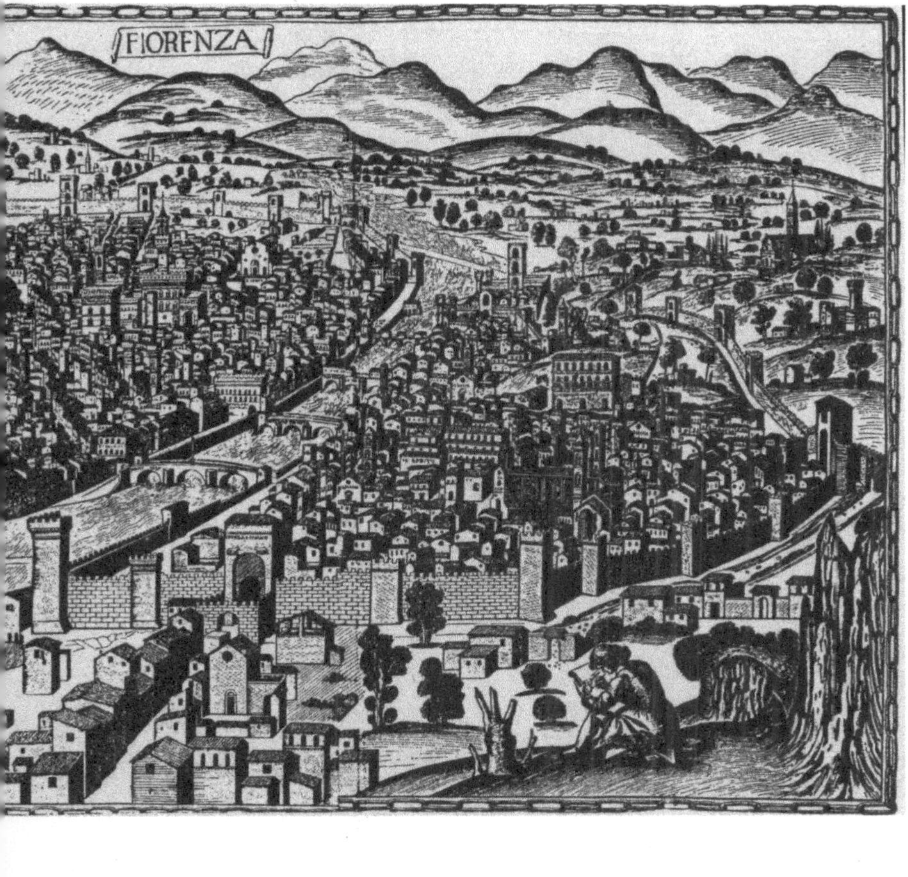
FIORENZA

Florence, de Ognissanti-wijk

17 mei 1510

Pater Sorvino en zijn assistent renden van de Ognissanti-kerk naar het huis van de schilder en leunden tegen de deurposten om even op adem te komen. Ze waren met spoed ontboden: de meester lag op sterven. De priester klopte aan, maar niemand deed open. Hij keek naar zijn assistent en klopte nog een keer, ditmaal wat harder. Ten slotte kwam er een dienstmeisje. 'Hij gaat dood!' riep ze verschrikt vanuit de deuropening.

De stank in het huis dwong ze hun neus te bedekken met een zakdoek. De jonge vrouw baande zich een weg tussen het afval en de ratten, veegde een pluk haar uit haar gezicht en wist een van de knaagdieren hard te raken met een bezemsteel. 'Vervloekte satansbeesten!' schreeuwde ze, om de dode rat vervolgens bij de staart te pakken en uit het raam te gooien. Ze schonk de twee mannen een glimlach met veel tandvlees en weinig tanden, liep weer verder en bleef staan voor een dichte deur. 'Hier ligt-ie,' zei ze terwijl ze de deur opende.

De priester betrad de kleine kamer, die slechts werd verlicht door een brandende kaars. Hij zag een roerloos lichaam in een bed en kon het gezicht amper onderscheiden. Het dienstmeisje pakte de kaars en zette hem op de tafel. 'Meester, pater Sorvino is gekomen.'

De man onder de deken begon te bewegen en opende langzaam zijn ogen. 'Ik dacht dat jullie niet meer zouden komen,' zei hij zachtjes.

De priester keek naar zijn lange haren, naar de dikke baard die zijn gezicht bedekte. Hij was geschokt. 'Alessandro, hoe voelt u zich?'

'Moe, heel erg moe.' Hij begon te hoesten.

De priester nam plaats op de stoel naast het bed en liet zijn blik glijden over de rotzooi in de kamer en de vochtplekken op de muren. Hij was getuige geweest van de grootse prestaties van die man en had vreselijk met hem te doen.

'Amadeo, mijn laatste uur heeft bijna geslagen,' zei de man kuchend.

'Wilt u biechten?'

'Ik heb de laatste jaren niet veel zonden begaan, dus er valt weinig te belijden.'

'Maar wat kan ik dan voor u betekenen?' vroeg hij bedroefd.

'Ik wil u om een gunst vragen,' zei hij en hij legde zijn hand op zijn borst. Bij elke ademhaling leek het net of hij met een dolk werd gestoken. 'Ik heb een brief die u aan iemand moet geven.'

'Een brief? Aan wie dan?'

'Aan de zoon van Simonetta, Alessandro Vespucci.'

Het dienstmeisje liep naar de priester en gaf hem een verzegelde envelop. Pater Sorvino las de naam die erop was geschreven en stak hem tussen de bladzijden van de bijbel in zijn hand. Verbaasd keek hij hem aan.

'Ik heb een schuld die ik moet vereffenen voordat ik deze wereld verlaat... Dat heeft ze me gevraagd...' Hij moest opnieuw hoesten. 'En ik heb een schilderij voor hem. Ook dat moet u aan Alessandro geven.' Hij zag de twijfel in de ogen van de priester. Hij was niet bang voor de dood, maar wel voor de mogelijkheid dat zijn verzoek niet zou worden ingewilligd, dus ging hij wat harder praten. 'Amadeo, u moet me beloven dat u het zult doen!'

De priester knikte, en de man in het bed slaakte een zucht van verlichting. 'Denkt u dat ik haar zal zien, daarboven? Ik kan me haar gezicht nauwelijks nog herinneren.'

'De Heer heeft een plekje voor al Zijn schepselen,' antwoordde de priester met een flauwe glimlach.

'Dan kan ik haar weer schilderen en zal ik geen pijn meer voelen,' zei hij en hij hield zijn door de ziekte misvormde handen omhoog.

De priester verschoot van kleur.

'En er is nog iets wat ik u vragen wil.'

'Zegt u het maar.'

'Ik wil begraven worden in de Ognissanti-kerk, dicht bij haar.'

'Ik zal ervoor zorgen, Alessandro,' zei de priester knikkend met het hoofd.

De man voelde zich bevrijd, want hij wist dat pater Sorvino zich aan zijn woord zou houden. Er verscheen een lach op zijn gezicht. Daarna sloot hij zijn ogen om ze niet meer te openen.

De priester legde zijn hand op zijn voorhoofd en maakte het kruisteken. '*Requiescat in pace*, mijn zoon!' Hij bleef nog even in de kamer en vertrouwde de ziel van de overledene toe aan de almachtige God. Het deed hem verdriet om hem in armoede te zien sterven.

Toen hij ten slotte vertrok, zag zijn assistent meteen dat hij aangedaan was. 'Pater, gaat het wel goed met u?'

'De Heer schenkt aan sommigen talent, maar maakt ze tegelijk zorgeloos, want ze denken niet aan het eind van hun leven, en daardoor sterven ze in misère en eenzaamheid.'

'Kende u hem?'

'Heel Florence kende hem. Het was Alessandro di Mariano di Vanni Filipepi.'

'Sandro Botticelli?' vroeg de assistent verbaasd.

'In hoogsteigen persoon,' antwoordde hij met klaaglijke stem.

De twee mannen liepen naar de deur.

'Pater, vergeet het schilderij niet!' riep de meid, die een fors doek achter zich aan sleepte.

De priester draaide zich om en huiverde toen hij het zag. Hij herkende de twee personen die erop waren afgebeeld. 'Dat schilderij moet bedekt worden!' schreeuwde hij met uitpuilende ogen.

Het dienstmeisje gaf hem snel een laken met allemaal scheuren erin. Er viel een notitieboekje uit met een bruinleren kaft. De assistent raapte het op en stak het haastig in zijn wambuis. Daarna bedekte hij het schilderij om de priester tot bedaren te brengen. 'Pater, waarom wilt u niet dat mensen het kunnen zien?' vroeg hij bezorgd terwijl hij het schilderij op zijn schouder zette.

De priester zweeg even en zei toen met een verwilderde blik in zijn ogen: 'Dit doek kan de Medici te gronde richten, en met hen heel Florence.'

Bij het verlaten van het huis keek hij even naar boven en vroeg God om vergeving omdat hij niet kon doen wat hij een man op zijn sterfbed zojuist had beloofd. Aan de hemel pakten zich donkere wolken samen.

De assistent was pas na acht uur 's avonds thuis, helemaal doorweekt. Op de weg terug waren ze overvallen door de onweersbui, en voordat hij naar huis mocht, moest hij eerst nog met pater Sorvino meelopen om het schilderij naar de kerk te brengen. Hij wist dat hij van zijn moeder op zijn kop zou krijgen.

'Mag ik weten waarom je zo laat bent?' zei ze terwijl ze opstond van tafel om een bord te vullen met soep uit de nog dampende ketel boven de open haard. 'De anderen liggen al een tijdje op één oor.'

Hij was tot op het bot verkleumd en keek haar onbewogen aan. Hij trok zijn natte kleren uit en hield ze bij het vuur. Daardoor viel het notitieboekje dat hij in zijn wambuis had gestopt in de open haard. Hij zag hoe de bladzijden vlam vatten. Zonder zich te bedenken pakte hij het boekje en brandde daarbij zijn vingers. Haastig wikkelde hij het in zijn vochtige kleren om de vlammen te doven.

'Hoe kun je nou zo onhandig zijn? Ik kan er echt niet bij

dat ze je tot het klooster hebben toegelaten!' schreeuwde zijn moeder.

Hij luisterde niet naar haar en was alleen maar blij dat het boekje niet helemaal was verbrand. Hij nam plaats aan tafel, legde het boekje heel voorzichtig naast zich en begon de hete soep naar binnen te slurpen.

Toen hij klaar was met eten, liep hij naar de slaapkamer en keek hij naar zijn jongere broers en zussen, die ineengedoken als fretjes in de bedden lagen. Hij zou ze nooit meer zien. Hij bladerde door het notitieboekje. Het bevatte aantekeningen van Botticelli waarin hij zijn bewondering uitte voor een vrouw, Simonetta Vespucci. Op de laatste bladzijden trof hij vier portretten van haar aan. Hij streelde ze met zijn vingers, diep onder de indruk van haar schoonheid.

Voordat hij ging slapen, scheurde hij de verbrande bladzijden uit het boekje, dat hij vervolgens onder zijn bed verstopte. Morgen zou hij het naar het klooster brengen. Hij had nog nooit een boek gehad. Het zou zijn schat zijn.

San Gimignano, Palazzo Verini

21 maart 2023

Professor Belletti liet zijn auto achter bij het smeedijzeren hek en liep over de oprijlaan naar het palazzo. Hij was gespannen, want hij had de graaf al jaren niet meer gezien, en hij wist hoe onvoorspelbaar de man kon zijn. Vol bewondering keek hij naar de eeuwenoude olijfbomen die het huis omringden. Toen hij de tuin betrad, zag hij hem de rozenstruiken snoeien bij de voorgevel. De graaf was gekleed in lichte kleuren, en om zich te beschermen tegen de voorjaarszon droeg hij een vilten hoed, die hij even afzette om een hand door zijn witte haren te halen. De professor verbaasde zich over de behoedzame manier waarop zijn grote, stevige handen omsprongen met de bloemen. Hij was in de loop der jaren nauwelijks veranderd.

'Goedemorgen, Arnaldo,' zei de professor op serieuze toon.

De graaf draaide zich om en keek hem aan met zijn kleine oogjes. Ondertussen kneep hij de snoeischaar dicht. 'Ik moet Aurelio dringend laten weten dat hij de lijst met bezoekers beter moet controleren,' zei hij en hij keerde zich weer om naar de rozenstruiken.

De professor perste er een lachje uit. 'Ik zie dat ik nog steeds niet welkom ben.' Hij schudde het hoofd. 'Maar ondertussen is er aardig wat tijd verstreken, vind je niet?'

De graaf keek naar hem. Die vent irriteerde hem mateloos. Wat wilde hij? De laatste keer hadden ze knallende ruzie gehad. Hij nam het hem nog steeds kwalijk dat hij niets had verteld over Graziela's vertrek en met name dat hij hem had proberen te manipuleren na zijn ongeluk. Ooit was het zijn beste vriend geweest.

'Zeg eens, Domenico, waar heb ik dit bezoek aan te danken?' vroeg hij wrevelig.

'Vind je het erg als ik even ga zitten?'

De graaf had hem het liefst afgepoeierd. 'Heeft het zin om ja te zeggen?'

De professor was een klein mannetje met een ernstig gezicht dat voortdurend kwaad leek te zijn, en omdat hij niet veel haar had, zag hij er ouder uit dan hij in werkelijkheid was. Hij legde zijn hoed neer op de marmeren tafel en nam plaats op een stoel terwijl hij de tuin bestudeerde met zijn pikzwarte ogen. 'Ik zie dat het palazzo zijn grootsheid heeft behouden. Ik ben altijd van mening geweest dat dit het indrukwekkendste paleis van Toscane is.'

De graaf observeerde hem met ergernis. 'Domenico, ik denk niet dat je hier bent om het palazzo te bewonderen...'

'Nee, inderdaad. Ik wilde je vragen om me te helpen bij een project.'

De graaf bromde iets in zijn baard.

'Ik ben van plan om een tentoonstelling te organiseren in de Galleria degli Uffizi. Over een jaar zwaai ik af als hoofd van de restauratieafdeling, en ik wil mijn post niet verlaten zonder een eerbewijs aan de grote meester.'

'Een post die je overigens dankzij mijn familie bekleedt,' zei de graaf en hij keek hem strak aan.

De professor schudde het hoofd. 'De directeur is echter van mening dat we in het museum al genoeg aandacht aan Botticelli besteden en dat we andere schilders voor het voetlicht moeten brengen. Ik heb lang zitten dubben of ik het wel aan je moest vragen, maar wat kunst betreft zijn we het altijd eens geweest.'

De graaf was weer bezig met zijn rozen en keek vanuit zijn ooghoeken naar de professor.

'Ik heb je financiële steun nodig om Botticelli de plaats in de geschiedenis te geven die hem toekomt.'

'Maar natuurlijk,' zei de graaf. Die kerel probeert er steevast een slaatje uit te slaan, dacht hij.

Toen de professor zag dat hij er niet in slaagde zijn belangstelling te wekken, ging hij wat dichterbij staan. 'Het wordt de bijzonderste expositie ooit van het werk van Botticelli. Ik wil de briljantste studenten inhuren met wie ik tot nu toe gewerkt heb. En ik heb er twee gehad die echt uitzonderlijk waren.' Vervolgens haalde hij een foto uit de zak van zijn jasje en liet die aan hem zien.

De graaf keek ernaar zonder veel interesse, maar opeens werd zijn aandacht getrokken. Hij trok de foto uit zijn handen. De schaar viel op de grond. 'Maar dat is...'

De professor lachte. 'Ongelooflijk, niet?'

'Dat kan niet waar zijn!' riep de graaf, die met grote ogen naar de foto staarde.

'Kom morgen naar de Galleria degli Uffizi, dan leg ik je alles uit.'

De professor pakte zijn hoed van de tafel en liet de graaf verbijsterd achter met de foto in zijn handen. Aan het eind van de tuin draaide hij zich om en keek naar het palazzo. Jij hebt altijd alles gehad, zei hij in gedachten tegen de graaf. Hij zette zijn hoed op en liep terug naar zijn auto.

Barcelona, Sant Gervasi

20 juni 2023

Carla stond op het terras en staarde naar de weelderige lindebomen in het Parc del Turó. Haar natte haren streelden haar gezicht terwijl waterdruppeltjes over haar rug gleden in een suggestieve, golvende dans. Ze knoopte de ceintuur van haar badjas dicht en koesterde zich in de ochtendzon. Ze sloot haar ogen. Met kippenvel dacht ze terug aan de liefkozingen van Àlex. Toen ze lichtjes over de reling leunde, werd ze tegengehouden door het geluid van een stem: 'Je gaat toch niet springen, hè?'

Ze draaide zich om en zag Àlex staan. Hij keek naar haar met zijn nachtblauwe ogen en was inmiddels aangekleed. Hij droeg zijn grijze jasje en een gilet met daaronder een wit overhemd. Het pak voor belangrijke rechtszaken, bedacht ze. Carla sloeg haar armen om hem heen en gaf hem een kus. Ze rook het vleugje grapefruit en bergamot in zijn eau de cologne. 'Weet je dat je me heel erg gelukkig maakt?' fluisterde ze hem in het oor.

'Ik weet dat ik gek op je ben,' antwoordde hij en hij gaf haar op zijn beurt een kus. Hij maakte zich van haar los en keek haar diep in haar honingkleurige ogen. 'Je was al heel vroeg op.'

'Ik moest nog yoga doen voordat ik naar mijn werk ga. Anders weet ik niet hoe ik het daar uit moet houden.'

'Ik snap gewoon niet dat een paar vreemde houdingen op een matje je daarbij helpen.'

Carla keek hem aan. Ze had de hoop nog niet opgegeven

dat hij op een dag zou inzien hoe heilzaam yoga kon zijn. 'Ooit zul je het samen met mij doen,' zei ze en ze maakte het namasté-gebaar.

Àlex schoot in de lach. 'Je weet dat ik alleen maar een racket en een paar ballen nodig heb, en een overwinning op mijn tegenstander.'

'Jij bent ook altijd zo diepzinnig.'

Àlex glimlachte terwijl hij de knoop van zijn das rechttrok. 'Lieverd, als je wilt dat ik met je meega, moet je je nu aankleden. Ik mag mijn vlucht naar Madrid niet missen. Vandaag hou ik mijn slotpleidooi.'

'Rustig maar. Die zaak win je heus wel.'

'Heb je dat in je glazen bol gezien?'

'Jazeker,' zei ze met een knipoog.

Er verscheen opnieuw een lach op Àlex' gezicht. Het zesde zintuig van Carla vergiste zich zelden. 'Het is een heel belangrijke zaak, en als ik win, heeft die ouwe geen keuze meer. Dan moet hij mij de dingen wel op mijn eigen manier laten doen,' zei hij stellig, waarna hij zich omdraaide en weer naar de kamer liep.

Àlex was lang, had brede schouders en bewoog zich zelfverzekerd. Carla observeerde hem vanaf het terras terwijl hij dassen, overhemden en ondergoed in een koffer stopte, waarbij hij een nauwkeurige volgorde hanteerde. Het leek een soort ritueel. Zijn bewegingen waren berekenend als de zetten van een perfect gespeelde schaakpartij. Zo bereidt hij ook zijn zaken voor, dacht ze.

'Ik zal de auto halen, schat!' zei hij en hij liep met zijn koffer naar het halletje.

Carla ging naar de kamer. Ze droogde haar haren af met een handdoek en liet haar badjas op de grond vallen. Vervolgens trok ze een witte jurk aan die haar gebronsde huid accentueerde en bruine sandalen met een enkelbandje. Tot slot deed ze rode lippenstift op en zwarte mascara. Met een glimlach bekeek ze zichzelf in de spiegel.

Ze liep naar het halletje, waar Àlex op zijn telefoon stond te kijken. 'Ik dacht dat je al beneden zou zijn.'

'Ik wilde nog even mijn berichten checken,' zei Àlex en hij keek naar Carla, naar het lange kastanjebruine haar rond haar gezicht, naar haar amandelvormige ogen. Hij verloor zich in haar decolleté, dat het paradijs beloofde onder haar jurk.

'Wanneer kreeg je dat hopeloze idee om naar Madrid te gaan?'

Hij liep naar haar toe en streek met de rug van zijn hand over haar schouder. Er ging een rilling door haar heen.

'Ik vrees dat ik de tweede vlucht moet nemen,' zei hij met een begerige blik op haar lippen.

'Maar vandaag is het slotpleidooi!'

'Ik wil uitsluitend pleiten voor jou,' antwoordde Àlex.

Carla lachte en begon hem te zoenen.

Carla rende de laatste trap op naar de ingang van het Museu Nacional d'Art de Catalunya. Eenmaal boven zag ze nog dat de Porsche van Àlex de Avinguda de Maria Cristina in sloeg op weg naar de Plaça d'Espanya. Voordat ze naar binnen ging, bekeek ze de indrukwekkende neoclassicistische gevel met de grootse centrale koepel. Daar kreeg ze nooit genoeg van.

Bij de controle lachte de beveiliger naar haar. Carla groette hem, zoals elke ochtend, en nadat haar tas gescand was, liep ze naar de kleedkamers. Ze keek op de klok boven de kluisjes. Ze was weer te laat. Recasens vermoordt me, dacht ze. Zo snel mogelijk opende ze haar kluisje, waar ze vervolgens haar tas in legde. Ze pakte de stofjas en deed haar nog vochtige haren in een staart. Terwijl ze haar werksneakers aantrok, probeerde ze zich geestelijk voor te bereiden op de saaie controletaken die haar te wachten stonden in de zalen die aan haar waren toegewezen. Ze was ervan uitgegaan dat het een korte klus zou zijn, maar inmiddels deed ze dat werk nu al meer dan twee maanden. Ze verspilde haar talent.

Ze liep naar de restauratiezaal om Pau en Júlia te begroeten.

Op de universiteit gingen ze al intensief met elkaar om, maar door hun werk in het museum waren ze pas echt onafscheidelijk geworden. In het begin dachten ze nog dat Carla een verwend kind was dat altijd een makkelijk leventje had geleid als enig kind in een welgesteld gezin. Haar ouders waren twee gerenommeerde chirurgen van het Hospital Clínic. Haar schoonheid en idealistische inslag hielpen ook niet echt. Carla had echter laten zien dat ze veel meer was dan je op het eerste gezicht zou denken en dat je altijd op haar kon rekenen.

Pau en Júlia waren druk bezig met de restauratie van de muurschildering van Boí. Toen ze hen zo zag werken, kreeg ze kriebels in haar buik. 'Hallo, jongens!' zei ze en ze liep naar hen toe.

'Carla, je grote vriendin is naar je op zoek. We hebben haar gezegd dat je in de kleedkamer bent, maar ik geloof niet dat ze daarin is getrapt,' zei Pau terwijl hij zijn hoofd ophief.

'Àlex moest naar Madrid, en we hebben iets te lang getreuzeld,' bekende ze met een glimlach.

'Nu begrijp ik waarom je zo straalt,' zei Júlia.

Carla bekeek de muurschildering. 'Ik wist niet dat jullie vandaag zouden beginnen. Het is indrukwekkend!' zei ze en ze streek lichtjes met haar vingers over de beschilderde muur. 'Wat moet ik in hemelsnaam doen om ook zo'n restauratieklusje te krijgen in dit museum?'

'Je zou ons kunnen helpen met de kleur,' stelde Júlia voor.

'Ik heb nog nooit aan een muurschildering gewerkt.'

'Het lijkt veel op de manier waarop jullie doeken restaureren. Wij schilderen in fasen, want de kalk moet vochtig zijn, anders hecht de kleur niet goed. Als we alle drie onze schouders eronder zetten, zijn we eerder klaar. Dat is een argument dat zelfs Recasens niet zomaar van de hand kan wijzen.'

'Ja, en bovendien is het de eerste volledige restauratie van een muurschildering die aan het museum is overgedragen. Ze willen dat het een succes wordt!' concludeerde Pau.

Carla's ogen begonnen te glinsteren. 'Dat zou ik geweldig

vinden! Maar die vrouw laat me alleen maar onderhoudsklusjes doen. Ik kan me al niet meer heugen hoe je een schilderij restaureert, en het ergste is nog dat ik niet snap wat ik verkeerd heb gedaan.'

'Dat is juist het probleem, dat je niets verkeerd hebt gedaan,' merkte Pau op.

'Hoe bedoel je?' vroeg ze met gefronst voorhoofd.

'Ze voelt zich gewoon bedreigd. Het werk dat je hebt gedaan bij *De Maagd* van Fra Angelico heeft veel bewondering afgedwongen. Recasens probeert alleen maar haar plekje te beschermen.'

'Voelt ze zich bedreigd door mij?' Carla schudde het hoofd, maar begon het gedrag van haar supervisor wel beter te begrijpen.

Ze hoorden voetstappen en keerden zich om.

'Señorita Bas, wat fijn dat u er ook bent!'

Toen Carla haar stem hoorde, schoot ze meteen in de stress. 'Excuses voor de vertraging. Ik had problemen met de auto,' loog ze.

Mevrouw Recasens keek haar onderzoekend aan. 'Ja, uiteraard!' zei ze kortaf. 'Loopt u even mee naar mijn kamer? Ik moet met u praten.'

Carla wisselde een bezorgde blik met Pau en Júlia en voelde dat ze warm werd vanbinnen. Ze volgde de vrouw met haar stijve knotje en haar lange rok tot over de knieën. Toen ze in het kantoor waren, sloot Recasens de deur en keek ze Carla indringend aan met haar uilenogen. Dat mens intimideerde haar.

'Señorita Bas, houdt u wel van uw werk?' vroeg ze ironisch.

'Ja, natuurlijk hou ik van mijn werk!' antwoordde ze haastig.

'Nou, daar lijkt het eerlijk gezegd niet op. U komt vrijwel altijd te laat, en wanneer wij het immense geluk hebben u in ons midden te mogen begroeten, bent u met uw hoofd heel ergens anders.'

Carla's hart sloeg op hol. Ze voelde de adrenaline door haar aderen stromen. 'Ik snap gewoon niet waarom ik de hele dag onderhoudsklusjes moet doen in plaats van restauraties, want daar ben ik tenslotte voor aangenomen!'

Mevrouw Recasens trok een vies gezicht. 'Trekt u mijn beslissingen soms in twijfel?' vroeg ze dreigend.

Carla visualiseerde de krijgerhoudingen die ze die ochtend had geoefend tijdens de yogasessie. Ze was bereid om te vechten. 'Ik wil alleen maar weten waarom ik niets meer mag. Volgens mij heb ik niets verkeerd gedaan!'

Mevrouw Recasens begreep dat ze niet zou inbinden. 'Señorita Bas, ik ben u geen enkele uitleg verschuldigd over mijn beslissingen. Wanneer ik meen dat u geschikt bent voor een klus, zal ik u dat laten weten. Maar u verdoet mijn tijd, dus ga aan het werk als u bij dit museum wilt blijven!' zei ze op autoritaire toon en ze hield de deur open.

Carla was des duivels en wierp de hooghartige vrouw een vernietigende blik toe. Wat een nare streber, dacht ze en ze liep de kamer uit.

Florence, Palazzo Medici

3 januari 1475

De soldaten hadden er flink de pas in. Hij volgde ze de hele weg en moest zijn best doen om niet achterop te raken. Haast zonder dat hij het besefte, liepen ze langs de Basilica di San Lorenzo, en nadat ze de Via de' Ginori in waren geslagen, bleven ze staan voor de prachtige boogpoort van Palazzo Medici.

De wachters bij de ingang lieten hen passeren, waarna ze door een tuin liepen met allemaal Grieks-Romeinse beelden om ten slotte de met arcaden omringde binnenplaats te bereiken. Hij ging achter ze aan, de grote marmeren trap op, terwijl hij de Korinthische zuilen aanschouwde die het door Michelozzo ontworpen gebouw ondersteunden. Ze lieten hem achter in de imposante bezoekerszaal. Zijn hart klopte nog steeds hevig als gevolg van de stevige wandeling. Hij keek naar de tapijten en schilderijen aan de muren van het vertrek en dacht aan alle kunstenaars die daar vóór hem hadden staan wachten. Misschien is het nu *míjn* moment, schoot er door zijn hoofd.

Toen de deur opengi ng, zag hij Giuliano verschijnen. Zijn harmonieuze trekken werden door zwarte haren omlijst. Hij droeg een rood wambuis met zwartleren biezen om de hals en de mouwen. 'Sandro, de kunstenaar die Florence versteld doet staan!' zei hij met uitgestoken armen om hem te begroeten.

Het verbaasde hem Giuliano te zien. Hij dacht dat Lorenzo hem had laten komen. 'Dank u,' antwoordde hij met een glimlach.

'Mijn broer Lorenzo is enthousiast over uw *Aanbidding der wijzen*. Het is magnifiek, een perfect stuk voor de kapel van de familie Del Lama.'

Die woorden stelden hem gerust. Zijn werken begonnen waardering te oogsten in Florence. Gaspare di Zanobi del Lama, bankier en vriend van de Medici, had de opdracht gegeven. Het begon de gewoonte te worden om echte mensen te schilderen. Botticelli had Cosimo, Piero en Giovanni de' Medici afgebeeld als de drie wijzen die het kindeke Jezus aanbaden. Ook Lorenzo en Giuliano waren te zien. Ze stonden naast kunstenaars en humanisten uit de kringen van de Medici en keken de toeschouwer recht aan. Hij was trots op het schilderij, dat er bovendien voor had gezorgd dat hij toegang kreeg tot die machtige familie.

'Over drie weken organiseren we een toernooi om het verbond met Milaan en Venetië te vieren. Een belangrijke mijlpaal voor Florence en voor Lorenzo. En ik mag niet ontbreken, dus ik zal deelnemen aan de gevechten met de andere ruiters, net als Lorenzo indertijd.'

Botticelli begreep niet waarom hij dat allemaal vertelde. Hij volgde hem met zijn blik terwijl Giuliano met ferme pas naar het grote raam liep. Plotseling draaide hij zich om. 'Ik wil dat u het vaandel maakt dat ik tijdens het toernooi zal dragen. Ik wil dat u Simonetta Vespucci portretteert,' zei hij met glanzende ogen.

Botticelli verbaasde zich over dit verzoek: 'Maar *messer*, Simonetta is een getrouwde vrouw...'

Giuliano keek hem strak aan. 'Zij moet het zijn!' antwoordde hij zonder hem enige keuze te laten.

Botticelli dacht dat hij gek was geworden, maar durfde hem niet tegen te spreken. 'Goed...' zei hij. 'Ik zal bedenken hoe ik haar kan afbeelden.'

'Ik vertrouw erop dat u haar met al haar schoonheid weet vast te leggen.' Giuliano lachte. Hij was het gewend om te krijgen wat hij wilde. 'Mijn secretaris zal de ontmoeting regelen.

Ik heb begrepen dat uw atelier zich naast Palazzo Vespucci bevindt.'

'Ja, het huis waarin ik woon is van de familie.'

'Uitstekend, dat is dan geregeld!' Giuliano keerde zich om en verliet de zaal.

Direct daarna verscheen er een bediende die hem begeleidde naar de uitgang van het paleis. Daar kwam hij zijn vriend Poliziano tegen, die haastig naar binnen liep, achter een paar soldaten aan. 'Ze hebben me ontboden,' zei hij toen ze elkaar kruisten.

Ook daar zal Giuliano wel achter zitten, dacht Botticelli. Wat wilde hij van hem?

Op de weg terug naar zijn atelier in de Ognissanti-wijk vervloekte Botticelli zijn lot. Hij had de Medici laten zien hoeveel talent hij bezat, en nu wilde Giuliano dat hij een vaandel ging beschilderen? Lorenzo zou hem nooit zoiets onbenulligs hebben gevraagd.

Toen hij de Via dei Servi in liep, dacht hij terug aan de eerste keer dat hij Simonetta had gezien. Dat was op het feest dat Lorenzo had georganiseerd ter ere van het huwelijk van Leonora van Napels met de hertog van Ferrara. De adel en burgerij van Florence, aangevoerd door de Medici, kwamen toen bijeen in de tuin van Palazzo Lenzi.

Botticelli was nog nooit op zo'n feest geweest. Hij behoorde nog maar kort tot de kunstenaars en intellectuelen die de Medici om zich heen verzamelden. De Florentijnen dansten aan de oever van de Arno op het ritme van de fluiten en violen, en onder hen bevonden zich drie schitterende nimfen, want Simonetta Vespucci, Leonora van Napels en Albiera degli Albizi voerden hand in hand een dans uit en brachten heel Toscane tot zwijgen met hun uitbundige schoonheid. Maar eentje was nog mooier dan de andere twee.

'Wie is dat?' vroeg Botticelli, diep onder de indruk. 'Ze lijkt wel een Venus!'

'Simonetta, de echtgenote van Marco Vespucci, de zoon van Piero,' antwoordde Poliziano.

Verrukt keek Botticelli naar haar gezicht, dat zuiver was als het mooiste albast, en naar de gouden zon in haar haar. Met haar blik, glimlach en gebaren leidde ze zachtjes de dans die haar beroemd zou maken in Florence. 'Ik heb haar nog nooit gezien!' zei hij, in vervoering gebracht door haar bewegingen.

'Simonetta is de dochter van Cattocchia Spinola en Gaspare Cattaneo della Volta. Haar ouders komen uit twee van de oudste adellijke families van Genua. Marco heeft haar leren kennen toen hij daar studeerde om bankier te worden.'

Op een gegeven moment kwam Giuliano de' Medici dichterbij, helemaal in de ban van de dans van de drie nimfen. 'Zoveel schoonheid brengt je aan het wankelen!' zei hij tegen hen, niet bij machte zijn blik van Simonetta af te wenden.

Botticelli glimlachte, blij dat Giuliano tegen hen praatte. De enige keer dat hij tot dan toe het woord tot hem had gericht, was in de tijd dat hij het schilderij maakte voor de kapel van de familie Del Lama, het schilderij waar de Medici op stonden.

'Is het u ook opgevallen, messer?'

'Wie is dat?' vroeg Giuliano.

'Simonetta Vespucci,' antwoordde Poliziano.

'Echt waar, de vrouw van Marco?' vroeg hij ongelovig.

'Ik dacht dat u haar kende. De vrouw van uw oom Giovanni heeft Simonetta onder haar hoede genomen om haar bij de notabelen van de stad te introduceren,' legde Poliziano uit.

'Als ik haar kende, was ik dat zeker niet vergeten!' antwoordde Giuliano gefascineerd.

Weer terug in zijn atelier besefte Botticelli dat die dans de oorzaak was van de opdracht van Giuliano. Tot zijn grote spijt kon hij die niet weigeren. Per slot van rekening was hij lid van de Medici-familie. Maar dat verzoek zou hem voorgoed veranderen, al kon hij dat toen nog niet bevroeden.

Een paar dagen later kwam de bediende naar het atelier om te melden dat *madonna* Vespucci was gearriveerd. Botticelli had twee dagen op haar gewacht en ging er al van uit dat ze niet meer zou komen. Al het werk om de schetsen voor het vaandel te maken was allemaal voor niets, dacht hij.

Toen hij omkeek, zag hij haar bedaard naar binnen lopen, trots op haar eigen schoonheid. Ze droeg een blauwe jurk met plooien die de vorm van haar borsten accentueerden. Haar haar, bijeengebonden met een wit lint, viel als een gouden waterval over haar rug. Het is een engel, schoot er door zijn hoofd.

'Messer, vergeef me de vertraging. Door enkele familiekwesties kon ik niet eerder komen.'

Hij bekeek haar harmonieuze trekken, haar diepblauwe ogen. Ze had een hoog voorhoofd, en haar neus liep in een subtiele rechte lijn naar haar dunne, welgevormde lippen. Hij werd betoverd door haar weemoedige glimlach.

Simonetta liep naar hem toe en vroeg: 'Heeft u al een idee voor het vaandel?'

Volkomen van zijn stuk gebracht deed hij een stap naar achteren, waardoor hij tegen een krukje stootte. Simonetta schoot in de lach en bedekte haar mond met haar hand. Lomper had hij niet kunnen beginnen, dacht Botticelli. Beschaamd nam hij haar mee naar de tafel, waar de schetsen lagen die hij had gemaakt. 'Ik zal u mijn ideeën laten zien,' wist hij met moeite uit te brengen. Hij legde de schetsen naast elkaar terwijl Simonetta zwijgend toekeek. Nu ze voor haar lagen, vond hij ze geen van alle goed genoeg.

Simonetta wees er een aan. 'Die vind ik mooi.'

Botticelli zuchtte. 'Pallas Athena, de godin van de wijsheid. Een uitstekende keuze, als ik zo vrij mag zijn.'

'Misschien is het een beetje pretentieus,' zei Simonetta met de tekening in haar handen.

'Helemaal niet, mevrouw,' antwoordde hij, bedwelmd door haar parfum.

Simonetta glimlachte. Ze was door haar man naar Botticelli

gestuurd, maar het zou vermakelijk zijn om voor hem te poseren. 'Goed dan. Zullen we maar beginnen?'

'Natuurlijk...' zei hij verlegen en hij wees naar de stoel voor de schildersezel.

Simonetta nam plaats. Haar gezelschapsdame deed snel haar jurk goed en haalde een lok haar uit haar gezicht. Hij bekeek haar eens goed. Ze was zo mooi dat het bijna pijn deed. Hij pakte een staafje houtskool en begon haar op het doek te tekenen. Zijn hand bewoog snel op en neer in zuivere, precieze en oprechte halen. Door haar zou hij tot grote hoogte stijgen, dat wist hij meteen. Waar was je al die tijd, Simonetta? Ik heb zo lang op je gewacht! Hij keek omhoog en dankte God dat ze voor hem zat.

Madrid, hooggerechtshof

20 juni 2023

Zaal nummer 2 van het hooggerechtshof was nog leeg. Àlex was te vroeg, want hij wilde vertrouwd raken met de ruimte. Hij wierp een blik op de balie en liep met zijn handen in zijn zakken heen en weer terwijl hij in gedachten de strategie doornam die hij had gevolgd in de zes maanden dat de rechtszaak ondertussen duurde.

De zaak was complex en het bewijs van het Openbaar Ministerie leek behoorlijk overtuigend. De politie deed al meer dan een jaar onderzoek naar de smokkel van drugs uit Italië die via de havens van Barcelona, Ibiza-stad en Valencia het land binnenkwamen. Ze hadden de contactpersoon in Barcelona opgespoord, een Siciliaan die een restaurantketen had waarmee naar verluidt het illegaal verdiende geld werd witgewassen. Men verdacht hem van het in Europa distribueren en verhandelen van cocaïne uit Colombia. De drugs werden verstopt in containers en met vrachtschepen van Calabrië naar Spanje vervoerd. Het was een bijzondere zaak die hem persoonlijk was toevertrouwd door zijn vader, een van de senior partners van het kantoor.

Het was echt zijn roeping om advocaat te zijn. Ieder mens had volgens hem recht op een goede verdediging, en hij vond het geweldig om de verschillende kanten van het menselijk gedrag te analyseren en om de mazen van de wet te zoeken waar je ongestraft doorheen kon kruipen. Dan voelde hij zich sterk. Zodra hij zijn toga aantrok, schoof hij zijn principes opzij om zich te concentreren op het bijstaan van zijn cliënten. Soms was dat moreel gezien niet makkelijk, maar het ging hem tamelijk goed af, in elk geval veel beter dan een aantal collega's van hem.

De griffier deed de deuren open, en de officier van justitie kwam naar binnen. Ze groetten elkaar koeltjes, gingen tegenover elkaar zitten en haalden de gerechtelijke stukken tevoorschijn. Àlex voelde een stoot adrenaline door zijn lijf schieten. De rechters betraden de zaal, waarna de zitting werd geopend door de voorzitter.

De officier van justitie hield als eerste zijn betoog. Hij besprak de bewijzen die tijdens het proces waren overlegd en de bevindingen over de strafbare feiten die de cliënt van Àlex ten laste werden gelegd na meer dan een jaar gezamenlijk onderzoek van de Spaanse en Italiaanse politie. Zijn verhaal was helder, direct en categorisch. Hij voerde aan dat de verdachte een recidivist was die eerder in Italië vanwege dezelfde misdaad was gearresteerd en veroordeeld. Hij eiste dan ook de maximale straf voor de twee delicten: drugshandel en witwassen. Toen hij klaar was met zijn uiteenzetting, gaf hij het woord aan de verdediging.

Àlex keek de rechters aan en begon met zijn pleidooi. Hij zette vraagtekens bij de manier waarop de politie het bewijs voor het misdrijf had verzameld en bracht de door hem aangevoerde feiten in herinnering, namelijk dat het onderzoek was ingesteld op grond van een tip van een Italiaanse politieagent die betrokken was geweest bij de eerdere rechtszaak tegen de verdachte in Italië. Deze agent waarschuwde dat er een containerschip met een lading drugs uit Calabrië kwam, die ten slotte door de Spaanse politie in beslag werd genomen in de haven van Barcelona. Àlex wees erop dat zijn cliënt bij de betreffende rechtszaak was vrijgesproken van alle aanklachten omdat het bewijs op onrechtmatige wijze was verkregen. 'Edelachtbaren, het hele onderzoek is gebaseerd op een zaak die niet-ontvankelijk is verklaard. Ik vraag dan ook om het bewijs als ongeldig te beschouwen.'

Hij keek de rechters nogmaals aan, schikte de documenten die op zijn tafel lagen en ging weer verder: 'Wat betreft het witwassen van illegale gelden blijkt uit de verslagen van het accountantskantoor die ik heb overlegd dat de restaurantketen een rendabele onderneming is dankzij de ontplooide activiteiten zelf en dat de financiële bijdragen van de eigenaren een legale herkomst hebben. Er is dan ook geen enkel bewijs van het delict dat mijn cliënt ten laste wordt gelegd.'

Alvorens de zitting op te heffen, gaf de voorzitter van de rechtbank het laatste woord aan de verdachte. Die zei evenwel dat hij er niets aan toe te voegen had, waarna de voorzitter verklaarde dat de rechtbank zich terugtrok om een oordeel te vellen. Àlex glimlachte. Hij wist dat hij gewonnen had.

Barcelona, Museu Nacional d'Art de Catalunya

Carla's maag kromp ineen toen de secretaresse die middag, op dat aanmatigende toontje van haar, liet weten dat de directeur met haar wilde praten. 'Ik verzoek u de heer Pladellorenç niet te laten wachten,' zei ze. In de lift probeerde ze te bedenken waarom hij haar wilde spreken. Ze dacht terug aan het gesprek met Recasens. Waarom heb ik mijn mond niet gehouden?

Ze stond met een bang hart voor de deur van de directeur en het duurde even voor ze voldoende moed had verzameld om aan te kloppen. Ten langen leste betrad ze het kantoor. Een groot raam bood uitzicht op de prachtige tuinen van het Parc de Joan Maragall en de fonteinen van het Paleis van Albéniz. Het was de lichtste kamer van de hele verdieping.

De directeur keek op van zijn computer. Er verscheen een flauw lachje op zijn gezicht. 'Señorita Bas, komt u verder. Ga zitten, alstublieft!' zei hij, wijzend naar de stoelen voor zijn bureau.

Haar hart klopte tamelijk snel, maar toch gaf hij haar geen onaangenaam gevoel. Hij was gereserveerd en enigszins excentriek. Dat weet Carla aan zijn artistieke inslag. Geen doorsnee directeur. Volgens velen was hij geen geweldige manager en beschikte hij niet echt over goede sociale vaardigheden, maar dat compenseerde hij met volledige toewijding aan de kunst en aan het museum. Ze probeerde op haar beurt naar hem te glimlachen.

'Ik ben vandaag gebeld,' zei hij.

Carla kreeg het gevoel dat de tijd stilstond.

'Ik heb gesproken met Domenico Belletti, hoofd restauratie van de Galleria degli Uffizi.'

'Professor Belletti?' vroeg Carla verbaasd.

'Ja, naar ik heb begrepen was hij uw mentor tijdens uw Erasmusstage. Klopt dat?'

Ze begon te stralen. 'Ja, dat was een van de mooiste ervaringen van mijn leven.'

De directeur schoof wat met de documenten op zijn bureau en zei ietwat knorrig: 'Ik snap het. Er gaat immers niets boven Florence. Ik ken hem niet persoonlijk, maar hij heeft een goede reputatie bij zijn Italiaanse collega's en is een groot liefhebber van de renaissance. Hij promoveerde op de Italiaanse schilderkunst uit de veertiende en vijftiende eeuw.' De directeur zweeg even voor hij verderging en deed zijn bril naar beneden om haar aan te kijken. 'Hij organiseert een expositie over Sandro Botticelli in de Galleria degli Uffizi en wil graag dat u hem bijstaat als assistent-curator. Hij heeft een hoge dunk van uw werk als Erasmusstudent en denkt dat u uiterst geschikt bent voor dit project. En ik stel me zo voor dat de masterstudie Restauratie van Schilderwerken die u in Madrid hebt gedaan er ook iets mee te maken heeft,' zei hij en hij wierp een blik op zijn laptop.

Carla was sprakeloos.

'Die master wordt toch in heel Europa erkend?'

'Ja. Dat was een van de redenen om hem te doen.'

'Aha... Om eerlijk te zijn heeft dit verzoek me verrast, zeker gezien de rapporten van uw supervisor. Maar wat kan ik zeggen? Het zou absurd zijn om deze kans te laten lopen.'

Carla voelde een steek in haar buik. Ze begon echt een hartgrondige hekel te krijgen aan die vrouw.

'Hoe oud bent u?' vroeg hij.

'Achtentwintig.'

'Uit ervaring weet ik dat dergelijke mogelijkheden maar

zelden voorbijkomen, helemaal als je nog jong bent.' Hij keek op van zijn computer en richtte zijn aandacht weer op haar. 'Goed, wat vindt u ervan?'

Het leek net of Carla verlamd was. 'Ik... ik kan het gewoon niet geloven.'

'Nou, jongedame, ik kan u verzekeren dat het toch echt zo is,' zei hij.

Carla slaakte een diepe zucht. Haar spanning vloeide weg, en ze voelde dat haar ogen vochtig werden.

'Señorita Bas, als u het aanbod accepteert, wil dat zeggen dat u een paar maanden naar Florence gaat en voor een van de beste musea ter wereld zult werken, bij professor Belletti en zijn team. De voorwaarden sturen ze nog naar ons toe, maar ik kan u nu alvast vertellen dat het om betaald werk gaat en dat ze in uw onderhoud zullen voorzien.'

Een intens gevoel van gelukzaligheid maakte zich van haar meester. Ze had er weleens van gedroomd om naar de Galleria degli Uffizi terug te keren, maar dat leek haar onmogelijk. Ze dacht aan haar tijd als Erasmusstudent en de hoge eisen die professor Belletti aan haar stelde. Het was niet makkelijk geweest, en er waren momenten waarop ze overwoog om er de brui aan te geven, maar het niveau dat ze daar bereikte met haar werk was uitzonderlijk hoog. De emoties van toen voelde ze nu weer. 'Ik wil heel graag!' zei ze ten slotte.

De directeur glimlachte. 'We moeten nog wachten op het officiële voorstel, en dan hebt u een paar dagen om te reageren. Ik zal met uw supervisor praten. Ik hoop dat u van deze gelegenheid gebruik zult maken om het Museu Nacional d'Art de Catalunya goed voor de dag te laten komen.'

Carla slikte even en knikte met het hoofd. Ze kon hem wel zoenen.

De directeur richtte zijn blik weer op zijn computer. 'Nog een fijne dag verder, señorita!'

Bij het verlaten van de kamer was Carla zo geëmotioneerd dat het leek of ze zweefde. Ze had nooit verwacht om zo'n aanbod te krijgen. Ze liep naar de lift en lachte naar de spiegel voordat ze op het knopje drukte om naar beneden te gaan.

Toen ze die middag het museum verlieten, stond de taxi al te wachten voor de dienstingang. Pau ging voorop en deed de deur voor ze open. Carla luisterde met veel moeite naar Júlia, die maar vragen bleef stellen. 'Ze hebben je er toch niet uit gegooid?' vroeg ze bezorgd.

'Hou eens op, Júlia. Dan had ze dat heus wel verteld.'

'Ik ben nog steeds in shock. Eerst die uitbrander van Recasens en daarna dat gesprek met Pladellorenç.'

'Hou ons niet langer in spanning! Wat heeft hij in vredesnaam tegen je gezegd?' vroeg Júlia zenuwachtig.

'Dat geloven jullie nooit. De mensen van de Galleria degli Uffizi hebben hem gebeld. Ze willen dat ik meewerk aan een tentoonstelling over Botticelli.'

'Serieus?' vroeg Pau, die zich omdraaide naar de achterbank.

'Ja, de hoogleraar die mij begeleidde tijdens mijn Erasmusstage wil me bij zijn team.'

'Die vent die jou het leven zo zuur maakte?' vroeg Júlia.

'Na een tijdje kwam ik erachter dat hij alleen maar het beste uit me wilde halen.'

'Ze waren duidelijk tevreden over je, anders hadden ze je niet gevraagd,' concludeerde Pau.

'Maar dat is fantastisch, Carla! Wanneer ga je erheen?'

'Toen ik ja had gezegd tegen Pladellorenç, drong het pas echt tot me door dat ik voor dit project naar Florence moet vertrekken.'

'En wat is het probleem?' vroeg Júlia verbaasd.

Carla gaf geen antwoord.

'Verdorie, doe niet zo moeilijk! Je aarzelt vanwege Àlex!'

'Nou, het is minstens drie of vier maanden,' zei ze om zichzelf te verdedigen.

Júlia ontplofte. 'Oké, ik zal het op een andere manier zeggen. Hoelang denk je dat hij zou aarzelen om een dergelijk aanbod te accepteren als het om zijn eigen werk ging? Vijf seconden?'

Carla schudde het hoofd. 'Het gaat net zo goed tussen ons.'

'De Galleria degli Uffizi is jouw droom!' zei Júlia verontwaardigd.

'Ik wil alleen maar zeggen dat ik twijfel.'

Júlia keek haar aan. Ze was niet van plan zich in te houden. 'Je weet dat ik niet kapot ben van Àlex, maar ik zeg het niet alleen om hem. Dit is de kans waar je op zat te wachten.'

Carla keek door het raam. De haven flitste voorbij. 'Misschien heb je gelijk.'

'Dat heeft ze zeker!' zei Pau, die de chauffeur aan het vertellen was hoe hij moest rijden.

Een paar minuten later stopte de taxi voor Hotel Vela.

'Waar zijn we? Gingen we niet wat tapas eten?' vroeg Carla verbaasd.

'De Galleria degli Uffizi verdient het om gevierd te worden zoals het hoort!'

Ze stapten uit de taxi en liepen via het strand naar het terras van het restaurant.

Madrid, Hotel Wellington

Vanaf het moment dat hij haar op de gang van het hooggerechtshof zag lopen in een zwarte jurk die als een tweede huid om haar lichaam zat, had hij naar haar verlangd. Ze schonk hem een warme glimlach en gaf hem een hand.

Later, in het halfduister van zijn hotelkamer, gaven ze zich over aan hun verboden verlangens. Hij nam haar gezicht tussen zijn handen en kuste haar. Ze maakte zich even van hem los en keek hem aan. Àlex glimlachte. Hij pakte haar opnieuw vast en maakte een voor een alle knopen los van haar jurk, die ten slotte op de grond gleed. Opgewonden aanschouwde hij de schaamteloze schoonheid van haar naakte lichaam. Hij keerde zich toen om en pakte een zakje dat op de tafel lag. Hij deed het witte poeder op een klein dienblad. Voordat hij het opsnoof, keek hij nog even naar haar. Ze stond midden in de kamer. Haar knotje was losgegaan, en er hing een lok voor haar gezicht. Hij liep naar haar toe. Zij wachtte begerig op hem. Vervolgens pakte hij haar bij de heupen en drukte haar tegen zich aan. Ze had kippenvel, en hij wist dat ze voor hem was gevallen. Langzaam droeg hij haar naar het grote raam, waar hij zijn trofee aan de wereld liet zien. Hij keek naar de verlichte straten van Madrid die aan zijn voeten lagen. Hij zoende haar in haar hals en streelde haar, genietend van het besef dat ze de zijne zou worden. Een paar tellen later maakte de euforie van de drugs zich van hem meester. Hij kuste haar van boven tot beneden en nam haar toen met al het vuur dat hij in zich had. Ze gilde van genot.

Barcelona

Tijdens het etentje op het terras van Hotel Vela hadden ze het over de reden waarom ze kunstgeschiedenis waren gaan studeren. Pau zat hardop te mijmeren over hun verwachtingen en wat ze uiteindelijk hadden bereikt. Carla realiseerde zich dat haar carrière niet echt was geworden wat ze ervan gehoopt had.

'Carla, wat ben je stil,' zei Pau.

Ze pakte haar glas. 'Ik begrijp niet hoe ik de minachting van Recasens al die tijd heb verdragen,' antwoordde ze en ze nam een flinke slok.

'Daar moet je niet te veel over nadenken. Florence is je grote kans. Door die master in Madrid kun je werken in zo'n beetje ieder museum in Europa,' merkte Pau op.

Ze glimlachte. Ze stelde zich voor hoe het zou zijn om weer terug te keren naar de Galleria degli Uffizi en voelde opeens kriebels in haar buik. 'Heb ik weleens gezegd dat jullie geweldig zijn?'

'Ja, maar het is fijn om het nog een keer te horen,' zei Júlia met een knipoog.

'Dus je gaat het doen?'

'Morgenochtend laat ik Pladellorenç weten dat ik het aanbod accepteer.'

'Laten we proosten op Florence!'

De drie vrienden hieven hun glazen. De ober bracht een

fles Moët & Chandon. 'Franse champagne, dat is genereus van je, Pau!' zei Júlia enthousiast.

'Die is niet van mij...' antwoordde hij verrast.

De ober vertelde dat de fles was aangeboden door een andere gast. Carla keek naar de tafel die hij aanwees. Ze zag een jonge man in een pak met wit overhemd. Hij kwam naar hen toe.

'Pol?' zei ze verbaasd.

'Hallo Carla, hoe is het met je?'

Ze stond op en gaf hem twee kussen. Dat was wel de laatste persoon die ze die avond verwachtte te zien. 'Dat is ook toevallig! Wat doe jíj hier?'

'Ik ben hier met een paar vrienden,' zei hij en hij keek naar de tafel achter zich. 'Zij zagen je trouwens als eerste. Je ziet er fantastisch uit, zeg!' Pol keek met bewondering naar de witte jurk die ze aanhad.

Op de universiteit hadden ze een relatie gehad, tot Carla als Erasmusstudent naar Florence ging, waar ze Max leerde kennen. Voor Pol was het een harde klap dat ze hem verliet voor een ander.

'We hebben elkaar al een hele tijd niet gezien,' zei Carla terwijl ze het afgezakte schouderbandje van haar jurk terugschoof.

Pol kon zijn ogen niet van haar afhouden. 'Sinds je die Erasmusstage ging doen.'

Ze had het idee dat hij nog steeds kwaad was. 'Ken je Pau en Júlia nog?'

'Ja, uiteraard. Hoe gaat het met jullie?'

'Niet zo goed als met jou!' antwoordde Pau op jolige toon.

'We vieren dat Carla gaat werken bij de Galleria degli Uffizi,' legde Júlia uit.

'Jeetje, je gaat weer naar huis,' zei Pol grappend. Het was duidelijk dat hij die opmerking maakte vanwege Max.

Carla kon er niet om lachen. 'En jij, hoe gaat het met jou?' vroeg ze om van onderwerp te veranderen.

'Na kunstgeschiedenis ben ik economie gaan studeren bij ESADE, en inmiddels werk ik bij een bank. Dat is minder interessant, maar ik verdien goed,' zei hij en hij haalde een hand door zijn zorgvuldig in de war gebrachte haar.

'Ik heb altijd al gedacht dat er een bankier in jou zat,' antwoordde Carla.

Pol glimlachte en liet een perfecte rij tanden zien. 'Het gaat me ook niet slecht af, moet ik bekennen. Ik geloof dat ik echt mijn roeping heb gevonden.'

'Ik ben blij voor je.'

'Misschien ga je nog spijt krijgen dat je me hebt verlaten,' zei hij met een knipoog. Pol bestudeerde haar van top tot teen en nam afscheid met twee vochtige zoenen.

Carla veegde haar wangen af. 'Hoe heb ik het ooit twee jaar met die vent volgehouden?' vroeg ze zich onthutst af.

'Ik heb hem nooit kunnen uitstaan,' bekende Pau.

'Mij doet hij veel aan Àlex denken,' merkte Júlia op.

'Wat zeg je nou?' flapte Carla eruit met een gezicht vol afschuw.

'Wat wil je dat ik zeg? Het is hetzelfde type.'

Carla vond dat Júlia een verkeerd beeld had van Àlex, maar liet het verder gaan. Pau vulde de glazen met champagne.

De taxichauffeur liet haar weten dat ze op de bestemming waren aangekomen. Ze stapte uit en kon de sleutels in haar tas niet meteen vinden. Ze stopte er altijd meer in dan nodig was. Maar ze kon naar binnen glippen toen een andere bewoner van het gebouw naar buiten kwam. 'Dank u. Ik was mijn sleutels aan het zoeken,' zei ze beleefd. De man lachte naar haar en hield de deur voor haar open.

Eenmaal boven liep ze naar de keuken om een kop muntthee te zetten, die ze meenam naar het terras. Ze was een beetje draaierig. Te veel alcohol, dacht ze. Ze keek naar de hemel. Het was een heldere nacht. Ze plofte achterover in de rieten ligstoel en haalde de AirPods uit haar tas om naar 'Caure no feia mal' te luisteren. Ze hield van de muziek van Dausà. Toen zocht ze de Poolster en dacht ze aan de momenten waarop ze 's avonds met haar vader in de tuin van hun huis naar de sterren keek. Dan stonden ze soms een uur lang zonder iets te zeggen, volledig in de ban van de schoonheid van al die lichtjes boven hen. Plotseling zag ze Max voor zich met zijn dromerige glimlach. Het aanbod van professor Belletti had oude herinneringen wakker gemaakt.

Het werd wat frisser. Ze keek op haar horloge. Het was halftwee 's nachts. Ze kon het niet laten om Àlex te bellen, want ze wilde hem vertellen over de Galleria degli Uffizi. Er werd opgenomen door een vrouw. Ze dacht dat ze verkeerd verbonden was en stond op het punt op te hangen, maar toen herkende ze de stem. Er liep een rilling door haar hele lijf. Ze bleef zwijgen tot de verbinding werd verbroken. Haar telefoon viel op de vloer terwijl een gesmoorde kreet van pijn uit haar keel ontsnapte. Ze verborg haar hoofd in haar handen. Alles begon te draaien. Ze voelde hoe de vochtige nacht haar omhulde en verzwolg.

Carla werd wakker doordat er een klein beetje zonlicht door het spleetje tussen de gordijnen sijpelde. Ze wist niet hoelang ze had geslapen. Ze keerde zich om en keek naar de andere kant van het bed, maar Àlex was er niet. Toen ze zich het telefoontje van die nacht herinnerde, voelde ze dezelfde steek in haar buik. Ze bedekte haar gezicht met haar kussen en schreeuwde: 'Wat heb je in godsnaam gedaan?'

Haar telefoon piepte, en ze ging rechtop zitten om het bericht te lezen, dat echter niet van Àlex was, maar van Marta Solanes. Ze had het gevoel dat er een trein over haar heen reed. De wereld stopte met draaien na het lezen van Marta's bekentenis: ze had al meer dan een jaar een verhouding met Àlex.

'Wat een klootzak!' gilde ze. Ze smeet haar telefoon op de grond en liet zich achterover op bed vallen. Het leek net of de kamer tolde. Ze begon onbedaarlijk te huilen.

Even later stond ze op en liep ze naar het terras om haar hoofd leeg te maken. Vanwege de felle, onverbiddelijke zon sloot ze haar ogen. Om de pijn in haar hoofd te verzachten, begon ze haar slapen te masseren. Ze voelde druk op haar borst en kon niet goed ademhalen. Het leek net of ze vanbinnen overhoop was gehaald. De tranen welden andermaal op in haar ogen. Ze pakte de reling vast en staarde wezenloos in de verte. Hoe kon hij haar dat aandoen? Ze moest weg, ver weg, om die pijn te kunnen blokkeren.

Ze liep naar de slaapkamer en deed de kast open om er de oranje Hermès-koffer uit te halen die ze van Àlex had gekregen. Ze keek naar zijn perfect opgeborgen kleren: de overhemden gesorteerd op kleur, de dassen op een rijtje, de pakken geordend van meer naar minder formeel.

Carla besefte dat zijn verhouding met Marta waarschijnlijk niet op zichzelf stond. 'Smerige leugenaar!' gilde ze woedend terwijl ze zijn kleren op de grond gooide. Ze plengde bittere, pijnlijke tranen en stopte haar spullen in de koffer. Toen keek ze naar de lege kast. Het was haar huis niet meer. Misschien was het dat wel nooit echt geweest. De moeder van Àlex had het appartement ooit gekocht, en Carla was een beetje uit gemakzucht bij hem ingetrokken. Ze hadden nooit officieel besloten om te gaan samenwonen. Maar nu vroeg ze zich af of dat al niet een teken was dat Àlex hun relatie niet bijster serieus nam.

Voordat ze vertrok, ging ze achter het bureau zitten en pakte ze een blaadje. Haar hand trilde. Het kostte haar moeite om te schrijven. Toen ze klaar was, stopte ze het briefje in een envelop, die ze op het Chinese dressoir in de hal deponeerde. Dat kastje had ze nooit echt mooi gevonden. Ze trok de deur achter zich dicht en legde de sleutels onder de mat, samen met het geluk dat ze drie jaar met elkaar hadden gedeeld. Ze was er helemaal kapot van.

Florence, Academie voor Schone Kunsten

20 juni 1970

Het was een warme avond in juni. Er stond een indrukwekkend houten podium in de tuin van de Academie voor Schone Kunsten van Florence ter gelegenheid van het afstudeerfeest. Het geroezemoes van de zenuwachtige studenten op de stoelen vermengde zich met het geluid van violen die werden gestemd. Er hingen allemaal rode en blauwe lampionnen in de eeuwenoude eiken. Ze vulden de tuin met kleuren.

Arnaldo keek om zich heen naar de andere aanwezigen. Na vijf jaar op de universiteit kende hij maar weinig mensen, al kon hem dat niet echt deren. Stipt op tijd betrad de rector het podium. Hij liep plechtig naar de lessenaar, wachtte even tot iedereen stil was en begon te spreken. Arnaldo keek naar Domenico en zuchtte. Dit soort bijeenkomsten vond hij absurd. Hij was hier uitsluitend voor zijn vriend. Domenico had een van de weinige beurzen gekregen die de universiteit toekende en werkte tijdens zijn studie in de garage van zijn vader. En dat was de reden waarom Arnaldo hem in zekere zin bewonderde.

Na zijn toespraakje maakte de rector plaats voor de decaan, die de namen opnoemde van de studenten uit de lichting van 1970 die waren afgestudeerd. Domenico was een van de eersten die werd gevraagd op te staan. Het lukte zijn kleine lichaam niet om het jasje te vullen dat hij van zijn vader had geleend. Met een ernstig gezicht deed hij zijn das goed. Hij keek naar zijn vriend, die hem een bemoedigend tikje op de arm gaf.

Toen Arnaldo's naam werd genoemd, richtte iedereen zijn blik op hem. Hij sloeg echter geen acht op alle aandacht en stond rustig op. Zodra hij bij de tafel met docenten was, glimlachte de rector naar hem. 'Gefeliciteerd, meneer Verini!' zei hij en hij gaf hem zijn diploma. Arnaldo nam de bul onverschillig in ontvangst.

Na een tijdje stond er een lange rij blije studenten bij de tafel. Toen die eenmaal was opgelost, sloot de rector de plechtigheid af en presenteerde hij het orkest, dat vervolgens begon te spelen. De studenten gooiden hun baretten met euforische kreten in de lucht. Arnaldo bleef onverstoorbaar op zijn stoel zitten en realiseerde zich hoe ver al die ongelukkigen van hem af stonden. Algauw vulde de dansvloer zich met paren die zich alleen nog maar wilden vermaken.

Arnaldo keek naar Domenico, die trots zijn diploma vasthield. 'Dit moeten we vieren!' zei de laatste. Hij sloeg een arm om zijn schouders en nam hem mee naar de tafel met de drankjes. Hij lachte van oor tot oor. Eindelijk kon hij stoppen met werken bij zijn vader. Hij verdiende gewoon iets beters.

Domenico vroeg om een fles chianti en zei: 'Arnaldo, bedankt dat je bent gekomen. Ik weet dat je dit soort ceremonies belachelijk vindt.'

'Het zijn niet meer dan uitingen van menselijke ijdelheid,' antwoordde hij en hij legde zijn bul achteloos op de tafel.

'Goed, laten we dan proosten op onszelf, op de vijf jaar die we samen hebben gestudeerd!' zei Domenico. Hij hief zijn glas en ze klonken. 'Je zult me nog missen!'

Arnaldo schoot in de lach. 'Wat ik niet zal missen is jouw obsessie om geen college over te slaan en alle opdrachten op tijd in te leveren. Echt vreselijk!'

Domenico begon te grinniken.

Arnaldo keek om zich heen en zei: 'Moet je zien hoe vrolijk ze zijn. Ze denken dat ze door hun afstuderen spontaan zullen veranderen in geweldige kunstenaars, maar geen van hen steekt uit boven de middelmaat. In die vijf jaar heb ik niets gezien wat ook maar enigszins interessant was.'

'Nou, ik heb anders wel interessante dingen gezien!' zei Domenico met zijn blik gericht op Graziela en Maria, die een paar meter verderop stonden te praten.

'Daar hoef je me niet aan te herinneren, want dat is een van de redenen waarom we vandaag hier zijn, nietwaar?'

Domenico hief opnieuw het glas. 'Op het mooiste meisje van de faculteit!'

'Ik snap eerlijk gezegd niet wat je in haar ziet,' zei Arnaldo laatdunkend.

'Ik leg het je wel uit wanneer je op een dag naar de aarde afdaalt om je bij ons, armzalige stervelingen, te voegen.'

'Vergeet niet dat je hebt beloofd om vandaag met haar te praten.'

'Ja, dat ga ik doen...'

'Dat hoor ik je nu al twee jaar zeggen!'

'Maar wat als ze me afwijst?'

'Beste vriend, in het leven dien je initiatief te nemen.'

Domenico dronk zijn glas leeg en keek hem aan. 'Kun je me vertellen waarom die smoking jou zo verdomd goed staat?'

'Dat zal een kwestie van genetica zijn. Dat pak is vóór mij gedragen door verschillende generaties familieleden, en op de een of andere manier moeten ze hun elegantie hebben doorgegeven.'

'Ik haat je echt!' zei Domenico terwijl hij hem op de schouder klopte.

De twee vrienden lachten en vulden andermaal hun glas.

'Vertel eens, Domenico, op welke manier ga je een plekje bij de Galleria degli Uffizi bemachtigen? Je weet toch dat negentig procent van de aanwezigen hier dat ook wil?'

'Ja, dat weet ik, maar ik weet ook dat jouw vader de directeur kent. Dus als je het met hem over mij zou kunnen hebben...'

Arnaldo fronste zijn wenkbrauwen. 'Waarom heb ik het gevoel dat je altijd iets uit onze vriendschap probeert te peuren?'

'We hebben niet allemaal het geluk om de zoon van graaf Verini te zijn.'

'Tja...' zei Arnaldo hoofdschuddend.

'En jij? Je hebt me nog niet verteld wat je gaat doen wanneer je het beu bent om het familiekapitaal te verbrassen.'

Arnaldo zweeg. Hij vond het niet leuk dat Domenico hem zijn bevoorrechte positie inpeperde. 'Ik ga op zoek naar een schilderij.'

'Een schilderij? Dat klinkt niet erg interessant,' zei Domenico, die iets beters had verwacht.

'Je vindt een onbekend schilderij van Botticelli niet erg interessant?' vroeg Arnaldo uitdagend.

'Een onbekend schilderij? Geloof je die verhalen over verloren schilderijen nou werkelijk?'

'Ik heb de beschikking gekregen over een dagboek van Botticelli,' antwoordde hij serieus.

Door de begerige ogen van Domenico realiseerde hij zich dat hij te veel had verteld.

'Een dagboek geschreven door Botticelli? Is het authentiek? Over wat voor schilderij heeft-ie het dan?'

Arnaldo liet zich niet uit de tent lokken door al die vragen. In weerwil van hun vriendschap hield hij Domenico te allen tijde op een zekere afstand. 'Het is echt,' zei hij slechts.

Ze werden onderbroken door de rector. 'Meneer Verini, wat een eer dat u vandaag bent gekomen. Dat had ik eigenlijk niet verwacht.'

'Ik wilde Domenico niet alleen laten gaan.'

De rector keek naar het jasje van Domenico, dat twee maten te groot was. 'Ik ben benieuwd wat u nu gaat doen. Met uw kwalificaties en vaardigheden heeft u mogelijkheden te over.'

'Mijn vader wil dat ik economie ga studeren. Volgens hem is het tijd om me voor te bereiden op het echte leven.'

'Ja, natuurlijk, uw familieverplichtingen. Maar het was ons een genoegen u in de afgelopen jaren bij ons te hebben gehad.'

De rector nam afscheid en liep verder om een praatje te maken met de andere afgestudeerden.

Een paar meter bij hen vandaan waren Graziela en Maria nog steeds druk in gesprek. Ze leunden tegen de tafel met de drankjes, en er stonden een paar jongens om hen heen die aan het roken en drinken waren en de hele tijd naar hen keken.

'Graziela, vind je dat ik er goed uitzie?' vroeg Maria terwijl ze met haar handen over haar getailleerde jurk streek.

'Je ziet er fantastisch uit. Dat knotje staat je echt geweldig. Alle jongens kijken naar je.'

'Na twee uur bij de kapper mag dat ook wel!' zei ze en ze voelde even aan haar haar.

'Misschien had ik ook moeten gaan,' merkte Graziela op met spijt in haar stem. Ze was bang dat ze bij haar vriendin in het niet viel.

'Graziela, je ziet er waanzinnig uit in die rode jurk. Ik herkende je haast niet toen ik je zag,' stelde Maria haar gerust.

Er verscheen een lach op Graziela's gezicht. Uit haar mond was dat een groot compliment.

'Maar je weet dat er maar een iemand is die me werkelijk interesseert,' zei Maria zachtjes met haar blik op Arnaldo gericht.

'En dat hij de zoon van de graaf is, heeft daar niets mee te maken, toch?' zei Graziela scherp.

'Dat is uiteraard ook niet verkeerd,' gaf Maria toe, en ze haalde een spiegeltje uit haar handtas om haar lippen bij te stiften.

'Ik moet toegeven dat hij aantrekkelijk is, maar hij doet altijd zo afstandelijk... Hij geeft je steevast het gevoel dat hij zichzelf beter voelt dan anderen.'

'Nu je het zegt, ik heb hem nog nooit met een meisje gezien, en dat komt denk ik niet door gebrek aan aanbod,' zei ze toen ze besefte dat Graziela gelijk had.

'Maria, als je met hem wilt aanpappen, is vandaag je kans. Na dit feest zien we elkaar nooit meer terug.'

Maria dacht even na. Toen keek ze naar Graziela en pakte

haar hand. 'Kom, jij begint het gesprek!'

Graziela had niet verwacht dat ze zoiets aan haar zou vragen, want Maria was doorgaans de brutaalste van de twee. Eenmaal bij de jongens haalde ze diep adem. 'Wat vonden jullie van de plechtigheid?' vroeg ze met haar mooiste glimlach.

Arnaldo draaide zich naar hen toe, kreeg de rode jurk in het vizier die haar schouders bloot liet en was met stomheid geslagen door haar adembenemende decolleté.

Domenico haastte zich om de stilte te verbreken. 'We hebben ervan genoten, zelfs van de toespraak van Morelli, al was die wat korter dan we hadden verwacht.'

De meisjes moesten lachen.

'Zouden jullie ons willen vereren met jullie gezelschap?' vroeg Domenico, wijzend naar een tafel met vier lege stoelen.

Dat wilden ze zeker, en gezamenlijk liepen ze erheen. Domenico vroeg om twee extra glazen en schonk de chianti in. Arnaldo kon zijn ogen niet van Graziela afhouden.

'We zijn eindelijk afgestudeerd. Het laatste jaar was echt heel zwaar,' zei Maria terwijl ze ging zitten en weer even haar knotje aanraakte.

Arnaldo trok een bedenkelijk gezicht. Hij vond haar vreselijk nep.

'De colleges van professor De Luca waren niet gemakkelijk. Hij heeft iedereen laten zweten!' ging Maria verder.

'Heb je er weleens aan gedacht dat jullie misschien niet goed genoeg waren?' flapte hij eruit.

'Bedoel je ons hele jaar?'

'Dat zou toch kunnen?' zei hij zelfgenoegzaam.

Onder tafel gaf Domenico hem een tik. Graziela en Maria keken elkaar aan. Arnaldo's opmerkingen waren bijna onbeschoft.

'Niet iedereen is magna cum laude afgestudeerd, Verini,' zei Domenico, en hij smeekte hem met zijn blik om wat aardiger te zijn.

Graziela probeerde het gesprek een andere kant op te sturen:

'Hebben jullie er al over nagedacht wat jullie nu gaan doen?'
'Die vent daar wil op zoek naar een verloren schilderij.'
Arnaldo keek Domenico streng aan om duidelijk te maken dat hij zijn mond moest houden. Hij had er al flink spijt van dat hij er ooit over was begonnen.
'Echt waar?' vroeg Graziela.
'Luister niet naar hem. Hij maakt een grapje,' zei Arnaldo, wiens blik werd getrokken door de amandelvormige ogen van Graziela.
'Jammer, dat zou amusant zijn geweest.'
Domenico keek naar Graziela, die naast hem zat, en had eindelijk de moed om het te vragen: 'Wil je met me dansen?'
Graziela wisselde een blik met Maria en stemde toe. Ze stonden op en liepen naar de dansvloer. Arnaldo volgde haar met zijn ogen.
'Ga je mij nog ten dans vragen?' vroeg Maria toen ze zag dat Arnaldo geen aanstalten maakte.
'Het spijt me, ik hou niet van dansen.'
'Heeft iemand jou weleens uitgelegd hoe je met meisjes moet omgaan?'
Arnaldo deed een poging om vriendelijk te zijn: 'Maria, verdoe je tijd niet met mij. Je bent een heel mooi meisje, en er zijn op dit feest ongetwijfeld jongens die veel interessanter zijn dan ik.'
'Verini, je bent een ezel. Ik weet niet wat ik ooit in jou gezien heb!' zei ze nijdig. Ze stond op en liep weg.
Arnaldo haalde opgelucht adem. Dit was het perfecte moment om ertussenuit te knijpen, maar in plaats daarvan bleef hij naar de dansvloer staren. Hij zocht haar en zag haar dansen met Domenico, die haar bewegingen tamelijk onbeholpen probeerde te volgen. Ze lachten en leken zich te vermaken. Hij pakte haar bij haar middel en fluisterde haar iets in het oor, waarna zij met het hoofd knikte. Hij vond het niet prettig om te zien. Waarom bracht Graziela hem zo van zijn stuk? Hij kwam tot de conclusie dat hij daar niets meer te zoeken had en

begaf zich naar de garderobe om zijn baret op te halen. Toen hij zich omkeerde, zag hij Graziela op hem afkomen.

'Arnaldo, ga je er al vandoor? Waar is Maria?'

'Ik geloof niet dat ik een goede indruk op haar heb gemaakt,' zei hij wijzend naar hun tafel.

'Eerlijk gezegd verbaast me dat niks. Je was niet erg aardig.'

'Waarschijnlijk heb je gelijk,' zei hij en hij keek naar haar betoverende ogen. 'En Domenico?'

'Hij is drankjes gaan halen, maar er staat een rij.'

Het orkest kondigde aan dat ze het liedje 'Il mondo' gingen spelen.

No, stanotte amore
non ho più pensato a te.
Ho aperto gli occhi
per guardare intorno a me,
e intorno a me
girava il mondo come sempre.

Graziela's ogen begonnen te stralen. Ze wiegde haar heupen op het ritme van de muziek en zwaaide zachtjes met haar armen boven haar hoofd. Haar strakke rode jurk accentueerde haar rondingen tot in het oneindige. Arnaldo was volledig in de ban van haar sensuele dans. Hij pakte haar hand en trok haar naar zich toe tot haar gezicht bijna tegen het zijne kwam. Hij voelde een steek die hem danig uit zijn evenwicht bracht. Ze keken elkaar diep in de ogen. Hij had een arm om haar heen geslagen en hield haar stevig vast. Ze gingen langzaam heen en weer en volgden de bewegingen van de ander. De rest van de wereld hield op te bestaan. Ze hadden uitsluitend oog voor elkaar. Graziela glimlachte, en Arnaldo begreep dat zij de ware was. Op een gegeven moment stopte de muziek, maar ze bleven elkaar aankijken.

Toen verscheen Domenico met twee glazen in zijn handen. 'Het spijt me, Graziela, het duurde een eeuwigheid!' zei hij zonder te begrijpen wat er precies gebeurde.

Met een bruuske beweging maakte Graziela zich los van Arnaldo. Ze kreeg een glas van Domenico. 'Dank je,' zei ze, behoorlijk van haar à propos.

Domenico keek zijn vriend vuil aan. 'Waar is Maria?'

'Dat weet ik niet,' antwoordde Arnaldo, die nog steeds in een roes verkeerde. Hij zocht een excuus om zich uit de voeten te maken. 'Ik ga even met Giorgio praten...'

Hij liep zo snel hij kon naar de bar om een whisky te bestellen, die hij in één keer achteroversloeg. Zijn hart klopte hevig. Hij vroeg er nog een om weer rustig te worden. Giorgio kwam bij hem staan om hem te begroeten en begon over de toekomstmogelijkheden van studenten die kunstgeschiedenis hadden gestudeerd. Arnaldo probeerde te verwerken wat er zojuist gebeurd was en moest zijn best doen om naar hem te luisteren. Ze waren nog altijd met elkaar in gesprek toen het orkest het laatste liedje inzette en veel mensen het feest begonnen te verlaten. Arnaldo zag Domenico en Graziela naar hen toe komen.

'Ik breng haar naar huis,' zei Domenico, die moeilijk uit zijn woorden kwam doordat hij te veel had gedronken.

'Ik weet niet of je wel in staat bent om te rijden,' merkte Arnaldo op.

'Daar ben ik prima toe in staat!' antwoordde Domenico, die een beroep deed op mannelijke solidariteit.

'Goed, maar wees voorzichtig.'

De twee vertrokken, nagestaard door Arnaldo. Eenmaal in de auto kostte het Domenico veel moeite om het sleuteltje in het contact te krijgen. Voordat hij de motor startte, keek hij Graziela aan. 'Weet je dat je heel mooi bent?'

Ze zei niets.

'Dat heb ik altijd gevonden, vanaf de eerste dag dat ik je in de collegezaal zag.'

'Domenico, het is al laat. Breng me naar huis.'

'Oké, maar eerst wil ik dat je me een zoen geeft.'

Graziela gaf hem een kus op zijn wang om ervanaf te zijn. Domenico probeerde haar toen te zoenen op haar mond, maar zij wendde haar gezicht af.

'Eén zoentje maar! Na vanavond heb ik dat toch wel verdiend!' zei hij, overmoedig geworden door de alcohol en met het idee dat het nu of nooit was.

'Domenico, je hebt te veel gedronken.'

Plotseling veranderde de uitdrukking op zijn gezicht en ging hij op haar liggen. Graziela gilde en probeerde hem van zich af te krijgen, maar hij was te sterk en begon haar dijen te strelen. 'Kom op, je zult het fijn vinden!'

'Laat me los, ik wil het niet!' zei ze wanhopig.

Hij keek haar opgewonden aan. Graziela probeerde het portier van de auto open te krijgen.

'Doe niet zo moeilijk!' zei hij en hij ging weer op haar liggen terwijl Graziela hulpeloos begon te krijsen.

Opeens werd Domenico met veel kracht uit de wagen getrokken. Het was Arnaldo. 'Wat ben je in godsnaam aan het doen?' schreeuwde hij.

Domenico kreeg geen tijd om te antwoorden en viel op de grond. Graziela zag Arnaldo tegen de deur staan aan de bestuurderskant. Hij was razend en riep: 'Graziela, kom uit die auto!'

Domenico stond op. Buiten zichzelf van woede nam hij Arnaldo van achteren in een wurggreep. Maar de laatste trok de arm weg die zijn luchtpijp dichtkneep, draaide zich om en sloeg hem met zijn vuist recht in het gezicht. Domenico gilde het uit van de pijn en viel op zijn knieën met zijn bebloede gezicht tussen zijn handen. 'Wat doe je nou? We waren alleen maar plezier aan het maken!'

Arnaldo negeerde hem en zocht naar Graziela, die ijlings uit de auto was gestapt. 'Ik breng je naar huis,' zei hij.

Domenico schold hem uit vanaf de grond. Arnaldo sloeg een arm om haar heen en nam haar mee naar zijn wagen. Ze had een verwilderde blik in de ogen. Haar jurk zat helemaal scheef.

'Gaat het een beetje? Ik weet niet wat hem bezielde!'

'Ik had niet met hem mee moeten gaan. Hij bleef maar drinken.'

'Rustig maar, het is voorbij.'

Arnaldo startte de wagen, maar Domenico stortte zich als een dolle op de voorruit. 'Je bent een smerige klootzak!' schreeuwde hij met zijn gezicht onder het bloed.

Arnaldo trapte het gaspedaal in, zodat Domenico andermaal op de grond viel. Graziela begon te gillen. De auto schoot de parkeerplaats af, de weg op. Graziela verborg haar gezicht in haar handen en barstte in huilen uit.

Toen ze een tijdje hadden gereden, zag Arnaldo het bord dat het begin van het dorp San Gimignano aangaf. Graziela zat trillend naast hem en fatsoeneerde haar jurk, die door de worsteling volledig was verkreukeld. Arnaldo keek vanuit zijn ooghoeken naar haar. Hij voelde zich schuldig omdat hij haar alleen had gelaten met Domenico terwijl hij in kennelijke staat verkeerde.

'Voel je je weer wat beter?' vroeg hij bezorgd.

'Ik wil alleen maar naar huis,' zei ze met gebroken stem en zonder haar blik van de weg af te wenden.

'Het spijt me heel erg, Graziela. Ik heb hem nog nooit zoiets zien doen.'

Arnaldo trapte het gaspedaal in, en na een paar minuten arriveerden ze bij een mooi stenen huis met een tuin omringd door cipressen.

'Hier is het, toch? We hadden niet veel mensen uit San Gimignano in ons jaar.'

Graziela keek naar het tegelpad dat naar de deur leidde. 'Ja, hier is het...' zei ze en ze pakte de deurgreep vast om uit te stappen. Maar opeens stopte ze. 'Mag ik nog even blijven zitten? Ik heb niet de moed om mijn moeder onder ogen te komen.'

'Ja, hoor, neem de tijd die je nodig hebt.'

Graziela haalde een spiegeltje uit haar handtas en kamde haar haren. Arnaldo vroeg zich af waarom ze hem niet eerder was opgevallen. Domenico zei dikwijls dat ze altijd een aanbidder onder het raam van haar huis had staan. Maar zelf was hij zo hoogmoedig dat hij door het leven ging zonder aandacht te schenken aan de mensen om hem heen.

Arnaldo praatte tegen haar om haar gerust te stellen. 'En, weet je al wat je gaat doen deze zomer?'

Graziela gaf wel antwoord, maar bleef naar het tuinpad kijken. 'Ik ga werken in de *trattoria* van een paar vrienden van mijn ouders, en daarnaast doe ik een restauratiepracticum in een klein schildersatelier.'

'Natuurlijk. Je hebt je immers gespecialiseerd in de schilderkunst.'

Toen ze die woorden hoorde, keerde Graziela zich naar hem toe. 'Ik vind het geweldig om te schilderen. Het is mijn droom om te werken op de restauratieafdeling van een museum.'

'De Galleria degli Uffizi?'

'Dat zou ik graag willen, maar het is heel moeilijk om daar een plekje te bemachtigen.'

'Ik kan je wel helpen.'

'Arnaldo, dat hoef je helemaal niet te doen.'

'Begrijp me niet verkeerd. Dat zeg ik omdat ik denk dat je talent hebt. Jouw werk is het beste dat ik in de afgelopen vijf jaar heb gezien,' zei hij tot zijn eigen verbazing, want doorgaans was hij niet zo scheutig met complimenten.

Er verscheen een lach op Graziela's gezicht. 'Goed, ik hou je aan je woord. En jij, Verini, wat ga jij doen?'

'Ik heb eerlijk gezegd geen idee. Mijn vader wil dat ik in het wijnbouwbedrijf van de familie ga werken, iets waar ik niet echt zin in heb.'

'Mij lijkt dat nog niet zo vreselijk. De wijnindustrie heb ik altijd interessant gevonden.'

Arnaldo voelde zich op zijn gemak bij Graziela, zonder de behoefte om wat dan ook te veinzen of een rol te spelen. Als het aan hem lag, bleef hij de hele nacht met haar praten. 'Misschien heb je gelijk.'

Graziela glimlachte en keek op haar horloge. 'Goed, nu ga

ik wel. Het wordt al laat. Goedenacht, Arnaldo.' Voordat ze de deur opendeed, gaf ze hem een kus op zijn wang.

'Wacht, ik wil je graag nog een keer zien.'

Graziela gaf pas na een paar seconden antwoord. 'Ja, we kunnen elkaar nog een keer ontmoeten,' zei ze en ze stapte uit de auto.

Er verscheen een lach op Arnaldo's gezicht. Halverwege het pad draaide Graziela zich om. 'Ik weet niet wat er was gebeurd als jij niet had ingegrepen.'

Arnaldo keek naar haar slanke silhouet in de tuin. Graziela had zijn hart gestolen. Hij glimlachte nog steeds toen hij de auto startte.

Madrid, Hotel Wellington

21 juni 2023

Marta werd wakker en hoorde dat Àlex aan het douchen was. Dus draaide ze zich nog een keer om voordat ze zich aankleedde. Vandaag gingen ze allebei terug naar Barcelona, maar met een andere vlucht. Ze bond haar haar op en stifte haar lippen. Vervolgens gaf ze de spiegel een kus, waardoor de afdruk van haar mond achterbleef op het glas. Ze lachte naar zichzelf en verliet de kamer.

Toen Àlex uit de douche kwam, zag hij dat Marta al was vertrokken. Hij voelde zich opgelucht, want hij had geen zin in een gesprek dat nergens toe zou leiden. Vanaf het moment dat hij Marta op kantoor leerde kennen had ze hem in het verderf gestort. Ze waren al meer dan een jaar met elkaar aan het rotzooien, maar hij had duidelijk gemaakt dat hij bij Carla wilde blijven, en op die manier suste hij zijn geweten.

Hij verzamelde de kleren die op de grond lagen. Het was mistig in zijn hoofd. De cocaïne van gisteravond zou pas over een paar uur helemaal uit zijn lichaam verdwijnen. Voordat hij naar beneden ging voor het ontbijt, pakte hij zijn telefoon om in zijn agenda te kijken. Hij zag dat Carla om halftwee 's nachts had gebeld en dat het gesprek na zes seconden was beëindigd. Àlex kon zich niet herinneren dat hij met haar had gesproken, en het koude zweet brak hem uit. Hij gooide het mobieltje op de bank en begon Marta te vervloeken. Hij ging op bed zitten, en starend naar het grote raam probeerde hij de schade in te schatten die dat telefoontje teweeg had gebracht. De gedachte alleen al om Carla te verliezen sneed hem de adem af.

Sant Pol de Mar

Via de luidsprekers werd aangekondigd dat de trein arriveerde op het station van Sant Pol de Mar. Carla had de hele reis geslapen. Haar hoofd deed pijn en haar ogen waren rood van het huilen. Het leek net of ze in een nachtmerrie was beland waaruit ze maar niet kon ontwaken. Ze stond op om haar koffer uit het bagagerek te halen. De conducteur hielp haar bij het uitstappen. 'Wel een beetje zwaar voor jou,' zei hij nog.

De trein vertrok weer, en Carla bleef roerloos staan, niet wetend wat te doen. Het kostte haar moeite om adem te halen. Ze leunde tegen de rode bakstenen muur om niet te vallen. Zo bleef ze even staan met haar ogen dicht tot ze weer tot bedaren kwam. Ze was al heel lang niet meer op dat station geweest.

Eenmaal buiten nam ze de weg die langs de zee liep. Door de nog laagstaande zon was het oppervlak van het water veranderd in een enorme spiegel waarin je de hemel kon zien. Ze dacht terug aan de tijd waarin ze als klein kind door haar grootvader werd meegenomen naar het strand om te vissen. Op een dag legde hij haar uit dat de zon zoemde wanneer ze uit het water tevoorschijn kwam, maar dat alleen bijzondere mensen dat konden horen. Ze keek naar het strand, en het was net of ze hem daar weer zag staan met zijn hengel. Hij draaide zich om en lachte naar haar met zijn priemende oogjes vol leven. En zij lachte terug. Het was inmiddels twee jaar geleden dat hij hen verlaten had.

Ze vervolgde haar weg en liep door het park. De geur van de mimosa's bracht haar terug naar de jaren waarin ze thuiskwam van de universiteit. Door de herinneringen verscheen er een lach op haar gezicht. Al van verre zag ze het huis met de grote ramen, het bruine dak en de okergele muren. Aan weerszijden van het hek naar de tuin hingen groene lantaarns. Ze liep door het poortje met haar koffer achter haar aan. De wieltjes rolden niet goed over de onregelmatige tegels van het pad naar de voordeur. Ze keek naar de gevel en probeerde te bedenken waar ze de pijn en de teleurstelling die ze voelde had moeten achterlaten. Ze bleef een paar tellen voor de deur staan om moed te verzamelen en drukte toen op de bel.

Haar moeder deed open. 'Carla... Wat doe jíj hier?' vroeg ze bezorgd bij het zien van haar koffer.

Ze kon geen woord uitbrengen. 'Mama...' zei ze ten slotte en barstte toen in huilen uit.

Haar moeder sloeg haar armen om haar heen, en Carla sloot haar ogen en liet zich troosten. Haar vader kwam naar hen toe met de krant in zijn handen, maar haar moeder gebaarde dat hij ze even alleen moest laten, en dat deed hij. Joan wist heel goed wanneer hij op de achtergrond diende te blijven. Isabella liep met haar dochter naar de huiskamer, waar ze naast elkaar plaatsnamen op de bank. Carla bleef maar huilen. Haar moeder liet haar begaan, want ze wist dat je je verdriet het best kon uiten, dan deed het minder pijn. Zo bleven ze zitten tot Carla was uitgehuild en over Àlex begon.

Barcelona

22 juni 2023

De volgende ochtend schrok Àlex wakker van het geluid van de voordeur die werd dichtgetrokken. Hij stond meteen op en dacht dat het Carla was, maar toen hij op de overloop keek, zag hij een jonge vrouw die hij zich niet kon herinneren en die hem nog een glimlach toewierp voordat ze de lift in stapte. Zijn hoofd draaide. Hij keek naar zijn naakte lichaam in de spiegel en zag dat hij paarse wallen onder zijn ogen had.

Hij was gistermiddag teruggekeerd uit Madrid en durfde Carla toen niet te bellen. Zijn koffer had hij laten staan in het halletje, maar dat was hij weer vergeten, dus hij had er in het hele huis naar gezocht. Hij liep terug naar de slaapkamer en zag dat zijn kleren op de vloer lagen. Haastig deed hij de deuren van de kast open. Zijn bange vermoedens werden bevestigd: ze was vertrokken. Kwaad gooide hij de kleren die nog op de planken lagen op de grond.

Op weg naar de garage verwenste hij Marta meerdere malen. In volle vaart reed hij met zijn Porsche over de Avinguda Diagonal in de richting van de haven en belde zijn dealer. Toen hij arriveerde op de kade van Barceloneta, werd hij begroet door de bewaker, die de slagboom van de parkeerplaats voor hem omhoogdeed. Hij stapte uit en gaf de sleutels van de wagen aan de portier. Vervolgens liep hij over het brede houten pad dat naar het water leidde en ging bij het café naar binnen. Aan de bar zat zijn dealer al op hem te wachten. Hij groette hem en gaf hem de drugs. Àlex beende meteen naar de toiletruimte. Hij sloot zich op in de wc, deed het witte poeder op de klep en snoof het op. Een paar minuten later maakte de euforie zich van hem meester. Hij liep naar zijn vrienden, die in het gedeelte met de banken zaten. Zodra ze hem zagen, begonnen ze te klappen. Àlex lachte, ging zitten en vertelde ze over zijn slotpleidooi in de zaak tegen de Siciliaan die werd verdacht van witwassen. Marcel wees met een glas in zijn hand en een lach op zijn gezicht naar de prijs die hij had verdiend. Àlex keek naar het meisje dat voor hem stond. Hij pakte haar vast bij haar middel en nam haar mee naar de privékamer met uitzicht op de jachten. Ze namen plaats op de blauwleren fauteuils. Àlex keek uit het raam. Het was een donkere avond. In de verte zag hij het silhouet van Hotel Vela, dat afstak tegen de hemel van Barcelona. De ober bracht een fles Bollinger. Ze proostten. Àlex sloeg zijn glas achterover en nam er nog een. Zijn hoofd begon te tollen. Hij sloot zijn ogen en verborg zijn gezicht in zijn handen. Vervolgens rekte hij zich uit en legde zijn hoofd op haar benen. Hij keek haar aan en zei: 'Carla, we gaan gewoon naar huis en alles komt weer goed.'

Toen hij weer thuis was, bestudeerde hij opnieuw zijn vermoeide gezicht in de spiegel bij de voordeur. Hij liep naar de slaapkamer en pakte zijn telefoon. Nog steeds geen bericht van Carla. Iemand belde. Het was zijn secretaresse. Ze waarschuwde hem dat zijn cliënt op het kantoor zat te wachten. Hij nam snel een douche om zijn hoofd weer helder te krijgen, trok het enige pak aan dat nog in de kast hing en dronk haastig een kop koffie.

Voordat hij de deur uit ging, zag hij een envelop op het kastje in het halletje. Die had hij gisteren niet gezien. Het was de brief van Carla. Hij begon over zijn hele lichaam te zweten. Hij pakte de envelop, maar had niet de moed om hem open te maken. Dus stopte hij hem in de zak van zijn jasje en ging op weg naar kantoor.

Sant Pol de Mar

Toen Carla naar beneden kwam, zag ze haar ouders in de keuken ontbijten voordat ze naar het ziekenhuis gingen. Ze had spijt dat ze zo vroeg was opgestaan, want ze had niet de kracht om het nog een keer over Àlex te hebben en dan niet te gaan huilen. Ze vond het niet fijn om haar verdriet te tonen. Dan voelde ze zich kwetsbaar. Ze wilde weer omkeren, maar haar moeder zag haar bij de deur staan. 'Goeiemorgen, lieverd. Hoe heb je geslapen?'

'Gezien de omstandigheden best goed.'

Carla's rode ogen vertelden echter iets anders. Ze zette de waterkoker aan die op het marmeren aanrecht stond en staarde uit het raam. Ze had het gevoel dat haar hoofd zou ontploffen en wilde het spinnenweb van verdriet om haar heen van zich af trekken. De hele nacht had ze aan Àlex liggen denken. Inmiddels was hij waarschijnlijk naar Madrid teruggekeerd, en het feit dat hij haar niet had gebeld bevestigde alleen maar dat hij haar met Marta had bedrogen. Ze pakte een beker, deed er een theezakje in en goot er langzaam heet water bij. Vervolgens liep ze naar de tafel, maar de beker glipte uit haar handen en viel op de tegels, waardoor hij in duizend stukken brak en de thee alle kanten op spatte. Roerloos keek ze naar de scherven op de vloer. Zo voelde ze zich op dit moment. Ze kreeg zin om te gaan janken.

Haar moeder stond snel op van tafel en pakte de bezem

om alles op te vegen. 'Maakt niet uit, meid,' zei ze en ze aaide over haar arm.

Carla ging aan tafel zitten en keek naar het bord met fruit en geroosterd brood dat haar moeder voor haar had neergezet. 'Het spijt me. Ik was met mijn hoofd ergens anders,' zei ze met gebroken stem.

Haar vader stond op en gaf haar een kus op haar voorhoofd. 'Carla, wat vind je ervan als we vanavond gaan eten in het Fabra Observatorium? Ze organiseren een diner onder de sterren.'

'Ja, dat is goed...' zei ze zonder veel enthousiasme. Dit was het moment om haar ouders te vertellen dat ze naar Florence ging.

'Uitstekend, ik ga reserveren!'

'Voordat jullie vertrekken, wil ik graag iets bespreken.'

Nieuwsgierig keken haar ouders haar aan.

'Ik heb namelijk een aanbod gekregen om mee te werken aan een tentoonstelling in de Galleria degli Uffizi. Ik begin volgende week!' zei ze met een vastberaden blik in haar ogen.

Er verscheen een lach op het gezicht van haar vader. 'Dat is...'

'Onbezonnen, Joan, dat is heel erg onbezonnen!' onderbrak haar moeder hem.

'Ik twijfelde nog of ik het wel moest doen. Alleen maar omdat ik bij Àlex wilde blijven. Hoe heb ik zo stom kunnen zijn?' Carla kreeg een brok in haar keel.

'Het is een geweldige kans, vind je ook niet, Isabella?' merkte haar vader op.

Haar moeder antwoordde niet meteen, maar zei ten slotte: 'Je kunt wel weer logeren bij mijn zus Emilia in San Gimignano, net als tijdens die Erasmusstage.'

Carla's gezicht lichtte op. 'Ja, ik had het daar prima naar mijn zin. En mijn nichtje Francesca is echt fantastisch.'

'Ik zal Emilia deze ochtend nog bellen. Ze zullen het hartstikke leuk vinden als je komt.'

'Waarom is oma eigenlijk weggegaan uit San Gimignano?'

'Ze kreeg een baan aan de Universiteit van Genua, en daar werd ze verliefd op je grootvader.'

Carla glimlachte. 'Net als jij en papa.'

'Ja, toen ze uit Genua kwam om geneeskunde te studeren in Barcelona, is ze als een blok gevallen voor mijn charmes,' zei Joan met een opgetrokken wenkbrauw.

'Jij was degene die maar achter mij aan bleef lopen. Mijn moeder zei altijd dat je onvermoeibaar was.'

Carla keek ze aan. 'Jullie hebben veel geluk gehad dat jullie elkaar tegen het lijf zijn gelopen.'

Isabella liep naar Carla toe en omhelsde haar. 'Wil je echt niet dat ik blijf? Ik kan mijn afspraken eventueel verzetten.'

'Maak je geen zorgen, ik red me wel. Ik ga de directeur van het museum bellen om het aanbod uit Florence officieel te accepteren. We zien elkaar vanmiddag.'

'Goed, maar laat het ons weten als je iets nodig hebt.'

'Ja, mama.'

Haar ouders gingen de deur uit. Carla keek ze na door het raam. Toen ze uit het zicht verdwenen waren, leunde ze met haar rug tegen de koelkast om zich vervolgens langzaam op de vloer te laten zakken.

Barcelona

Toen Àlex op kantoor kwam, stond zijn secretaresse nerveus op hem te wachten bij de lift. Het was niet de eerste keer dat hij bij een vergadering verstek liet gaan. 'Ik kan niet de hele tijd voor u liegen, meneer Costa! Was u vergeten dat u vanochtend twee afspraken had?'

'Chantal, vandaag is geen goeie dag!' antwoordde hij terwijl hij langs zijn wrevelige secretaresse het kantoor in liep.

Vlak achter zich hoorde hij de stem zijn vader. 'Àlex, hoe ging de zitting? Volgens Marta heb je de vloer met ze aangeveegd.'

Àlex liet zijn vader passeren, sloot de deur en hing zijn jasje aan de kapstok. Hij deed de knoop van zijn das wat losser, want hij had het gevoel dat hij stikte. 'Ja, het ging van een leien dakje.'

Zijn vader liep naar hem toe en gaf hem een schouderklopje. 'Goed zo, jongen. Ik wist dat je me niet zou teleurstellen!'

Àlex had zin om hem flink de waarheid te zeggen.

'Luister, Chantal vertelde dat je vandaag een afspraak had met Masferrer, maar dat je er niet was. Waarom niet?'

Àlex ging op zijn stoel zitten en zette de computer aan. 'Ik heb ook Monés laten zitten... Je zou haar salaris moeten verlagen, want ze houdt je niet goed op de hoogte van de laatste gebeurtenissen.'

Zijn vader keek hem kwaad aan. Àlex was bleek en had een paar zweetdruppels op zijn voorhoofd.

'Heb je niet geslapen vannacht?'

'Ik ben uitgegaan met mijn vrienden.'

'Mag ik weten wat je in godesnaam aan het doen bent? Succes is gebaseerd op discipline, toewijding en hard werken, maar jij weet niet wat die woorden betekenen. Het wordt tijd dat je je gaat gedragen als een volwassene!'

Àlex ontplofte. 'En wat wil dat zeggen: je gedragen als een volwassene? Dat je ervoor zorgt dat je partner het huis verlaat?'

'Hoe bedoel je?'

'Dat is immers wat mama heeft gedaan...'

'Wat heeft dat ermee te maken?'

'Carla is vertrokken. Nu ben ik net zo'n verantwoordelijke volwassene als jij!'

'Wat is er dan in vredesnaam gebeurd?'

'Dat is een lang verhaal...'

'Ik hoef het niet te weten, maar laat je niet zo meeslepen. Dan toon je zwakte, verdomme!'

'Ga je me nog vragen hoe het met me gaat?'

'Dat is niet nodig... Jij bent net zo slap als je moeder!' beet zijn vader hem toe. Hij beende de kamer uit en sloeg de deur achter zich dicht.

Àlex was het zat. Hij stond op en rukte zijn jasje van de kapstok, die daardoor op de grond viel. In de lift deed hij de knoop van zijn das nog wat losser. Hij voelde zich misselijk. Met bonzend hart liep hij over de Passeig de Gràcia en ging naar binnen bij een café. Hij nam plaats aan de bar en bestelde een whisky. Er zaten een paar andere klanten die net zo alleen waren als hij. Hij checkte zijn telefoon. Hij had al twee dagen niets meer van Carla gehoord. Vervolgens sloeg hij zijn whisky in één keer achterover. Hij legde de envelop op de bar en keek naar de ronde letters waarmee zijn naam op de voorkant was geschreven. Hij bestelde nog een whisky, en na de derde besloot hij de brief te lezen.

Florence, Piazza Santa Croce

28 januari 1475

De Piazza Santa Croce was helemaal opgedoft voor het toernooi waarmee het verbond van de drie Italiaanse steden werd gevierd. De twee strijdperken waren bedekt met zand en werden van elkaar gescheiden door een houten vlonder van meer dan twintig meter lang. De ramen en balkons waren versierd met rood-gele tapijten en fluwelen doeken, de kleuren van het schild van de Medici.

Een paar jaar daarvoor was er op hetzelfde plein ook een toernooi gehouden, destijds ter ere van het huwelijk van Lorenzo met de Romeinse edelvrouw Clarice Orsini. De Medici hielden van feesten en wedstrijden en wilden vooral dat het volk eraan deelnam. Het was een moeilijk moment voor Lorenzo aan het hoofd van de *Signoria*, maar het bondgenootschap van Florence met Milaan en Venetië zorgde voor vrede, en dat maakte hem sterker tegenover zijn vijanden, die werden aangevoerd door de Pazzi-familie.

Botticelli arriveerde op het plein toen het toernooi net ging beginnen. Verderop zag hij Poliziano zitten op de tribune van de Medici. Simonetta zat twee rijen voor hem met haar echtgenoot. Hij nam plaats op de stoel naast Poliziano.

'Ik dacht dat je niet meer zou komen!'

'Ik zat aan een paar tekeningen te werken.'

'Laat me raden: Simonetta?'

'Je begrijpt het niet...'

'Je moet niet vergeten dat Giuliano op dezelfde dag aan mij vroeg een gedicht over haar te maken, en sindsdien ben ik volledig van de wijs, want ik heb nog nooit zo'n mooie vrouw gezien.'

Met trompetgeschal werd de komst van de deelnemers aangekondigd. Het volk achter de houten hekken juichte uitbundig. Giuliano betrad als eerste het terrein. Hij droeg een witzijden mantel met scharlakenrode zomen en een blauw wambuis. Zijn schildknaap ging hem voor. Trots droeg hij het vaandel met Simonetta als Pallas Athena. Hij liep een rondje over het plein en bleef staan voor Simonetta. Hij knikte haar toe. Ze bloosde, want ze had niet verwacht dat hij het gevecht aan haar zou opdragen. Het publiek hield zijn adem in.

'Hij is gek geworden. Kijk naar Marco's gezicht. Dat hij een vaandel met haar beeltenis meeneemt is nog tot daaraan toe, maar dit is niets minder dan een publieke vernedering.'

'Er zijn wetten die zelfs de Medici niet kunnen overtreden!' voegde Botticelli er met een bezorgde blik aan toe.

'Wat staat er onder het portret?'

'LA SANS PAREILLE. Dat was een verzoek van Giuliano om duidelijk te maken dat geen andere vrouw aan Simonetta kan tippen.'

De trompetten schalden opnieuw om aan te geven dat het toernooi begon. De eerste twee deelnemers stelden zich op aan beide uiteinden van de vlonder en ruilden hun paradekleding in voor hun wapenrusting. Bij het horen van het signaal pakte Giuliano zijn lans stevig vast en gaf hij zijn paard de sporen. De twee ridders reden hard op elkaar af, en toen ze vlak bij elkaar waren, wist Giuliano zijn tegenstander behendig uit het zadel te wippen. Hij werd bejubeld door het publiek. Lorenzo stond op om te applaudisseren terwijl Giuliano zich alweer voorbereidde op het volgende gevecht.

'Hij is veel beter dan de andere deelnemers. De enige rivaal die hem in de schaduw kan stellen is Francesco de' Pazzi,' zei Poliziano.

'Francesco is heel gevaarlijk. Hij heeft geleerd om de burgerij te haten.'

'Zijn oom Jacopo maakt het de regering van Lorenzo moeilijk in de Signoria door al zijn voorstellen te vetoën. Hij wil de Medici te gronde richten, maar dat zou verschrikkelijk zijn voor Florence.'

'En dat terwijl Lorenzo voor vrede in de stad heeft gezorgd door een eind te maken aan de rivaliteit tussen de verschillende families,' zei Botticelli, die niet veel begreep van al die vijandigheid.

'Juist daarom, waarde vriend. De Pazzi vinden het maar niks dat de Medici de macht naar zich toe hebben getrokken en dat ze worden vereerd door het volk en rijk zijn geworden met hun bank, hoewel ze niet eens tot de adel behoren. Voor hen vormen ze een bedreiging.'

De trompetten kondigden het volgende gevecht aan.

'Nu is Francesco aan de beurt!' zei Botticelli enthousiast.

Op de tribune steeg de spanning. De twee rivalen namen elkaar zwijgend op. De scheidsrechter kwam naar voren om het signaal te geven, maar Francesco was al vertrokken. Giuliano gaf zijn paard ook meteen de sporen om de verloren tijd goed te maken. Hij vertrouwde erop dat zijn vaardigheden als ruiter de doorslag zouden geven. Hij probeerde zijn lans op te heffen, maar zijn vermoeide arm liet hem in de steek. Francesco reed als een bezetene op hem af. Hij leek in één klap te willen afrekenen met alle Medici. Het publiek hield zijn adem in. Vlak voordat ze bij elkaar waren, wist Giuliano alsnog zijn lans omhoog te krijgen. Het lukte ze elkaar te treffen. Giuliano werd geraakt op zijn schouder en sloeg naar achteren. Hij schreeuwde het uit van de pijn en greep zich stevig vast aan zijn zadel. Francesco viel echter op de grond. Giuliano glimlachte. Hij had gewonnen.

De toeschouwers gaven de jongste telg van de Medici een staande ovatie. Giuliano reed met een pijnlijke schouder en met zijn rechterarm in de lucht naar de loge waar Simonetta zat. In weerwil van de geïncasseerde stoot straalde het zilveren harnas van Verrocchio nog steeds kracht uit. Hij zette zijn helm af, waardoor zijn knappe gezicht tevoorschijn kwam, haalde een hand door zijn haar en bood Simonetta met een glimlach de kroon aan die haar koningin van het toernooi maakte. Ze keek hem in de ogen en boog toen het hoofd. Een warm gevoel steeg op uit haar buik. Het publiek was door het dolle heen.

Florence, de Ognissanti-kerk

2 februari 1475

Die ochtend ging Giuliano met de koets naar het atelier van Botticelli. Hij had hem gevraagd om hem mee te nemen naar de mis in de Ognissanti-kerk, waar hij Simonetta hoopte aan te treffen. De familie Vespucci was lid van dezelfde parochie als Botticelli, en daardoor kon hij haar elke dag zien tijdens de dienst.

Terwijl ze naar de kerk liepen, vertelde Botticelli dat hij Marco tien dagen eerder had voorgesteld om een schilderij van Simonetta te maken, maar na de publieke vertoning van Giuliano leek hij niet erg happig om zijn echtgenote uit te lenen.

Giuliano was zenuwachtig omdat hij op het punt stond Simonetta te zien en moest zijn best doen om naar hem te luisteren. 'Marco is een vrek en zal nooit betalen voor zo'n schilderij,' zei hij om een eind te maken aan het gesprek. 'We moeten niet zo treuzelen, anders komen we te laat!'

Botticelli probeerde hem bij te benen en vroeg: 'Hoe weet u zo zeker dat Marco niet naar de mis gaat?'

'Omdat hij vandaag een afspraak heeft met Lorenzo.'

'Hebt u dat geregeld?' vroeg hij. Het begon hem te dagen hoe de vork in de steel zat.

'Om dicht bij de koningin te komen, moet je de juiste zetten doen, net als bij schaken,' zei Giuliano met een triomfantelijke glimlach.

Ze betraden de kerk en gingen zitten op de bank naast die van de familie Vespucci, waarop ook Simonetta plaats had genomen. Ze droeg een goudgele jurk met een lijfje bezet met kralen. Het bewoog op en neer in het ritme van haar ademhaling. Giuliano keek bewonderend naar haar serene, verstilde gezicht, dat samen met haar goudblonde haar werd bedekt door een zijden sluier. Tijdens de plechtigheid had hij alleen maar oog voor wat zij deed.

Toen de mis was afgelopen, stonden ze op en begaven ze zich op het middenpad tussen de gelovigen, die zich verbaasden over Giuliano's aanwezigheid. Botticelli bleef staan voor een kapelletje om naar een van de schilderijen aan de muur te kijken. 'Kijk, de Maagd van de Barmhartigheid beschermt de familie Vespucci. Ziet u dat meisje met die roze mantel?' zei hij tegen Giuliano.

'Is dat Simonetta?' vroeg hij verrast.

'Ja, het is gemaakt door Ghirlandaio. Naar mijn smaak heeft hij haar te jong afgebeeld.'

'Ik herken haar bijna niet,' merkte hij op en hij ging wat dichterbij staan. 'U weet haar essentie beter te vangen dan hij, Sandro. U móét dat schilderij gewoon maken.'

Botticelli glimlachte. Als hij Giuliano had weten te overtuigen, zou dat schilderij zeker gaan lukken.

De twee mannen liepen naar buiten en bleven staan wachten bij de deur.

'Ik ben nerveus. Sinds het toernooi heb ik haar niet meer gezien,' zei Giuliano en hij deed zijn wambuis goed.

'Wat gaat u tegen haar zeggen?'

'Ik wil haar voorstellen om een wandeling te maken.'

Botticelli vond het gewaagd, maar had niet de moed om dat te zeggen.

Toen kwam Simonetta naar buiten in gezelschap van haar dame, Caterina. Hun blikken ontmoetten elkaar, en Giuliano begroette haar met een buiging. 'Madonna Vespucci, wat een genoegen!'

'Messer Medici, ik wist niet dat u ook de mis in de Ognissanti-kerk bijwoonde,' zei ze verbaasd.

'Ik ben meegegaan met mijn vriend Sandro. Hij sprak zeer lovend over de diensten van pater Sorvino,' zei hij zonder zijn blik van haar af te wenden.

Simonetta voelde zich ongemakkelijk. Giuliano lapte alle regels aan zijn laars. Zijn optreden tijdens het toernooi was volkomen ongepast. Marco had zich danig opgewonden over zijn vrijpostigheid, en nu stond hij voor haar in de Ognissanti-kerk. 'Ja, ik hou ook van de manier waarop hij de mis opdraagt, en bovendien heeft hij me enorm geholpen toen ik naar Florence kwam,' antwoordde ze met een serieus gezicht.

'Het zal niet makkelijk zijn geweest om in een andere stad te gaan wonen en uw familie achter te laten.'

Giuliano had haar gedachten gelezen. Het was moeilijker geweest om in Florence te aarden dan ze aanvankelijk had gedacht. 'De mensen hier zijn heel aardig en gastvrij,' antwoordde ze echter uit beleefdheid.

'En wat vindt u van onze gebruiken? Hebt u zich vermaakt tijdens het toernooi? Ik heb u er nog steeds niet voor kunnen bedanken dat u wilde poseren voor mijn vaandel.'

'Het is een gevaarlijke bezigheid. U had gewond kunnen raken. Het laatste steekspel met Francesco de' Pazzi was vreselijk.'

'Maakt u zich zorgen om mij? U vlijt me, madonna!' zei hij met een schalkse glimlach.

Simonetta keek hem beschaamd aan. 'Ik wil alleen maar zeggen dat het voor mij niet nodig is om een belangrijke gebeurtenis te vieren door op een paard te vechten met anderen.'

'Ik vind het zelf wel romantisch,' antwoordde hij met een verleidelijke stem.

De spontaniteit van Giuliano bracht haar in verwarring. Ze gebaarde naar Caterina dat ze wilde vertrekken.

'Madonna, kent u de markt aan de oever van de Arno? Sandro en ik zijn van plan om daarheen te gaan. Wilt u ons niet vergezellen?' vroeg hij, wijzend naar Botticelli, die een paar meter verderop stond.

Simonetta besefte dat het geen goede indruk zou maken als ze met twee mannen een wandeling zou maken zonder haar echtgenoot, maar Marco had haar zelf gevraagd om voor het vaandel te poseren, dus accepteerde ze zijn voorstel: 'Ja, dat zou ik leuk vinden.'

Caterina zette grote ogen op. Giuliano glimlachte, maakte nogmaals een buiging en bood zijn arm aan. Simonetta durfde de hare niet door de zijne te steken, maar ging wel naast hem lopen. Ze werden gevolgd door Caterina en Botticelli, een paar passen achter hen.

Giuliano keek gebiologeerd naar haar gezicht, dat werd verlicht door de zonnestralen die door haar sluier drongen. Hij bleef staan voor een bloemenkraam en pakte een witte lelie. 'Dat is de bloem van de Medici,' merkte hij op en hij gaf hem aan Simonetta.

Ze rook aan de bloem. 'De lelie staat voor zuiverheid en onschuld.'

'Kwaliteiten die ook u lijkt te vertegenwoordigen,' zei hij en hij keek haar aan.

Dat bracht haar van haar stuk, en ze legde de bloem weer terug in de mand. Ze liepen verder. Simonetta stopte bij een kraampje met allemaal glazen flesjes gevuld met etherische oliën en parfums. De verkoopster gaf haar een stokje dat met een geurtje was geïmpregneerd. Ze hield het bij haar neus en sloot haar ogen.

Giuliano keek naar haar. 'Hoe vindt u het?'

'Heel aangenaam. Het doet me denken aan de wandelingen die ik als kind altijd maakte tussen de lavendelvelden bij Genua,' antwoordde ze en ze hield het stokje voor zijn gezicht.

Giuliano rook eraan en zei: 'Het is fris en intens tegelijk.' Hij haalde meteen wat munten tevoorschijn en legde ze op de plank.

De vrouw glimlachte en gaf hem een flesje met het parfum.

Giuliano wilde het aan Simonetta geven. 'Dit is voor u.'

'Dat kan ik niet aannemen...' zei ze met een verontschuldigend gebaar, verbaasd over zijn vrijmoedigheid.

'Goed, ik doe het zelf op en dan denk ik aan u.' Giuliano stopte het flesje in zijn wambuis en glimlachte. 'Wist u dat mijn overgrootvader marktkoopman was voordat hij bankier werd? Dat is misschien de reden dat ik zo van markten hou. Ik voel me gewoon op mijn gemak tussen al die kraampjes.'

'Mijn familie behoort tot de adel, maar op de een of andere manier heb ik me altijd een buitenstaander gevoeld,' vertrouwde Simonetta hem toe.

'Ik wil u niet beledigen, madonna, maar edellieden zijn doorgaans afstandelijk, en je weet nooit echt wat ze denken.'

'Waarschijnlijk hebt u gelijk.' Ze waardeerde Giuliano's openheid. Dat schiep een band.

Ze keken elkaar aan. Botticelli kon zien dat ze zich tot elkaar aangetrokken voelden. Caterina liep naar haar meesteres en fluisterde haar iets in het oor.

'Messer, het spijt me, maar ik denk dat mijn echtgenoot zich afvraagt waar ik blijf,' zei Simonetta met een zorgelijke blik.

Giuliano's gezicht betrok. Hij wilde haar vragen om niet weg te gaan, maar Botticelli pakte hem bij de arm: 'Dat is niet verstandig.'

'Maar...'

'Laat haar vertrekken.'

Giuliano volgde haar met zijn ogen tot ze in de menigte was opgegaan. 'Cupido heeft me doorboord met zijn pijl.'

'Ik dacht dat u niet in de liefde geloofde.'

'Daar geloofde ik ook niet in...'

'Ik vrees dat haar hetzelfde is overkomen.'

Er verscheen een lach op Giuliano's gezicht. 'Denkt u dat werkelijk?'

'Haar ogen beginnen te stralen wanneer ze naar u kijkt.'

'Ze is het wonderbaarlijkste schepsel op de hele aarde!'

'Giuliano, het is een getrouwde vrouw.'

'U zorgt er wel voor dat ik dat niet vergeet!' zei hij geërgerd en hij keek hem strak aan. 'Ik heb haar veel meer te bieden dan die sukkel van een Marco!'

'Maar messer, u kunt niet alle wetten en fatsoensregels in de wind slaan.'

'Hebt u mij niet gehoord? Ik vind haar echt geweldig!' zei hij kwaad en hij liep naar zijn koets. Hij stapte in en sloeg met zijn vuist tegen het dak. Hij moest en zou die vrouw krijgen.

Florence, de Beeldentuin van San Marco

28 februari 1475

De Medici organiseerden een avondfeest in de Beeldentuin van San Marco om de Academie voor Schone Kunsten van Florence in te wijden. Lorenzo geloofde net als zijn grootvader Cosimo dat kunst een middel was om de samenleving te ontwikkelen en had daarom besloten de mecenas te worden van de beste kunstenaars van Toscane. De academie was opgericht om de artistieke activiteiten in de stad te stimuleren middels bestudering van klassieke kunstwerken van grote meesters. Lorenzo had zijn vriend Bertoldo di Giovanni uitgekozen om de academie te leiden. Hij was als beeldhouwer opgeleid in het atelier van Donatello.

Tevreden keek Lorenzo naar het grote aantal aanwezige kunstenaars. Het was een zwaarlijvige man met een ernstig gezicht en een welbespraaktheid die respect afdwong. Hij zag Verrocchio en Ghirlandaio staan praten bij de ingang. De meeste leden van de academie kwamen uit hun ateliers. Hij wierp ze een glimlacht toe en liep naar Bertoldo. 'Beste vriend, ik ben heel erg trots op het talent dat we bijeen hebben gebracht!' zei hij, om zich heen kijkend.

'Dat is aan u te danken. Anders was het niet mogelijk geweest. Ik ben u zeer erkentelijk voor het vertrouwen dat u in mij hebt gesteld.'

Lorenzo glimlachte voldaan. Bertoldo was een goede keus geweest. 'Ik heb gehoord dat er een jongeman is die zich onderscheidt van alle anderen.'

'Dat is Leonardo. Hij beschikt over een uitzonderlijk talent voor de schilderkunst. Hij heeft Andrea del Verrocchio geholpen met *De doop van Christus*, maar toen Andrea zag dat hij werd overvleugeld door zijn leerling, brak hij zijn penselen doormidden en zwoer hij nooit meer te schilderen.'

Lorenzo schoot in de lach. 'Het ego van kunstenaars... Dat heb ik eerder gezien.'

'De engel die Leonardo heeft geschilderd is veel eleganter en dynamischer dan die van Verrocchio.'

'Ik zou hem graag ontmoeten.'

'Het is de jongeman die daar staat te praten met Sandro.'

Lorenzo gebaarde naar Giuliano dat hij moest komen. 'Ik wil je aan iemand voorstellen.' Ze liepen naar Sandro en Leonardo. Lorenzo zei tegen de laatste: 'Het doet me veel deugd u hier te hebben. Ik zou graag de werken zien die u op de academie produceert.'

'Messer, we zijn u zeer dankbaar voor uw generositeit,' zei Leonardo, die onder de indruk was van Lorenzo's aanwezigheid.

'Men heeft mij verteld dat u uitstekend werk hebt verricht voor Verrocchio.'

'Ja, ik heb veel geleerd van mijn meester,' zei Leonardo bescheiden.

Botticelli maakte van de gelegenheid gebruik om over zijn eigen schilderij te beginnen. 'Messer, ik wil u graag een idee voorleggen dat ik met Poliziano heb besproken. Stelt u zich Venus voor, de godin van de liefde. Ze rijst op uit zee, staande op een schelp, en wordt naar het vasteland geblazen door Zephyrus, de god van de westenwind. Wat is er grootser dan het schilderen van de geboorte van de liefde?' zei hij geëmotioneerd. 'Ik had bedacht dat Simonetta Vespucci een goede Venus zou zijn.'

Precies op dat moment verscheen Simonetta in gezelschap van haar man.

'Het lijkt me een fantastisch idee, Sandro, maar dan moeten we eerst toestemming vragen aan haar echtgenoot,' antwoordde

Lorenzo met zijn blik op Marco gericht.

De mannen schoten in de lach. Lorenzo verontschuldigde zich en liet hen achter om de nieuwe gasten te verwelkomen.

'Waarom vertelde u hem over Simonetta?' vroeg Giuliano ontstemd. 'Ik had toch al gezegd dat ik zelf met Marco zou gaan praten.'

'Vergeeft u mij. Ik dacht dat Lorenzo ons misschien kon helpen.'

'Lorenzo heeft al genoeg aan zijn hoofd!' antwoordde Giuliano.

Op een gegeven moment liep Simonetta verder terwijl Marco en Lorenzo met elkaar in gesprek waren. Giuliano greep zijn kans. Hij liep naar haar toe en zei: 'Goedenavond, madonna!'

'Messer Medici,' antwoordde ze met een glimlach.

'Ik dacht dat u niet meer zou komen. Ik ging haast dood van verveling met al die kunstenaars om me heen.'

'Marco moest nog wat zaken regelen.'

'Staat u mij toe op te merken dat u er heel mooi uitziet. Blauw staat u goed,' zei hij met een waarderende blik op haar getailleerde zijden jurk.

Simonetta keek naar haar echtgenoot, die nog steeds met Lorenzo stond te praten. 'U bent schaamteloos, messer!'

'Dat komt door u!' zei hij met begerige ogen.

Simonetta bloosde.

'Ik wil u graag de beelden laten zien uit de collectie van de Medici. Vindt u dat goed? Het zou me een eer zijn.'

Simonetta keek opnieuw naar haar man, die nog altijd werd afgeleid door Lorenzo, en kruiste de blikken van de andere gasten, maar ze wilde bij Giuliano zijn. Dus knikte ze lichtjes ten teken van instemming. Giuliano glimlachte, en samen liepen ze de beeldentuin in.

'Lorenzo vond dit een ideale plek voor de academie,' legde Giuliano uit.

'Daar had hij gelijk in!' zei Simonetta enthousiast terwijl ze de indrukwekkende marmeren sculpturen bewonderde. Ze bleef staan bij een bronzen figuur. 'Wie is dat?'

'David, de herder die Goliath versloeg.'

'Ik heb nog nooit een naakte David gezien.'

'Donatello heeft het gemaakt in opdracht van mijn grootvader Cosimo. Het was het eerste beeldhouwwerk van een naakte man sinds de klassieke oudheid en veroorzaakte destijds veel opschudding.'

'Ik vind het mooi. Het is natuurlijk, maar tegelijk expressief. Je kunt nog steeds de kracht zien waarmee hij Goliath overwon,' zei ze en ze strekte haar arm uit om het brons aan te raken.

Giuliano keek toe hoe ze het beeld streelde, legde zijn hand op de hare en ging zo dicht tegen haar aan staan dat hun lippen elkaar bijna raakten.

Simonetta huiverde. 'Nee...' zei ze ontredderd en ze liep weg zonder om te kijken, Giuliano bedremmeld achterlatend met zijn hand op het brons.

Florence, luchthaven Amerigo Vespucci

24 juni 2023

Vlucht VY3552 van maatschappij Vueling landde op tijd op luchthaven Peretola. Carla keek door het raam naar de groene heuvels die tot de horizon reikten, badend in het honinggele licht van de zon. Toen ze de cabine verliet, werd haar gezicht gestreeld door de warme Toscaanse lucht. Carla voelde kriebels in haar buik: ze was weer terug in Florence.

Ze liep de metalen trap af en begaf zich naar de ingang van de terminal. Bij de vier half versleten bagagebanden van het kleine vliegveld kwam na een tijdje haar oranje Hermès-koffer als eerste tevoorschijn. Ze pakte hem snel, want Francesca stond buiten waarschijnlijk al op haar te wachten. Voordat ze naar de uitgang liep, deed ze haar telefoon aan, want ze hoopte wel en niet op een bericht van Àlex. Ze was echter alleen gebeld door haar moeder en door Júlia. Ze sleepte haar koffer achter zich aan naar de douane. Hij voelde zwaar aan, deed haar pijn. De drie agenten bij de deur verslonden haar met hun blikken, maar Carla had daar totaal geen erg in.

Bij de uitgang keek ze naar de mensen die haastig naar binnen en buiten gingen. Er stond een rode bus klaar voor passagiers die naar het centrum wilden. Toen zag ze Francesca, een paar meter verderop. Ze leunde tegen een blauwe Fiat 500e en keek op haar telefoon. Ze droeg een strakke spijkerbroek en een Greenpeace-T-shirt en haalde een lok van haar lange, golvende haar uit haar gezicht. Terwijl Carla naar haar toe liep, vroeg ze zich af hoe het zou gaan in het Italiaans, want dat had ze al een hele tijd niet meer gesproken.

Francesca begroette haar met een hartelijke omhelzing. 'Welkom in Florence, nichtje!'

'Francesca, wat zie je er goed uit!' zei ze in vloeiend Italiaans.

Francesca nam haar van top tot teen op. 'Nee, jij bent degene die er goed uitziet, Carla. De afgelopen vier jaar hebben je geen kwaad gedaan. Hoe gaat het met je? Je moet me alles vertellen.'

Carla glimlachte. Als je eens wist hoe ik eraan toe ben...

Francesca keek naar de opvallend grote koffer. 'Goeie genade, wat zit daar allemaal in? De 500 is een prima auto, maar heeft geen al te grote achterbak,' zei ze, wijzend naar de bescheiden ruimte.

'Tja, ik weet gewoon nog niet hoelang ik zal blijven,' zei ze verontschuldigend.

Samen hesen ze de koffer in de achterbak. Hij paste maar net.

'Ik hoop dat we hem er weer uit krijgen,' zei Francesca met een knipoog.

Carla moest lachen. Ze stapten in, en Francesca startte de motor en deed de radio aan. De gekwelde stem van Van Morrison vulde de cabine.

'Je moeder vertelde me over het project waarvoor je bent aangenomen. Als de Galleria degli Uffizi jou wil hebben, moet je wel heel erg goed zijn!'

'Ach, ik...'

'Kom, niet zo bescheiden,' onderbrak ze haar. 'In de loop der jaren ben je steeds meer op oma Graziela gaan lijken toen ze nog jong was.'

'Dat zegt mijn moeder ook altijd.'

'Geen wonder. Heb je trouwens nog iets gegeten onderweg?'

'Twee zakjes pretzels in het vliegtuig.'

'Gezien de prijs van een ticket is dat wel heel karig. Ze hadden je op z'n minst een broodje kunnen geven. Ik neem je wel mee naar een plek waar ze echt voedsel hebben.'

Francesca gaf een ruk aan het stuur om de afrit naar San

Gimignano te nemen. Carla werd tegen het raam gedrukt. Ze rijdt net zo onstuimig als ze praat, dacht ze.

Even later parkeerde ze de auto in een straat bij de middeleeuwse muur die het centrum omringde.'Kom je mee? Het is niet ver. Ik snap niet dat ik er niet eerder met jou ben geweest.'

De twee jonge vrouwen liepen een steegje in en kwamen bij een kleine trattoria. Francesca groette een vrouw met grijs haar achter de toonbank. Toen ze Carla zag, viel ze bijna achterover van verbazing. Ze deed de deur naar de keuken open en riep: 'Alfredo, kom kijken wie er is!'

Er verscheen een stevige man van in de zeventig met een wit schort om. 'Waarom moet ik komen? Zie je niet dat ik bezig ben?' vroeg hij wijzend naar de acht tafels in de zaak, die allemaal bezet waren.

'Loop niet zo te mopperen en kijk gewoon.'

Het gezicht van de man klaarde meteen op. 'Maar...'

Ze bleven haar aangapen.

'Is het niet ongelooflijk?' zei Francesca.

Carla begreep niet waarom die mensen zo onder de indruk van haar waren.

'Wie is dat?' vroeg de vrouw.

'De kleindochter van Graziela.'

'Aangenaam kennis te maken. Ik ben Carla.'

'Je lijkt ontzettend op je grootmoeder...'

'Ja, dat begin ik door te krijgen,' antwoordde ze lachend.

'Graziela kwam hier regelmatig. Ze zei dat mijn spaghetti *all'amatriciana* de lekkerste van heel Toscane was,' merkte de man trots op.

'Die zou ik heel graag willen proeven!'

'Presto!' riep hij en hij liep weer terug naar de keuken.

Even later bracht de vrouw de borden met pasta, die de ruimte vulden met een heerlijke tomatengeur. De twee meisjes begonnen te eten.

'Ik ben blij dat je gekomen bent, Carla. Mijn ouders zitten een tijdje in Napels, en het huis is te groot voor mij alleen.

Je gezelschap zal me goeddoen. Bovendien is het niet zo lang geleden uitgegaan met Mario... Waarom heb ik altijd zo'n pech met mannen?' zei ze en ze hief haar handen op.

Carla dacht aan Àlex, die ze zowaar heel even was vergeten.

'Ik heb de kamer van je grootmoeder voor je klaargemaakt. Daar zit je beter dan bij mij op de kamer, en je hebt een prachtig uitzicht op de tuin. Volgens mijn moeder stonden de jongens uit het dorp vaak 's avonds onder het raam.'

'Dank je, dat is perfect,' zei Carla en ze proefde van haar spaghetti. 'Mijn hemel, wat lekker!'

Francesca schoot in de lach.

Toen ze klaar waren met eten, verlieten ze de trattoria en liepen ze weer terug naar de auto. Vanaf haar stoel aanschouwde Carla de middeleeuwse torens die je overal in het dorp zag. 'Heel bijzonder. Hoeveel zijn het er?'

'Tegenwoordig nog veertien, maar in de vijftiende eeuw waren het er wel zeventig.'

'Een wonder dat ze er nog staan.'

'De gebouwen in het historische centrum en het middeleeuwse stratenplan zijn bewaard gebleven. Daarom is het in 1990 door Unesco uitgeroepen tot werelderfgoed.'

Na een paar minuten parkeerde Francesca de auto voor een oud stenen huis aan de rand van het dorp. 'We zijn er!'

Carla keek naar de blauwe ramen en zag een charmante tuin omringd door cipressen. Ze stapten uit en liepen over het tegelpad naar de voordeur. Francesca deed de deur open, en Carla ging naar binnen en zette haar koffer in het halletje. De muren hingen vol familiefoto's.

Francesca wees naar de trap naar de bovenverdieping en zei: 'Ik breng je gelijk naar je kamer, want je zult wel moe zijn.'

Samen tilden ze de koffer naar boven.

'Hier is het. Doe of je thuis bent,' voegde ze eraan toe terwijl ze de deur voor haar opende.

Carla keek rond in de kamer. De muren waren wit. Er stond

een bed van licht grenenhout met een sprei van indigoblauw katoen die tot de grond kwam. Voor de kledingkast lag een grijs kleed. Ze vond het een gezellige ruimte.

'Hoe laat sta je morgen op?'

'Vroeg. Ik heb om negen uur een afspraak met professor Belletti en wil daarvoor nog graag mijn yoga-oefeningen doen. Dat helpt me om te ontspannen.'

'Ben je dan zo zenuwachtig? Hij heeft je toch al aangenomen?'

'Bij professor Belletti weet je het nooit. Hij is heel streng.'

'Goed, maak mij dan ook maar wakker. Ik zou het leuk vinden om met je mee te doen.'

'Hou jij ook van yoga?'

'Ik ben al een paar jaar verslaafd aan *Jivamukti*.'

'Ja, dat past wel bij jou,' zei Carla, die daarna het namastégebaar maakte en lichtjes haar hoofd boog. 'Ik doe zelf *Vinyasa*. De asana's zijn hetzelfde, maar zonder de mantra's en meditaties van Jivamukti. Als je het goed vindt, kunnen we om zeven uur beginnen.'

'Dat lijkt me perfect. Slaap lekker, nichtje!'

'Slaap lekker.'

Carla zette haar koffer voor de kledingkast en liep naar de toilettafel. Er stond een zilveren lijst op met een foto van haar grootmoeder toen ze ongeveer even oud was als zij. Ze had licht golvend kastanjebruin haar en grote amandelvormige ogen. Carla keek in de spiegel en streek met haar vingers over haar gezicht. Ze leek inderdaad veel op haar. Ze voelde aan de diamantring met blauwe saffier die van haar oma was geweest en nu aan een ketting om haar hals hing. Vervolgens pakte ze de foto, ging op de sprei liggen en sloot haar ogen. Ze had het gevoel dat ze weer thuis was gekomen.

Florence, Galleria degli Uffizi

De volgende dag liep Carla te ijsberen door de kamer op de derde verdieping van de afdeling Restauratie van Schilderwerken. Ze herinnerde zich hoe hard ze haar best had moeten doen om aan de eisen van professor Belletti te voldoen. Ze vond het heel spannend om na vier jaar terug te keren naar die plek. Even stelde ze zich voor dat hij tegen haar zou zeggen dat er een fout was gemaakt en dat ze haar niet nodig hadden voor het project. Ze kreeg een knoop in haar maag, want ze zou niet in staat zijn om nog een teleurstelling te verwerken. Ze liep naar het raam en keek naar de lange rij toeristen die in de rij stonden voor het museum. Precies op dat moment kreeg ze een bericht op haar telefoon. Haar vader wenste haar veel succes bij het gesprek. Ze glimlachte.

De deur van de kamer ging open en de professor kwam naar binnen in een witte jas. Hij hield een map vast. Belletti had zijn snor en baard laten groeien, misschien om zijn kaalhoofdigheid te compenseren, die steeds meer in het oog sprong. Toen hij haar zag, verscheen er een lachje op zijn gezicht. 'Signorina Bas!'

Ze voelde zich niet op haar gemak. 'Professor, het is me een eer...'

'Gaat u zitten, alstublieft!' zei hij en hij liep langs haar zonder haar aan te kijken. Hij nam plaats op de stoel achter het bureau, sloeg de map open en begon de documenten te lezen die erin zaten.

Carla was zenuwachtig.

'Ja, u hebt goed werk verricht tijdens uw stage.'

'Dank u...' Uit zijn opmerking leidde ze af dat hij haar cijferlijst voor zich had.

De professor bleef lezen zonder iets te zeggen en onderstreepte bepaalde passages van het rapport. Hij keek naar haar. Ze droeg een witte jurk zonder bandjes en had haar haar opgestoken. 'Het zal niet makkelijk zijn geweest om toegelaten te worden tot de master Restauratie van Schilderwerken in Madrid. Dat is een van de beste opleidingen in Europa.'

'Er zijn maar vijfentwintig plaatsen per jaar. De docenten zijn uitstekend en het werk aan de doeken is heel geavanceerd. Ik heb er enorm veel geleerd.'

'Dat wil ik wel geloven. Goed, u moet weten dat deze tentoonstelling het meest ambitieuze en persoonlijke project van mijn carrière is. U kent mij, ik kan niet goed tegen middelmatigheid en wil niet de onbenullige exposities herhalen die in Londen en Berlijn zijn gehouden.'

Carla luisterde aandachtig. Ze had het gevoel dat de tijd stilstond.

'Vertelt u mij eens: waarom denkt u dat u de juiste persoon bent om deze tentoonstelling te organiseren?'

Ze vond die man nog steeds intimiderend. Bij hem was ze steevast bang dat ze tekortschoot. Maar ze verzamelde al haar moed en zei: 'Omdat kunst mijn passie is, mijn leven, en omdat ik vind dat de renaissance de beste kunstwerken uit de hele geschiedenis heeft voortgebracht en dat we die aan de wereld moeten laten zien. Dat zijn we de grote meesters gewoon verschuldigd.'

De professor bleef haar aankijken. Carla voelde haar hart kloppen. Hij noteerde iets in het dossier en stond op om haar een hand te geven. 'Morgen om acht uur in zaal 25. Kom niet te laat!'

Ze kreeg zin om op het bureau te springen en hem een knuffel te geven.

De professor begeleidde haar naar de deur en riep de secretaris: 'Mauro, kun je een pasje maken voor signorina Bas? Ze begint morgen bij het team voor de tentoonstelling.'

Mauro forceerde een glimlach.

'O ja, dat was ik nog vergeten te vertellen. De andere assistent-curator is Max Stern. Ik herinner me nog dat jullie goed samenwerkten.'

Carla voelde een steek in haar buik. 'Is dat zo?' vroeg ze verbaasd.

'Jullie zijn de beste studenten die ik ooit heb gehad en zullen ongetwijfeld een goed team vormen,' zei de professor, waarna hij zich omdraaide en terugkeerde naar zijn kamer.

'Loop je even met me mee?' vroeg Mauro.

Hij begaf zich naar de balie bij de ingang en Carla volgde hem met een verloren blik in haar ogen. Door het horen van de naam Max was ze behoorlijk uit haar evenwicht gebracht.

'Oké, schoonheid. Om een pasje te maken heb ik je gegevens nodig, een foto en een vingerafdruk.'

'Eh... ja... natuurlijk.'

'Hoe sneller we beginnen, hoe sneller we klaar zijn... Kun je even glimlachen?' vroeg hij en hij pakte zijn telefoon.

Carla lachte flauwtjes terwijl Mauro op de knop van de camera drukte.

'Kun je hier je gegevens noteren?'

Ze pakte de pen en vulde het formulier in.

Een paar minuten later gaf Mauro het pasje aan haar. 'Hier is-ie dan. Je staat goed op de foto. Ik kan veel meer dan alleen de secretaresse uithangen, hoor. Kun je dat een keer tegen Belletti zeggen als je eraan denkt? Naar jou luistert-ie wel. Ik zag hoe hij naar je keek.'

Mauro had iets brutaals. Dat vond ze wel leuk. 'Mag ik je een vraag stellen?' zei ze.

'Zeg het maar.'

'Heb je ook het pasje voor de andere assistent-curator gemaakt?'

'Max werkt hier al een paar jaar. Hij heeft al een pasje.'

Carla was flink uit het lood geslagen. Ze had nooit gedacht dat ze Max ooit terug zou zien. Ze las de tekst op het pasje: ASSISTENT-CURATOR EXPOSITIE SANDRO BOTTICELLI, GALLERIA DEGLI UFFIZI, FLORENCE. Ze voelde vlinders in haar buik. 'Is-ie al geactiveerd? Ik wil de zaal met Botticelli's graag bezoeken.'

'Ja, natuurlijk. Wat denk je dan? Ik ben een professional!'

Ze bedankte hem en liep naar de lift om naar de tweede verdieping te gaan, waar het gebouw van Vasari zich toonde in al zijn glorie.

Waarom die steek toen de professor over Max begon? Ze had al vier jaar niets meer van hem vernomen. Vanaf het eerste moment dat ze elkaar zagen in het restauratieatelier voelden ze een sterke aantrekkingskracht die al snel tot een hartstochtelijk avontuur leidde. Maar het was ze van meet af aan duidelijk dat het niet kon blijven duren, dus toen Carla terugkeerde naar Barcelona, namen ze zonder al te veel drama afscheid van elkaar.

Bij de ingang vroeg de bewaker om haar pasje. Het groene lampje ging branden en de tourniquet werd ontgrendeld. Ze liep door de Oostelijke Galerij, de lange gang met de grote gevelramen en de zwart- en witmarmeren vloertegels waar de beelden stonden uit de Medici-collectie. De ingang van het museum had haar altijd gefascineerd. Ze bleef even staan om te genieten van de fresco's met grotesken op het plafond. Die vond ze echt prachtig. Ze liep weer verder en probeerde haar enthousiasme in bedwang te houden. Ze wist wat ze dadelijk zou zien. Toen ze bij zaal 10 kwam, ging haar hart sneller kloppen. Langzaam betrad ze de ruimte en aanschouwde de tuin van de Hesperiden, met Venus in het midden, haar voeten in het gras omringd door bloemen. Ze keek met bewondering naar de drie Gratiën, die een sensuele, etherische dans uitvoeren, naar hun verstrengelde handen en transparante tunieken, naar Mercurius, die niet onder de indruk lijkt van hun charmes en de wolken verdrijft met zijn staf, en naar Flora, met haar witte bloemenjurk en haar dromerige schoonheid, die de komst van het voorjaar aankondigt.

Ze schrok van een stem: 'Een magnifieke allegorie!'

Carla zag een man van een jaar of zeventig in een elegant blauw pak en met een hoed op zijn hoofd. Hij zat op het bankje voor het schilderij en leunde op een wandelstok met een zilveren handvat. 'Een allegorie van de liefde en de lente,' antwoordde ze beleefd.

De man keek haar aan met zijn kleine oogjes. 'Het is een complex en mysterieus schilderij vol symbolische betekenissen. Een soort geheimtaal die uitsluitend werd begrepen door degenen die deel uitmaakten van de besloten kring der humanisten.'

'Bedoelt u de humanisten van de Neoplatoonse Academie?' vroeg Carla.

'Ja, Botticelli was een van de prominente leden. Volgens de academie was de liefde een cirkel die eeuwig ronddraait van het goede naar het goede, elk voorjaar opnieuw. God schenkt Zijn genade aan de wereld, en Zijn schepselen zoeken naar eenwording met Hem. De liefde is een verlangen dat niet louter lichamelijk is, maar door de rede naar een hoger doel wordt geleid: de aanschouwing van schoonheid.'

Carla bedacht dat het misschien een gepensioneerde professor was die zijn ochtenden sleet in het museum.

De man stond op en liep naar haar toe. 'Staat u me toe mij voor te stellen. Ik ben graaf Arnaldo Verini,' zei hij en hij gaf haar een stevige hand.

Carla was onder de indruk. 'Aangenaam. Ik ben Carla Bas. Ik zie dat u een groot kenner bent van Botticelli.'

'Zijn schilderkunst is de visuele tegenhanger van het woord der humanisten, pure poëzie, lyrisch sentiment. En licht en liefde en schoonheid en spirit.'

'*La Primavera* ontroert me telkens weer, en dat overkomt me slechts bij een paar schilderijen,' zei Carla met een glimlach. Ze keek naar zijn wandelstok. Hij had een gedistingeerd voorkomen. 'Ik hoop dat ik niet te brutaal ben, maar mag ik u een vraag stellen?'

'Ja, natuurlijk!' antwoordde hij met zijn handen op het zilveren handvat.

'Wie heeft volgens u aan Botticelli gevraagd om het schilderij te maken? De theorie dat het een opdracht was van Lorenzo di Pierfrancesco, die het aan zijn vrouw wilde geven als huwelijksgeschenk, heb ik nooit echt overtuigend gevonden.'

De graaf glimlachte.

'Men zegt dat hij model heeft gestaan voor Mercurius en dat zijn vrouw Semiramide Castitas is, de middelste van de drie Gratiën,' voegde Carla eraan toe.

De graaf gebaarde dat ze dichter bij het schilderij moest komen staan. 'Beste vriendin, kijkt u eens goed naar Mercurius. Denkt ú dat dat Pierfrancesco is?'

Carla bestudeerde de figuur.

'Vindt u ook niet dat hij eerder gelijkenis vertoont met de portretten die Botticelli van Giuliano heeft gemaakt?'

'Giuliano de' Medici?' vroeg ze verbaasd en ze richtte haar blik op de graaf. Hij leek niet zomaar iemand. Vervolgens keek ze weer aandachtig naar de god Mercurius. Hij droeg een rode tuniek bedekt met vlammen die asymmetrisch over zijn rechterschouder hing.

'Inderdaad,' zei de graaf met een glimlach.

'Maar als Mercurius Giuliano is, kan Pierfrancesco niet degene zijn die de opdracht heeft gegeven,' concludeerde Carla.

'Dat is scherp opgemerkt. In werkelijkheid kwam de opdracht van zijn oom Lorenzo.'

'Lorenzo de Grote?'

'Toen Botticelli het schilderij maakte, was Lorenzo di Pierfrancesco nog maar zestien jaar oud. Op dat moment was Lorenzo de' Medici zijn voogd. Wie anders had de opdracht kunnen geven om een voorstelling te maken van het neoplatoonse begrip van de liefde en de natuur, met allerlei verschillende mythologische figuren in hetzelfde decor, waardoor de geleerden vandaag de dag nog steeds niet weten hoe ze het schilderij precies moeten interpreteren?'

'Nou, het lijkt wel duidelijk dat het geïnspireerd is op de *Fasti* van Ovidius,' betoogde Carla.

'Dat is de mythologische basis die het meest erkend wordt, maar de voornaamste inspiratiebron van *La Primavera* is het gedicht "Le Stanze per la giostra di Giuliano de' Medici" van Angelo Poliziano.'

'Maar "Le Stanze" was een lofzang op het toernooi van Giuliano in 1475. Wat heeft dat met *La Primavera* te maken?'

'Pas in het laatste van de honderdeenenzeventig octaven van het gedicht bestijgt Giuliano zijn paard voor het steekspel. In werkelijkheid gaat het over zijn liefde voor Simonetta Vespucci, overeenkomstig de opdracht die hij aan Poliziano had gegeven.'

Carla hing aan zijn lippen. 'Zijn liefde voor Simonetta? Ik wist dat Giuliano haar had laten afbeelden op zijn vaandel, maar Simonetta was getrouwd,' merkte Carla verbaasd op.

'Denkt u werkelijk dat een lid van de Medici-familie zich daardoor zou laten weerhouden?'

'Eigenlijk niet.'

'In "Le Stanze" gaat Giuliano op jacht met zijn vrienden, en Venus neemt hem mee naar een doolhof om een wit hert te achtervolgen. Op een gegeven moment belanden ze op een veld vol bloemen, en daar verandert het dier in een mooie dame: Simonetta.'

Zuiver is zij en in zuiverheid gekleed,
met een gewaad van bloemen en van grassen;
haar gouden krullen door een scheiding verdeeld,
trots en deemoed die op haar voorhoofd passen.

'Poliziano beschrijft Simonetta in deze verzen en ze vertoont een grote gelijkenis met Flora.'

Carla keek wat beter naar Flora en haar witte bloemenjurk.

'In het gedicht rent Cupido naar Venus om haar op de hoogte

te brengen van zijn succes, want Giuliano is verliefd geworden op Simonetta.'

Gevolg dat trouw je kinderen begeleidt,
o, hemelse Venus, die ons liefde brengt,
Zephyrus, die dauw over het veld verspreidt
en zodoende duizend vage geuren schenkt;
als Flora door bergen en boomgaarden schrijdt,
en haar witte en purperen bloemen plengt,
die het gras geheel met kleuren bedekken,
om de schoonheid weer tot leven te wekken.

'Poliziano beschrijft *La Primavera*!' zei Carla opgewonden.

'Nee, het was juist Botticelli die zich liet inspireren door de poëzie van "Le Stanze" om de liefde van Simonetta en Giuliano op doek vast te leggen, zoals Lorenzo ook aan hem had gevraagd,' antwoordde de graaf.

Carla keek hem met grote ogen aan. 'Waarom liet Lorenzo hem een schilderij maken over de liefde van zijn broer voor Simonetta?'

'Omdat hij bij ze in het krijt stond.'

Carla was verbouwereerd. De graaf wist dingen over het schilderij die nergens gedocumenteerd waren.

'Beste vriendin, het was me een genoegen om met u van gedachten te wisselen, maar ik vrees dat ik nu moet gaan,' zei hij met een vriendelijke glimlach en hij liep naar de gang.

Carla wachtte tot hij uit het zicht was verdwenen en keek toen andermaal naar het schilderij dat haar zo fascineerde.

De graaf liep haastig langs de balie van de restauratieafdeling, deed de deur van de kamer open en begaf zich met opgeheven handen in de richting van het bureau. 'Ze lijken als twee druppels water op elkaar!'

Professor Belletti keek verstoord op naar de graaf, die plompverloren plaatsnam op de stoel voor zijn bureau. Mauro was verschrikt achter hem aan gelopen. 'Het spijt me, professor, ik kreeg geen tijd om...' Maar de professor gebaarde dat hij weer kon gaan, waarna Mauro puffend rechtsomkeert maakte.

De graaf legde zijn stok op het bureau en haalde een zakdoek uit zijn jasje om het zweet van zijn voorhoofd te vegen.

De professor glimlachte. 'Ik had het je toch gezegd!'

'Maar dat ze zo op haar zou lijken! Ik ben haar net tegengekomen in zaal 10 en kan er nog steeds niet over uit. Zelfs haar gebaren. Het is echt ongelooflijk!' zei de graaf, die andermaal het zweet van zijn gezicht veegde. 'Alsof ik vijftig jaar terug in de tijd ben gegaan!'

De professor pakte een dossiermap die op zijn bureau lag en haalde er een pasfoto uit van Carla. 'Ja, het is net of ze weer bij ons is. Mijn hoofd tolt er ook soms van.'

De graaf bekeek de foto. 'Ik wil haar nog een keer zien.'

De professor gaf hem een schets van de poster van de tentoonstelling. 'Je kunt meewerken aan de organisatie van de expositie, die immers door jou wordt gefinancierd.'

Peinzend bekeek hij de schets. 'Nee, vraag haar liever of ze naar mijn huis komt. De Ghirlandaio moet gerestaureerd worden. Je zei toch dat ze goed was?'

'Ja, dat klopt. Ze heeft zich gespecialiseerd aan een van de meest prestigieuze instellingen in Europa. Daar worden alleen de allerbeste studenten toegelaten.'

'Prima. Dat is dan geregeld.' Hij pakte zijn stok en stond op. Voordat hij de kamer verliet, keek hij nog even door het raam. 'Vind je ook niet dat het een prachtige dag is?'

De professor volgde hem met zijn blik. Zodra de graaf de deur uit was, boog hij zich andermaal over de map. Hij herinnerde zich de eerste keer dat hij haar zag. Dat was in de collegezaal van het museum. Zoals gewoonlijk riep hij de namen af die op de presentielijst stonden. Toen hij opkeek, zag hij haar op de eerste rij zitten, met haar amandelvormige ogen. Hij liet de lijst vallen. De hele zaal moest lachen.

Na afloop van het college ging hij naar haar toe om met

haar te praten. Carla vertelde dat haar moeder uit Genua kwam en dat ze familie had in San Gimignano, de Ferrara's. Ze had hem toen danig van zijn stuk gebracht.

Carla was om halfacht 's avonds weer terug in Francesca's huis. De tijd was voorbijgevlogen in de ontzagwekkende zalen van het museum. Onderweg stopte ze bij een café om een kop thee te drinken. Ze keek naar de klok onder aan de toren van Palazzo Vecchio. Het uitzicht vanaf dit terras vond ze telkens weer fantastisch. Ze was tevreden. Het gesprek met professor Belletti had ze overleefd, en morgen zou ze gaan werken aan de tentoonstelling. Ze had haar ouders nog even gebeld om ze op de hoogte te stellen.

Eenmaal in het halletje werd ze door de aangename geur van truffels naar de keuken geleid. Ze zag Francesca achter het fornuis staan. Haar nicht keerde zich om en zei: 'Je bent precies op tijd voor het avondeten. Ik kan me alleen niet herinneren of je van truffels houdt.'

'Jazeker! Ze ruiken echt heerlijk!'

'Het is een recept van mijn moeder. Ik kan het niet zo lekker maken als zij, maar ik word steeds beter,' zei ze en ze wees naar de pan met geschaafde truffel in een romige saus.

Carla pakte een lepel en proefde. 'Wauw, dat smaakt geweldig!'

Francesca begon te glimmen van trots en zei: 'Hoe is het gesprek eigenlijk gegaan?'

Carla stak twee duimen op en glimlachte. 'Ik begin morgen!'

'Ik wist dat onze yogasessie je goed zou doen!'

'Vóór het gesprek stond ik op het punt om zijn kamer uit te rennen, maar toen heb ik mijn ogen gesloten en probeerde ik rustig adem te halen.'

'Het zou veel beter gaan met de wereld als iedereen wist hoe heilzaam yoga kan zijn. Maar goed, ga lekker zitten, dan schep ik de tagliatelle op. We vieren het met een fles biodynamische wijn uit Montalcino.'

'Super!'

Carla draaide zich om en ging naar haar kamer. Ze legde haar tas op het bed en ontdeed zich van haar jurk. Ze trok een T-shirt aan en een korte broek en maakte haar knotje los. De hele dag had ze niet aan Àlex gedacht. Vanaf de gang riep ze naar Francesca: 'Waarom gaan we niet in de tuin eten? Het is een prachtige avond.'

'Dat is goed.'

Carla liep naar buiten en legde het kleed met zonnebloemmotief dat ze van Francesca had gekregen op de stenen tafel. De tuin baadde in het oranje licht van de schemering. Ze vond het een schitterende plek.

Even later zette Francesca een dienblad op tafel met de borden met pasta, waardoor het heerlijke aroma zich over de tuin verspreidde. 'Hoe was het bezoek aan het museum?' vroeg ze.

'Een droom. Ik had nooit gedacht dat ik nog een keer terug zou keren.'

'Wist je dat je grootmoeder daar ook een tijdje heeft gewerkt voordat ze naar Genua vertrok?'

'Dan moet ze heel goed zijn geweest, want ze nemen alleen de beste kandidaten aan.'

'Mijn moeder zei dat ze dat ook was,' antwoordde Francesca terwijl ze de glazen vulde.

'Ik heb enorm veel zin om te beginnen. Door het bezoek van vandaag weet ik weer wat ik hier allemaal heb geleerd. Ik ga trouwens samenwerken met een jongen die ik tijdens mijn Erasmusstage heb leren kennen. Toen professor Belletti dat vertelde, sloeg ik steil achterover.'

'Dan hoop ik maar dat jullie het goed konden vinden.'

'Ja, iets te goed. We hadden een jaar lang een relatie.'

'Spannend, hoor! Is-ie knap?'

'Hij had de charmantste lach die ik ooit heb gezien. Ik was echt gek op hem.'

Francesca giechelde en zei: 'Je moet me eens aan hem voorstellen. De laatste tijd heb ik niet veel geluk in de liefde. Ik ben gewoon jaloers. Jij werkt bij de Galleria degli Uffizi, terwijl ik wijn en graan inkoop voor de coöperatie. Ik heb het verkeerde beroep gekozen!'

'Zeg dat niet! Je zou trots moeten zijn op jezelf. Dankzij jou houden veel gezinnen in de regio het hoofd boven water.'

'Ja, maar het is toch een stuk minder glamoureus,' zei ze en ze deed of ze een model was.

Carla moest om haar lachen en zei: 'Vanmiddag werd ik in het museum aangesproken door een man.'

'Een man?'

'Hij zat bij *La Primavera*, en we raakten in gesprek.'

Francesca ging rechtop zitten.

'Het is niet wat je denkt. Hij moet ergens in de zeventig zijn geweest.'

Francesca maakte grappend een wegwerpgebaar.

'Ik moet aldoor aan hem denken. Hij gelooft dat Lorenzo de' Medici de opdracht heeft gegeven om *La Primavera* te schilderen.'

'Vergeef me mijn onwetendheid, maar wat is daar zo hemelschokkend aan?'

'Het is een van de grote vraagtekens wie de opdrachtgever was, maar men gaat er doorgaans van uit dat het Lorenzo di Pierfrancesco was, het neefje van Lorenzo de' Medici.'

'Misschien probeerde hij je in de maling te nemen.'

'Dat dacht ik eerst ook, maar hij wist waar hij het over had. Hij zei dat Lorenzo aan Botticelli had gevraagd om een schilderij te maken ter ere van de liefde van zijn broer Giuliano voor Simonetta Vespucci.'

'Simonetta Vespucci? Wie is dat?'

'Het model dat op veel schilderijen van Botticelli is afgebeeld. Simonetta was zijn muze, zijn droomvrouw, zijn schoonheidsideaal, en misschien ook wel zijn obsessie.'

'Venus die oprijst uit de zee op een schelp?'

'Ja, die.'

'Ze is heel knap. Het verbaast me niets dat Botticelli haar zo vereerde.'

Carla glimlachte.

'Over de liefde gesproken: heb je al iets gehoord van je vriend?'

Carla trok een bedenkelijk gezicht. Ze hadden het nog helemaal niet over Àlex gehad.

'Wees niet boos. Je moeder heeft het me verteld.'

'Vandaag was de eerste dag dat ik niet aan hem heb gedacht...'

'Sorry, ik ben een beetje lomp...'

'Maak je geen zorgen... Het is niet jouw schuld.' Carla staarde naar de grote olijfboom die in een hoek van de tuin stond en zei toen kwaad: 'Die hufter heeft niet eens het fatsoen om me te bellen!'

Francesca probeerde wat te zeggen, maar Carla was des duivels: 'Ik voel me zo stom. We zijn drie jaar samen geweest... en het laatste jaar lag-ie om de haverklap met een ander te naaien.' Haar ogen werden vochtig. 'Mijn vrienden zeiden het al, maar ik had oogkleppen op... En het ergste is nog dat ik niet weet op wie ik eigenlijk verliefd ben geworden.'

'Je moet niet zo hard voor jezelf zijn, Carla. Het is niet jouw schuld.'

Carla legde haar vork op haar bord en kroop ineen op haar stoel.

Francesca stond op en gaf haar een knuffel. 'Hij kan het heen-en-weer krijgen. Je hebt nu in elk geval de mogelijkheid om opnieuw te beginnen, en waar kan dat beter dan in het land waar een deel van je wortels ligt?'

Er verscheen een flauwe lach op Carla's gezicht. Misschien had Francesca gelijk.

San Gimignano, Palazzo Verini

1 september 1970

Het was bijna twaalf uur 's middags. De zon viel door het raam in de kamer en verlichtte de majestueuze replica van *La Primavera* die een van de wanden geheel bedekte. Arnaldo keek hoe Flora de bloemen in de rok van haar jurk uitstrooide over het gras. Haar dromerige schoonheid fascineerde hem. Hij had zich altijd afgevraagd wat er schuilging achter dat mooie gezicht van Simonetta Vespucci, en zijn bewondering werd alleen maar groter nadat hij in Botticelli's dagboek had gelezen wat het echte verhaal achter het schilderij was.

Hij draaide zich om en pakte een overhemd uit de kast, maar toen hij een manchetknoop in zijn rechtermouw wilde steken, viel de knoop op de grond. Hij was gespannen, want hij had Graziela uitgenodigd voor het feest dat elk jaar in september in het palazzo werd georganiseerd om de wijnoogst te vieren. Het was een familiefeest met een lange traditie dat werd bijgewoond door de crème de la crème van de Toscaanse adel en burgerij, en hij had die dag uitgekozen om haar in de beau monde te introduceren.

Terwijl hij zich aankleedde, dacht hij terug aan de namiddag waarop ze elkaar voor het eerst kusten. Hij had haar opgehaald bij de Galleria degli Uffizi, zoals elke middag, en toen ze langs de winkeltjes op de Ponte Vecchio wandelden, werden ze tegengehouden door een zigeunerin met een mand vol bloemen. 'Wat een mooi paar zijn jullie! Meneer, koop een bloem voor haar,' zei de vrouw, die een glimlach forceerde en daarbij haar versleten tanden ontblootte.

'Nee, wij zij geen...' antwoordde Graziela.

De zigeunerin zette haar bloemen neer en pakte haar hand. 'Laat eens zien, schoonheid. Ja, je zult een grote liefde hebben, zo eentje die je niet kunt vergeten. Ik zie hier een band die jullie voorgoed zal verbinden.'

Arnaldo probeerde Graziela mee te nemen, maar de zigeunerin hield haar vast bij haar arm. 'Jij zult haar echter nooit krijgen!' zei ze en ze keek hem indringend aan.

Arnaldo voelde een koude rilling over zijn rug lopen en gaf de vrouw wat kleingeld om van haar af te zijn.

'Wat zei ze tegen je?'

'Allemaal onzin. Ze probeerde ons alleen maar op te lichten!'

'Wat ze vertelde over die grote liefde vond ik intrigerend.'

'Ik geloof niet dat je zoiets van een zigeunerin moet horen,' zei hij met een begerige blik op haar lippen. Hij sloeg zijn armen om haar heen, trok haar naar zich toe en begon haar hartstochtelijk te zoenen. Hij voelde haar zachte lippen tegen de zijne. Warmte steeg op naar zijn borstkas, zodat de kus nog intenser en vuriger werd. Hun monden smolten samen terwijl hij haar stevig vasthield. Maar algauw werden ze afgeleid door twee carabinieri die hun ronde deden. Ze maakten zich los van elkaar en liepen met een rood gezicht de Ponte Vecchio af. Aan het eind van de brug bleef Graziela staan.

'Het spijt me als je je ongemakkelijk voelt,' zei Arnaldo, nog steeds in vuur en vlam door de kus. Ze keek hem blozend aan. Hij begeerde haar meer dan ooit. Arnaldo stortte zijn hart uit: 'Graziela, vanaf het moment dat we op het afstudeerfeest met elkaar hebben gedanst denk ik alleen nog aan jou en aan wat ik toen voelde. Elke middag zit ik reikhalzend te wachten tot ik je bij het museum kan ophalen om samen te gaan wandelen langs de oever van de Arno...'

Graziela legde een vinger op zijn lippen om hem tot zwijgen te brengen. 'Arnaldo, ik vond het fijn,' bekende ze schuchter.

Hij glimlachte van oor tot oor en vroeg: 'Heb je zin om vanavond met mij te gaan eten?'

'Dat zou ik heel leuk vinden!'

Arnaldo maakte een hoffelijke buiging, en hand in hand liepen ze naar de auto.

Ze reden naar een kleine trattoria en namen plaats bij het raam aan een tafeltje met een kaars en een vaas met witte lelies. Door het zwakke licht in de zaak konden ze amper de wit-groene kleedjes onderscheiden die over de acht tafeltjes lagen.

'Wat een gezellig tentje!' zei Graziela enthousiast.

'Dit is mijn favoriete restaurant. Je zult het wel begrijpen als je dadelijk het eten proeft.'

Graziela glimlachte en deed een haarlok achter haar oor. Arnaldo keek naar de lippen die hij eindelijk had gekust en die naar grapefruit smaakten.

De eigenaar van de trattoria kwam naar ze toe. 'Hallo, Arnaldo. Ik zie dat je aangenaam gezelschap hebt vandaag. Wat kan ik voor jullie betekenen?'

'Zal ik voor jou kiezen?' vroeg Arnaldo aan Graziela.

'Dat is prima,' antwoordde ze met een betoverende glimlach.

'Dan willen we allebei graag de specialiteit van het huis, Alfredo.'

Het licht van de kaars streelde Graziela's gezicht. Arnaldo kon zijn ogen niet van haar afhouden.

'Ik wilde je er nog voor bedanken dat je me hebt aanbevolen bij het museum. Het is echt een droom om daar stage te lopen!'

'Ze zouden je niet hebben aangenomen als je geen talent had. Ze zijn namelijk heel kieskeurig.'

'Ja, maar een aanbevelingsbrief van graaf Verini zal zeker hebben geholpen.'

Arnaldo glimlachte en vulde haar glas. 'Laten we proosten op jouw tijd bij de Galleria degli Uffizi!'

Graziela hief met stralende ogen haar glas. 'Je moet me trouwens nog vertellen over dat project van jou.'

'Ik weet niet zeker of ik je wel kan vertrouwen,' zei hij plagerig.

'Doe niet zo flauw, zeg!'

Arnaldo zweeg even om de spanning op te voeren en zei ten slotte: 'Ben je er klaar voor?'

'Ja, hou me niet langer in onwetendheid!'

'Ik heb een dagboek van Botticelli in mijn bezit.'

Graziela fronste haar wenkbrauwen. 'Je hebt een dagboek van Botticelli in je bezit?' herhaalde ze ongelovig.

'Ja,' zei hij slechts.

Ze keek hem strak aan om erachter te komen of hij de waarheid sprak. 'En hoe weet je dat het echt is?'

'Het bevat enkele tekeningen van Simonetta met zijn handtekening eronder. Er is geen twijfel mogelijk.'

'Maar... hoe ben jij er dan aan gekomen?' vroeg ze verbaasd.

'Een voorouder van mij trof het aan tussen de boeken van een voormalig klooster dicht bij Florence.'

'Arnaldo, dat is ongelooflijk! En wat staat er in het dagboek?'

'Hij schrijft over de dood van Simonetta Vespucci en de liefde die hij voor haar voelde. En dat ze hem had gevraagd om een bepaald schilderij te maken.'

'Maar... er is geen enkele aanwijzing dat ze minnaars waren. En Vasari suggereert zelfs dat Botticelli homoseksueel was.'

'Ik heb niet gezegd dat ze minnaars waren, maar dat Simonetta zijn grote liefde was. Waarschijnlijk ging het om een platonische, geïdealiseerde liefde.'

Graziela was zwaar onder de indruk. 'Simonetta vroeg hem om een schilderij te maken? Dat zei Domenico toch ook op ons afstudeerfeest? Dat jullie op zoek waren naar een schilderij?'

'Ja, het was niet bijster slim van mij om dat aan hem te vertellen. Simonetta vroeg Botticelli om haar liefde voor Giuliano de' Medici op doek vast te leggen, en hij heeft vervolgens Venus en Mars geschilderd.'

'Maar *Venus en Mars* hangt in de National Gallery in Londen. Dat is geen verloren schilderij.'

'Het schilderij dat hij in zijn dagboek bedoelt heeft hij geschilderd toen Simonetta nog leefde. De versie in de National Gallery is gemaakt in 1483, zeven jaar na haar dood.'

'Wil je zeggen dat er een ander schilderij is van Venus en Mars?'

Arnaldo knikte.

Graziela keek hem in de ogen en leunde verbijsterd achterover. 'Ik zou je graag helpen om dat schilderij te vinden.'

Arnaldo glimlachte. Die zoektocht kon hij alleen ondernemen met haar.

De huisdame klopte op de deur van zijn kamer, waardoor hij weer terugkeerde naar de realiteit.

'Waar moet ik het jasje leggen, meneer Arnaldo?'

'Op het bed, alsjeblieft.'

Hij kleedde zich verder aan, pakte een doosje van het nachtkastje en liep de gang op.

Florence, Palazzo Medici

1 maart 1475

De gordijnen van de grote ramen die uitkeken op de Via Larga waren bijeengebonden om het ochtendlicht binnen te laten. Giuliano zat aan tafel te ontbijten. Hij hield van de stilte op dat moment van de dag, wanneer de bedienden met hun bezigheden begonnen en de rest van de familie nog sliep. Die ochtend was hij echter onrustig. Hij dacht continu aan de ontmoeting van de dag daarvoor met Simonetta.

Lorenzo kwam de eetkamer binnen. 'Giuliano, ik wil even met je praten voordat ik naar de Signoria ga.'

Zijn broer was echter verzonken in gedachten en hoorde nauwelijks wat hij zei.

Lorenzo ging tegenover hem zitten en keek hem ernstig aan. 'Wat ben je van plan met madonna Vespucci?'

Giuliano legde de appel die hij aan het eten was op zijn bord.

'Ik vond het al gewaagd dat je haar liet afbeelden op je vaandel voor het toernooi, maar inmiddels achtervolg je haar door heel Florence, en je ziet er geen been in om haar het hof te maken ten overstaan van haar man en van onze gasten.'

Giuliano stond op. 'Ik maak zelf wel uit bij wie ik wil zijn!'

'Luister goed: de Vespucci zijn vrienden van de familie. Marco's vader werkt al een tijd met ons samen. Bovendien is het een bondgenoot in de Signoria, en je weet dat we ze op dit moment meer dan ooit nodig hebben in onze strijd tegen de Pazzi.'

Giuliano stond met zijn rug naar Lorenzo en zijn blik op het raam gericht. Hij wilde die woorden niet horen.

'Gisteren heeft Marco zijn ongenoegen laten blijken. Hij heeft nog niets gezegd over de relatie die hij met ons heeft, maar als jij haar niet met rust laat, bestaat het gevaar dat hij iets doms gaat doen.'

'Je begrijpt het niet. Ik vind haar echt leuk!'

Lorenzo sloeg met zijn vuist op tafel. 'Wij Medici mogen ons niet laten leiden door onze emoties! Het huwelijk is van essentieel belang om onze familie te versterken en te consolideren!'

Giuliano keek zijn broer aan.

'Ik heb een vrouw voor je gevonden. Het is een vriendin van Clarice, en ze behoort tot een van de oudste families van Rome.'

'Het kan me niet schelen wie het is!'

'Ze is heel mooi, en haar vader heeft fortuin gemaakt met de aluinmijnen van de paus. Ze komt volgende week naar Florence, dan kunnen jullie kennis met elkaar maken. Door deze verbintenis zullen we meer invloed krijgen in de adellijke kringen en kunnen we misschien aluin gaan leveren in heel Europa.'

'Lorenzo, ik wil zelf bepalen met wie ik mijn leven deel.'

Zijn oudere broer liep naar hem toe en keek hem strak in de ogen. 'Snap je het echt niet, Giuliano? Ik hou nog steeds van Lucrezia!'

Dat had hij hem nog nooit horen zeggen. Lucrezia Donati was de eerste grote liefde van Lorenzo geweest, maar Giuliano ging ervan uit dat hij haar na zijn huwelijk met Clarice was vergeten. Hij begreep dat het geen zin had om te discussiëren. Hij verliet de eetkamer en sloeg de deur met een klap achter zich dicht.

Florence, het atelier van Botticelli

4 maart 1475

Botticelli probeerde telkens weer met een staafje houtskool het gezicht vast te leggen dat in zijn geheugen gegrift stond vanaf de eerste dag dat hij het had getekend. Hij deed een stap naar achteren. Nee, dat is haar niet, dacht hij en hij trok de schets van de ezel af. Hij pakte een nieuw vel papier en deed opnieuw een poging. Langzaam maar zeker kreeg het gezicht vorm, de ogen, haar ranke hals. Hij keek er even naar en vertrok toen zijn gelaat. Het staafje houtskool smeet hij nijdig op de grond. Botticelli dacht terug aan de prent die hij had gemaakt voor het vaandel en liep naar de tafel, die bedekt was met stapels tekeningen. Hij bekeek ze een voor een tot hij had gevonden wat hij zocht. Hij ging zitten met de prent in zijn handen en zag haar weer voor zich, in al haar pracht dansend in de tuin van Palazzo Lenzi. Haastig ging hij achter de ezel staan, waarna zijn hand haar diepe ogen en haar weemoedige glimlach begon te tekenen.

Op een gegeven moment kondigde zijn bediende het bezoek aan van Giuliano de' Medici.

'Sandro, u weet echt van geen ophouden!' riep Giuliano en hij liep naar de ezel.

Botticelli keek naar hem vanuit zijn ooghoeken en ging verder met tekenen. Dit was een onverwacht bezoek. Wat wilde hij?

'Is dat voor uw idee over de mythe van de geboorte van Venus?'

'Ja, maar ik heb haar nodig. Het kost me te veel moeite om uit het hoofd te schilderen.' Hij trok het vel papier van de ezel en gooide het op de grond.

Giuliano raapte de schets op. 'Mag ik die houden?'

Botticelli knikte.

'Lorenzo heeft me gevraagd om haar niet meer te zien. Hij heeft een echtgenote voor me gevonden,' legde hij uit met zijn blik op de schets gericht.

'Lorenzo is een verstandig man. U zou naar hem moeten luisteren,' zei hij opgelucht.

'Simonetta is niet zomaar een tijdverdrijf!'

Dat snapte hij, maar hij maakte zich zorgen over haar. 'Als u niet doet wat uw broer zegt, kunt u haar in gevaar brengen,' zei hij ernstig.

'Ik ben nog nooit zo onder de indruk geweest van een vrouw,' antwoordde hij terwijl hij met zijn vingertoppen over de schets ging, waardoor het gezicht vervaagde.

'Messer, u moet aan haar welzijn denken,' drong Botticelli aan.

Giuliano keek hem kwaad aan. Hij sloeg tegen de tafel. De tekeningen die erop lagen vielen op de grond. Vervolgens liep hij driftig het atelier uit.

Botticelli raapte de prent van Simonetta op. Ik zal u wel beschermen, dacht hij.

Florence, Palazzo Medici

12 maart 1475

De gasten genoten van de gerechten waarmee ze die avond door de Medici werden onthaald. De feesten in het paleis, met Lucrezia Tornabuoni als gastvrouw, stonden erom bekend chic en stijlvol te zijn. Op haar teken werden de laatste dienbladen gebracht, met zoetigheden, malvezijwijn en likeurtjes. Een instemmend geroezemoes steeg op in de zaal.

Lucrezia zat aan het hoofd van de tafel en keek trots naar haar twee zonen. Lorenzo, de oudste, was nog maar twintig jaar oud, maar door het vroegtijdig overlijden van haar echtgenoot, Piero de' Medici, had hij nu al de rol van hoofd van de familie op zich genomen. Hij was intelligent en geslepen en had een uitzonderlijk talent voor politiek waarmee hij zich al snel onderscheidde. Na het innemen van de plaats van zijn vader in de Signoria had hij gezorgd voor vrede en voorspoed. Lucrezia hoefde maar één keer in te grijpen. Op een moeilijk moment voor de familie vroeg ze hem te trouwen met Clarice Orsini, een nichtje van kardinaal Orsini, die een grote invloed had op de paus. Op die manier gingen de Medici een machtig bondgenootschap aan met Rome en wisten ze hun positie in het turbulente Florence te consolideren.

Lucrezia maakte zich echter zorgen om de fascinatie van Giuliano voor de vrouw van Marco Vespucci. Om die reden had ze hem eerder dan gepland kennis laten maken met Fioretta, de vriendin van Clarice. Giuliano was geen staatsman zoals Lorenzo, maar zijn liefde voor de familie stond buiten kijf, en dat was de troef die Lucrezia wilde uitspelen. Ze keek naar haar zoon. Hij leek onrustig en wierp verholen blikken op Simonetta, aan het andere eind van de tafel. Fioretta zat naast Giuliano, maar hij schonk geen enkele aandacht aan haar.

Lucrezia richtte het woord tot Fioretta: 'Clarice heeft me verteld dat jullie al je hele leven vriendinnen zijn.'

'Ja, als kind speelden we al met elkaar, en we hadden dezelfde onderwijzers. Ze is als een zuster voor mij,' zei ze met haar ogen op Clarice gericht.

Lucrezia keek naar Giuliano om hem uit de tent te lokken.

'Fioretta, wat vindt u van Florence?' vroeg Giuliano met tegenzin.

Het meisje bloosde. Dit was de eerste keer dat hij iets tegen haar zei. 'Een welvarende stad die goed voor haar bevolking zorgt. Ik heb mij laten vertellen dat dat voor een groot deel de verdienste is van jullie familie,' antwoordde ze met een verlegen glimlach.

'We zijn er trots op dat de ondernemers van Florence door onze bank worden geholpen bij hun activiteiten.'

'Dat is bewonderenswaardig. De bankiers van Rome zouden een voorbeeld moeten nemen aan jullie beleid.'

Giuliano keek haar in de ogen, die groen waren als de velden van Toscane. Lorenzo had gelijk: ze was inderdaad heel mooi.

De muziek werd ingezet. Giuliano stond op en keek Fioretta's vader aan. 'Vindt u het goed als ik uw dochter ten dans vraag?'

Fioretta keerde zich om naar haar vader, die ten teken van instemming met het hoofd knikte. Het paar begaf zich arm in arm naar de dansvloer, zij met een vergenoegde glimlach op het gezicht. Samen met de andere paren vormden ze een lange rij, en op het teken van de muzikanten begonnen ze met de dans. Ze pakten elkaars hand en bewogen zich op het ritme van de muziek. De mannen hielpen de vrouwen bij het draaien. Op een gegeven moment kwam Giuliano tegenover

Simonetta te staan. Ze glimlachte naar hem en bood haar hand aan. Giuliano kreeg een hartverzakking en dacht dat hij ter plekke zou sterven. Simonetta maakte evenwel plaats voor Fioretta, die nu opnieuw voor hem stond.

'Men heeft mij verteld dat u een man bent van toernooien en jachtpartijen. Ik had nooit verwacht dat u ook nog kon dansen.'

Giuliano was nog steeds met stomheid geslagen en keek om naar Simonetta. 'Ja... Ik hoop dat ik u niet in verlegenheid heb gebracht,' wist hij met veel moeite uit te brengen.

'Vooralsnog doet u het heel goed.'

De muziek stopte, en enkele paren verlieten de dansvloer. Simonetta en Marco liepen naar de tuin. Giuliano volgde haar met zijn blik.

'Zoekt u iemand, messer?'

'Nee... Ik keek naar mijn zus Bianca,' loog hij.

'Ze is heel knap.'

Hij wilde achter Simonetta aan gaan, maar dacht toen terug aan zijn gesprek met Lorenzo. De muziek begon weer te spelen. Hij pakte Fioretta's hand en leidde haar andermaal naar de dansvloer.

Het echtpaar Vespucci nam even later afscheid van de gastvrouw en verliet Palazzo Medici. De koetsier reed voor om ze op te halen. Marco strekte zijn hand uit om Simonetta te helpen bij het instappen. Simonetta was zijn kostbaarste bezit, en hij liet geen enkele bediende bij haar in de buurt komen. Hij liep om de koets heen en ging naast zijn vrouw zitten. Hij was uitermate tevreden. Het gesprek met Lorenzo was goed verlopen en de familie had een vrouw gevonden voor Giuliano, die niet langer achter Simonetta aan zat.

'Wat een mooie avond, vind je ook niet, lieveling?' vroeg hij euforisch.

'Ja,' zei ze slechts.

'De feesten van madonna Lucrezia zijn weergaloos. De Tornabuoni hebben de grootvader van Lorenzo en Giuliano geholpen om terug te keren vanuit zijn ballingschap in Venetië. Zonder hen zouden de Medici nooit aan de macht zijn gekomen.'

'Het is een geweldige dame.'

'Zij heeft de familie uit het slop gehaald. Piero, haar echtgenoot, was altijd ziek. Volgens Cosimo was zij de enige man in de familie,' merkte Marco op en hij lachte smakelijk om de lompe grap.

Simonetta keek uit het raam. Marco's woorden interesseerden haar niet.

'Mooie vrouw, hè, de verloofde van Giuliano.'

Ze reageerde niet.

'Het is wel duidelijk dat ze uitgekozen is door Lucrezia, net als Clarice indertijd. Fioretta heeft een goede positie in de Romeinse adel, om nog maar te zwijgen van haar vermogen. Voor de Medici zijn huwelijken niet meer dan zetten in een schaakpartij.'

Ze bleef er het zwijgen toedoen. Marco's woorden deden haar pijn. Ze had het niet prettig gevonden om Giuliano met Fioretta te zien.

'Wat ben je stil.'

'Ik voel me niet zo goed,' loog ze om ervanaf te zijn.

Marco pakte haar hand om die te kussen en keek haar begerig aan. Ze had het gevoel in de val te zitten. Vanaf het moment dat hij lid werd van de Signoria waren ze steeds meer uit elkaar gegroeid. Marco was heel hebzuchtig geworden en dacht alleen maar aan toekomstige successen en aan manieren om bij de Medici in het gevlij te komen.

'Ik ben heel content over deze avond!' zei hij met een triomfantelijke glimlach.

Ze wist wat Marco wilde, maar sinds haar eerste ontmoeting met Giuliano had ze het bed niet meer met hem gedeeld. 'Hou eens op. Ik zei toch dat ik me niet goed voelde.'

'Er is altijd wel wat! Wees eens een beetje toeschietelijk. Ik ben immers je echtgenoot!' zei hij kwaad. Vervolgens legde hij haar neer op de bank van het rijtuig en deed haar jurk omhoog om zijn lusten te bevredigen.

Simonetta had het liefst willen schreeuwen.

San Gimignano

1 september 1970

Arnaldo was precies om halfacht 's avonds bij Graziela's huis. Hij wierp een blik op de stenen gevel met blauwe ramen en haalde het doosje uit de zak van zijn jasje om naar de ring te kijken. Hij stapte uit de auto en liep met vlinders in zijn buik over het tegelpad naar de voordeur. Voordat hij aanbelde, deed hij eerst zijn jasje goed. Hij wilde een goede indruk maken.

Mevrouw Ferrara deed open. Ze had haar haar in een knotje en droeg een schort met rode bloemen. Ze leek sprekend op Graziela en was vroeger waarschijnlijk een beeldschone vrouw geweest, dacht hij.

'Jij moet Arnaldo zijn,' zei ze en ze bekeek hem van top tot teen.

'Aangenaam kennis te maken, mevrouw Ferrara,' antwoordde hij terwijl hij zijn hoed afnam.

'Ik had zelf de voorkeur gegeven aan een iets formelere kennismaking, maar goed, zo gaat dat tegenwoordig...' zei ze met een grimas vanuit de deuropening.

Arnaldo was even bang dat ze hem niet binnen zou laten.

'Kom verder. Blijf daar niet staan. Ik zal Graziela roepen,' vervolgde ze en ze wees naar de twee houten stoelen met bruinleren zittingen die tegen de wand van het halletje stonden.

Arnaldo ging naar binnen. Hij keek hoe ze de trap op liep naar de bovenverdieping. Gelukkig had Graziela hem gewaarschuwd voor de eigenaardigheden van haar moeder. Toen ze boven was, begaf ze zich naar de kamer van haar dochter, die voor de spiegel stond in de schouderloze blauwe japon uit de winkel van Concetta.

Graziela draaide zich om. 'Zie ik er goed uit, mama?'

'Je ziet er prachtig uit!'

'Ik weet alleen niet of het goed genoeg is voor het feest.'

'Jij bent de allerknapste, wat je ook aantrekt!' zei ze stellig, want ze wist waar ze het over had.

'Wees eerlijk, mama,' zei Graziela smekend. 'Ik weet dat Concetta jouw vriendin is, maar ik wil echt een goede indruk maken op de graaf en gravin.'

Ze pakte haar dochter bij haar middel om haar weer voor de spiegel te zetten en zei: 'Ela, je ziet er echt heel erg mooi uit.'

Er verscheen een brede glimlach op Graziela's gezicht.

'Arnaldo is er. Hij wacht op je in het halletje.'

'Ik moet opschieten. Help je me even met de rits? Ik zit er al een tijdje mee te worstelen.'

Haar moeder hield haar haar bijeen en trok de rits van de japon omhoog. 'Hij is heel knap. Ik begin het te begrijpen.'

'Mama, ik ben niet alleen met hem omdat hij er goed uitziet.'

'Ik stel me zo voor dat het ook helpt dat hij de zoon van de graaf is,' zei ze uitdagend. 'Maar je vergist je in die mensen. Zij zijn niet zoals wij.'

Graziela hield zich in. Het was geen goed moment om een discussie te beginnen. 'Daar hebben we het al over gehad, mama. Hij is anders.'

'Graziela, je bent nog zo jong... Ik wil gewoon niet dat hij je pijn doet,' zei ze en ze streelde haar wang.

'Maak je niet zo druk. Ik kan heus wel voor mezelf zorgen.'

Ze gaf haar een knuffel terwijl haar moeder iets in zichzelf mopperde. Vervolgens pakte ze haar tas van het bed en controleerde of ze niets vergeten was. Voordat ze de trap af liep, bleef ze even staan kijken naar Arnaldo, die in het halletje met zijn hoed zat te spelen. Toen hij haar zag, stond hij meteen op om haar nauwsluitende jurk te bewonderen. 'Je ziet er fantastisch uit!' riep hij verbluft.

'Dank je,' zei ze en ze bood haar hand aan.

Arnaldo gaf haar een kus op haar wang en pakte haar bij de arm. Haar moeder liep met ze mee naar de auto. Toen ze eenmaal uit het zicht waren verdwenen, keek ze naar de hemel en smeekte ze God om goed op haar dochter te passen.

In de auto kon Arnaldo zijn ogen slechts met veel moeite op de weg houden. De jurk van Graziela accentueerde de sensuele vormen van haar lichaam.

'Arnaldo, kijk je wel voor je?' vroeg ze bezorgd.

'Ja, maar jij leidt me af!'

Graziela glimlachte en zei: 'Ik hoop dat mijn moeder niet al te streng voor je was. Ze had graag gewild dat je officieel aan haar werd voorgesteld.'

'Ze wil je alleen maar beschermen. Het moet niet makkelijk zijn geweest om in haar eentje twee dochters op te voeden.'

'Ik maak me wel een beetje zorgen om je ouders. Wat als ze me niet aardig vinden?'

'Hoezo? Dat is domweg onmogelijk. Ze zullen je geweldig vinden!' zei hij en hij streelde haar been om haar gerust te stellen.

Ze staarden allebei in stilte naar de weg, zich bewust van het belang van wat ze gingen doen. Toen ze bij het palazzo waren, werden ze begroet door de bewaker bij het hek. Hij deed de twee zware ijzeren deuren voor ze open, elk voorzien van een grote vergulde V in een cirkel. De auto reed langzaam verder over een pad tussen wijnstokken dat naar de met cipressen en olijfbomen beplante tuin leidde. Graziela keek naar de enorme manden vol druiven die langs het pad stonden. Ze telde er acht en bedacht dat je erin kon zwemmen, zo groot waren ze.

Precies in het midden van de tuin stonden twee prachtige tafels met witte tafellakens eroverheen. Er stonden vazen met zonnebloemen op en dienbladen vol antipasti, kaas, fruit en de beste flessen wijn uit de kelders van de familie Verini.

'Ik ben nog nooit op zo'n plek geweest!' zei Graziela gefascineerd.

'Laat je niet imponeren. Achter al die weelde gaan heel gewone mensen schuil.'

Arnaldo zette de auto op de parkeerplaats. Een butler deed de deur voor hem open. 'Goedenavond, meneer,' zei hij.

Arnaldo stapte uit en liep om de auto heen naar Graziela. 'Ben je er klaar voor?'

Graziela knikte en stapte toen ook uit. Ze was betoverend mooi. Arnaldo had veel zin om zich met haar terug te trekken in een rustig hoekje van het huis. Hij gaf haar een arm, en samen liepen ze naar de ingang van de tuin. Hij was gespannen, want hij wist dat Graziela niet goed paste in de rigide archetypes van zijn ouders, maar hij wilde hoe dan ook doorzetten.

Bij de ingang stond een ober met een dienblad vol glazen champagne. 'Welkom terug, meneer.'

'Goedenavond, Aurelio.' Arnaldo pakte twee glazen en gaf er een aan Graziela. 'Op vanavond!'

Graziela sloeg haar glas in één keer achterover.

'Kijk, daar zijn mijn ouders. Kom mee.'

'Ik weet niet. Ik...'

Arnaldo keek haar diep in de ogen. 'Ela, je hoeft alleen maar jezelf te zijn.'

Graziela slikte even en liep met hem mee, maar haar hakken zakten weg in de aarde van de tuin, zodat ze maar moeilijk vooruitkwam.

Ze liepen naar de gravin en Arnaldo zei tegen haar: 'Moeder, dit is Graziela.'

De gravin keek naar haar blauwe japon, die haar lijf tot haar enkels omsloot. 'Dus jij bent de reden dat Arnaldo verdwenen was.'

Graziela begroette haar met een lichte hoofdbuiging en staarde vervolgens in de kille ogen van de gravin. 'Aangenaam kennis te maken, mevrouw.'

'Nou, het ontbreekt je niet aan schoonheid.'
'Dank u,' antwoordde ze met een glimlach.
'Alessandro, kijk eens wie Arnaldo heeft meegenomen!'
De graaf stond met zijn rug naar hen toe en was een paar gasten aan het begroeten. Hij keerde zich om en keek naar Graziela. 'Leuk dat we eindelijk het meisje ontmoeten over wie Arnaldo maar niet uitgepraat raakt.'
Graziela gaf hem een hand en maakte een kleine buiging. 'Aangenaam kennis met u te maken.'
'Arnaldo vertelde me dat je veel aanleg hebt voor de schilderkunst. Klopt dat?'
Graziela kreeg een rood gezicht.
'Vader,' zei Arnaldo verwijtend.
'Ik wilde alleen maar weten of mijn aanbevelingen terecht zijn. Hoe gaat het bij de Galleria degli Uffizi?'
'Heel goed. Het is op dit moment de allerbeste leerschool voor mij. Ik wil u dan ook hartelijk bedanken voor uw hulp.'
'Dat bevalt me, een dankbaar meisje,' zei hij met een knikje.
De gravin probeerde zich in het gesprek te mengen: 'Goed, Graziela, weet je al wat je hierna wilt gaan doen?'
'Moeder...' zei Arnaldo met klaaglijke stem.
'Ik zou graag willen werken in een museum,' antwoordde Graziela met een glimlach.
'Zo, dus hetzelfde wat je nu doet?' vroeg de gravin laatdunkend.
'Ja, ik ben gek op de schilderkunst.'
'Interessant...' zei de gravin, om daarna een slok van haar drankje te nemen zonder haar ogen van Graziela af te wenden.
Ze werden onderbroken door een paar gasten, en Arnaldo maakte van de gelegenheid gebruik om ertussenuit te knijpen. 'Als jullie het goed vinden, stel ik haar even voor aan de rest van de familie.'
De twee jonge mensen begaven zich naar de tuin. Graziela slaakte een diepe zucht. 'Het leek net of ik een examen moest afleggen!'

'In zekere zin was dat ook zo. Ik had je moeten waarschuwen voor mijn ouders, maar ik wilde je niet bang maken.' Arnaldo kuste haar op haar mond en keek naar haar fraaie decolleté. Hij had haar wel op kunnen vreten. 'Ik ga wat te drinken halen. Ben zo terug!'

Graziela greep haar kans om een rondje om het palazzo te maken. Ze was nieuwsgierig. Bij haar thuis ging het weleens over de familie Verini, en dan werden er niet altijd goede dingen over hen gezegd, want wat ze hadden bereikt zou vooral aan hun privileges te danken zijn geweest. Ze keek naar het gebouw, dat uit de vijftiende eeuw stamde, naar de rusticagevel en de royale ramen. Het had minstens vijftien kamers. Haar blik werd getrokken door een geurige zee van paarse lavendel die zich uitstrekte over een van de hoeken van de tuin. Ze haalde diep adem.

Een elegante jongeman met een gleufhoed liep naar haar toe. 'Jij moet Graziela zijn!' zei hij en hij bekeek haar eens goed.

'Ja, dat ben ik. Kennen wij elkaar?'

'Ik ben de minst favoriete neef van Arnaldo. Ik denk niet dat hij het over mij heeft gehad.' Hij nam zijn hoed af en kuste haar hand. 'Dus jij bent de verovering van mijn lieve neefje.'

'Dat zal ik dan wel zijn...' antwoordde ze ietwat geïrriteerd.

'Eerlijk gezegd heeft hij ons allemaal verrast. Hij zit zo hoog te paard dat we niet hadden verwacht dat hij iemand goed genoeg zou vinden.'

De jongen bleef maar naar haar decolleté staren. Graziela voelde zich niet op haar gemak.

'Ik vraag me af hoe je het voor elkaar hebt gekregen. Het is duidelijk dat je mooi bent, maar waarschijnlijk is dat niet de enige reden.'

Arnaldo verscheen met twee glazen wijn. 'Fabio, hoe is het met je? Ik zie dat je al kennis hebt gemaakt met Graziela.'

'Wat heeft je bezield om haar mee te nemen?'

'Vroeg of laat moest ik haar toch een keer aan mijn ouders voorstellen.'

'En wanneer is de bruiloft?'

Graziela bloosde.

'Wat ben je toch weer lekker scherp.'

'Ik moet wel als ik in deze familie wil overleven.'

'Luister niet naar hem, Graziela, we zijn allemaal heel aardig, hoor.'

Fabio zag een meisje door de tuin lopen met een witte jurk die tot haar voeten reikte. Ze had een diadeem met briljanten op haar hoofd. 'Wie is die schoonheid?'

Ze keken om.

'Dat is Bianca, de dochter van de Bandini,' antwoordde Arnaldo.

'Jeetje, wat is die veranderd!' zei Fabio met een wellustige blik.

'Ze heeft een paar jaar in Zwitserland gestudeerd.'

'Nou, dat heeft haar heel erg goed gedaan. Ik wil met haar trouwen!' zei hij en hij zwaaide naar haar.

Bianca lachte en kwam naar ze toe. Arnaldo spande zijn kaken. Bianca en hij hadden een relatie gehad voordat zij naar het buitenland ging, maar ze waren niet echt goed uit elkaar gegaan.

'Hallo Bianca, weet je nog wie ik ben?' vroeg Fabio terwijl hij zijn hoed afnam.

'Maar natuurlijk, Fabio. Hoe gaat het met je?' zei ze.

'Veel beter nu jij er bent. Dit saaie feest is gelijk een stuk leuker geworden.' Hij kuste haar hand.

Arnaldo glimlachte en zei: 'Goedenavond, Bianca. Hoe is het? Je ziet er mooi uit.'

'Ja, hè?' antwoordde ze trots en ze draaide een rondje voor hem.

Arnaldo keek naar haar slanke gestalte. 'Je bent veranderd.'

'Is dat een compliment?' vroeg ze koket.

Arnaldo glimlachte naar haar. Graziela kneep in zijn arm om zijn aandacht te trekken.

'Bianca, dit is Graziela.'

De twee jonge vrouwen keken naar elkaar. Bianca gaf haar twee zoenen. 'Aangenaam, hebben wij elkaar weleens eerder gezien?'

'Ik geloof van niet. Ik ken Arnaldo van de universiteit.'

'Aha. Zijn jullie soms ook studiegenoten?' vroeg ze ietwat aanmatigend.

'Ja, we hebben allebei kunstgeschiedenis gestudeerd' antwoordde ze met een serieus gezicht.

Arnaldo zag dat de spanning opliep en greep in: 'Hoe ging het in Zwitserland?'

'Echt heel goed. Ik spreek nu perfect Frans en Duits en ken inmiddels alle protocollen. Ik zou het heel goed doen als vrouw van de premier.'

De twee jongens moesten lachen.

'En jij? Hoe gaat het met jou? Ik heb me laten vertellen dat je de wijngaarden van de familie bestiert.'

'Mijn vader heeft uiteindelijk gewonnen,' antwoordde hij gelaten.

De gravin kwam naar hen toe en onderbrak het gesprek. 'Bianca, lieverd, kom je met me mee om grootmoeder te begroeten? Ze wil je heel graag zien.'

'Ja, natuurlijk. Als jullie me willen excuseren,' zei ze met haar blik op Arnaldo gericht.

De twee vrouwen liepen gearmd naar de banken onder de olijfbomen, waar oma zat. Er verscheen een lach op haar gezicht toen ze hen zag.

Arnaldo richtte zich tot Fabio: 'Ik geloof dat je moeder je nodig heeft.'

'Goed, ik laat jullie wel even alleen. Leuk om je te leren kennen, Graziela. Ik ben ervan overtuigd dat je een fatsoenlijk man van Arnaldo zult weten te maken.'

'Hou eens op, neefje!' zei Arnaldo.

Fabio kuste haar hand en nam afscheid.

'Bianca is heel knap,' merkte Graziela enigszins gekwetst op.

'Ja, dat is ze.'

Graziela fronste haar voorhoofd.

'Maar aan jou kan ze niet tippen!' zei hij en hij kuste haar op de lippen.

Ze trok haar hoofd weg. 'Daar leek het anders niet op!'

'Niet boos worden. We hebben elkaar al een hele tijd niet meer gezien. Ik wilde niet onbeleefd zijn…'

'Ze zat gewoon met je te flirten!'

Arnaldo pakte haar gezicht tussen zijn handen en zoende haar. 'Denk je dat dit niet echt is?' vroeg hij en hij keek haar diep in de ogen.

Graziela glimlachte. Door de kus waren zijn lippen rood geworden. 'Ik vond het niet fijn om jullie bij elkaar te zien.'

'Ik voel me gevleid dat je jaloers bent,' zei hij met een zelfgenoegzaam lachje.

'Nou, ik vind het zelf helemaal niet grappig!' antwoordde ze en ze gaf hem een duw.

'Kom, laten we gaan. Ik wil je het huis laten zien voordat het diner begint. Waar wil je beginnen?'

'De bibliotheek. Daar heb ik allerlei verhalen over gehoord.'

'Zo?'

'Ja, men heeft mij verteld dat jullie een manuscript hebben uit de vijftiende eeuw.'

'Je moet niet alles geloven wat ze zeggen.'

Arnaldo pakte haar bij de arm en leidde haar de marmeren trap op naar de smeedijzeren vensterdeur die toegang bood tot het palazzo. Graziela ging met haar vingers over de balustrade. De stenen waren nog warm van de zon. Vanaf het bordes keken ze naar de wijngaarden, die zich uitstrekten tot de horizon. 'Wat een geweldig uitzicht!'

'Laten we naar binnen gaan. Daar wordt het pas echt interessant,' zei hij en hij pakte haar hand.

Er lag een stijlvol rood kleed op de vloer van de hal. Graziela keek naar de schitterende kristallen kroonluchter die midden in de ruimte hing en naar de bewerkte houten kast van meer dan vier meter breed die meteen in het oog sprong. Ze liepen via een gang die met pastelkleurige fresco's was versierd naar een ruime zaal met blauwe muren en cederhouten boekenkasten die tot het plafond kwamen. Graziela was diep onder de indruk.

'Welkom in de bibliotheek van de familie Verini.'

Ze liep naar een van de kasten en ging met haar vingers over de ruggen van de boeken. 'Hoeveel zijn het er?'

'Bijna dertigduizend.'

'En denk je dat je ze ooit allemaal zult lezen?'

'Er was een tijd dat ik meer dan vijf boeken per maand las.'

'Het is een voorrecht om zoveel kennis in huis te hebben. Hebben jullie ooit overwogen om een aantal exemplaren te doneren aan de bibliotheek in het dorp?'

'Ik zal erover nadenken,' antwoordde hij lachend.

Arnaldo ging bij een kast staan, haalde een paar boeken weg en drukte op een knop die erachter verborgen was. De kast schoof opzij, en er kwam een kamer tevoorschijn van amper tien vierkante meter met een klein raampje. Hij deed het licht aan. Er stond een leren tweezitsbank in het vertrek en een houten bureau met een vergulde lamp erop. Het had veel weg van een geheime leeskamer. Boven de bank hing een schilderij dat Graziela's aandacht trok. 'Is dat een Ghirlandaio?' vroeg ze verbaasd.

'Ja, het is een van mijn lievelingsschilderijen. Ik kom hier regelmatig om het in stilte te bewonderen.'

Ze bleven naast elkaar staan en keken naar de Ghirlandaio. Door de geur van lavendel en sinaasappel van Graziela's parfum werden zijn zintuigen geprikkeld. Hij keek haar in de ogen en kuste haar. Arnaldo had al de hele avond naar dit moment verlangd. Hij voelde haar volle, sensuele lippen, proefde de smaak van haar mond. Toen pakte hij haar bij de schouders en drukte haar met haar rug tegen het koude gips van de muur. Hij hield haar handen omhoog en voelde haar borst gejaagd op en neer gaan. Ze kusten elkaar wanhopig, wilden alleen maar met de ander samensmelten. Hij streelde haar dijen, haar heupen, de rondingen van haar buik, haar borsten. Arnaldo kon niet meer stoppen. Hij deed haar jurk omhoog en drong bij haar binnen. Hun lichamen begonnen in een traag ritme te bewegen. Ze voelde zijn tedere kracht, sloot haar ogen en liet zich gaan.

Toen hun lust bevredigd was, keken ze elkaar in de ogen. Maar opeens hoorden ze iemand in de bibliotheek. Arnaldo maakte zich van haar los, fatsoeneerde zijn kleren en wierp een blik op Graziela. Ze leunde nog steeds met haar rug tegen de muur, haar jurk helemaal in de war.

'Maak je geen zorgen. Ik ben zo terug,' zei hij en hij verliet haastig de kamer.

In de bibliotheek trof hij Aurelio aan. 'Meneer Arnaldo, uw moeder vroeg mij u te melden dat de gasten inmiddels aan tafel zitten.'

'Zeg maar tegen haar dat we eraan komen,' antwoordde hij met een verhit hoofd.

Toen hij weer terug was in de kamer, stond Graziela haar haren te kammen. Vervolgens deed ze de rok van haar jurk goed.

'Lieverd, ze wachten op ons voor het diner,' zei hij zachtjes.

Graziela gaf geen antwoord.

'Gaat het?' vroeg hij en hij gaf haar een kus.

'Wat er gebeurd is, ik...' zei ze en ze keek hem beschaamd aan.

Arnaldo legde een vinger op haar lippen. 'Stil maar. Het is goed. We praten er later wel over. Maar nu moeten we naar de eetzaal.'

'Maar we kunnen het hier niet zomaar bij laten!'

'Oké, als je erop staat...' Arnaldo maakte het bovenste knoopje van zijn overhemd los.

'Je hebt me nog niet eens dat dagboek laten zien!' zei ze en ze duwde hem van zich af.

'Na het diner komen we wel weer terug. We kunnen de gasten niet laten wachten.'

Graziela deed de bandjes van haar jurk over haar schouders en pakte een spiegeltje uit haar tas om haar lippen bij te stiften. Hand in hand liepen ze de kamer uit.

De gasten genoten van de gebakjes en wafelrolletjes die aan het eind van het diner op tafel waren gezet. Ze voerden geanimeerde gesprekken, want de wijn was goed geweest, en de graaf en gravin hadden verrukkelijke gerechten laten opdienen. Arnaldo was echter minder opgetogen. Hij luisterde zonder veel interesse naar Bianca, die af en toe koket een hand op zijn schouder legde. Zijn moeder had dit allemaal bekokstoofd, dat leed geen twijfel. Hij keek naar Graziela, die een paar stoelen verderop met zijn grootmoeder zat te praten. Ze verblindde iedereen met haar glimlach. Er schoten beelden door zijn hoofd van hen tweeën in de geheime kamer, en hij voelde de onbedwingbare behoefte om weer alleen met haar te zijn. Hij stond op en ging achter haar staan om haar iets in het oor te fluisteren. Graziela verontschuldigde zich met een glimlach en stond eveneens op van tafel. Toen de gravin dat zag, probeerde ze snel in te grijpen: 'Arnaldo, waar gaan jullie heen?'

Hij liep naar haar toe en zei: 'Ik heb Graziela beloofd om haar de bibliotheek te laten zien.'

De gravin trok een vies gezicht, maar Arnaldo had zich alweer omgedraaid.

'Ik kon alleen maar denken aan wat er is gebeurd,' zei hij zodra ze buiten gehoorsafstand waren.

Graziela kreeg een rood gezicht. 'Arnaldo ik wilde niet...'

'Heb je er spijt van?'

'Nee, dat niet... maar...' Ze zweeg even en zei toen: 'Voor mij was het de eerste keer.'

Dat vermoedde hij al. 'Ela, ik hou van je!' zei hij en hij kuste haar.

'Ik hou ook van jou, maar ik weet niet of het goed is wat we hebben gedaan.'

Arnaldo streelde haar gezicht met de rug van zijn hand. 'Dat van ons is echt. Je hoeft je geen zorgen te maken,' zei hij en hij pakte haar hand.

'Ik snap niet hoe het heeft kunnen gebeuren, en in het huis

van je ouders... Wat zullen ze wel niet van me denken?' zei ze met een angstige blik in haar ogen.

Arnaldo kuste haar teder. 'Ik ben niet van plan om het te vertellen,' antwoordde hij grappend. 'Echt, Ela. Je hoeft je nergens druk over te maken. Wat ik voor jou voel zal heus niet veranderen door wat er is gebeurd.'

Er verscheen een flauw lachje op Graziela's gezicht.

'Kom, laten we naar de bibliotheek gaan. Hoe vond je het diner?' zei hij om het gesprek een andere draai te geven.

'Ik wist niet welk bestek ik moest gebruiken. Waarom moeten jullie rijke stinkerds altijd alles zo ingewikkeld maken?'

Arnaldo schoot in de lach. Hij vond haar ongedwongenheid geweldig. 'Je hebt het perfect gedaan.'

'Ik had het gevoel dat iedereen naar me keek en was een beetje gespannen.'

'Ze keken naar je omdat je er prachtig uitziet. Ik kon mijn ogen ook niet van je afhouden.'

'Je grootmoeder vertelde verhalen over de tijd dat jij en Bianca nog klein waren. Ze zijn erg op haar gesteld.'

'Ze proberen ons telkens weer te koppelen. Voor hen is het een soort strategische alliantie.'

'Ik geloof dat Bianca nog iets meer in jou ziet dan alleen een strategische bondgenoot. Onder het diner zat ze de hele tijd met je te flirten!'

Arnaldo twijfelde of hij haar moest vertellen dat ze ooit wat met elkaar hadden gehad, maar hij besefte dat Graziela al onzeker genoeg was. 'Hou op, zeg! We kennen elkaar al zo lang. Dat is alles,' loog hij.

Voordat ze naar binnen gingen, wees Arnaldo naar een raam op de eerste verdieping. 'Dat is mijn kamer, mocht je me ooit nodig hebben,' zei hij met een knipoog.

Graziela schudde het hoofd. 'Als je soms denkt dat ik op een dag naar boven zal klimmen, dan kun je lang wachten!'

'Je zult nog verbaasd staan over het effect van mijn liefdeskunsten!' antwoordde hij gespeeld pocherig.

Ze liepen via de hal naar de bibliotheek. Arnaldo activeerde het mechanisme dat toegang verschafte tot de kamer. 'Dit is echt een fascinerende ruimte,' zei hij en hij ging voor de Ghirlandaio staan. Toen drukte hij op een knop die achter de onderkant van de lijst verborgen zat. Het schilderij schoof omhoog. Er zat een kluis achter die in de muur verzonken was. Arnaldo draaide het wieltje van het cijferslot een paar keer heen en weer en trok ten slotte de deur open. Uit de kluis haalde hij een notitieboekje met bruinleren kaft dat door vocht was aangetast.

Graziela rilde. 'Mag ik?' vroeg ze en ze strekte haar hand uit. Ze pakte het boekje voorzichtig aan, ging achter het bureau zitten en rook even aan de kaft alvorens de lamp naar zich toe te trekken om de vervaagde letters te verlichten. Door de inktvlekken was het moeilijk te zien wat er stond, en de hoeken waren verbrand. Ze slikte even en begon toen te lezen.

26 april 1476

Het verdriet overstelpt me, verscheurt me vanbinnen, beneemt me de adem. Toen ik het vertrokken gezicht van Giuliano zag, waren woorden niet meer nodig. Ik heb God duizendmaal vervloekt. Waarom u? Waarom op zo'n jonge leeftijd? Waarom op die ellendige manier?

Zelfs de beste artsen van Florence hebben u niet kunnen redden. Ik weet dat u hebt gevochten. U wilde niet weg, had nog zoveel leven te leven. Giuliano is er helemaal kapot van. We hebben elkaar omhelsd. De twee mannen die het meest van u hebben gehouden, de enigen die in staat zijn de omvang van deze tragedie te bevatten.

We zaten zwijgend naast elkaar zonder elkaar aan te kijken, volledig verslagen. Ik herinnerde me de eerste dag dat u naar mijn atelier kwam en hoe ik werd verblind door uw schoonheid. Ik dacht dat God een engel naar mij had gezonden om mijn talent op de proef te stellen. Ik, die Hem zo dikwijls perfectie had beloofd... En toen verscheen u, met uw diepblauwe ogen en weemoedige glimlach. Wat een hoogmoed mijn neus op te halen voor de opdracht om u af te beelden op Giuliano's vaandel, geobsedeerd als ik was een gerespecteerd schilder te worden in deze stad. Giuliano bood me de kans om u te schilderen. Wie zou er niet meteen aan uw voeten liggen? Zelfs een telg van de Medici was niet tegen uw charmes bestand. Met veel kennis van zaken koos u een van de schetsen die ik had gemaakt. Het kostte me niet veel moeite om de meest harmonieuze Pallas van mijn leven te tekenen. Ik begreep terstond dat u het beste uit mij wist te halen. Maar nu zie ik mij gesteld tegenover uw wrede, onbarmhartige afwezigheid, die mij enorme angst aanjaagt. Wie zal die verschrikkelijke leegte opvullen, die hartverscheurende stilte?

Graziela keek op. Haar ogen glinsterden. 'Net of je direct in de ziel van Botticelli kunt kijken…'

'Ja, ongelooflijk, hè?'

'Arnaldo, dit dagboek werpt een geheel nieuw licht op zijn werk. Het is een verslag van de renaissance uit de eerste hand!'

'Ja, het is van onschatbare historische waarde.'

'Er spreekt veel verdriet uit zijn woorden. Simonetta was alles voor hem, zijn muze, zijn godin,' zei ze en ze begon opnieuw te lezen.

Plotseling hoorden ze voetstappen. Arnaldo ging kijken en zag de graaf langs de bibliotheek lopen met een paar gasten. 'We kunnen beter gaan. Ik wil niet dat mijn vader ons hier aantreft.'

'Maar ik heb alleen nog maar de eerste pagina's gelezen!' protesteerde Graziela.

'We komen morgen wel weer terug en dan gaan we verder,' zei hij en hij gaf haar een zoen op haar mond.

'Dat moet je me beloven!'

'Bij deze,' zei Arnaldo. Hij pakte het dagboek en legde het terug in de kluis.

Florence, Galleria degli Uffizi

26 juni 2023

De volgende ochtend betrad Max in allerijl zaal 25 van de restauratieafdeling op de derde verdieping. Carla stond bij het whiteboard te praten met professor Belletti. Ze draaiden zich allebei om toen ze de deur open hoorden gaan. 'Sorry voor de vertraging!' zei hij en hij wierp een blik op Carla.

De professor keek op zijn horloge. 'Een halfuur te laat, meneer Stern! Ik hoop dat dit niet al te veel zegt over uw betrokkenheid bij het project.'

'Het spijt me. Vanochtend had ik een ongelukje in huis,' antwoordde hij zonder zijn ogen van Carla af te kunnen houden.

'Uw problemen interesseren mij niet. Ik wil dat u op tijd bent!' reageerde de professor korzelig.

Max beet op zijn lip. 'U hebt gelijk. Het zal niet meer gebeuren.'

'Goed, u bent er eindelijk. Dan kunt u Carla begroeten. Zij is de andere assistent-curator van de tentoonstelling.'

Max keek haar aan. Haar witte jas hing half open. Daardoor was haar strakke blauwe jurk te zien die tot haar knieën kwam. 'Carla?' vroeg hij verbaasd.

Het viel haar op dat zijn trekken harder waren geworden en dat zijn blik intenser was. 'Hallo, Max. Hoe gaat het met je?' antwoordde ze met een glimlach en ze gaf hem een hand.

Max bleef naar haar staren. 'Ik wist helemaal niet dat jij zou komen!' zei hij vertwijfeld en hij keek de professor aan. 'Ik ging ervan uit dat ík de assistent-curator was.'

'En dat bent u ook, samen met Carla. Met z'n tweeën zullen jullie de beste Botticelli-expositie ooit organiseren.'

Max begon te snuiven.

'Ik was Carla net aan het vertellen dat jullie ook kunnen rekenen op de medewerkers van Kunstbehoud. Dat is een team van vier personen. U heeft inmiddels kennis met ze gemaakt, Max.' Hij pakte een marker en begon op het bord te schrijven. 'De invalshoek van de expositie. Het eerste belangrijke punt dat we moeten behandelen. Ik neem aan dat jullie al een voorstel hebben.'

Max nam snel het woord: 'Ik had bedacht om een overzichtstentoonstelling te houden waarbij we ons concentreren op de invloed van Botticelli op verschillende generaties kunstenaars tot de negentiende en twintigste eeuw. Daarbij denk ik bijvoorbeeld aan Andy Warhol en René Magritte. We zouden een route kunnen maken die begint met moderne werken en die eindigt met een ruime collectie schilderijen van Botticelli en andere kunstenaars uit het quattrocento.'

'Maar verliezen we dan niet onze focus?' vroeg de professor.

'Integendeel. Op die manier maken we Botticelli nog groter, want we laten zien dat zijn werk bepalend was, en nog steeds is, voor dat van andere beroemde kunstenaars.'

'Botticelli is al groot van zichzelf!' wierp de professor tegen. Hij keek naar Carla en zei: 'En u, signorina Bas? Wat is uw voorstel? Misschien kunt ú mij verrassen.'

Carla wierp een blik op Max en stak toen van wal. Ze vond dat ze een heel goed idee had. 'Ik zat eraan te denken om aandacht te schenken aan de man achter Botticelli, een kunstenaar met uitzonderlijke kwaliteiten en een grote gevoeligheid die een geniale schilder werd doordat hij het geluk had op het juiste moment in de juiste stad kennis te maken met het juiste model.'

Max fronste zijn wenkbrauwen. 'Sorry, maar over wie heb je het?'

‘Over zijn muze, Simonetta Vespucci.’

Max begon te lachen. ‘Je maakt een grapje, toch?’

Carla verstrakte: ‘Ik denk dat zijn virtuositeit door Simonetta tot leven is gewekt.’

‘Wil je zeggen dat hij zonder Simonetta niet de schilder was geweest die hij geworden is?’

‘Ja, inderdaad.’

‘Een mooi verhaal voor een roman,’ zei hij spottend. ‘Carla, ik had echt verwacht dat je bijdrage interessanter zou zijn. Volgens mij ben je in Barcelona gewoon een beetje afgestompt,’ voegde hij er met een verveelde zucht aan toe.

Carla werd rood van woede. Wat had ze zichzelf allemaal wijsgemaakt? Ze probeerde iets te zeggen, maar kreeg een brok in de keel. Ze voelde haar ogen vochtig worden en verliet halsoverkop de zaal. ‘Het spijt me,’ wist ze nog uit te brengen.

De professor wierp Max een vernietigende blik toe. ‘Ik vrees dat u zich bij haar zult moeten verontschuldigen, want morgen beginnen we met het uitwerken van Carla’s voorstel.’

‘Heb ik soms iets gemist?’ vroeg Max verbolgen. ‘Ik werk hier inmiddels vier jaar, en vlak voor de start van het project krijg ik ineens te horen dat er een andere assistent-curator is aangenomen. Ik heb niets tegen Carla, maar ik zou het wel fijn hebben gevonden als we dat van tevoren hadden besproken. En nu geeft u ook nog de voorkeur aan haar absurde idee ten koste van het mijne?’

De professor ontstak in razernij. ‘Luister goed, Max. Ik accepteer niet dat mijn beslissingen ter discussie worden gesteld. Als ze u niet bevallen, staat het u vrij om te vertrekken!’ zei hij. Vervolgens liep hij de zaal uit en gooide de deur achter zich dicht.

Max schopte hard tegen de poot van een tafel.

Twintig minuten later klopte Carla op de deur van professor Belletti’s kamer.

'Binnen!' riep hij en hij legde de documenten die hij aan het lezen was neer op zijn bureau.

'Mauro zei dat u me wilde spreken...' Bedeesd kwam ze naar binnen.

'Ja, gaat u zitten, alstublieft.'

Ze nam plaats op de stoel. Ze had nog steeds rode ogen.

'Ik wil me verontschuldigen voor het gedrag van Max. Het is een goede jongen, u kent hem, maar hij voelt zich bedreigd door uw talent.'

'Het spijt me, professor. Ik had niet op die manier weg moeten lopen.'

'Maakt niet uit. Ik wilde u laten weten dat ik voor uw voorstel heb gekozen.'

Er verscheen een verbaasde glimlach op Carla's gezicht. Dat had ze niet verwacht. 'Meent u dat?'

'Uw idee bevalt me. Misschien ontdekken we een andere Botticelli en de diepere drijfveren achter zijn werk.'

'Dat is geweldig nieuws, professor.'

'Ik heb Max al op de hoogte gebracht. We beginnen morgen. De tentoonstelling moet aan het eind van dit jaar klaar zijn.'

'U kunt op me rekenen!' antwoordde ze geëmotioneerd.

'Voordat u weer aan het werk gaat, wil ik nog iets anders met u bespreken.'

'Zegt u het maar.'

'Ik weet dat de restauratie van olieverfschilderijen uw specialiteit is. Ik herinner me nog dat u talent had.'

'Dank u,' zei Carla, die zich afvroeg welke kant het gesprek op ging.

'Ik wilde u vragen of u in uw vrije uren een Ghirlandaio kunt restaureren.'

Carla ging rechtop zitten. 'Een Ghirlandaio? Dat zou ik heel graag doen!'

'Het schilderij is van een goede vriend van mij en bevindt zich niet hier in het museum.'

'Waar dan wel?'

'Het hangt bij hem thuis aan de muur. Hij is een van onze belangrijkste donateurs. U dient het doek ter plaatse te restaureren.'

Ze werd helemaal enthousiast. Eindelijk zou ze weer aan een schilderij gaan werken.

'Als u het goed vindt, kunt u er vanmiddag heen om de voorwaarden te bespreken.' De professor noteerde een adres op een blaadje en gaf het aan haar.

Carla las het briefje. 'San Gimignano. Dat is het dorp waar mijn nicht woont.'

'Ja, u had me al gezegd dat u daar familie hebt,' zei hij met een glimlach. 'Ik zal hem bellen om te bevestigen dat u de opdracht aanneemt.'

Diezelfde middag nog begaf Carla zich in gezelschap van Francesca naar het adres dat ze van professor Belletti had gekregen. De Fiat 500e stopte voor twee smeedijzeren deuren die toegang boden tot de oprijlaan.

'Maar dit is een palazzo!' riep Carla verbaasd.

'Toen je me het adres gaf, dacht ik al dat het misschien het huis van de familie Verini was. De graaf is een van de rijkste mensen van Toscane.'

'Natuurlijk! Verini. Dat is die man die ik gisteren in het museum heb ontmoet.'

'Ik woon al mijn hele leven in San Gimignano en heb hem maar een paar keer gezien, en jij komt hem meteen op de eerste dag al tegen!'

'Het is een vriend van professor Belletti en een van de belangrijkste donateurs van de Galleria degli Uffizi.'

'Naar verluidt heeft hij een collectie waar geen enkel museum zich voor zou schamen. Men zegt dat ze allerlei gunsten hebben gekregen tijdens het bewind van Mussolini,' merkte Francesca op met haar blik op het palazzo gericht.

'Dat verbaast me niks dat ik hier een Ghirlandaio ga restaureren!'

Francesca strekte haar arm uit en drukte op de knop van de intercom. 'Hij staat bekend als een stugge en solitaire man en laat zich niet vaak zien in het dorp.'

'Gisteren was hij anders tamelijk vriendelijk,' merkte Carla op.

Ze werden onderbroken door een stem uit de intercom: 'Residentie Verini.'

Carla boog zich in de richting van het apparaat. 'Goedemiddag, ik ben Carla Bas. Ik kom namens professor Belletti van de Galleria degli Uffizi.'

'De graaf verwacht u. Komt u verder.'

De deuren gingen langzaam open. Ze reden naar binnen.

'Mijn moeder gelooft me nooit als ik haar vertel dat we in het palazzo zijn geweest!' zei Francesca opgewonden.

Francesca zette de auto op de parkeerplaats, en ze stapten uit. Ze namen even de tijd om de schitterende tuin te bewonderen en lieten hun blik glijden over de rozenstruiken, de cipressen, de olijfbomen, de witte gevel van het palazzo, de enorme ramen. Vervolgens liepen ze de marmeren trap op. Carla had het gevoel dat ze naar een andere periode in de geschiedenis was getransporteerd. 'Het is net of we ons in de renaissance bevinden!'

De twee jonge vrouwen begaven zich naar de smeedijzeren vensterdeur, waar een butler met een vriendelijk gezicht op ze stond te wachten. Toen hij Carla zag, zette hij grote ogen op.

'Goedemiddag, we komen voor de graaf.'

De butler bleef naar haar staren en zei: 'Ja... Hij wacht op u in de bibliotheek. Volgt u mij, alstublieft.'

Er lag een rood kleed op de vloer van de hal. Carla keek naar de kristallen van de kroonluchter die in het midden van de ruimte hing. De wanden van de gang waren versierd met pastelkleurige fresco's. De butler leidde hen naar een zaal met enorme cederhouten kasten vol boeken. Francesca zei zachtjes tegen Carla: 'Waarschijnlijk staan hier meer boeken dan in de bibliotheek van het dorp.'

De butler kondigde hun bezoek aan bij de graaf, die een krant las op een van de twee leren banken die in het midden van de zaal stonden. Hij keek naar de twee jonge vrouwen. 'Signorina Bas, wat een genoegen u hier te mogen begroeten!' zei hij en hij legde de krant naast zich neer.

Carla glimlachte. 'Het genoegen is geheel aan mij. Na onze ontmoeting in het museum keek ik ernaar uit om u weer te zien.'

De graaf stond op en liep leunend op zijn wandelstok naar ze toe.

'Dit is mijn nicht Francesca. Ik logeer bij haar, in San Gimignano. Ze was zo vriendelijk om met me mee te gaan.'

'Aangenaam. U kende ik nog niet. Ik kom eerlijk gezegd niet vaak in het dorp.'

'U hebt een uitzonderlijke woning,' zei Francesca, om zich heen kijkend.

'Vierhonderd jaar geschiedenis. Om u de waarheid te vertellen beginnen ze zwaar op me te wegen. Maar goed, ik ben blij dat u de Ghirlandaio wilt restaureren,' zei hij met zijn blik op Carla gericht. 'Het is een heel belangrijk stuk voor mij.'

'Het is een voorrecht om aan een dergelijk schilderij te mogen werken,' antwoordde Carla.

'Vindt u het goed als we er even naar kijken?'

Carla gaf Francesca met een knikje te kennen dat ze haar verder alleen kon laten.

'Goed, ik ga. Moet ik je over een uur ophalen?'

'Dat hoeft niet, signorina. Mijn chauffeur zal haar wel thuisbrengen wanneer we klaar zijn.'

'Ja, natuurlijk,' zei Francesca.

'Aurelio, kun je signorina Francesca even uitlaten? Signorina Bas, als u mij wilt volgen naar het atelier...'

Carla observeerde zijn aristocratische manier van doen. Hij was het duidelijk gewend om bevelen te geven.

Toen ze bij het atelier waren, opende hij de deur met een sleutel die hij uit de zak van zijn jasje haalde. 'De temperatuur in deze ruimte is optimaal voor het behoud van de schilderijen, en dat geldt ook voor de lichtintensiteit en de luchtvochtigheid. Hier kunt u prettig werken.' Er stond een schilderij op een ezel met een laken eroverheen. De graaf haalde het laken weg en liet het op de grond vallen. 'Ik vrees dat er werk aan is,' zei hij.

Carla bestudeerde het doek en kreeg weer dat verdrietige gevoel dat haar altijd overmande wanneer een schilderij in slechte staat verkeerde.

De graaf begreep waarom ze aangedaan was. 'Ik schaam me een beetje. Ik heb niet goed voor de Ghirlandaio gezorgd.'

Maar Carla hoorde hem al niet meer, want haar aandacht werd getrokken door de uitbundige kleuren van het schilderij en de doffe plekken die het doek ontsierden. De graaf liet haar maar begaan.

'Ik zal er niet omheen draaien. Het wordt een moeilijke klus die veel tijd gaat kosten. Ik zou het schilderij graag zijn oorspronkelijke glans teruggeven. Maar hier,' zei ze wijzend met haar vinger, 'is het vocht tot in het doek doorgedrongen. Daardoor is er een flink stuk van de verf afgebladderd dat volledig gerestaureerd dient te worden.'

'Dat is voor mij geen probleem. Ik wil alleen maar dat het behouden blijft.' De graaf pakte het schilderij van de ezel. 'Ik ben erg gesteld op dit werk. Het hing in een kleine privékamer waar ik lang niet meer ben geweest, en helaas was er lekkage.'

'Wat een pech!'

Hij zette het schilderij weer terug. 'Wanneer zou u trouwens kunnen beginnen?'

'Ik was van plan om 's middags te komen, zodra ik klaar ben met mijn werk in het museum. Misschien kan ik niet iedere dag. Dat hangt af van professor Belletti.'

'Ik zal wel met hem praten als dat nodig mocht zijn. Hij is me meer dan één gunst verschuldigd.'

Carla keek door het raam naar de tuin. Ze voelde zich op haar gemak in dit huis. 'Prima, dan begin ik morgen om zes uur, als u het goed vindt.'

‘Maar we hebben het helemaal nog niet gehad over uw beloning!’ zei hij.

‘De kans om een Ghirlandaio te restaureren is voor mij al beloning genoeg.’

De graaf glimlachte.

‘Voordat ik ga, wilde ik u nog iets vragen over wat we gisteren hebben besproken in het museum.’

‘Zegt u het maar,’ zei hij met een knikje.

‘Als de middelste van de drie Gratiën op *La Primavera* niet Semiramide is, de vrouw van Pierfrancesco, wie is het dan wel?’

‘Simonetta.’

‘Maar Simonetta is Flora…’ zei Carla verbaasd.

‘Ja, maar ze is tevens Castitas. Botticelli liet zich bij het schilderen van de Gratiën inspireren door de dans die Simonetta, Albiera degli Albizi en Leonora van Napels opvoerden in de tuin van Palazzo Lenzi tijdens het huwelijksfeest van Leonora en de graaf van Ferrara. De sensuele, uitdagende Voluptas is Albiera, de eenvoudige, verstandige Castitas in het midden is Simonetta en de elegante, verfijnde Pulchritudo aan de rechterkant is Leonora. Weet u nog op wie Castitas haar blik richt?’

‘Op Mercurius… Giuliano!’ zei Carla.

‘Botticelli schildert Simonetta opnieuw als een van de drie Gratiën. Ze kijkt naar Mercurius, die totaal niet gevoelig is voor de charmes van de nimfen, precies zoals Poliziano het beschrijft in “Le Stanze”.’

Carla’s hoofd leek te ontploffen. ‘Denkt u dat Giuliano en Simonetta hun liefde hebben geconsumeerd?’

‘Dat lijdt voor mij geen enkele twijfel, beste vriendin.’

‘Maar waarom heeft hij haar tweemaal afgebeeld, als Flora en als Castitas?’

‘Na haar dood werd Simonetta een obsessie voor Botticelli.’

Er verscheen een glimlach op Carla’s gezicht. Haar theorie werd steeds aannemelijker.

Toen Carla was vertrokken, begaf de graaf zich naar zijn werkkamer en schonk hij een glas whisky in bij het drankkastje dat voor het raam stond. Vervolgens liep hij naar zijn verzameling langspeelplaten, haalde er een uit de hoes en legde hem op de oude draaitafel. Toen de naald contact maakte met het vinyl, was de stem van Jimmy Fontana te horen. Sinds zijn reis naar Genua had hij niet meer naar die plaat geluisterd. Het bezorgde hem rillingen.

Hij ging achter het victoriaanse bureau zitten en trok de bovenste la open om een schetsboekje te pakken. Hij nam eerst een slok whisky voordat hij het opensloeg. Het bevatte houtskoolportretten van Graziela. Hij voelde een steek in zijn hart. 'Verdomme, Jimmy. Het is gewoon niet waar. Zonder haar houdt de wereld wél op met draaien,' zei hij hardop terwijl er een traan over zijn wang biggelde.

De butler kwam opgewonden binnen. 'Ze lijkt sprekend op haar!'

'Ja...' antwoordde hij zonder zijn ogen van de tekeningen af te wenden, volledig in de ban van haar glimlach.

Florence, de wijk Oltrarno

Marina ritste haar tas open, haalde de beeldjes tevoorschijn en zette ze voorzichtig op het bureau dat in het rommelige magazijn van de winkel stond. De antiquair zette zijn bril op, pakte een van de beeldjes en streek met de vingers van zijn andere hand over het bronzen oppervlak. Het voelde koud aan. 'Ik kan je tienduizend per stuk geven.'

'Maar ze zijn minstens vijfentwintig waard!' zei ze en ze stopte ze weer terug in haar tas.

De antiquair hield haar tegen. 'Wacht, ik kan tot vijftien gaan. Ze zijn niet makkelijk te verkopen.'

'Voor minder dan twintig doe ik het niet!' antwoordde ze stellig.

De man wierp nogmaals een blik op de twee beeldjes. 'Goed...' zei hij ten slotte.

Marina keek glimlachend toe terwijl de antiquair een bundeltje bankbiljetten uit een la haalde en het overeengekomen bedrag begon uit te tellen. 'Veertigduizend.'

Ze pakte het geld en stopte het in haar tas.

De man gaf haar een knipoog en zei: 'Het is een genoegen zaken met je te doen. Je handelswaar wordt steeds interessanter.'

Marina keek hem vol afschuw aan en verliet het magazijn. Het deurbelletje rinkelde. Even later ging haar telefoon over. 'Hallo?'

'We gaan beginnen.'

'Is dat niet wat vroeg?'

'Alles verloopt volgens plan.'

'Oké.'

'Hoeveel heb je gekregen?'

'Veertigduizend,' zei ze en ze voelde aan het bundeltje in haar tas.

'Ben je gek geworden? Ze zijn dertigduizend per stuk waard!'

'Hij wilde me eerst maar tienduizend geven,' zei ze kwaad. Aan de andere kant hoorde ze een diepe zucht. Marina verbrak de verbinding en gooide de telefoon in haar tas. 'Wat denkt-ie wel niet!'

San Gimignano

Het werd al donker. Carla stapte uit de auto. Ze was opgetogen: de restauratie van de Ghirlandaio bood haar de kans om erachter te komen of ze na al die tijd haar talent nog had. Ze deed de deur open en hing haar jas en tas aan de kapstok in het halletje. Ze was moe en had zin om snel wat te eten en naar bed te gaan. Toen ze de huiskamer in liep, zag ze tot haar grote schrik Àlex op de bank zitten. Hij was in gesprek met Francesca. Er ging een rilling door haar hele lijf.

'Carla, er is iemand voor je!' zei Francesca met een schuldbewuste blik.

Ze was het liefst weggerend, maar haar benen gehoorzaamden haar niet meer.

Àlex stond op. 'Hallo, Carla.'

Hun blikken ontmoetten elkaar. Ze voelde een steek in haar hart. 'Wat... wat doe jíj hier?' vroeg ze hem verbouwereerd.

Francesca liep naar haar toe. 'Hij is hier net. Ik had geen tijd om je te waarschuwen...' fluisterde ze haar in het oor.

Carla was wit als een doek. Het kostte haar moeite om adem te halen.

'Ik zal hem vragen om weer weg te gaan,' zei ze bezorgd.

Carla pakte haar bij de arm en zei: 'Dat doe ik zelf wel.'

'Weet je het zeker?'

'Ja.'

'Oké. Ik ben in de keuken als je me nodig hebt.'

Francesca keek naar Àlex, die nog steeds als een standbeeld voor de bank stond, en verliet de kamer.

Àlex deed een stap naar voren en stamelde: 'Carla, ik...'

Ze liep direct naar hem toe en gaf hem een harde klap in het gezicht. 'Je bent een klootzak!' Daarna bleef ze tegenover hem staan met haar hand in de lucht. Haar hart klopte hevig. Ze voelde de adrenaline door haar lichaam stromen. 'Hoe kon je?'

Àlex keek naar de vloer en schudde het hoofd.

'Wat ben ik toch een sukkel! Ik hoopte zelfs nog dat je tegen me zou zeggen dat het niet waar was!'

'Carla, ik...' Hij was niet in staat om een woord uit te brengen en voelde de enorme minachting in Carla's blik.

'Waarom ben je hier?'

'Ik wilde met je praten...'

'Na vijf dagen?'

'Ik wist niet wat ik moest doen...' zei hij bedremmeld.

'Heel eenvoudig, je hoefde alleen maar niet te naaien met Marta Solanes! Wat had je dan verwacht?' schreeuwde ze furieus.

'Ik dacht niet na... Het is allemaal uit de hand gelopen,' antwoordde Àlex terwijl hij druk met zijn handen gebaarde in de hoop dat hij het op die manier beter kon uitleggen. 'Jou pijn doen was wel het laatste wat ik wilde... Zoals je weet werd het alleen maar drukker op kantoor. Ik werkte meer dan twaalf uur per dag en sliep vaak slecht of niet... Ik ging met verkeerde mensen om en raakte het spoor volledig bijster.'

Carla keerde hem de rug toe. Ze wilde niet meer naar hem luisteren. Zijn woorden deden haar te veel pijn. Maar algauw draaide ze zich toch naar hem om. 'Heeft zij soms iets wat ik niet heb?'

'Het ging er niet om wat zij heeft. Het lag aan mij...'

Er viel een pijnlijke stilte die Carla door de ziel sneed.

'Het gaat niet goed met me, Carla. Dat is al een tijdje zo.'

'En waarom heb je me niets verteld?'

'Wat had ik dan moeten zeggen? Dat ik bang was om tegen

mijn vader in te gaan, om de zaken te weigeren die hij me gaf? Om niet aan zijn verwachtingen te voldoen? Dat ik ging drinken en snuiven om mijn angsten het zwijgen op te leggen?' Hij keek haar met vochtige ogen aan.

Carla herkende de man niet meer die voor haar stond nu hij zijn masker had afgeworpen.

'Ik wilde geen zwakte tonen...'

'Ik had heus niet minder van je gehouden als ik van je onzekerheden had afgeweten.'

Àlex keek haar in de ogen. 'De afgelopen dagen waren de zwaarste van mijn hele leven. Het idee alleen al om je te verliezen...'

Carla ontplofte. 'De zwaarste van jóúw leven? Jij bent echt een egocentrische lul!' Ze begon driftig heen en weer te lopen. 'De enige die hier meer dan een jaar lang bedrogen is ben ik!'

Àlex wist even niet wat hij moest zeggen.

'Pau en Júlia hadden me al gewaarschuwd, maar ik wilde niet naar ze luisteren. Al die kritiek op je vader, en dan blijkt dat jullie helemaal niet zo verschillend zijn.'

'Ik lijk in niets op mijn vader!' brieste hij.

'Geloof je dat werkelijk? En wat heeft-ie je moeder dan aangedaan?'

Àlex ging vlak voor haar staan en balde zijn vuisten. Even was ze bang dat hij haar zou slaan.

'Ik wil niet zijn zoals die hufter!'

'Nou, je lijkt anders meer op hem dan je denkt. Hoe had je het anders voor elkaar gekregen om zo schaamteloos vreemd te gaan?'

Àlex bleef zijn hoofd schudden.

'Ik weet niet wie jij bent. Alles wat we samen beleefd hebben was een leugen!'

'Dat is niet waar... Ik hou van je!'

'Wat ben je toch een cynicus. Noem je dat houden van?'

'Het spijt me, Carla. Het spijt me vreselijk dat ik je pijn heb gedaan.'

Carla was onverbiddelijk en zei niets.

'Ik weet dat je me niet kunt vergeven, maar ik wil je laten zien dat jij de enige voor mij bent.'

'Je hebt gelijk: ik kan je niet vergeven.'

'Carla, luister naar me. Ik ben weggegaan bij het kantoor en heb alles achtergelaten. Ik wil alleen maar een tweede kans en blijf in Florence tot je me weer vertrouwt.'

Carla keek hem smalend aan.

Àlex haalde een kaartje van zijn hotel tevoorschijn en legde het op tafel. 'Hier zit ik. Mijn telefoon werkt niet goed. Bel het nummer van het hotel als je me wilt bereiken,' zei hij en hij draaide zich om.

Carla keek naar zijn brede schouders terwijl hij naar de deur liep. 'Het was mijn moeder, hè?' zei ze.

'Je moeder?'

'Degene die je heeft verteld waar ik ben.'

'Ja,' gaf hij toe en hij trok de deur achter zich dicht.

Carla liet zich op de bank vallen en sloeg trillend haar armen om zich heen. Ze werd vanbinnen verteerd door een vuur en gilde het uit van woede.

Florence

13 maart 1475

De twee koetsen reden van Palazzo Medici naar de kathedraal voor de zondagsmis. Lorenzo zat in het eerste rijtuig te praten met Giuliano, die afwezig uit het raam staarde. 'Ik heb niet tegen je gelogen toen ik het over Fioretta's schoonheid had. Ze was de mooiste vrouw op het feest.'

'Daar ben ik het niet mee eens,' antwoordde Giuliano zonder hem aan te kijken.

Lorenzo deed net of hij hem niet gehoord had. 'Fioretta is een welbespraakte en verstandige dame. Wist je dat ze van poëzie houdt en dat ze de Heilige Schrift leest? Ze zal een goede echtgenote voor je zijn.'

Giuliano draaide zich naar hem toe en zei: 'Net als Clarice, wil je zeggen?'

'Ja. En misschien ga je op den duur wel van haar houden.'

'Zoals jij van Clarice bent gaan houden?' zei hij uitdagend.

Lorenzo gaf geen antwoord. Het was zijn jongere broer, en hij wilde hem beschermen. Hij wist wat hij van hem vroeg.

'Ik voel niets voor Fioretta. Ik zie dat ze mooi is, maar ze doet me niets.'

'Giuliano, daar hebben we het al over gehad. Het huwelijk is geen kwestie van gevoelens.'

Giuliano beukte zo hard met zijn vuist tegen het houten plafond van het rijtuig dat er een barst in kwam.

'We gaan later wel verder met dit gesprek, broertje!' zei Lorenzo geïrriteerd.

Ze reden het plein van de kathedraal op en stopten voor de deur. De twee broers stapten uit en liepen naar het tweede rijtuig om hun moeder te helpen. Clarice en Fioretta zaten ook in de koets, samen met Fioretta's vader.

De kathedraal vulde zich met honderden gelovigen, die trots de dag des Heren kwamen vieren. De welgestelde families van Florence begroetten hun stadgenoten alvorens plaats te nemen op hun banken in het middenschip. Lorenzo ging als eerste naar binnen, samen met Lucrezia en Clarice. Fioretta en haar vader liepen gearmd achter hen aan. Giuliano lag wat achter en was de laatste van het gevolg. Onder de aandachtige blikken van de andere kerkgangers begaven ze zich over het middenpad naar de bank op de eerste rij voor het hoofdaltaar. Giuliano zocht naar Simonetta, maar kon haar nergens vinden. Hij keek naar Fioretta, die naast hem zat. Ze was zo anders dan Simonetta, en hij stelde zich voor hoe het leven zou zijn met een vrouw van wie hij niet hield. Het koude zweet brak hem uit. Hij veegde de druppels van zijn voorhoofd met een zakdoek en probeerde zijn aandacht te vestigen op de mis.

Na afloop van de ceremonie liep de bisschop naar de uitgang om afscheid te nemen van de aanwezigen. Lucrezia bleef bij hem staan om Fioretta voor te stellen.

Marco en Simonetta kwamen ook net naar buiten. 'Kijk, daar heb je Lucrezia. We gaan haar even bedanken voor de uitnodiging van gisteren.'

Simonetta zag Giuliano in gezelschap van Fioretta en zei: 'Ik voel me niet zo goed. Ik ga liever meteen naar huis.'

'Maar het zijn de Medici! Die kunnen we niet zomaar negeren,' antwoordde Marco en hij pakte haar bij de arm.

Simonetta wilde alleen maar vluchten. Ze kon het niet verdragen om hem samen met Fioretta te zien.

'Madonna Lucrezia, mijn echtgenote en ik willen u graag bedanken voor gisteren. Het was een geweldig feest, zoals altijd bij u,' zei Marco, trots pronkend met zijn mooie vrouw.

Toen Giuliano Simonetta zag, klaarde zijn gezicht onmiddellijk op. Ze droeg een witte jurk met glittersteentjes en goudgele kralen die haar ogen lieten schitteren.

'Het doet ons veel genoegen om goed nieuws te vieren met onze vrienden,' zei Lucrezia. 'Fioretta en haar vader kent u inmiddels. Ze verblijven een paar dagen bij ons.'

Simonetta keek in de groene ogen van Fioretta. Voor het eerst voelde ze zich onzeker over haar eigen schoonheid.

'Madonna Vespucci, misschien kunt u Fioretta advies geven over Florence. Simonetta komt uit Genua, maar ze heeft zich hier heel goed aangepast.'

'Ja, uiteraard. Florence en haar inwoners zijn heel gastvrij.' De schoonheid van de ander deed haar pijn. Heel even kruiste haar blik die van Giuliano. Ze kreeg een schrijnend gevoel in haar borst.

Marco pakte haar bij de hand. 'Wilt u ons excuseren? Mijn vrouw voelt zich niet zo lekker.'

Het paar vertrok en werd nagekeken door Giuliano. Lucrezia richtte zich tot de bisschop: 'Excellentie, wij willen u graag uitnodigen voor het middagmaal.'

'Het zou mij een eer zijn.'

'Uitstekend, dan sturen we een koets om u op te halen.'

De Medici liepen naar de rijtuigen. Vlak voordat ze instapten, zag Giuliano dat Botticelli op de trap van de kathedraal stond te praten met Poliziano. Hij riep de schilder en zei tegen hem: 'Ik heb uw hulp nodig.'

'Zegt u het eens.'

'Ik heb een reden nodig om Simonetta naar uw atelier te laten komen. Ik moet haar zien, koste wat het kost.'

'Maar messer...'

Giuliano greep hem bij zijn arm. 'Als u in Florence wilt werken, kunt u beter doen wat ik van u verlang!' zei hij dreigend. Vervolgens stapte hij in de koets en ging naast Lorenzo zitten.

Botticelli keek hoofdschuddend toe hoe ze wegreden.

Florence, het atelier van Botticelli

15 maart 1475

Botticelli schrok midden in de nacht wakker uit een nachtmerrie. De zweetdruppels parelden op zijn voorhoofd. Hij stond op in het halfduister en gooide wat water uit het bekken in zijn gezicht om zich op te frissen. Hij keek naar de donkere gestalte in de spiegel en voelde zich ellendig. De belofte om haar te beschermen had hij verbroken. Hij stak de kaarsen aan die bij de schildersezel stonden en deed het enige wat hem tot bedaren kon brengen.

De volgende morgen werd hij naast het doek wakker op de vloer. Hij had pijn in zijn hele lichaam en werd gekweld door zijn geweten. Hij stond op om naar het portret te kijken en ging met zijn vingers over de lijnen.

Een paar uur later kwam zijn bediende binnen om de komst van Giuliano aan te kondigen, en hij vervloekte zichzelf zachtjes om wat hij zou gaan doen.

Giuliano beende naar binnen en zei: 'Sandro, ik ben zenuwachtig!'

'Als u van mening bent veranderd, kan ik haar nog laten waarschuwen,' probeerde hij wanhopig.

'Nee, ik moet haar zien!'

'Messer, u brengt haar in gevaar door hier te zijn.'

De bediende kwam vertellen dat Simonetta er was. Botticelli keek hem smekend aan, maar Giuliano hield voet bij stuk. Gelaten ging hij naar de hal om haar te ontvangen. Simonetta stond naast Caterina. Het ochtendlicht streelde haar gelaat. 'Goedendag, messer.'

'Goedendag, madonna,' antwoordde hij met een buiging. 'Er is iemand die u graag wilde zien.'

Giuliano verscheen ten tonele.

'Messer Medici... Wat doet u hier?' vroeg ze verbaasd.

'Vergeef me mijn vrijpostigheid. Ik... ik wilde met u praten,' antwoordde hij een stuk minder zelfverzekerd dan hij gehoopt had.

Simonetta vroeg zich af wat hij haar te vertellen had. Ze keek haar dame aan en gebaarde dat ze hen alleen moest laten. Caterina deed wat haar gevraagd werd, en Botticelli volgde haar.

'Madonna, vanaf het moment dat ik u tegenkwam in de tuin van Palazzo Lenzi denk ik alleen nog maar aan u. U bent de reden dat ik elke ochtend wakker word, de frisse bries die mijn gezicht streelt, de sterrenhemel die me thuisbrengt na een veldslag. Ik ben geheel de uwe, met mijn ziel en zaligheid. Ik wil niets meer in dit leven als het niet met u is.'

Simonetta was volkomen overrompeld. Ze wilde geloven dat hij de waarheid sprak. 'Maar u bent met Fioretta... En ik ben een getrouwde vrouw...' antwoordde ze trillend.

'Nee, zij is niet...' Hij schudde het hoofd. 'Zij is niet zoals u. Toen ik me zondag in de kathedraal probeerde te bedenken hoe een leven zonder u zou zijn, kon ik me geen afschuwelijker lot voorstellen.' Hij liep naar haar toe en kuste haar teder op de lippen.

'Stop...' zei ze angstig.

'U hoeft alleen maar te zeggen dat u niet hetzelfde voelt als ik. Dan laat ik u verder met rust.'

Maar Simonetta zei niets. Giuliano kuste haar opnieuw en hield haar vast alsof hij haar nooit meer los wilde laten.

San Gimignano, Palazzo Verini

1 september 1970

Toen ze de bibliotheek uit liepen, zagen ze de graaf en gravin op de bank in de salon whisky drinken met de laatste gasten. Graziela was nog steeds van slag door de gebeurtenissen van die avond, en het kostte haar veel moeite om ze te bedanken voor de uitnodiging.

'Alles goed?' vroeg Arnaldo op weg naar de parkeerplaats.

Ze zei echter niets en probeerde te voorkomen dat haar hakken bleven steken in de aarde van de tuin.

Arnaldo pakte haar bij de schouders. 'Ela, gaat het wel goed met je?'

Ze keek hem aan. 'Er is zoveel gebeurd. Ik heb gewoon tijd nodig om het allemaal te verwerken.'

'Sorry, ik wil je niet van streek maken,' zei hij en hij hielp haar bij het instappen.

Hij liep om de wagen heen en controleerde nog even of het doosje wel in de zak van zijn colbert zat. Vervolgens nam hij met een glimlach plaats op de bestuurdersstoel en startte de motor.

In stilte reden ze door de rustige straten van San Gimignano. Arnaldo parkeerde de auto op de Via Costarella.

'Wat gaan we hier doen?' vroeg Graziela verbaasd.

'Ik wil je wat laten zien.'

'Valt er vandaag dan nog meer te zien?' vroeg ze met een veelzeggende glimlach.

Arnaldo stapte uit en deed haar deur open. Het was een heldere avond. Het getik van Graziela's hakken vergezelde hen naar de Piazza del Duomo. Arnaldo voelde aan het doosje in zijn zak. Ze bleven staan voor de brede trap van de kathedraal. De romaanse gevel werd zwakjes verlicht door één enkele lantaarn.

Toen keek hij haar in de ogen en knielde voor haar neer. 'Ela, ik hou van je met heel mijn hart, mijn ziel en mijn wezen. Je hebt me wakker geschud uit mijn lethargie. Door jou voelde ik voor het eerst dat ik leefde. Jij hebt me de ware betekenis van het woord "liefde" geleerd.' Hij stak zijn hand in de zak van zijn jasje, haalde er het doosje uit en klapte het open. Er kwam een diamanten ring tevoorschijn met een blauwe saffier. 'Graziela Ferrara, wil je met me trouwen?'

Graziela legde haar handen op haar mond en keek naar de ring die Arnaldo omhooghield.

'Als je niet wilt, dan...'

Maar Graziela onderbrak hem en zei: 'Nee, ik wil niets liever!'

Er trok een golf van blijdschap door hem heen. Hij stond op en schoof de ring langzaam over haar vinger. 'Hier gaan we trouwen. In de Santa Maria!'

Graziela keek naar de ring om haar vinger. Ze straalde van geluk. Arnaldo kuste haar en sloeg zijn armen stevig om haar heen.

San Gimignano, Palazzo Verini

De volgende dag werd Arnaldo extatisch wakker. Hij keek door het raam. De zon scheen fel aan de diepblauwe hemel. Hij ging naar de badkamer en kleedde zich uit om te douchen. Terwijl het warme water over zijn lichaam stroomde, zag hij Graziela weer voor zich, leunend tegen de muur met haar sensuele lichaam. Geen enkele vrouw had hem ooit zo geraakt. Maar hoe moest hij zijn ouders vertellen dat ze verloofd waren? Ze zouden het hem niet makkelijk maken.

Toen hij naar beneden liep, zaten ze te ontbijten aan de tafel in de tuin. De graaf las de krant en de gravin vertelde over het gesprek dat ze de avond daarvoor had gevoerd met een van de gasten.

'Goedemorgen, Arnaldo. Hoe heb je geslapen?' vroeg zijn moeder met een glimlach.

'Goed,' zei hij en hij gaf haar een kus.

'De Mancini feliciteerden ons met je toetreding tot het wijnhuis. Ze zijn ervan overtuigd dat je een goede manager zult worden.'

Arnaldo wierp zijn moeder een glimlach toe en ging ook aan de tafel zitten. Hij schonk een kop koffie in.

'Je vader en ik hadden het erover dat Bianca echt een heel aantrekkelijke vrouw is geworden. Wist je dat ze definitief in Florence blijft? Haar studie in Zwitserland ging heel goed.'

'Ja, dat vertelde ze al,' zei hij slechts.

'Het zou goed zijn als je haar opnieuw in onze kringen introduceerde. Door al die jaren in het buitenland is ze een beetje vervreemd geraakt.'

'Goed, moeder. Ik zal het doen.'

Zijn ouders bleven koppig proberen om hem aan haar te koppelen. Hij pakte een sneetje geroosterd brood en smeerde er boter op. Hij moest het juiste moment vinden om ze het grote nieuws te vertellen.

'Je had ons niet verteld dat Graziela zo knap was.'

Arnaldo keek zijn moeder aan. 'Ik dacht niet dat dat belangrijk was!'

'Je hoeft niet zo defensief te doen, Arnaldo.'

De graaf kwam tussenbeide: 'Uit welke familie komt ze? Haar gezicht komt me vaag bekend voor.'

'Ze is een Ferrara. Ik geloof niet dat jullie die kennen.'

'San Gimignano is anders niet zo heel groot,' merkte de graaf op.

'Haar moeder is toch de dochter van de onderwijzers in het dorp? Een heel knappe vrouw. Haar man heeft haar verlaten,' zei de gravin terwijl ze met haar lepeltje in haar koffie roerde.

Arnaldo begon nerveus te worden.

'Aha...' zei de graaf en hij legde zijn krant weg. 'Arnaldo, je moet aan je toekomst gaan denken. Je bent inmiddels drieëntwintig.'

'Hoe bedoel je?'

Zijn vader antwoordde met irritatie in zijn stem: 'Op een dag zul jij graaf Verini zijn, en dat is tegelijk een voorrecht en een verantwoordelijkheid. Tot nu toe hebben we je laten begaan. Je mocht van ons die belachelijke studie doen en rotzooien met wie je maar wilde, maar nu is de tijd gekomen dat je de rest van je leven gaat plannen, en het huwelijk is daar een belangrijk onderdeel van.'

Arnaldo balde zijn vuisten onder tafel. Dit gesprek ging de verkeerde kant op.

'Je zou moeten trouwen met een meisje als Bianca. Ze komt

uit een goede familie met een bloeiend textielbedrijf.'

Hij kon het niet langer verdragen, moest er een eind aan maken. 'Ik heb Graziela gisteren gevraagd om met me te trouwen.'

Zijn ouders keken hem met open mond aan.

'Wát heb je gedaan?' vroeg de graaf verbijsterd. 'Dat kun je niet maken!'

'Nou, ik heb het al gedaan, en zij heeft ja gezegd,' zei hij uitdagend.

'Ja, natuurlijk, trouwen met een graaf. Wat een opoffering,' zei zijn moeder sarcastisch.

'Moeder, zo is Graziela niet!' antwoordde hij verbolgen.

'Arnaldo, je bent nog jong en weet gewoon niet wat mensen allemaal doen om in dit leven hogerop te komen,' hield ze vol.

'Ik ben degene die haar ten huwelijk heeft gevraagd. Ze had geen idee.'

'Het is duidelijk dat je nog veel over vrouwen moet leren,' zei de graaf zelfgenoegzaam.

Arnaldo's hart begon steeds sneller te kloppen. Hij besefte dat hij door een betonnen muur probeerde te breken.

'Het huwelijk is bedoeld om de familie te consolideren en te versterken, en dat betekent dat je moet trouwen met iemand die je gelijke is. En wat heeft zij je nu te bieden?'

Arnaldo schudde het hoofd. 'Ze maakt me gelukkig.'

De graaf schoot in de lach. 'Beste zoon, hoe kun je nu zo naïef zijn? Je kunt dat absurde aanzoek meteen weer intrekken, en doe het voordat heel Toscane op de hoogte is en de reputatie van onze familie in gevaar wordt gebracht. Je trouwt met iemand uit onze kringen. Einde discussie!'

'Jullie snappen er helemaal niets van,' schreeuwde Arnaldo en hij gooide zijn kop koffie op de grond. Hij was des duivels en rende naar zijn auto. Hij haalde de sleutels uit zijn zak, startte de motor en reed met piepende banden weg. De woorden van zijn vader dreunden nog na in zijn hoofd. Hij trapte het gaspedaal volledig in, nam met veel te hoge snelheid een bocht, verloor de macht over het stuur en schoot van de weg. Toen voelde hij een harde klap en werd alles zwart.

Florence, Galleria degli Uffizi

27 juni 2023

Het was nog geen halfacht toen Carla bij het museum arriveerde. Ze had de hele nacht geen oog dichtgedaan. De bekentenis van Àlex was de genadeslag geweest. Waar ze de kracht vandaan had gehaald om uit bed te komen, wist ze niet. Ze ging door de veiligheidscontrole. Haar lichaam voelde zwaar aan. Toen ze de trap naar de derde verdieping op liep, begon haar hoofd te tollen en moest ze even op een trede gaan zitten om niet te vallen. Het koude steen verdoofde haar huid. Wat ben je toch een eikel, Àlex! Waarom moest je zo nodig hierheen komen? Ze werd bevangen door angst. Het duurde even voor ze in staat was op te staan en zich wankelend naar de toiletruimte te begeven. Ze maakte haar gezicht nat onder de kraan. Ze had overal pijn. In de spiegel zag ze een gebroken vrouw. Hoe kon ik zo stom zijn? Ze leunde met haar rug tegen de muur, liet zich op de vloer glijden en barstte in huilen uit. Ze had niet de kracht om naar de presentatie te gaan.

Na een paar minuten stond ze toch maar op en pakte ze mascara en oogschaduw uit haar tas om haar make-up bij te werken. Ze zou niet toestaan dat die klootzak ook nog haar droom kapotmaakte. Toen ze klaar was, liep ze de gang op en begaf ze zich naar zaal 25. Daar trof ze Max aan, die achter een laptop zat te werken. Ze wilde zich meteen omdraaien en naar de cafetaria gaan, maar Max had haar al gezien. 'Goedemorgen, Carla!'

'Goedemorgen,' antwoordde ze met een dun stemmetje en ze liep naar haar plek.

Max volgde haar met zijn ogen. De zaal had een raam op het oosten, zodat haar tafel werd verlicht door de ochtendzon. Ze ergerde zich aan zijn priemende blik.

'Je ziet er niet zo goed uit vandaag.'

'Ik heb slecht geslapen,' zei ze en ze legde haar tas op tafel. Ze had het gevoel dat het gewicht van de hele wereld op haar schouders rustte.

'Jeetje. Ben je zo gespannen vanwege de tentoonstelling?'

Carla hoorde hem niet.

'Carla?'

'Wat zei je?'

'Of je niet kunt slapen vanwege de tentoonstelling.'

Carla wilde met rust gelaten worden, dus antwoordde ze kortaf: 'Dat is persoonlijk.'

'Sorry, ik zal mijn neus niet meer in jouw zaken steken.'

Carla nam plaats en haalde haar laptop uit haar tas.

Max ging door met werken, maar zei op een gegeven moment: 'Ik wil graag mijn excuses aanbieden. Gisteren reageerde ik een beetje bot.'

'Een beetje?' zei Carla zonder hem aan te kijken.

Professor Belletti kwam binnen. 'Fantastisch, jullie zijn er al! Vandaag heb ik een vergadering met het bestuur, dus ik kan niet lang blijven,' zei hij en hij liep naar het whiteboard. 'Carla, als u zo vriendelijk wilt zijn uw idee verder toe te lichten.'

Carla stond moeizaam op. 'Graag...' Ze zuchtte even en stak toen van wal: 'Ik wil het werk van Botticelli chronologisch presenteren en laten zien dat zijn virtuositeit toeneemt wanneer Simonetta voor hem gaat poseren, om ten slotte het niveau te bereiken van *La Primavera* en *De geboorte van Venus*.'

Max onderbrak haar: 'En wanneer gebeurde dat volgens jou?'

'Zijn eerste portret van Simonetta maakte hij voor het vaandel dat Giuliano de' Medici zou dragen tijdens het toernooi van 1475. Na dat portret heeft hij haar nog maar één keer bij leven geschilderd, namelijk voor *De Maagd en het Kind in een nis*. Alle andere werken zijn na haar dood gemaakt.'

'Wil je zeggen dat hij haar uit het hoofd schilderde?' vroeg Max.

'Ten dele, want hij beschikte ook nog over de schetsen die hij voor de eerste opdracht had gebruikt.'

'Is dat vaandel bewaard gebleven?'

'Helaas niet. We moeten het doen met de beschrijving van Poliziano en andere dichters.'

'En hoeveel schilderijen heeft hij volgens u van Simonetta gemaakt?' vroeg de professor.

'Een stuk of dertien, en dan reken ik het vaandel niet mee, maar wel *De Maagd en het Kind in een nis*, al verklaarde de bekende kunsthistoricus Luciano Bellosi pas in 2009 dat het een echte Botticelli was.'

'U zou een presentatie moeten maken van alle schilderijen met Simonetta om die evolutie duidelijk te maken. Denkt u dat u die morgen klaar kunt hebben?' vroeg de professor.

'Ja, ik zal er meteen aan beginnen.'

'Uitstekend. Max, u kunt haar wel helpen.' Hij keek op zijn horloge en zei: 'Ik moet nu echt gaan.' In een oogwenk was hij verdwenen.

Max liep naar Carla toe. 'Ik geloof nog steeds niet in jouw theorie. Ik zeg niet dat hij haar niet heeft geschilderd op zijn twee grote werken, want dat wordt door alle deskundigen erkend, maar het lijkt me onwaarschijnlijk dat hij haar op dertien schilderijen heeft afgebeeld,' zei hij met een air van superioriteit.

Carla had veel zin om hem uit te kafferen. 'Je zult het met je eigen ogen zien bij de presentatie van morgen!' antwoordde ze met tegenzin.

'Nou, ik ga ervandoor als je het niet erg vindt. Ik heb nog achterstallig werk in het museum.' Hij pakte zijn rugzak, hing hem om zijn schouder en verliet de zaal.

Carla deed hem na met een stemmetje: 'Ik heb nog achterstallig werk in het museum... Wat een idioot, zeg!' Maar ze voelde zich opgelucht. Ze hoefde alleen maar te verdragen dat ze van hem alles moest rechtvaardigen wat ze zei. Ze haalde diep adem en deed haar laptop aan. Opeens ging haar telefoon. Het was haar moeder. Ze nam op en was van plan om haar stevig op haar nummer te zetten. 'Mama!'

'Hallo, Carla. Komt het gelegen?'

Carla telde eerst tot tien alvorens antwoord te geven. 'Misschien had je beter gisteren kunnen bellen, vind je niet?'

Isabella zweeg even en zei vervolgens: 'Heb je hem gezien?'

'Ja, ik kwam thuis en toen zat-ie ineens op de bank naast Francesca.'

'Hebben jullie met elkaar gepraat?'

'Ja.'

'Hoe is het met je?'

'Ik raap de scherven bijeen en weet nu helemaal zeker dat het een smeerlap is en een egocentrische schoft.'

'Carla, Àlex heeft een fout gemaakt, maar hij houdt van je. Hij wil dat je hem nog een kans geeft.'

'Maar snap je dan niet wat hij mij heeft aangedaan? Aan wiens kant sta jij eigenlijk?'

'Aan de jouwe, lieverd, dat weet je toch?'

'Maar waarom heb je hem dan verteld waar ik was?' vroeg ze kwaad.

'Als ik dat niet had gedaan, zouden jullie elkaar niet hebben gezien.'

'Dat was veel beter geweest. Door zijn komst ben ik volledig de kluts kwijt.'

'Carla, je bent nog jong. Later zul je begrijpen dat de dingen niet zo zwart-wit zijn. Soms doen mensen ons pijn, maar je moet ook rekening houden met zijn omstandigheden en vooral met zijn intenties.'

Ze luisterde niet meer naar de woorden van haar moeder. 'Wat zegt papa?'

'Dat je hem niet moet vergeven.'

'Daar heeft-ie gelijk in.'
Ze zeiden even niets.
'Carla, ik wil alleen maar het beste voor jou.'
'Mama, op dit moment ben ik te gekwetst.'
'Goed, meis...'
Carla zweeg opnieuw.
'Ik hou van je...' zei Isabella.
'Ik ook van jou...' zei ze en ze hing toen op.

's Middags ging ze naar Palazzo Verini om te beginnen met de restauratie van de Ghirlandaio. De vriendelijke butler leidde haar met een glimlach naar het atelier. Ze was moe. Het gebrek aan slaap eiste stilaan zijn tol. Ze had getwijfeld of ze wel moest gaan, maar het zou haar waarschijnlijk goeddoen als ze zich op de opdracht concentreerde. Bovendien had ze het de graaf beloofd.

Eenmaal in het atelier legde ze haar tas op de donkere notenhouten tafel en keek naar het doek op het werkblad. Ze had niet de moed om te beginnen. Het leek net of ze helemaal in haar eentje de Mount Everest moest beklimmen. Ze leunde met haar handen op het werkblad en bestudeerde het kwetsbare, verwaarloosde doek. Toen pakte ze haar telefoon en selecteerde een playlist op Spotify. De hemelse stem van Maria Callas vulde de ruimte. Ze trok haar witte jas aan en keek door het grote raam naar de tuin. Vervolgens opende ze de doos met olieverf en genoot van de aangename geur die eruit opsteeg. Ze deed wat oplosmiddel op een spons en wreef lichtjes over de vlekken, die zich vooral op het onderste gedeelte van het schilderij bevonden, want daar had het vocht de meeste schade aangericht. Plotseling schoten er beelden door haar hoofd van Àlex die Marta omhelsde. 'Hoe heb ik zo blind kunnen zijn?' schreeuwde ze en ze gooide de spons op de vloer. Ze keek naar de barsten in de verf en dacht: jij bent ook beschadigd. De fragiele en mysterieuze aria van 'Casta Diva' maakte haar aan het huilen.

Even later kwam de graaf naar binnen. 'Goedemiddag, signorina Bas! Ik zie dat u al begonnen bent,' zei hij, blij om haar te zien.

Carla vermande zich, want ze wilde niet dat hij haar in die toestand zag. De graaf kwam glimlachend dichterbij en legde zijn stok op het werkblad.

'Ja, maar ik ben pas een uurtje bezig,' antwoordde ze en ze deed de muziek uit.

'En wat vindt u ervan?'

'Het doek verkeert in betere staat dan ik dacht en reageert naar behoren, dus ik denk dat een goede restauratie mogelijk is,' zei ze met haar blik op het schilderij.

'Ik had niet anders verwacht.' De graaf keek naar het doek. 'Hoe gaat het met de tentoonstelling?'

Carla gaf niet meteen antwoord, want ze wilde eerst nadenken over wat ze moest zeggen. Ze kende hem niet goed genoeg om alles te vertellen, maar voelde zich op een merkwaardige manier op haar gemak bij hem. 'Professor Belletti heeft voor mijn voorstel gekozen, maar dat heeft kwaad bloed gezet bij de andere assistent-curator. Ik ging ervan uit dat hij voor zijn voorstel zou kiezen, en dat gold vermoedelijk ook voor hem.'

'Domenico heeft me over uw idee verteld. Het lijkt me heel interessant.'

'Omdat u ook gelooft dat Botticelli een beetje verliefd was op Simonetta.'

De graaf moest lachen.

'Wat vindt u daar zo grappig aan?'

'U doet me aan iemand denken.'

Carla keek hem niet-begrijpend aan.

'Heeft men u weleens verteld dat u heel veel op uw grootmoeder lijkt?'

'Ja, maar daar ben ik me pas echt bewust van geworden toen ik weer in San Gimignano was. Mensen weten niet meer hoe ze het hebben wanneer ze me zien.'

Hij keek haar aan met zijn kleine oogjes en zei: 'Uw grootmoeder en ik waren studiegenoten aan de faculteit Kunstgeschiedenis van de Universiteit van Florence.'

Carla legde haar penselen op het werkblad. 'Echt waar?'

'Ja. En ik zie dat u net zoveel van de schilderkunst houdt als zij.'

Carla glimlachte.

'Het was een ongelooflijke vrouw…' zei de graaf zachtjes.

Ze voelde het verdriet in zijn woorden en besefte dat hij niet zo stug was als Francesca beweerde. 'Ik had haar graag wat beter gekend. Volgens mijn moeder had ik een dochter van haar kunnen zijn,' zei ze en ze voelde even aan de ring die onder haar jurk aan de ketting om haar hals hing.

'Signorina Bas, uw theorie is heel goed gevonden,' zei de graaf.

'Gisteren bracht Max me anders behoorlijk aan het twijfelen.'

'Volg uw intuïtie, dan zult u op het juiste spoor blijven. Maar als u wilt dat de expositie een succes wordt, moet u ook het standpunt van Max proberen te begrijpen.'

'Misschien hebt u gelijk.' Ze glimlachte en pakte haar penselen weer op. 'Mag ik u iets vragen?'

'Ja, natuurlijk.'

'Ik zou het fijn vinden als u mij tutoyeerde. Vindt u dat goed?'

'Dat lijkt me fantastisch, Carla.'

Carla drukte weer op play en keerde terug naar het doek.

Aan het begin van de avond werd ze door de chauffeur van de graaf afgezet op het plein in het centrum. Francesca had haar overgehaald om in de trattoria van het dorp te gaan eten om haar een beetje af te leiden, want ze was behoorlijk aangeslagen door het onverwachte bezoek van Àlex. Ze liep naar het terras en scande de tafeltjes, maar Francesca was er nog niet.

'Als je alleen bent, mag je wel bij ons komen zitten,' zei een jongen, wijzend naar een lege stoel bij zijn tafel.

Toen zag ze dat hij wijn zat te drinken met niemand anders dan Max. Ze wilde de uitnodiging afslaan, maar dacht terug aan wat de graaf tegen haar had gezegd. 'Ik sta te wachten op mijn nicht. Ze komt zo, maar tot die tijd kan ik jullie wel gezelschap houden.'

De jongen stond snel op om een lege stoel voor haar naar achteren te schuiven. Carla schonk hem een glimlach en nam plaats terwijl ze haar jurk goed deed.

'Carla, wat een toeval!' zei Max.

'Ja, San Gimignano is klein.' Ze was gespannen. Ze hield niet van situaties die ze niet in de hand had.

'Logeer je hier?'

'Bij mijn nicht Francesca.'

'O ja, Francesca, die herinner ik me nog wel.'

De vriend van Max begreep niet wat er gebeurde. 'Kennen jullie elkaar?'

Carla en Max wisselden een blik en gaven toen tegelijk antwoord: 'Ja.'

'En jij noemt jezelf een vriend?' vroeg hij aan Max. 'Ik zal me even voorstellen. Ik ben Luigi,' zei hij en hij gaf haar een hand.

'Aangenaam.'

'We drinken montalcino. Wil je ook een glas, Carla?'

'Het is haar lievelingswijn,' merkte Max op.

Carla was verbaasd dat hij dat nog wist.

'In elk geval was dat vroeger zo,' zei hij verontschuldigend toen hij de blik in Carla's ogen zag.

Luigi gebaarde naar de ober dat ze nog een glas wilden. 'Vertel mij eens, Carla, waar ken je die vent van?'

'Dat is een lang verhaal,' antwoordde ze en ze keek naar de straat in de hoop Francesca te zien.

Max probeerde Luigi met gefronste wenkbrauwen duidelijk te maken dat hij zijn mond moest houden.

'Een paar jaar geleden waren we allebei Erasmusstudenten, en nu organiseren we samen een tentoonstelling in de Galleria degli Uffizi,' zei Carla.

'Nou, die vriend van mij zegt altijd dat er bij het museum geen interessante mensen werken, dat het allemaal saaie ouwe knakkers zijn.'

Max moest zich inhouden om niet te gaan snuiven als een paard.

'Even tussen jou en mij, Carla, ik geloof dat hij dusdanig geobsedeerd is door zijn werk dat hij niet meer ziet wat er voor hem gebeurt. En jij bent het levende bewijs!' zei hij met een charmante glimlach.

Hij had zijn haar naar achteren gekamd, en zijn gezicht was bruin van de zon. Ze keek naar de gouden ketting om zijn nek en besefte dat hij heel anders was dan Max.

'Wij kennen elkaar al sinds de middelbare school, maar ik heb hem nog nooit met een vriendinnetje gezien. Ongelooflijk, vind je niet?'

Carla moest lachen. 'Jeetje Max, dat wist ik helemaal niet.'

Max begon op zijn stoel te draaien. Hij voelde zich opgelaten. 'Kunnen jullie het ook nog over iets anders hebben?'

Carla's telefoon ging. Het was Francesca. Ze moest een probleem oplossen bij de coöperatie. 'Dat was mijn nicht. Ze kan niet komen.'

'Dan blijf je toch lekker bij ons,' zei Luigi.

'Ja, natuurlijk,' zei ze, denkend aan haar voornemen om wat beter haar best te doen voor Max, die echter niet al te blij leek met haar aanwezigheid.

'Perfect! Vinden jullie het goed als ik ga bestellen?'

Carla en Max knikten.

'Alfredo, heb je drie borden spaghetti *alle vongole* voor ons?' Toen keek hij naar Max en vooral naar Carla en vroeg: 'Vertel eens, wat voor expositie gaan jullie eigenlijk organiseren?'

'Dat kan Carla het best uitleggen. Ze hebben voor haar idee gekozen,' antwoordde Max, om vervolgens zijn glas achterover te slaan. 'Ik kan niet wachten om de schilderijen te zien die ze morgen gaat bespreken...' Hij was niet van plan om het haar makkelijk te maken.

'Dus je hebt familie in het dorp?' zei Luigi om van onderwerp te veranderen.

'Ja, mijn grootmoeder kwam uit San Gimignano. En gisteren

heb ik iemand ontmoet die met haar gestudeerd heeft.'

'Serieus?'

'Ja, graaf Verini.'

'De graaf? Dat is een van de donateurs van het museum,' merkte Max verbaasd op.

'Ja, ik restaureer een Ghirlandaio van hem in zijn palazzo.'

'Meen je dat nou?' zei hij perplex.

'Belletti had me gevraagd om dat te doen.'

Max legde zijn vork op zijn bord en beet op zijn lip. Carla kende die uitdrukking. Hij was kwaad. 'Het spijt me, jongens, maar ik moet gaan.'

Luigi keek hem strak aan. 'Maar je bent nog niet eens klaar met eten!'

'Ik bedenk opeens dat ik nog iets moet doen.' Hij stond op en haalde twintig euro uit zijn zak. 'We zien elkaar...' zei hij en hij legde het biljet op tafel.

Carla keek hem teleurgesteld na terwijl hij wegliep. Haar poging tot toenadering was mislukt.

Florence, Galleria degli Uffizi

28 juni 2023

De volgende ochtend zat Carla alweer vroeg in de cafetaria van het museum. Ze keek op haar laptop naar de schilderijen waarop Simonetta was afgebeeld. Sinds haar pijnlijke ontmoeting met Àlex had ze niet meer dan zes uur achter elkaar geslapen en moest ze haar brein herhaaldelijk activeren met een stevige dosis theïne. Carla liet de schilderijen keer op keer aan haar ogen voorbijgaan, maar ze kon zich niet goed concentreren. Ze moest de presentatie voor professor Belletti en Max voorbereiden. Ze dacht terug aan gisteravond, toen hij zo kwaad was geworden, en nam een slok van haar thee. Voordat ze haar blik weer op het scherm van haar laptop richtte, zuchtte ze eens diep.

'Is deze tafel bezet?'

Carla keek op en zag Àlex naast haar staan met een glimlach op zijn gezicht en een dienblad in zijn handen.

'Wat moet je?' vroeg ze geïrriteerd.

'Ik kom voor het ontbijt. Naar verluidt maken ze hier de beste cappuccino's van Florence.'

Ze wilde dat hij ophoepelde, maar voor ze iets kon zeggen, had hij zijn dienblad al op de tafel gezet.

'Een groene thee voor jou,' zei hij en hij schoof de kop naar haar toe. Daarna ging hij tegenover haar zitten. Hij zag er slecht uit. Zijn haar zat in de war en hij had wallen onder zijn ogen. Hij deed twee zakjes suiker in zijn koffie en begon te roeren. 'Hoe is het met je?'

Carla gaf geen antwoord. Ze pakte haar kop en nam een slok. De smaak van de theeblaadjes beurde haar enigszins op. 'Àlex, wat wil je? Ik heb zo een belangrijke presentatie!'

'Ik moest je gewoon zien...'

'Nou, je hebt me nu gezien!'

'Carla, ik ben stom geweest.'

'Dat kan ik slechts beamen...' zei ze zonder haar ogen van het scherm af te wenden.

'Carla, ik hou van je. Ik wil alleen maar een kans om dat te bewijzen.'

Daar zat hij dan met zijn koffie. Hij had een wit T-shirt aan met korte mouwen, waardoor zijn gespierde, in de sportschool getrainde armen te zien waren. Ze haatte hem. 'En ik wil alleen maar dat jij uit mijn leven verdwijnt.'

Ze werden onderbroken door Max: 'Carla, Belletti is naar je op zoek!' Het was inmiddels halfnegen geweest.

'Shit, ik ben de tijd vergeten!' riep ze en ze stopte haastig haar laptop in haar tas.

Max en Àlex namen elkaar op.

'Max, dit is Àlex. Het is... een vriend uit Barcelona.'

De twee jonge mannen gaven elkaar een hand.

'Het spijt me, maar ik moet gaan,' zei Carla tegen Àlex terwijl ze opstond en haar tas pakte.

Ze begaven zich naar de lift, aandachtig nagekeken door Àlex. Carla was blij dat Max haar van hem had verlost. 'Ik kom te laat, en ik was hier nog wel zo vroeg!'

Max liep zwijgend naast haar met zijn rugzak over zijn schouder. Hij had een ernstige blik in de ogen. Carla zei dat het haar speet dat ze hem niets had verteld over de restauratie van de Ghirlandaio in Palazzo Verini. 'Daar had ik beter over moeten nadenken.'

Max knikte alleen maar.

Toen ze de zaal betraden, zat professor Belletti een paar documenten te lezen die op zijn tafel lagen. Hij keek ze streng aan, maar Carla was hem voor: 'Het spijt me, professor. Ik was de presentatie aan het voorbereiden en ben de tijd vergeten.'

'Signorina Bas, ik zit hier al een halfuur te wachten. Ik zeg tegen u hetzelfde als laatst tegen Max: het gaat om toewijding, anders is al ons werk voor niets!'

Carla voelde haar wangen warm worden. Ze vond het heel vervelend om een uitbrander te krijgen. 'Het zal niet meer gebeuren,' verzekerde ze hem. Ze liep naar haar tafel en haalde haar laptop uit haar tas. 'Zal ik beginnen?'

'Ja, doet u dat. We hebben al genoeg tijd verspild!' antwoordde de professor druk gebarend.

Ze verbond haar laptop met de projector. 'Alessandro...' Ze kreeg een brok in haar keel en kon niet meer praten. Dus sloot ze haar ogen en haalde een paar keer diep adem. Toen ging ze weer verder: '... Botticelli schilderde in de loop van zijn leven tussen de honderdvijftig en honderdtachtig schilderijen. We weten helaas niet hoeveel het er precies waren, want hij signeerde ze niet, en sommige zijn verloren gegaan. We moeten niet vergeten dat veel kunstwerken op last van Savonarola zijn verbrand in het vreugdevuur van de ijdelheden. Duidelijk is echter wel dat er in zijn schilderijen een vrouw verschijnt die een grote invloed op hem had: Simonetta Vespucci. Botticelli leerde haar kennen in 1473.'

Professor Belletti en Max luisterden aandachtig toe.

'In die periode werkte hij al niet meer voor Lippi en Verrocchio en had hij inmiddels zijn eigen atelier naast het palazzo van de familie Vespucci. Daardoor kon hij Simonetta regelmatig zien. Bovendien boden de feesten binnen de kringen van de Medici, waar Botticelli ook toe behoorde, een goede gelegenheid om haar te ontmoeten. Maar beslissend was de opdracht van Giuliano de' Medici om haar af te beelden op het vaandel dat hij zou dragen tijdens een riddertoernooi.'

'Het toernooi dat de Medici organiseerden?' vroeg Max.

'Ja. Het toernooi werd in 1475 gehouden op de Piazza Santa Croce in Florence ter viering van het verbond dat Lorenzo met Venetië en Milaan had gesloten en dat een eind maakte aan de oorlogen die zo lang hadden voortgewoed onder het bewind van zijn vader, Piero I, en zijn grootvader, Cosimo de' Medici. Giuliano droeg de afbeelding van Simonetta op zijn vaandel. Ik denk dat Botticelli verliefd op haar is geworden toen hij haar portretteerde. Hij beschouwde haar als het ideaal van vrouwelijke schoonheid en deugdzaamheid en portretteerde haar als Maria, als nimf en als Venus. Simonetta vormde de inspiratie voor veel vrouwelijke figuren in zijn werken.'

Carla projecteerde de plaatjes op het scherm aan de muur terwijl ze druk gesticulerend verderging met haar verhaal.

'In 1476 maakte hij *De Maagd en het Kind in een nis*, het enige schilderij met Simonetta toen ze nog leefde. In 1478 *La Primavera*, in 1480 een portret, in 1481 *De Madonna van het Magnificat*... Zien jullie wel dat het steeds hetzelfde gezicht is?' zei ze en ze wees Simonetta aan met een laserpen. 'Datzelfde jaar stuurde Lorenzo hem naar Rome om drie fresco's in de Sixtijnse Kapel te schilderen. Simonetta is te zien op een daarvan, *De beproevingen van Mozes*.'

Max onderbrak haar. Hij geloofde zijn oren niet. 'Wil je beweren dat Simonetta ook geportretteerd is op de fresco's van de Sixtijnse Kapel?'

'Ja,' antwoordde ze zelfverzekerd.

'Dat waag ik te betwijfelen,' zei Max, die zijn stem ternauwernood onder controle wist te houden.

'Goed, dan stel ik voor om naar Rome te gaan en de deskundigen van de Vaticaanse Musea te vragen wat zij ervan denken,' beet ze hem toe, want ze had er schoon genoeg van telkens door hem te worden tegengesproken.

'Wanneer je maar wilt.'

'Oké, komende vrijdag? Als u het goed vindt, natuurlijk,' zei ze tegen de professor.

'Als het in het weekend is en jullie werk geen vertraging oploopt, vind ik het prima. Op die manier kunnen we uw theorie verifiëren. Simonetta in de Sixtijnse Kapel... Dat klinkt interessant,' zei Belletti met een glimlach op het gezicht.

Florence, Palazzo Vespucci

22 maart 1475

Het was een grijze dag. De regen sloeg tegen de ramen van Palazzo Vespucci. Marco en Simonetta zaten zwijgend te ontbijten in de eetzaal. Simonetta voelde zich al een paar dagen niet goed. De arts had gezegd dat het door de slechte lucht kwam en dat ze thuis moest blijven om uit te rusten.

De bode kwam binnen met een zilveren dienblad. 'Messer, we hebben een brief ontvangen.'

Marco legde zijn bestek neer, pakte de brief en keek naar het zegel. 'Van de Medici!' riep hij met een lach op het gezicht.

Simonetta liet haar vork vallen.

'Gaat het wel goed, liefste?'

'Ja, ik heb me verslikt,' loog ze terwijl ze kalm probeerde te blijven. Sinds de geheime ontmoeting in het atelier van Botticelli had ze Giuliano niet meer gezien, dus ze brandde van nieuwsgierigheid.

Marco las de brief in stilte en zei toen glunderend: 'We worden uitgenodigd om een paar dagen te komen jagen op hun landgoed in Fiesole! Dat is voor het eerst. Het zou een goede kans zijn om met Lorenzo over zaken te praten.'

Simonetta glimlachte vanbinnen. Ze dacht terug aan de kus van Giuliano. Nooit eerder had ze zich zo levend gevoel, zo begeerd. Haar vader had haar veel te jong laten trouwen. Hij dacht namelijk dat Marco een goede echtgenoot zou zijn, maar dat viel tegen. Het was een middelmatige man die niet aarzelde om haar voor zijn zaken te gebruiken. Bovendien had hij haar meegenomen naar Florence, ver weg van Genua en haar familie. Ze voelde zich hier niet thuis. Ze voelde zich niet geliefd.

'Het is al over vier dagen. Denk je dat je dan in staat bent om mee te gaan?' vroeg hij bezorgd, want hij wist dat hij zonder haar niet op dezelfde manier zou worden ontvangen.

'Ik hoop van wel. En vandaag voel ik me alweer wat beter.'

'Dat is goed nieuws. Ik zal laten weten dat we komen,' zei hij en hij stond op.

Marco besefte dat de schoonheid van zijn vrouw veel deuren voor hem had geopend. Als hij niet met haar getrouwd was, zou het ondenkbaar zijn geweest dat de Florentijnse adel hem in hun midden had toegelaten. Maar vanaf de eerste dag dat ze in de hogere kringen was verschenen trok ze de aandacht, en daar deed hij zijn voordeel mee.

Hij ging bij haar staan, legde zijn handen op de rugleuning van Simonetta's stoel en kuste haar op de mond. Vervolgens nam hij plaats achter zijn bureau om de brief te beantwoorden. Hij had meer geldstortingen nodig voor zijn bank. Door een paar niet al te gelukkige investeringen beschikte hij namelijk over te weinig liquide middelen. Het was van essentieel belang om zijn kaarten op de juiste manier op tafel te leggen bij de Medici.

Simonetta zei dat ze moe was en op bed ging liggen. Ze wilde alleen zijn. Ze liep naar haar kamer, gevolgd door Caterina. Daar vroeg ze haar om te helpen bij het uittrekken van haar jurk. Haar dame maakte een voor een de knopen van haar korset los, waardoor ze weer vrij adem kon halen. Simonetta dacht terug aan het moment waarop Giuliano zijn lippen op de hare drukte. Er ging een rilling door haar heen. Caterina trok haar nachthemd over haar heen en kamde haar lange haren terwijl zij, zittend op het bankje, zuchtend uit het raam staarde.

Fiesole, het landgoed van de Medici

26 maart 1475

Lorenzo en Giuliano zaten met hun moeder in de salon te wachten op de komst van de laatste gasten. Lorenzo controleerde de boekhouding van het landgoed achter zijn bureau en Lucrezia zat rustig op het rode bankje te lezen. Op een gegeven moment keek ze naar haar jongste zoon, die uit het raam staarde. 'Giuliano, wanneer ga je je verloving met Fioretta nou eens aankondigen?'

'Wanneer we weer terug zijn in Florence, moeder. Fiesole lijkt me niet de juiste plek om dat te doen,' antwoordde hij.

Lucrezia wierp hem een afkeurende blik toe. Ze wist dat hij de boel probeerde te traineren.

De bode klopte op de deur. 'De Vespucci zijn gearriveerd. We hebben ze naar hun vertrek gebracht.'

Giuliano's gezicht klaarde meteen op. 'Eindelijk,' zei hij opgetogen. 'Zij waren de laatsten. Ik trek mijn jachtkostuum aan. Volgens de boeren zijn er dit jaar heel veel everzwijnen!'

Lucrezia keek hem na. Ze legde haar boek weg, stond op en liep naar Lorenzo. 'Je broer houdt iets voor ons verborgen.'

'Waarom denkt u dat?' vroeg hij en hij keek haar aan.

'Hij zit te treuzelen met de aankondiging van de verloving. Fioretta is een geduldige jonge vrouw, maar zijn gedrag is bijna beledigend.'

'Moeder, er zijn nog maar twee weken verstreken,' merkte hij op om haar te kalmeren.

'Giuliano is heel impulsief. Hij zou het van de daken hebben geschreeuwd als hij haar echt leuk had gevonden.'

'We moeten hem domweg de tijd geven,' antwoordde Lorenzo, die wat meer begrip had voor Giuliano.

'Tijd voor wat?' reageerde Lucrezia verontwaardigd.

'Moeder, hij moet Simonetta eerst vergeten.'

'En vind je het dan een goed idee om haar naar Fiesole te laten komen?'

'Simonetta is een fantasie, en dat zal hij pas inzien wanneer hij Fioretta wat beter leert kennen en Simonetta in gezelschap van haar echtgenoot ziet.'

'Ik hoop dat je gelijk hebt. Dat huwelijk is belangrijk voor ons!' antwoordde ze en ze keek door het raam naar de groep vrouwen in de tuin.

'Rustig maar, moeder. Ik zal ervoor zorgen dat het goed komt.' Hij stond op en gaf haar een kus op haar wang.

Lucrezia zuchtte en verliet de salon om zich bij de vrouwen te voegen.

Simonetta stond in de tuin te praten met de andere jonge vrouwen. Hun blauwe, groene en rode jurken lichtten op in de voorjaarszon. Ze waren gespannen. Voor velen van hen was het de eerste jachtpartij, en ze wisten niet goed hoe ze zich moesten gedragen.

Lucrezia liep naar ze toe en zei: 'Goedemorgen, dames. Zijn jullie er klaar voor? De mannen gaan zo beginnen met de jacht.'

'Ze vertelden me net dat ze het leuk zouden vinden om de nieuwe plantenkas te bekijken,' zei Clarice.

'Ja, ik had bedacht dat we na het ontbijt wel een wandeling kunnen maken. De chrysanten zien er prachtig uit,' antwoordde Lucrezia. Ze keek naar Simonetta. 'Madonna Vespucci, we dachten dat er iets was gebeurd!' zei ze met haar blik op Simonetta's groene jurk, die nauw om haar elegante middel sloot.

'Vergeef ons de vertraging. We hadden een probleem met het rijtuig,' antwoordde ze met een lichte buiging. 'Ik wilde u nog zeggen dat we heel dankbaar zijn voor uw uitnodiging.'

'Ik hoop alleen dat u de jacht in het vervolg niet meer zult ophouden,' zei Lucrezia streng.

Simonetta had een dergelijke reactie niet verwacht, en de andere dames reageerden met een nerveus lachje.

De trompetten kondigden het begin van de jachtpartij aan. De ruiters defileerden met hun knechten, gevolgd door de opgewonden blaffende honden. Simonetta zocht naar Giuliano. Hij was de tweede van de optocht en reed achter Lorenzo. Haar hart begon sneller te kloppen.

Een paar meter verderop richtte Clarice zich tot Fioretta. 'Dat jachtkostuum staat Giuliano heel goed. Wist u dat hij een geweldige ruiter is? Ik weet zeker dat hij met een mooie buit terugkeert.'

'De mooiste buit bevindt zich zo dichtbij dat hij die over het hoofd ziet,' antwoordde Fioretta ontstemd.

Giuliano stopte bij Fioretta en hield zijn arm naar beneden zodat zij het lint kon vastknopen. Vanuit zijn ooghoeken keek hij naar Simonetta, die Marco aan het helpen was, en heel even kruisten hun blikken elkaar. Giuliano pakte de teugels van het paard stevig vast en reed naar de verzamelplaats. Toen de groep compleet was, werd het startsein gegeven. Giuliano gaf zijn paard de sporen en verdween in het bos.

Tijdens het diner genoten de aanwezigen van de zoetigheden en de glazen malvezijwijn die op de lange tafel van de eetzaal waren neergezet. Ze hadden een goede dag gehad. De eerste jachtpartij van het seizoen was meestal de beste. De mannen proostten tevreden over de uitstekende vangst. Marco voelde zich echter niet al te best, want hij was gevallen toen hij een everzwijn achtervolgde en had zijn been bezeerd. Hij was geen handige ruiter, in tegenstelling tot Giuliano, die van de gelegenheid gebruikmaakte om hem belachelijk te maken. 'Marco, wat is er gebeurd? We waren u opeens kwijt.'

Iedereen keek naar hem. 'Ik heb een ander pad genomen

om het everzwijn de pas af te snijden, maar het paard ging een steile helling op, en daardoor gleden zijn achterpoten weg,' antwoordde hij beschaamd.

Clarice kwam tussenbeide: 'Mijn hemel, dat is schrikken! Hebt u zich pijn gedaan?'

'Maakt u zich geen zorgen. Na wat rust ben ik weer zo goed als nieuw.'

'Denkt u dat u morgen wel met ons mee kunt?' vroeg Giuliano met een schamper lachje.

'Volgens de arts ben ik morgen volledig hersteld,' antwoordde hij geïrriteerd.

Lorenzo greep in om de spanning weg te nemen die Giuliano creëerde. 'Het was een mooie jachtpartij. Het is lang geleden dat alles zo goed ging.'

Lucrezia keek naar Fioretta, die tijdens de gehele maaltijd vrijwel geen woord had uitgebracht. 'Fioretta, dit was toch uw eerste jacht? Hoe vond u het?'

'Jullie Florentijnen zijn heel dapper. Het lijkt me een gevaarlijke bezigheid.'

'Ik weet niet of ze dapper zijn of roekeloos. Marco had ernstig gewond kunnen raken!' merkte Clarice op.

'Liefste, de jacht is een kunst die wij mannen al duizenden jaren beoefenen. Het houdt de geest alert en het hart stoutmoedig,' zei Lorenzo.

De mannen lachten. Lorenzo stond op van tafel en de rest van de genodigden volgden zijn voorbeeld. Marco vroeg hem of ze elkaar even onder vier ogen konden spreken, waarna ze zich naar een kamer begaven terwijl de anderen naar de tuin liepen.

De heuvels rond het huis baadden in het honingkleurige licht van de ondergaande zon. Simonetta was diep onder de indruk van de schoonheid van de omgeving en verontschuldigde zich bij de andere dames om een wandeling te maken. Met veel bewondering bekeek ze de weelderige hoge eiken in de tuin en de cipressen waarmee het landgoed was omheind. Op een gegeven moment keerde ze weer terug naar het huis en zag ze Giuliano met stevige tred naar haar toe lopen. Zijn zwarte kombuis stond hem heel goed, en ze was tijdens het diner haast niet in staat geweest om haar ogen van hem af te wenden.

'Madonna, het maakt me heel blij dat u bent gekomen. Ik heb al een paar dagen niets van u gehoord en dacht dat u iets was overkomen.'

Door Giuliano's aanwezigheid kreeg ze het benauwd. 'Ik voelde me niet lekker. De arts zei dat ik moest rusten.'

'Ik was bang dat u me niet meer wilde zien,' zei hij bezorgd.

'Nee, dat is het niet...' Integendeel, dacht ze.

Ze gingen wandelen en waren algauw uit het zicht van de andere gasten.

'Simonetta, sinds onze laatste ontmoeting moet ik continu aan u denken,' zei Giuliano, kijkend naar haar jurk, die strak om haar lijf zat. Hij bleef staan en streelde haar gezicht met de rug van zijn hand. Simonetta sloot haar ogen. Hij pakte haar bij haar middel en trok haar zo stevig tegen zich aan dat hij de geagiteerde bewegingen van haar borst kon voelen.

Plotseling hoorden ze stemmen achter zich. Ze maakten zich van elkaar los en probeerden hun opwinding te verbergen. Clarice en Fioretta kwamen naar ze toe. 'Giuliano, jullie zijn hier! We zochten jullie!' riep Clarice kwaad.

'Ik liet Fiesole zien aan Simonetta. Haar echtgenoot is zaken aan het bespreken met Lorenzo,' zei Giuliano.

Simonetta geneerde zich. Wat gebeurde er allemaal? 'Als u mij wilt verontschuldigen. Ze zijn vast al klaar,' zei ze en ze liep naar het huis. Nog nooit was ze in zo'n compromitterende situatie terechtgekomen. Ze kon het pad amper onderscheiden, want de zon was inmiddels ondergegaan. Ze bedacht wat er zou zijn gebeurd als ze alleen waren gelaten in de tuin en huiverde.

De volgende dag kwamen de gasten in de eetzaal bijeen voor het feestmaal. Ze droegen galakleding en opvallende maskers om hun identiteit te verbergen.

Het waren twee intense dagen geweest waarin de voorraadkamer van Fiesole tot de nok toe was gevuld. Lorenzo had nog een andere reden tot tevredenheid, want de aluminiummijnen bij Volterra bleken zeer productief te zijn en dat bracht aardig wat geld in het laatje voor de bank van de Medici. Daarnaast had hij de banden aangehaald met een paar van de machtigste families in de Signoria. Hij zou geld storten op Marco's bank, die in zwaar weer verkeerde. Hij wist dat Marco niet echt een licht was, maar wel iemand die een trouwe bondgenoot kon zijn als hij hem te vriend hield. Bovendien bleven de charmes van zijn vrouw niet onopgemerkt, dus hij wilde graag dat ze bij alle feesten en plechtigheden kwam opdraven.

Na afloop van het diner begonnen de luiten en violen te spelen en werden er verzen voorgedragen. En terwijl gemaskerde paren de dansvloer innamen, zei Giuliano geërgerd tegen Lorenzo: '"De Triomf van de liefde"! Van alle "Triomfen" van Petrarca moest je precies die uitkiezen.'

'Petrarca beschrijft de liefde als iets wat mensen zuiver maakt zodat ze dichter bij God komen. Vanavond kun je nog genieten van jouw liefde, broertje, maar morgen dien je je plicht te vervullen,' antwoordde hij met een samenzweerderige glimlach.

Giuliano keek meteen of Simonetta zich onder de dansenden bevond, en algauw herkende hij haar aan haar elegante bewegingen en haar eindeloze glimlach. Zoveel schoonheid kun je gewoon niet verhullen, dacht hij. Hij liep naar haar toe, raakte haar hand aan. Zij herkende hem en keek hem diep in de ogen door de gaten in hun masker. Giuliano pakte haar vast en trok haar naar zich toe. Hun lippen kwamen bijna tegen elkaar. Simonetta had het gevoel dat hij haar doorboorde met zijn blik. Ze moest de zaal verlaten om weer bij zinnen te komen. Giuliano bracht haar het hoofd op hol met zijn betoverende glimlach.

Ze liep naar de tuin en volgde het spoor van de maan naar de plantenkas. Eenmaal binnen werd ze bedwelmd door de geur van de chrysanten. Terwijl ze de rijen met rozenstruiken bekeek die helemaal tot het eind van de kas doorliepen, legde hij zijn handen op haar ogen. 'Wat doet u hier zo alleen?' vroeg hij met een mysterieuze stem.

Simonetta gaf geen antwoord. Ze voelde zijn adem in haar nek. Ze rilde. 'Messer, tegen u ben ik machteloos,' zei ze ontredderd.

Giuliano ging tegenover haar staan, deed zijn masker af en kuste Simonetta hartstochtelijk. Hij sloeg zijn armen om haar heen en zoende haar in haar hals. Ze kreunde toen hij met zijn mond was afgedaald naar haar decolleté. Ze wilde hem, maar niet op die manier. 'Hou op, Giuliano! Dit is niet het juiste moment.' Ze maakte zich van hem los, fatsoeneerde haar jurk en kapsel en haalde even diep adem. Vervolgens liet ze hem brandend van verlangen achter in de kas.

Rome

30 juni 2023

Carla keek door het raam naar de voorbijflitsende vlakte van Lazio. De zon stond hoog aan de hemel en maakte de groene en gouden tinten van het landschap nog feller. Het schudden van de wagon deed haar denken aan de dag dat ze in de trein zat nadat ze bij Àlex was weggegaan. Ze herinnerde zich nog de leegte en razernij die ze op dat moment voelde.

Max leunde met zijn hoofd tegen het raam en had een kinderlijke uitdrukking op zijn gezicht. Toen ze het station Firenze Santa Maria Novella verlieten, was hij vrijwel direct in slaap gevallen. Ze dacht terug aan de eerste keer dat ze hem zag, tijdens het college Restauratie. Ze vond zijn dromerige ogen meteen onweerstaanbaar en vroeg zich af hoe hun relatie zou zijn verlopen als zij niet was teruggegaan naar Barcelona.

Er werd omgeroepen dat ze aanstonds zouden arriveren op Roma Termini. Carla tikte Max op de schouder om hem wakker te maken en zei: 'We zijn er al!'

Hij deed zijn ogen open en mompelde: 'Wat? Oké...' Gapend rekte hij zich uit.

'Ik was vergeten dat jij overal kunt slapen.'

'Ik heb wel op slechtere plekken geslapen. Dit is een luxecabine.'

'We moeten opschieten. Deze trein rijdt verder naar Napels.'

Max stond op en pakte zijn rugzak uit het bagagevak boven de stoelen.

'Kun je mijn tas ook even pakken?' vroeg Carla.

'Ja, natuurlijk,' antwoordde hij. 'Wat zit daar allemaal in, zeg? We gaan vandaag weer terug!'

'Je weet maar nooit. Ik wil op alles voorbereid zijn.'

Max gaf haar tas aan, en ze liepen naar de uitgang van de wagon.

'Je hebt me nog steeds niet verteld hoe we binnekomen,' zei Carla.

'Ik dacht dat ik dat al gezegd had. Het hoofd van de restauratieafdeling van de Vaticaanse Musea was een studiegenoot van mij. Hij verwacht ons,' zei hij met een tevreden glimlach. Zoals gewoonlijk had hij alles goed voorbereid.

'Zullen we een taxi nemen?'

'Dat lijkt me een goed plan. Het openbaar vervoer in Rome is hopeloos.'

Station Termini was overspoeld door de mensen die zich met hun bagage naar hun bestemming spoedden. Max en Carla begaven zich naar de taxistandplaats. Er stonden minstens twintig mensen te wachten. Toen ze eindelijk aan de beurt waren, zei de chauffeur: 'Geeft u die maar aan mij, jongedame,' om vervolgens met een glimlach haar tas aan te pakken.

Ze deed het portier open een nam plaats op de achterbank. Max deed zijn rugzak in de kofferbak en ging naast haar zitten. Ze zeiden verder niets. Carla voelde zich ongemakkelijk. Ze vond het niet prettig om zo afstandelijk met elkaar om te gaan.

Na een rit van een halfuur stopte de taxi bij de monumentale stenen poort die toegang bood tot het ommuurde terrein van de Vaticaanse Musea. Carla stapte uit en keek naar de twee gigantische marmeren beelden boven de poort en naar de lange rij toeristen. 'Halfvier en er staat nog altijd een rij?'

'De kassa sluit om vier uur.'

'Hoe komen we nu binnen?'

'Silvio komt ons dadelijk ophalen.'

Max pleegde een telefoontje terwijl hij bij de ingang heen

en weer liep. Toen hij klaar was, knikte hij naar Carla.

Een paar minuten later kwam er een lange magere jongeman naar hen toe met een donkergrijs pak aan en een pasje om zijn nek. 'Max!' riep hij met een brede glimlach op het gezicht. Ze begroetten elkaar met een stevige omhelzing.

'Silvio, dat is lang geleden!'

Door zijn slungelige bewegingen deed hij denken aan een basketbalspeler. Toen keek hij naar Carla. 'Ik wist niet dat je in zulk goed gezelschap verkeerde!'

'Ja, zij is... de andere assistent-curator van de tentoonstelling. Carla, dit is Silvio. Mijn beste vriend van de universiteit.'

Silvio gaf haar twee zoenen. 'Welkom in Vaticaanstad, Carla!'

Ze bedankte hem met een glimlach.

Hij haalde twee pasjes uit zijn zak en zei: 'Hang dit om je nek. Dan kunnen jullie zo naar binnen lopen.'

Carla en Max deden wat hij zei.

'Goed, dus jullie willen de fresco's zien die Botticelli heeft geschilderd in de Sixtijnse Kapel?'

'Ja, we zijn met name geïnteresseerd in *De beproevingen van Mozes*. Carla heeft een idee waarop we waarschijnlijk de expositie gaan baseren.'

Silvio keek Carla nieuwsgierig aan. 'Wat houdt dat idee in, als ik vragen mag?'

'Ik denk dat een van de personages op de muurschildering Simonetta Vespucci is.'

'Daar zijn verschillende theorieën over. Helaas hebben we geen documenten over de identiteit van de mensen die zijn afgebeeld. Vasari is degene die het meest heeft geschreven over de werken in de Sixtijnse Kapel, maar hij vermeldt daar verder niets over. Hij verklaarde zelfs dat Botticelli alle fresco's heeft geschilderd, terwijl er slechts drie van zijn hand zijn. Het gaat hoe dan ook om complexe composities met een groot aantal personages en dat maakt het moeilijk om ze te identificeren, maar het is beter als jullie zelf even kijken. Volg me maar!' zei hij en hij zette er flink de pas in.

Ze liepen achter hem aan en kwamen op een gegeven moment bij een stalen deur met aan beide kanten een bewaker. Silvio groette ze en haalde zijn pasje door de scanner. Ze betraden een schaars verlichte gang van hooguit een meter breed die steeds smaller werd. Carla kreeg een knoop in haar maag. In krappe ruimtes raakte ze snel in paniek. Ze begon te hyperventileren. Max merkte dat er iets mis was. 'Gaat het een beetje?'

'Nee, niet echt. Het is hier heel smal...'

Ze wilde weer teruggaan, maar Max pakte haar bij de hand. 'Rustig ademhalen! We zijn er bijna'

Ze liepen weer verder. Carla hield Max' hand stevig vast. Ten slotte zag ze licht aan het eind van de gang. Silvio, die een paar meter voor hen liep, draaide zich om. 'Hier is het!'

De gang werd wat breder en kwam uit op een ronde zaal met een deur die toegang bleek te bieden tot de Sixtijnse Kapel. Het was de deur rechts van het hoofdaltaar. Carla en Max keken omhoog naar *Het laatste oordeel*.

'Ik kan simpelweg niet geloven dat ik hier ben!' riep Carla enthousiast. Ze bestudeerde de monumentale muurschildering: in het midden de machtige Christus, met opgeheven hand, en om hem heen de spiraal van lichamen die naar de hemel leidde, of naar de hel.

'Het is gewoon prachtig. Door de restauratie van 1980 zijn de kleuren weer net zo intens als in de tijd van Michelangelo!' zei Max vol bewondering.

Carla kon haar ogen niet meer van de muren en plafonds afhouden. Bij eerdere bezoeken was het telkens heel druk geweest en kon ze de grootsheid van de indrukwekkende verzameling schilderingen niet echt tot zich door laten dringen. Ze keek omhoog naar het gewelf om *De schepping van Adam* te aanschouwen en voelde een rilling door haar lichaam trekken. Vervolgens liep ze langzaam de treden af naar het midden van de zaal om andermaal een blik te werpen op de honderden figuren in de ontroerende compositie. 'Michelangelo had gelijk:

er bestaat geen andere schoonheid dan die van het menselijk lichaam.'

Max beantwoordde haar opmerking met een glimlach.

'Jongens, het spijt me jullie te moeten onderbreken, maar ik dacht dat jullie voor een ander werk waren gekomen.'

Ze keken Silvio aan. 'Sorry, je hebt gelijk,' zei Carla.

Silvio wees omhoog naar de voorlaatste schildering op de muur aan de zuidzijde. 'Daar is-ie dan: *De beproevingen van Mozes*.'

Carla keek op naar het fresco van Botticelli. Het bevond zich op meer dan vijf meter hoogte, waardoor de gezichten niet goed te zien waren. Silvio pakte zijn walkietalkie en even later kwam er een medewerker met een kleine hoogwerker. 'Komt u maar, jongedame,' zei hij na het toegangsdeurtje te hebben geopend.

Carla moest lachen. 'Silvio, je bent geweldig.'

'Voor Max doe ik alles.'

Max ging achter Carla staan en gebaarde naar de medewerker dat hij het platform omhoog kon laten gaan. Carla was gespannen. Ze bedacht wat er zou gebeuren als ze Simonetta niet konden identificeren. Dan zou haar theorie minder overtuigend zijn en misschien door professor Belletti worden verworpen.

Het hydraulische systeem zorgde ervoor dat ze langzaam naar boven gingen. Maar plotseling stopten ze, en Carla viel naar voren. Haar hart kromp ineen. Met gesloten ogen wachtte ze op de klap, maar iemand hield haar tegen. 'Waar ga jíj heen? Wist je soms niet dat je je altijd moet vasthouden op een hoogwerker?'

'Ik was afgeleid...' stamelde Carla met haar handen op haar borst. Ze zag zo wit als een doek.

Silvio keek naar de medewerker, die per ongeluk op de stopknop had gedrukt en zich verontschuldigde. Max stak zijn duim omhoog om aan te geven dat ze weer verder konden. Carla pakte Max stevig vast. Haar hart bonsde haar in de keel.

Een minuutje later bevonden ze zich voor de kleurrijke groep personages die door Mozes naar het beloofde land werd geleid. Carla keek naar het meisje met de lichtpaarse jurk en de witte doek over haar goudblonde haren. Ze droeg een rieten mand op haar hoofd. Carla huiverde en zei: 'Kijk naar die ogen. Ze is het gewoon!'

Max bestudeerde de figuur en antwoordde toen: 'Ja, ze lijkt inderdaad op Simonetta.'

Carla glimlachte opgelucht terwijl ze nog steeds Max' arm vasthield.

Een paar uur later gingen Carla en Max eten op het terras van het hotelletje in de wijk Trastevere waar ze zouden overnachten. Ze hadden de laatste trein naar Florence gemist tijdens de rondleiding van Silvio door de Vaticaanse Musea.

Carla staarde naar haar bord pasta.

'Ik geloof dat je het nu wel op kunt eten.'

Carla keek op: 'Huh, wat?'

'Ik zeg dat je nu wel kunt gaan eten. Je zit al vijf minuten naar je bord te turen.'

'Ik dacht terug aan het moment waarop we Simonetta zagen. Dat was echt ongelooflijk!'

'Je geloofde toch al dat zij het was.'

'Ja, maar ik had bevestiging nodig. Door jou begon ik te twijfelen.'

Max hief zijn glas. 'Op Simonetta!'

Ze proostten met elkaar.

'Even uit nieuwsgierigheid: waarom vind je haar eigenlijk zo interessant?'

'Toen ik voor het eerst over haar hoorde, had ik meteen het gevoel dat ze veel meer was dan zomaar een model, veel meer dan de Venus van Botticelli. Ze moet heel belangrijk voor hem zijn geweest, en ook voor andere mensen in Florence. Graaf Verini vertelde dat ze de minnares was van Giuliano de' Medici.'

Max schoot in de lach. 'Ga weg! Simonetta de minnares van Giuliano de' Medici? Al is het duidelijk dat ze zich goed wist te bewegen in de hoge kringen.'

Carla glimlachte. De Max die ze kende begon weer tevoorschijn te komen. 'Max, het spijt me dat Belletti voor mijn idee heeft gekozen. Ik weet dat het veel voor je betekende.'

'Nee, ik ben degene die sorry moet zeggen. Sinds je hier bent, heb ik me als een idioot gedragen,' zei hij en hij keek haar in de ogen. 'Toen ik je in de zaal zag, die eerste dag, kreeg ik bijna een hartaanval. Je zag er spectaculair uit in die blauwe jurk.'

Carla bloosde. 'Ik had niet gedacht dat je nog steeds op die manier naar me zou kijken.'

'Als je dat niet doet, ben je blind.'

Carla moest lachen. 'Ik zal Silvio nooit genoeg kunnen bedanken voor de privérondleiding van vandaag.'

'Het is een fantastische kerel. We werden goede vrienden op de universiteit, maar daarna is hij naar Rome gegaan. Hij zegt dat de beslissingen hier worden genomen en dat ik in Florence ben gebleven omdat ik een romanticus ben.' Max speelde met de kurk van de fles wijn, maar bleef haar aankijken.

'Dat was een van de redenen waarom ik verliefd op je werd,' zei Carla, die besefte dat ze te veel had gezegd. De wijn, dacht ze.

Max boog naar voren. 'Je was verliefd op mij... Maar waarom ging je dan terug naar Barcelona?'

'Dat hadden we zo afgesproken... Het was niet de bedoeling dat het zou gebeuren,' zei Carla.

Max streelde haar hand onder tafel, maar Carla trok hem snel terug en gebaarde naar de ober dat ze wilde betalen. 'We kunnen beter gaan.'

Max knikte. Toen de rekening werd gebracht, betaalde Max met de creditcard van de Galleria degli Uffizi en stonden ze op.

'Ik zal je naar een plek brengen die je leuk zult vinden,' zei hij, nog enigszins in de war.

Ze gingen naar buiten en wandelden door de steegjes van Trastevere. De terrassen zaten vol mensen die geanimeerde gesprekken voerden. Ze sloegen een nauw straatje in en liepen onder een stenen boog door die naar een plein leidde.

'De Piazza di Santa Maria. Een van de weinige verborgen schatten die Rome nog rijk is.'

Carla keek naar het schitterende betegelde plein. Haar aandacht werd getrokken door de verhoogde fontein in het midden die met enorme schelpen was versierd.

'Dat is de oudste fontein van Rome. Hij is meermaals gerestaureerd, maar heeft zijn oorspronkelijke vorm behouden,' vertelde Max, die bij haar was gaan staan.

Ze namen plaats op de treden van de verhoging met hun gezicht naar de voorgevel van de kerk.

'Wist je dat de Santa Maria de eerste basiliek van de stad was? In de apsis van de koepel zijn de oudste en mooiste mozaïeken van Rome te vinden. Maar helaas is de kerk nu gesloten.'

'Dit plein is echt een juweeltje. Ik snap niet dat niemand het kent,' zei Carla.

'Dat is maar goed ook. Anders zou het hier ook wemelen van de mensen.'

Carla keek naar de voorbijgangers. Ze hield van het authentieke Rome, zonder al die toeristen.

'Mag ik je vragen wie die jongen was met wie je in de cafetaria van het museum zat te praten?'

Carla gaf niet meteen antwoord, maar zei ten slotte: 'Daar wil ik het liever niet over hebben. Kom, laten we een ijsje gaan eten!' Ze pakte zijn hand en trok hem omhoog om naar de *gelateria* op de hoek te gaan. 'Ik trakteer. Stracciatella, toch?'

'Dat je dat nog weet,' zei hij verbaasd.

'Net zoals jij nog wist dat ik van montalcino hou,' merkte Carla op.

Toen ze eenmaal hun ijsje hadden, gingen ze een stukje wandelen. Carla begon zich op haar gemak te voelen bij Max. 'Hoe gaat het eigenlijk bij de Galleria degli Uffizi? Jij hebt daar altijd willen werken. Is het zoals je je voorgesteld had?'

'Ik kan niet klagen. Het biedt me de kans om me bezig te houden met de werken van de grote schilders die het museum in bezit heeft, maar ik zou nog het liefst de plaats overnemen van Belletti, nu hij met pensioen gaat.'

'Als hoofd van de afdeling Restauratie van Schilderwerken. Dat zou niet verkeerd zijn!'

Max glimlachte, waardoor hij weer die onweerstaanbare kuiltjes in zijn wangen kreeg. 'En hoe gaat het met jou in Barcelona?'

Carla pufte. 'Ik ben niet echt tevreden. Mijn bazin laat me alleen maar onderhoudsklusjes doen. Dus toen de directeur vertelde dat Belletti had gevraagd of ik kon komen, ging de hemel voor mij open.'

'Misschien is het Museu Nacional d'Art de Catalunya niet de juiste plek voor jou.'

Opeens hoorden ze achter zich het geluid van een motor die met grote snelheid op ze afkwam. Max pakte Carla vast en trok haar naar de muur van een gebouw om het voertuig te ontwijken. Ze bleven tegenover elkaar staan, nog trillend van de schrik. Hun ogen zeiden alles. Hij kuste haar en zij kuste hem. Het had een paar jaar geduurd, maar hun lippen hadden elkaar teruggevonden. Hij drukte haar stevig tegen zich aan, maar op een gegeven moment maakte hij zich weer los en pakte haar hand. Zwijgend wandelden ze terug naar het hotel. Ze vroegen bij de receptie om hun sleutels en gingen vervolgens de trap op naar hun kamers. Carla stak de sleutel in het slot terwijl Max haar in haar nek kuste. Ze hield hem tegen. 'Max, nee...'

Hij keek haar begerig aan.

'Ik kan het niet!' zei ze en ze duwde hem weg.

'Zoals je wilt, *bella*...' antwoordde hij gelaten. Hij draaide zich om en liep door de gang naar zijn kamer.

Zo was ze al heel lang niet meer genoemd. Ze ging de kamer in, danig van haar stuk gebracht. Max had gevoelens bij haar wakker gemaakt waarvan ze dacht dat ze waren verdwenen.

Ze was zich net aan het uitkleden toen er op de deur werd geklopt. Ze deed open in haar half dichtgeknoopte nachthemd.

Het was Max. 'Carla, ik...' Hij keek naar de moedervlek boven haar half bedekte borst, liep naar binnen en begon haar te zoenen terwijl hij de deur achter zich dichttrok.

Florence, Galleria degli Uffizi

3 juli 2023

Carla was rusteloos toen ze die ochtend uit bed kwam. Ze had niets meer van Max gehoord nadat ze zaterdag rond het middaguur waren teruggekomen uit Rome. Tijdens de reis hadden ze nauwelijks iets tegen elkaar gezegd, maar er was duidelijk iets veranderd tussen hen tweeën. Ze dacht terug aan de kussen en strelingen in de kamer van het hotelletje. Ze had er geen spijt van dat ze met hem de liefde had bedreven, maar was onzeker over haar eigen gevoelens, of het niet ging om een soort wraakactie tegen Àlex.

Plotseling hoorde ze de deur van de zaal opengaan. Haar hart sloeg meteen op hol. Ze keek op, maar in plaats van Max zag ze Mauro met een stapel boeken in zijn handen. Hij keek alsof hij iemand zocht. 'O, hallo Carla. Ik zoek de professor. Heb je hem al gezien?'

'Nee, maar ik denk niet dat hij nog lang op zich zal laten wachten. We hebben een vergadering om negen uur, en je weet hoe stipt hij altijd is.'

'Nou, dat hoef je mij niet te vertellen! Goed, ik loop wel naar zijn kamer. Tot later, schoonheid.'

Toen hij de zaal uit liep, kwam Max net naar binnen. Hij botste tegen hem op waardoor Max allemaal boeken over zich heen kreeg. 'Jezus, Mauro!'

Mauro moest lachen. 'Sorry, Max. Ik had een beetje haast.'

Carla aanschouwde het tafereel vanaf haar tafel. Max bukte

en gaf hem het laatste boek aan dat nog op de vloer lag.

'Als ik dat had gedaan, zou je het geschreeuw tot in Rome hebben gehoord,' merkte Carla op.

Max keek haar ondeugend aan.

'Zei ik Rome?' vroeg Carla blozend.

'Ja.'

'Ik weet niet waarom...' zei ze verontschuldigend.

Max lachte geamuseerd. 'Misschien omdat het een hele mooie stad is. Dat heb ik tenminste gehoord.'

Carla voelde zich heel dom. Max liep naar haar toe. Hij droeg een strak wit T-shirt en een marineblauwe spijkerbroek. 'En hoe moeten we elkaar nu begroeten?' vroeg hij.

Ze vond dat hij er heel aantrekkelijk uitzag. Waarom had hij het hele weekend niets meer van zich laten horen? 'Zoals altijd,' zei ze, onverschilligheid veinzend.

'Oké. Goedemorgen, Carla. Heb je een leuk weekend gehad?' zei hij met een glimlach die haar het hoofd op hol bracht.

Het liefst was ze in zijn armen gevlogen om hem te zoenen, maar professor Belletti kwam net de zaal binnen en onderbrak hun gesprek. 'Hallo, beste vrienden. Hoe was de reis naar Rome? Hebben jullie de dame in kwestie weten te vinden?'

'Carla had gelijk. Op de muurschildering *De beproevingen van Mozes* is tussen het volk van Israël een onverwacht personage te ontwaren. En het lijdt geen twijfel dat het Simonetta is.'

Carla liet de foto's zien die ze met haar telefoon had gemaakt. De professor zette zijn bril op en bekeek ze aandachtig. 'Goed, dat geeft de doorslag. We concentreren ons op Carla's voorstel,' zei hij en hij gaf haar telefoon terug. 'Jullie moeten bedenken welke schilderijen jullie tentoon willen stellen. Hou er rekening mee dat de procedure om werken te lenen van andere musea soms maanden kan duren.'

Carla glimlachte en dacht aan het advies van de graaf om haar intuïtie te volgen.

Ze verlieten het museum pas na acht uur 's avonds. Ze hadden besloten welke werken van Botticelli ze wilden exposeren en in welke volgorde. Een paar keer steeg de spanning, maar dan kwamen ze tot een compromis waar ze allebei mee konden leven.

Terwijl ze de trap af liepen, bespraken ze de laatste details. Het was een aangename avond. Een zacht briesje streelde Carla's haar. Ze zag dat Max ineens op een andere manier naar haar keek. Hij raakte haar arm aan en vroeg: 'Zullen we nog een biertje gaan drinken?'

Daar had ze veel zin in. 'Dat is goed,' antwoordde ze met een glimlach.

Toen hoorden ze een stem: 'Hallo, Carla.'

Ze keken om en zagen Àlex de trap af komen.

'Wat doe jíj hier nou weer?' vroeg Carla geïrriteerd.

'Ik wilde je verrassen,' antwoordde hij met een glimlach. 'Hallo, Max.'

Max keek hem wrevelig aan. 'Àlex...'

Carla verontschuldigde zich tegenover Max. Ze voelde zich opgelaten. Ze had hem niets verteld over Àlex. 'Max, we zien elkaar morgen.'

'Ja, tot morgen,' antwoordde hij met zijn ogen op Àlex gericht en hij liet ze toen alleen achter.

'Je kunt niet zomaar opduiken als je daar zin in hebt!' zei ze kwaad.

'Omdat je zondag niet wilde afspreken, had ik bedacht om je vandaag uit te nodigen voor een etentje.'

'Ik had al tegen je gezegd dat ik naar de graaf moest om aan de Ghirlandaio te werken,' zei Carla, die zich afvroeg waarom ze zichzelf rechtvaardigde. 'Ik ga naar huis. Ik ben moe.'

'Alsjeblieft, Carla, ik wil alleen maar even met je praten,' drong hij aan.

Carla aarzelde. Ze was nog steeds vastbesloten om afstand van hem te nemen, maar op de een of andere manier had ze het gevoel dat ze hem na drie jaar iets verschuldigd was. 'Goed, maar dan moet ik Francesca even waarschuwen,' zei ze en ze pakte haar telefoon.

Àlex glimlachte. 'Ik heb een tafeltje gereserveerd in een restaurant hier in de buurt.'

Na een paar minuten lopen door de straten van het centrum bereikten ze het restaurant. Carla keek naar de prachtige lampen en het weelderige rode tapijt bij de ingang. Op een stalen wijnrek werden trots de beste wijnen gepresenteerd. Het was een van de chicste restaurants van Florence. Hij wilde indruk op haar maken, dat kon niet missen.

Ze werden ontvangen door de maître, die achter een witgelakte houten lessenaar stond. 'Hebt u gereserveerd?'

'Ja, de heer Costa, voor twee personen.'

De man keek in het lijvige reserveringsboek en knikte. 'Als u zo vriendelijk wilt zijn mij te volgen.'

Hij leidde ze naar een tafel bij het raam en schoof een stoel naar achteren zodat Carla plaats kon nemen. Daarna gaf hij aan beiden een menukaart die met gouden letters was bedrukt en bood ze een glas champagne aan. De hagelwitte tafelkleden staken sterk af tegen de rode gordijntjes voor de ramen.

'Mooie tent. Hoe heb je die gevonden?'

'Een tip van de receptionist in mijn hotel.'

'Het was niet nodig om zo'n luxueus restaurant uit te kiezen,' zei ze terwijl haar glas werd gevuld door de ober.

'Ik wilde je graag meenemen naar een aangename plek.'

Carla voelde zich niet op haar gemak. Ze hield niet van al die pracht en praal.

'Goed, hoe ging het in Rome? Hebben jullie Simonetta gevonden?'

Carla verstijfde. Toen hij laatst belde, had ze hem niet moeten vertellen dat ze erheen ging met Max. 'Ja, we hebben haar gevonden en dat bevestigt mijn theorie.'

'Dat is goed nieuws, dus we hebben echt iets te vieren, of niet?' zei hij en hij hief zijn glas.

Carla keek hem koeltjes aan. Hij had een smetteloos wit overhemd aan, en zijn haar zat zorgvuldig in de war. Ze vroeg zich af wie er achter die charmante façade schuilging.

'Proost je niet?'

Met tegenzin hield ze haar glas omhoog. Àlex glimlachte naar haar. Ze werden onderbroken door de ober, die hun bestelling kwam opnemen.

'Vind je het goed om het verrassingsmenu te proberen?'

'Als je dat graag wilt,' antwoordde Carla, waarna ze de kaart weer op de tafel legde.

Een paar minuten later werd het eerste gerecht gebracht.

'Dit heb ik gemist.'

'Wat precies?'

'Samen zijn.'

Carla voelde zich opgelaten.

'Ik zat erover te denken om een tijdje in Florence te blijven. In elk geval zolang jouw project duurt. Wat vind je daarvan?'

Dat had ze niet verwacht. 'Wat wil je hier dan doen?'

'Ik sprak laatst een studiegenoot die hier een advocatenkantoor heeft. Het is gespecialiseerd in strafzaken. Hij zei dat ik de verdediging op me kon nemen van twee medewerkers van een museum die een paar kunstwerken zouden hebben verduisterd. En jij kunt me eventueel helpen bij het identificeren van de werken.'

Carla zag dat zijn ogen begonnen te glinsteren. 'Je houdt echt van het strafrecht, hè?'

Àlex glimlachte en zei: 'Ja, maar ik hou nog veel meer van jou.'

Carla ontweek zijn blik. 'Ik weet niet wat ik moet zeggen, Àlex. Je moet het zelf weten. Het doet nog steeds veel te veel pijn om over de toekomst na te denken.'

Er verscheen een flauwe glimlach op Àlex' gezicht. 'Oké, schat, ik zal wachten.'

Carla keek naar haar kom met romige zee-egelsoep en pakte haar lepel.

Toen ze klaar waren met eten, bracht Àlex haar met de auto naar Francesca's huis.

In het restaurant was ze afstandelijk geweest. Het lukte haar simpelweg niet om hem met dezelfde ogen te bekijken als voorheen. Ze snapte ook niet waarom ze op zijn uitnodiging was ingegaan. Er was een soort onzichtbare band die ze niet direct kon verbreken.

Ze ging naar binnen en zag dat Francesca zat te lezen op de bank. 'Hoe was het etentje?' vroeg ze en ze gebaarde dat ze naast haar moest komen zitten.

Carla liet haar tas achter in het halletje. Ze besefte dat Francesca niet wist dat ze met Àlex naar het restaurant was gegaan. 'Ik ben met Àlex wezen eten,' antwoordde ze met een gezicht als een oorwurm.

'Met Àlex?'

'Ja, hij was naar het museum gekomen.'

'En hoe ging het?'

'Ik weet niet waarom ik ja heb gezegd. Ik wilde veel liever bij Max zijn.'

Francesca keek haar aan. 'Jullie hebben het met elkaar aangelegd. Ik wist het!'

Carla haalde nerveus een hand door haar haar. 'Nee, ik...'

'Hé, ik vind het prima, hoor. Ik veroordeel je niet. Maar vertel. Hoe was het?'

'Ik kreeg het gevoel dat de tijd had stilgestaan, dat we gewoon verdergingen waar we gebleven waren.'

Francesca glimlachte. 'En wat ga je nu doen met Àlex?'

'Hij zei tegen mij dat hij een appartement in Florence wil huren. Die sukkel denkt dat ik hem alles wel zal vergeven,' zei ze en ze zweeg even. 'Wat ik nog het ergste vind, is dat ik niet wilde zien hoe hij echt was...'

'Carla, je moet jezelf niet zo op de kop zitten. Dat verdient hij helemaal niet.'

'Ik ga slapen. Misschien zie ik morgen alles wat helderder.' Ze wenste Francesca welterusten en liep de trap op naar haar kamer.

Florence, het atelier van Botticelli

15 april 1475

Simonetta keek naar het gelaat van de jonge vrouw met de rode cape. Ze had een pareldiadeem op haar hoofd en zat op een troon met een ijzeren knots in haar handen. Uit haar ogen sprak een weemoedigheid die ze niet eerder had gezien. Ze streek met haar vingers over haar gezicht. Hoe zou Botticelli háár portretteren? Hij was beter in staat dan welke andere kunstenaar ook om in de ziel van zijn modellen te kijken. Ze liep door het atelier en bestudeerde alle schilderijen waaraan hij werkte.

Toen ze daarmee klaar was, wierp ze een blik op de deur. Waar bleef Giuliano? Een paar dagen eerder had Botticelli haar na afloop van de mis in de Ognissanti-kerk discreet een briefje van hem gegeven. Daarin vroeg hij of ze elkaar in het geheim konden treffen in zijn atelier. Ze vond het roekeloos van hem en stond op het punt om het briefje te verbranden, maar Giuliano slaagde erin haar ondenkbare dingen te laten doen. Sinds hun ontmoeting in de plantenkas voelde ze zich vrijer en levendiger, ongetwijfeld door de gevoelens die hij bij haar opriep. Dus nam ze plaats achter haar bureau en antwoordde dat Marco een paar dagen later voor zaken naar Volterra ging. Dat zou een goed moment zijn.

Caterina zat op een stoel te lezen. Af en toe keek ze glimlachend naar haar. Ze had haar meegenomen uit Genua en wist dat ze haar volledig kon vertrouwen.

Toen ging de deur open. Giuliano kwam binnen in een wit hemd. Zijn natte haren accentueerden zijn hoekige trekken. Een warm gevoel steeg op uit haar buik.

Hij lachte tevreden. 'Ik wist niet zeker of u zou komen!'

'Marco is vanochtend vroeg vertrokken,' zei ze zenuwachtig.

'Het spijt me dat ik zo lang op me liet wachten. Als ik tijdens de training was vertrokken, zou Lorenzo achterdochtig zijn geworden. Voor de Medici is dat de belangrijkste bezigheid van de dag,' zei hij en hij ontdeed zich van zijn cape en zwaard, die hij op tafel legde.

'Ik heb het werk van Sandro bekeken. Zijn schilderijen stralen een gevoeligheid uit die ik tot nu toe bij geen enkele andere kunstenaar heb aangetroffen,' zei ze, wijzend naar de jonge vrouw met het diadeem.

'Het enige wat gevoeligheid uitstraalt bent u!' antwoordde Giuliano, en hij kuste haar.

Simonetta glimlachte. Giuliano had haar spanning weggenomen.

'Ik heb iets voor u meegenomen. Komt u met mij mee?' zei hij en hij pakte haar bij de hand.

Simonetta liet zich meevoeren en liep trillend de trap op. Toen ze de deur opendeed, zag ze een bed bedekt met rozenblaadjes en omringd door kaarsen en witte lelies. Het vaandel dat Botticelli had beschilderd lag erbovenop.

'Dat is voor u.'

Ze glimlachte. Giuliano nam haar in zijn armen en legde haar heel voorzichtig op het bed. Ze rilde over haar hele lichaam. Hij trok zijn hemd uit en kuste haar zachtjes op haar lippen. 'Voor eeuwig de uwe, mijn dame,' fluisterde hij.

Florence, Palazzo Medici

23 april 1475

De met Korinthische zuilen omringde binnenplaats van Palazzo Medici was gevuld met gasten. De vrouwen keken vanaf de banken op de eerste rij naar de gaanderij, waar de acteurs nog even hun tekst doorlazen. Het was de eerste keer dat er een toneelstuk werd opgevoerd in het paleis. Lorenzo had Seneca uitgekozen, een van zijn lievelingsauteurs.

'Lorenzo, ik weet niet of *Medea* een geschikt stuk is,' zei Lucrezia tegen haar zoon.

'Moeder, het is een Griekse tragedie. Dat kan toch geen kwaad?'

'De mensen kunnen er eigenaardige ideeën van krijgen, over verraad en wraak en zo,' antwoordde ze afkeurend.

Het werd stil. De twee mannen in het midden van de binnenplaats begonnen hun tekst voor te dragen. Giuliano, die vlak achter Fioretta zat, had alleen nog maar oog voor Simonetta, een paar banken verderop. Hij kon het beeld van haar naakte lichaam op het bed niet uit zijn hoofd krijgen. Die avond zouden ze samen uit Florence vertrekken. Hij had een verblijfplaats geregeld in Venetië. Zijn familie zou het uiteindelijk accepteren, en Marco kon er verder ook niets aan doen.

Tijdens de pauze liep Simonetta naar de gang, waar ze werd ingehaald door Giuliano. 'Mijn liefste, ik ben zo gelukkig! Ik kan niet wachten tot vanavond!' fluisterde hij haar in het oor.

'Giuliano, ze kunnen ons zien!' zei ze om zich heen kijkend.

Maar hij pakte haar bij haar middel en kuste haar. Simonetta maakte zich los en begaf zich naar de tuin.

Voordat de tweede akte begon, riep Lorenzo hem bij zich in de bibliotheek. 'Broertje, mag ik weten wat je aan het doen bent? In Fiesole hebben we afgesproken dat je je na die ontmoeting met Simonetta zou richten op je huwelijk, maar Clarice vertelde me dat je Fioretta nog steeds niet ten huwelijk hebt gevraagd. Ze is erg teleurgesteld.'

'Daar heb ik anders niets van gemerkt,' antwoordde hij met een uitdrukkingsloos gezicht.

'Je hebt onze moeder verzekerd dat je het na Fiesole bekend zou maken, maar we zijn ondertussen alweer een maand terug in Florence!' brieste Lorenzo.

Giuliano kon zich niet langer inhouden. Hij moest het hem vertellen. 'Ik heb het geprobeerd, maar ik kan geen genoegen nemen met sporadische ontmoetingen, zoals die van jou met madonna Donati. Simonetta is mijn zielsverwant, mijn andere helft!'

'Wat zeg je toch allemaal?' Vol ongeloof schudde Lorenzo het hoofd.

'Vanavond gaan we naar Venetië.'

Lorenzo sloeg met zijn vuist op de tafel. 'Ben je gek geworden! Dat kun je niet maken!'

'Het is al geregeld. Ik heb met de doge gesproken,' antwoordde hij uitdagend.

'Je verraadt je familie, om er nog maar van te zwijgen dat Simonetta zal worden beschouwd als een overspelige vrouw. Is dat echt wat je wilt?' vroeg hij buiten zichzelf van woede.

'In Venetië is overspel niet strafbaar.'

'En ben je dan van plan om je familie en Florence voorgoed de rug toe te keren?' vroeg hij verbijsterd.

Er viel even een stilte.

'Zij is nu mijn familie,' schreeuwde Giuliano ten slotte, en hij beende de bibliotheek uit.

Lorenzo was furieus. Ongehoorzaamheid was hij niet gewend, en zeker niet van zijn jongere broer. Bezorgd vroeg hij zich af hoe hij de familie moest behoeden voor de ondergang.

Florence, Ponte Vecchio

Een paar uur later reed Giuliano op zijn paard naar de andere oever van de Arno. Daar wachtte hij nerveus op Simonetta. Bij de kerk San Miniato al Monte stond een koets die hen naar Prato zou brengen, waar ze de eerste nacht zouden doorbrengen. Hij keek omhoog. De wolken hadden de hemel bedekt, en het waaide hard. Het weer zou hun vertrek bemoeilijken. Het werd al donker, en de paar mensen in de straten van Florence waren veranderd in schier onzichtbare schimmen.

De klok van de kathedraal sloeg acht uur. Hij wachtte al meer dan een uur op haar. Tot dat moment was het nooit in hem opgekomen dat ze niet naar de ontmoetingsplek zou komen. Misschien was haar iets overkomen. Hij gaf zijn paard de sporen en reed met hoge snelheid over de Ponte Vecchio. Voor de eerste keer was hij zich bewust van het gevaar waarin hij haar had gebracht.

Toen hij was aangekomen bij Palazzo Vespucci, zag hij door het raam van de salon twee mensen aan tafel zitten. Waarom was ze daar nog steeds? Hij vreesde het ergste. Hij reed een rondje om het huis om een antwoord te vinden en stond op het punt om op de deur te kloppen en haar mee te nemen, desnoods met geweld. De gedachte dat ze bij Marco zou blijven maakte hem ziek. Die dwaas verdiende haar niet.

Opeens barstte de hemel open. Hij bleef in de regen op zijn paard zitten en zag toen dat Simonetta opstond, Marco een kus gaf en de salon verliet. Hij volgde haar door de grote ramen. Ze liep naar haar kamer, waar ze zich uitkleedde met de hulp van Caterina. Op een gegeven moment liep Simonetta naar het raam. Ze keek hem een paar tellen aan alvorens de luiken te sluiten. Giuliano schreeuwde alsof zijn ziel uit zijn borst werd gerukt. Door de harde knal van een bliksemschicht begon het paard te steigeren. Giuliano werd uit het zadel geworpen en viel op de natte kasseien. Hij klom meteen weer op zijn paard, pakte de teugels en gilde het uit van verdriet.

Florence, Algemeen Ziekenhuis

4 september 1970

Toen Arnaldo wakker werd, zag hij zijn moeder op een stoel bij het voeteneinde van zijn bed, starend uit het raam. Hij bestudeerde de kamer, de steriele witte muren, en besefte dat hij in een ziekenhuis lag. Hij wist alleen niet hoe hij daar terecht was gekomen en voelde opeens een stekende pijn in zijn hoofd. Onwillekeurig deed hij zijn handen omhoog om de pijn te laten stoppen, maar hij werd tegengehouden door een slangetje dat was verbonden met een naald in zijn rechterpols. Hij volgde het slangetje met zijn ogen naar het infuus dat boven zijn bed hing. Het apparaat dat zijn vitale functies registreerde, gaf aan dat zijn hartslag versnelde.

'Moeder... Wat is er gebeurd?' vroeg hij ontdaan.

De gravin stond direct op en kwam bij hem staan. 'Arnaldo, mijn jongen!'

Hij voelde met zijn hand aan zijn pijnlijke hoofd. Tot zijn schrik stelde hij vast dat er een verband omheen zat.

'Niet bewegen!' Ze pakte zijn hand en drukte op de knop bij het bed. 'Je hebt een ongeluk gehad met de auto.'

'Daar kan ik me niets van herinneren...' zei hij en voelde aan zijn beurse lichaam.

Er kwam algauw een verpleegster.

'Roep de dokter. Hij is wakker geworden!' schreeuwde de gravin.

De verpleegster keek op het scherm van het apparaat om

zijn vitale functies te controleren en drukte vervolgens op de intercom. 'Waarschuw dokter Salvini dat de patiënt in kamer 116 is bijgekomen.'

De arts arriveerde een paar minuten later. Hij vroeg de gravin om even opzij te gaan. 'Ik ben dokter Salvini,' zei hij tegen Arnaldo. 'Hoe voelt u zich?'

'Ik heb vreselijk pijn in mijn hoofd,' antwoordde hij met zijn hand op het verband.

Hij voelde zich beroerd. Door de geur van de kamer werd hij zo misselijk dat hij moest overgeven. De verpleegster gaf hem snel een bakje om het braaksel op te vangen. Toen hij klaar was, veegde ze zijn gezicht af met een vochtige doek en hielp ze hem om rechtop te gaan zitten. 'Voelt u zich nu wat beter?'

'Ik geloof van wel,' zei hij, nog steeds draaierig.

'Kunt u zich herinneren wat er is gebeurd?' vroeg de arts.

Arnaldo dacht met veel moeite na. 'Nee...'

'U hebt een auto-ongeluk gehad en daarbij het bewustzijn verloren.'

'Een auto-ongeluk? Wanneer?'

'Twee dagen geleden.'

Arnaldo schrok. 'Ben ik twee dagen buiten westen geweest?'

'Ja, het was een hele harde klap.'

Arnaldo keek naar zijn moeder. Ze zat weer aan zijn voeteneinde en had haar handen gevouwen. Het was dus een ernstig ongeluk geweest, maar hij wist er helemaal niets meer van.

'Ik ga even een onderzoekje doen,' zei de arts. Hij keek naar zijn pupillen en nam zijn bloeddruk op. Vervolgens luisterde hij naar zijn hart en longen en haalde hij het verband weg om zijn hoofdwond te bekijken. 'Wat is het laatste wat u zich kunt herinneren?'

'Ik...'

'Goed, rustig maar. We zullen eerst wat eenvoudige vragen stellen. Hoe heet u?'

'Arnaldo.'

'Hoe oud bent u?'

'Drieëntwintig.'

'Waar woont u?'

'In San Gimignano.'

'Wie zijn uw ouders?'

Arnaldo keek naar zijn moeder, die tranen in haar ogen had. 'Graaf en gravin Verini.'

De gravin slaakte een zucht. De arts rondde het onderzoek af en vroeg of ze even meeliep naar de gang.

'Komt het weer goed met hem, dokter?' vroeg ze bezorgd.

'Het had veel erger kunnen zijn. Arnaldo heeft een hersenschudding en is zijn kortetermijngeheugen kwijt, maar ik heb tot nu toe geen ander letsel vastgesteld. Zijn motorische vaardigheden lijken intact, maar hij moet voorlopig in het ziekenhuis blijven zodat we een paar tests kunnen doen, en we willen controleren of de bloeduitstorting in zijn hoofd weer verdwijnt. Als alles goed gaat, kan hij over een paar dagen weer naar huis.'

De gravin sloeg een kruisje en dankte God. 'Weet u al hoe ernstig zijn geheugenverlies zal zijn?'

'Dat valt nu nog niet te zeggen. Het deel van zijn hersenen dat een rol speelt bij recente herinneringen heeft een klap gehad, maar we kunnen later pas bepalen wat de werkelijke omvang van het letsel is.'

'Maar hij zal weer herstellen, toch?'

'Ik wil u geen valse hoop geven, gravin. In sommige gevallen lukt het niet meer om alle herinneringen goed op te slaan.'

Na dat antwoord keek ze angstig door het kleine raampje naar het bed waarin haar zoon lag, omringd door medische apparaten.

San Gimignano, Palazzo Verini

8 september 1970

Graziela stond met schrik en beven voor de smeedijzeren vensterdeur van Palazzo Verini. Ze had de auto van haar moeder achtergelaten op de parkeerplaats in de tuin en was de marmeren trap op gerend. Ze bleef even staan om op adem te komen en keek naar de hemel. Het zou een grijze middag worden. Een kille windvlaag deed haar rillen van de kou.

Terwijl ze op de bel drukte, dacht ze terug aan de akelige woorden van de butler. 'Meneer Arnaldo heeft een ongeluk gehad,' zei hij toen ze hem over de telefoon vroeg waarom hij haar niet zoals gebruikelijk had opgehaald bij het museum. Dat was de dag na het wijnfeest. 'Hoe is hij eraan toe?' vroeg ze. 'Hij ligt bewusteloos in het ziekenhuis,' antwoordde hij slechts. Ze was zo geschrokken dat ze de hoorn op de grond had laten vallen.

De butler deed open. 'Signorina Graziela...' zei hij, verbaasd om haar te zien.

'Hoe is het met hem?' vroeg ze ongerust. 'In het ziekenhuis kreeg ik te horen dat hij alweer thuis was!'

'De heer Arnaldo is in zijn kamer aan het uitrusten. Ik zal de graaf waarschuwen. Komt u verder, alstublieft.'

De butler leidde haar naar de bibliotheek. Door de druk op haar borst kon ze moeilijk ademhalen. Ze was elke dag naar het ziekenhuis gegaan, maar alleen zijn naaste verwanten mochten hem bezoeken. Vandaag had een verpleegster met haar te doen gekregen en haar verteld dat hij weer thuis was. Ze begreep niet waarom ze door de graaf en gravin werd buitengesloten en dacht dat hij misschien niet de tijd had gekregen om te vertellen dat ze zouden gaan trouwen. Ze liep nerveus langs de cederhouten kasten en kon haar hart horen kloppen.

Na tien angstige minuten verscheen de graaf met een ernstige blik in de ogen. Hij zag er slecht uit. Waarschijnlijk had hij de afgelopen dagen weinig geslapen. 'Hallo, Graziela. Ik neem aan dat je Arnaldo wilt zien,' zei hij niet al te hartelijk.

'Ja, hoe is het met hem?' vroeg ze ongeduldig.

'Hij was zwaargewond. Men vreesde voor zijn leven.'

'Lieve hemel!' zei ze en ze liet zich op de bank vallen. De graaf liep naar haar toe en zei: 'Aurelio, breng wat water!'

De butler kwam al snel met een glas water, dat Graziela in één keer leegdronk.

'Maar nu gaat het goed met hem, toch?'

'Ja, maar hij heeft wat tijd nodig om weer zichzelf te worden.'

'Het is verschrikkelijk!' zei ze en ze leunde achterover. 'Hoe heeft dit kunnen gebeuren? Arnaldo is een goede chauffeur.'

'We snappen het zelf ook niet. Weet jij misschien of hij ergens mee zat?' vroeg hij en hij keek haar streng aan.

Graziela voelde zich geïntimideerd. 'Nee, ik heb niks aan hem gemerkt.'

'Nou, er moet hem iets dwars hebben gezeten. Dat kan haast niet anders.'

'Mag ik hem zien?' vroeg ze wijzend naar de trap.

'Ik vrees van niet. Hij heeft nog steeds last van een hersenschudding, en de dokter zei dat hij geen bezoek mag ontvangen.'

'Maar ik wil hem heel graag zien,' drong ze aan.

'Dat is niet mogelijk!' zei hij onverbiddelijk.

Zijn antwoord was voor haar een klap in het gezicht.

'Ik wilde trouwens nog iets met je bespreken,' zei de graaf terwijl hij naast haar ging zitten. 'Zoals je weet is Arnaldo mijn erfgenaam, en als zodanig moet hij beginnen met het vervullen van de plichten die bij de adellijke titel horen. Hij dient zich voor te bereiden op het beheer van de zaken en eigendommen van de familie. Op dit moment mag hij niet afgeleid worden, en eerlijk gezegd kan hij zich niet echt goed concentreren sinds hij samen met jou is.'

Graziela voelde aan de ring om haar vinger. Ze wilde hem alles vertellen.

'Arnaldo is altijd heel discreet geweest over zijn relaties. Hij heeft zelfs nooit een meisje aan ons voorgesteld. Maar jij hebt grote indruk op mijn zoon gemaakt en hem danig uit zijn evenwicht gebracht.'

Graziela was niet in staat om hem aan te kijken. Ze kon haar oren niet geloven. 'Wilt u soms zeggen dat het mijn schuld is?'

'Graziela, je bent een goed meisje, maar je zult Arnaldo niet kunnen geven wat hij nodig heeft. Zijn huwelijk mag niet gebaseerd zijn op liefde of op een gril. Een toekomstige echtgenote dient over kwaliteiten te beschikken die jij ontbeert. Diep vanbinnen weet Arnaldo dat ook wel, maar op dit moment is hij verblind door jouw schoonheid. Jij zult hem uiteindelijk ongelukkig maken.'

Die woorden braken haar hart. Ze keek door het raam naar buiten. Ze moest weg uit die kamer. 'Ik ben niet goed genoeg voor hem...' zei ze met vochtige ogen. Ze begon te denken dat haar moeder gelijk had.

Er viel een doodse stilte. Zonder nog iets te zeggen pakte ze haar tas en stond op van de bank. Ze wierp nog een blik op de boekenkast die toegang bood tot de geheime kamer en dacht aan wat ze daarbinnen met elkaar hadden gedeeld. Vervolgens liep ze weg. Bij elke stap die ze deed, zonk de moed haar verder in de schoenen.

De graaf keek haar na en zei: 'Graziela, het is niet persoonlijk.'

Woedend balde ze haar vuisten. Die vent hield haar uit de buurt van degene van wie ze het meest hield. Ze voelde zich machteloos en had zin om te gillen.

In het halletje deed Aurelio de deur voor haar open. 'Wilt u een paraplu, signorina Graziela?' vroeg hij, want het was gaan regenen.

Ze liep langs hem alsof hij er niet stond. Buiten kwam ze Bianca tegen, die in gezelschap was van haar ouders. Graziela keek haar aan en daalde toen de trap af.

'Is dat niet de dochter van de Ferrara's? Wat doet zij hier?' vroeg mevrouw Bandini.

'Ze hebben samen gestudeerd. Het zijn vrienden van elkaar,' antwoordde Bianca, die Graziela volgde met haar blik.

Graziela liep in de regen over het grasveld en kon haar tranen niet bedwingen. Ze bleef staan en keek naar boven. En daar was hij, starend uit het raam van zijn slaapkamer. Hun blikken kruisten elkaar. Na een paar seconden keerde Arnaldo zich om. Graziela liet zich op haar knieën vallen en wilde alleen maar dood.

Florence, Palazzo Medici

24 april 1475

Giuliano zat aan de tafel van de eetzaal en staarde door de ramen aan de kant van de Via Larga. Hij had de hele nacht geen oog dichtgedaan. Waarom was Simonetta van gedachten veranderd? Toen ze in het paleis naar de voorstelling van *Medea* keken, ging hij er voetstoots van uit dat ze met hem mee zou gaan. Hij zag weer voor zich dat ze Marco een kus gaf in de salon en de luiken sloot van haar raam, en alles begon te draaien.

Lorenzo kwam de eetzaal binnen en haalde hem uit zijn overpeinzingen. 'Goedemorgen!' riep hij, blij dat zijn jongere broer niet was vertrokken.

Giuliano antwoordde niet.

Lorenzo vond dat hij er slecht uitzag. 'Het doet me deugd dat je bij zinnen bent gekomen.'

'Zij was het... Ze is niet gekomen.'

Lorenzo ging tegenover hem zitten en keek hem in de ogen. 'Ik ben gisteren naar haar toe gegaan.'

Giuliano wist meteen hoe de vork in de steel zat. 'Dus jij was het?' Hij kon het gewoon niet geloven.

'Ik heb haar duidelijk gemaakt dat ze alleen met jou mee moest gaan als ze echt van je hield. Ze liep namelijk het risico om alles te verliezen,' zei hij met een ernstige blik.

Giuliano stoof ziedend op zijn broer af, pakte hem bij zijn hemd en trok hem uit zijn stoel. 'Wat een vuile schoft ben jij! Ik vertrouwde je!'

Hij duwde hem tegen de grond en begon hem in zijn gezicht te slaan. Lorenzo probeerde zich te verdedigen, maar Giuliano was buiten zichzelf van woede. Hij bleef op hem inbeuken. Nog nooit was hij zo kwaad op hem geweest. Maar na een paar harde klappen lukte het Lorenzo om Giuliano's vuist vast te pakken voordat hij opnieuw zijn gezicht wist te raken, dat inmiddels rood was van het bloed. Vervolgens draaide hij zijn hand om tot Giuliano het uitgilde van de pijn. Lorenzo, die steviger gebouwd was, duwde hem van zich af en ging op hem zitten om hem in bedwang te houden. 'Giuliano, hou op! Zo vermoorden we elkaar nog!'

'Je snapt er helemaal niets van! Zij is alles voor mij!' schreeuwde hij uitzinnig. Maar uiteindelijk kwam hij tot bedaren, en Lorenzo liet hem los. Giuliano bleef hijgend op de vloer liggen. Hij was er kapot van dat Simonetta niet genoeg van hem hield om haar oude leven achter zich te laten.

'Simonetta moet bij Marco blijven, en jij hebt de plicht om onze band met Fioretta's familie te versterken door met haar te trouwen,' zei hij en hij voelde met zijn hand aan zijn gehavende lip.

De woorden van zijn broer waren als dolksteken in Giuliano's hart. Hij stond op en liep verslagen de eetzaal uit.

Florence, Palazzo Vespucci

16 mei 1475

Simonetta zat aan de tafel in de eetzaal te wachten op Marco. Ze zou het hem vandaag vertellen, maar was bang voor zijn reactie. Ze wist dat hij niet van verrassingen hield.

Ze hoorde de buitendeur opengaan, stond op van haar stoel, deed haar jurk goed en legde haar hand op haar buik. Marco kwam binnen met een chagrijnige blik in de ogen. Waarschijnlijk had hij geen goede dag achter de rug. 'Hallo lieveling, ging alles goed bij de bank?' vroeg ze bezorgd.

Marco antwoordde zonder haar aan te kijken. Hij was een paar documenten aan het lezen die hij in zijn handen had. 'De stortingen die Lorenzo me heeft beloofd zijn nog steeds niet binnen. De situatie van de bank begint onhoudbaar te worden!'

'Maak je niet zo druk. De Medici helpen hun vrienden altijd.'

'Dat hoop ik dan maar. Anders komen we echt in de problemen!' zei hij en hij gooide de documenten op de tafel.

Simonetta wachtte tot Marco plaats had genomen en ging toen naast hem zitten.

Marco keek naar haar. Ze was bleek. 'Hoe gaat het? Voel je je alweer wat beter?'

Simonetta gaf geen antwoord. Ze moest het zeggen. 'Marco, ik moet je iets vertellen.'

'Iets vertellen?' vroeg hij terwijl hij het bestek bij zijn bord pakte.

'Ja, ik ben... in verwachting.'

Van schrik stootte hij zijn glas water om. De bediende haalde het snel weg. Marco was sprakeloos. Dat had hij niet verwacht. Hij begon meteen te bedenken wat de gevolgen zouden zijn. Het kwam hem helemaal niet goed uit dat Simonetta zwanger was. 'Echt waar?'

'Ja, dat zei de arts vandaag tegen mij. Daarom was ik 's ochtends steeds misselijk,' zei ze angstig.

Marco forceerde een glimlach en zei: 'Het is vast een jongen!' Maar hij wist dat dat kind niet op het beste moment kwam.

Simonetta slaakte een zucht. 'Ik ben van plan om naar Genua te gaan en een tijdje bij mijn ouders te logeren. De dokter zei dat de lucht van de zee me goed zal doen. En dan kan mijn moeder voor me zorgen.'

'Dat lijkt me een goed idee. Ik ga wel met je mee. En als je eenmaal geïnstalleerd bent, keer ik weer terug naar Florence. Ik kan de bank niet al te lang alleen laten.'

Simonetta glimlachte. 'Ik zal mijn moeder schrijven dat ik eraan kom.'

Ze ging achter het bureau zitten om aan de brief te beginnen. Door de beslissing om niet met Giuliano naar Venetië te vluchten was ze de kracht om te leven kwijtgeraakt. De liefde die ze voor elkaar voelden kon alleen verdwijnen als ze afstand van hem nam. De tijd zou de rest wel doen.

Toen de dame van Simonetta die ochtend naar zijn atelier kwam, vreesde Botticelli het ergste. Caterina vertelde hem dat haar meesteres naar haar ouders in Genua ging en gaf hem een brief die hij aan Giuliano moest overhandigen.

Nadat Caterina weer was vertrokken, liep hij met de brief in zijn handen heen en weer in zijn atelier. Hij wist niet wat te doen, maar besloot hem ten slotte te openen.

Simonetta schreef dat ze tot haar grote verdriet niet in staat was geweest om naar hun ontmoetingsplaats te komen als gevolg van een gesprek met Lorenzo. Hij had haar uitgelegd dat Giuliano zonder zijn familie en zonder Florence nooit gelukkig zou zijn. En ze hield te veel van hem om een dergelijk offer van hem te verlangen. Ze ging naar Genua zodat hij zijn leven als lid van de Medici-familie kon voortzetten, een leven waarin voor haar helaas geen plaats was.

Botticelli huiverde. Ze wilden samen vluchten, maar gelukkig had Lorenzo daar een stokje voor gestoken. Kwaad scheurde hij de brief in stukken. Vervolgens gooide hij de tekeningen die op de tafel lagen op de grond. Zijn muze verliet hem, en dat was Giuliano's schuld. Hij had haar in gevaar gebracht, ook al had hij hem daar zelf bij geholpen. Botticelli ging tussen de vellen papier op de vloer zitten met zijn hoofd tussen zijn benen. Hij werd verteerd door woede en pijn. 'Vervloekte Giuliano!' schreeuwde hij radeloos.

De volgende dag begaf hij zich naar Palazzo Medici met de verscheurde brief in zijn wambuis. Hij bleef een tijdje voor het gebouw staan, twijfelend of hij wel moest aankloppen. Toen zag hij Giuliano naar buiten komen met twee vrouwen, een aan elke arm. Onwillekeurig raakte hij de brief aan met de toppen van zijn vingers. Hij liep naar hem toe.

Giuliano zag er slecht uit. Hij had paarse wallen onzer zijn ogen en zijn gezicht was rood van de alcohol.

'Giuliano, ik heb een bericht voor u.'

'Wat wilt u nu weer?' vroeg hij geërgerd.

Botticelli deinsde terug toen hij de penetrante geur van de wijn rook. Hij keek naar de twee vrouwen en besloot hem de brief niet te geven. 'Het betreft een persoonlijke aangelegenheid,' antwoordde hij met een ernstige blik.

Giuliano zei tegen de vrouwen dat ze hen alleen moesten laten. 'Wat is er zo geheim?' vroeg hij vervolgens.

'Ze is weg uit Florence.'

Het gezicht van Giuliano verstarde. 'Ze is... weg?' herhaalde hij ongelovig.

'Ze is vanochtend vroeg vertrokken met haar echtgenoot.

Ze gaat een tijdje naar haar familie in Genua en heeft mij gevraagd u op de hoogte te stellen,' zei hij en hij kneep even in de brief in zijn wambuis.

'Vervloekt! Waarom is ze ervandoor? Was het niet voldoende om me te vernederen?' Furieus liep hij terug naar het paleis en vroeg zijn bediende om zijn paard in gereedheid te brengen. Toen hij eenmaal in het zadel zat, gaf hij het dier de sporen en galoppeerde naar de kerk San Miniato al Monte, waar ze elkaar die avond in april hadden moeten treffen. Hij trok hard aan de teugels. Het paard begon hinnikend te steigeren.

San Gimignano, Palazzo Verini

4 juli 2023

De intieme, wanhopige en ontroerende aria 'Vissi d'arte' schalde door het atelier terwijl Carla aan het schilderij werkte. Ze keek nog een keer met de loep naar de foto, maar slaagde er niet in om de originele kleuren te reproduceren op het doek. Ze was al een halfuur verf aan het mengen zonder de juiste schakering te vinden. Gefrustreerd legde ze de penselen neer.

De graaf kwam binnen. Hij had een bewerkt mahoniehouten kistje in zijn handen dat hij zachtjes op de tafel zette. 'Wil het een beetje lukken, Carla?'

Ze haalde een lok haar uit haar gezicht en keek hem aan. 'Ik krijg het niet voor elkaar om de kleuren van Ghirlandaio na te maken. Die zijn uniek. Ze vormen een soort DNA.'

De graaf ging bij het doek staan en zei: 'Het is de gouden glans, of liever gezegd de afwezigheid daarvan. Ghirlandaio was een eenvoudige man die realisme liet prevaleren boven exaltatie. Hij maakte er alleen in uitzonderlijke gevallen gebruik van, zoals in de *Aanbidding der wijzen*.'

Carla wist precies wat hij bedoelde, maar haar hoofd was niet helder genoeg om goed te kunnen werken. Ze schaamde zich. 'Hoe heb ik dat kunnen missen?'

'Soms kijken we over iets heen wat zich vlak voor onze neus bevindt.'

Ze dacht meteen aan de manier waarop Àlex haar bedrogen had.

De graaf nam plaats in de leunstoel bij het raam, leunend op zijn stok. 'Vind je het vervelend als ik even blijf kijken terwijl jij aan het werk bent?'

'Nee, hoor.'

Ze legde het palet met het mislukte kleurenmengsel weg en begon opnieuw. Toen ze klaar was, pakte ze de penselen en bracht ze wat verf aan op het doek. De graaf observeerde haar. Het leek net of ze een lied interpreteerde. Na een tijdje was ze klaar met de figuur van de Maagd. 'Ja, nu is het wel goed!' zei ze en ze keek hem aan.

De graaf stond op en ging naast haar staan. Hij keek naar de kleuren en ging er met zijn vingers overheen zonder de verf aan te raken. 'Magnifiek, echt magnifiek!'

'Dank u. Maar vandaag kan ik niet meer verder. Ik zal tot morgen moeten wachten tot het droog is,' zei Carla. Ze pakte het schilderij voorzichtig op en zette het op de ezel.

'Wist je dat Ghirlandaio de eerste was die Simonetta heeft geschilderd? Drie jaar daarvoor kwam ze met haar man naar Florence toen ze nog maar negentien was.'

'Echt waar?'

'Ghirlandaio was een vriend van de Vespucci. Het hoofd van de familie vroeg hem een muurschildering met haar te maken voor hun kapel in de Ognissanti-kerk. Daarop zijn ze allemaal te zien, knielend onder de beschermende mantel van de Maagd. Onder hen bevindt zich tevens de ontdekkingsreiziger Amerigo Vespucci.'

'Ik dacht dat Piero di Cosimo de enige andere schilder naast Botticelli was die haar heeft geportretteerd.'

'Nou, zelfs Leonardo da Vinci heeft een tekening van haar gemaakt, op de dag van haar begrafenis.'

'Leonardo da Vinci?' vroeg ze verbaasd.

'Hij tekende Simonetta in haar kist. En ze ziet er zo vredig uit dat ze op elk moment haar ogen lijkt te kunnen openen.'

'Is dat portret bewaard gebleven?'

'Het ligt veilig op de afdeling Prenten en Tekeningen van

de Galleria degli Uffizi, samen met meer dan honderdvijftigduizend andere werken en schetsen uit de renaissance. Het gaat om een eenvoudige houtskooltekening. Daarom is het waarschijnlijk onopgemerkt gebleven, zelfs onder deskundigen. Je vindt er schitterende tekeningen die ons veel kunnen leren over het creatieve proces van de betreffende kunstenaars, ook schetsen van werken die verloren zijn gegaan. Ik ben daar meer dan eens geweest om inspiratie op te doen.'

Carla's gezicht begon te stralen. De graaf is echt een bron van kennis, schoot haar door het hoofd. 'Ik ga er morgen naar kijken. We kunnen de tekening opnemen in de expositie om uit te leggen hoe Leonardo haar zag,' zei ze opgetogen. Ze maakte haar penselen schoon en legde ze op een doek te drogen. Toen dacht ze even na en zei: 'Wist u dat ik het graf van Botticelli in de Ognissanti-kerk nog steeds niet heb bezocht? Dat is echt onvergeeflijk!'

De graaf keek haar verbaasd aan. 'Je moet het gewoon zien. Botticelli vroeg om te worden begraven in de kerk waar Simonetta lag. Hij wilde de hele eeuwigheid met haar doorbrengen.'

'Het moet heel zwaar voor hem zijn geweest toen ze stierf.'

'Voor hem en voor Giuliano was het een regelrechte ramp.'

Carla voelde medelijden. Het was een verdrietige geschiedenis. Ze borg haar schildersgerei op, trok haar stofjas uit en hing hem aan de kapstok.

De graaf zei: 'Carla, voordat je gaat, wil ik je iets laten zien wat al heel lang in bezit is van mijn familie. Maar je moet me wel beloven dat je er met niemand over zult praten. Het is van generatie op generatie doorgegeven, en ik heb het verder alleen aan je grootmoeder laten zien.'

Carla knikte nieuwsgierig. Wat zou het zijn? De graaf opende het houten kistje dat hij op de tafel had gezet en haalde een notitieboekje tevoorschijn met een bruinleren kaft dat er heel oud uitzag. 'Dit is een dagboek van Botticelli. Daarin beschrijft hij de laatste dagen in het leven van Simonetta en Giuliano.'

Carla sloeg steil achterover. 'Een dagboek van Botticelli?'

'Ja, geschreven in de eerste persoon.'

Ze pakte het behoedzaam aan. Het had ongeveer het formaat van een half A4'tje. Ze hield het bij haar neus om aan het leer te ruiken. 'Maar... er bestaat helemaal geen dagboek van Botticelli,' zei ze verbluft.

'Lees het nou maar. Dan zul je beter begrijpen wat voor man het was.'

Carla nam plaats op de leunstoel en legde het dagboek op haar schoot. Ze sloeg het open en streek over de vervaagde letters. Er ging een rilling door haar lijf. Ze sloeg de bladzijden voorzichtig om, want ze wilde ze niet beschadigen. Er ontbraken er een paar. Je kon zien dat ze eruit waren gescheurd. Toen ze bij de laatste blaadjes kwam, zag ze vier schetsen van Simonetta's gezicht. Ze keek naar haar droevige ogen en weemoedige glimlach en besefte met een schok dat ze iets unieks in haar handen had, iets van onschatbare waarde. Ze haalde diep adem en begon te lezen. De graaf verliet het atelier.

17 juli 1476

Ik moet dit schilderij afmaken. Het was uw laatste wens. Ik moet het aan Giuliano geven. Het is al meer dan twee maanden geleden dat u ons hebt verlaten, en ik ben nog steeds niet bij machte om te schilderen. Ik zie uw gezicht nog voor mij toen u naar de kerk werd gedragen. De kist was open zodat iedereen uw onmetelijke schoonheid kon aanschouwen. U was het majestueuze zinnebeeld van de woorden van Petrarca: 'De dood zag er mooi uit op haar mooie gelaat.' In de dood overtrof u zelfs uw eigen schoonheid, die niet te overtreffen leek toen u nog leefde. Op het moment dat de wagen werd tegengehouden door de menigte, die naar u wilde kijken, prentte Leonardo uw gezicht in zijn geheugen om u te kunnen tekenen zodra hij weer in zijn atelier was. U leek te slapen, maar in werkelijkheid had u het tijdelijke met het eeuwige verwisseld.

Waarom doet uw afwezigheid mij zoveel pijn? Ik mis uw schoonheid, die mijn kunst tot leven wekte. Ik moet gebruikmaken van wat er rest van uw licht om te blijven schilderen. Moge u nooit doven, mijn ster. De verzen van Pulci die Giuliano aan u opdroeg, weerklinken nog immer in mijn hoofd:

Verteerd word je door hevige pijn
zodat degene die altijd werd bemind
jouw gejammer niet meer kan horen.
Je huilt, maar ze is niet dood,

ze leeft, vrij van aardse sluiers,
ze denkt alleen aan jou en wacht.

U koos ervoor lief te hebben, want u was niet tevreden met een half leven. U koos voor Giuliano. Maar nu doolt hij door Florence, zoekend naar alles wat nog herinnert aan u, meer dood dan levend door uw pijnlijke afwezigheid. Geef ons kracht, mijn God, om deze leegte te kunnen verdragen.

3 september 1476

Vanochtend heb ik het schilderij onthuld. Ik haalde langzaam de doeken weg die het bedekten, alsof ik u uitkleedde. Uw aanwezigheid deed me bijna pijn. Ik betreurde het dat ik het niet op tijd had afgemaakt. U wist al dat u sterven zou... Ik had uw blik veranderd. Waarom zag ik dat nu pas? Op de dagen dat ik u schilderde, was ik volkomen gelukkig. De liefde ontvouwde zich in haar zuiverste vorm en toonde de vrouw achter de glimlach. U vertelde mij dat u nooit van Marco gehouden had en dat u twijfelde of hij van u hield. U zag de man achter de weelde van de Medici en werd verliefd. En u hebt afstand gedaan van uw geluk om hem te redden. Valt er iets te bedenken wat grootser is? U vroeg mij uw liefde te schilderen, en ik zag Venus en Mars. Venus, de godin van de liefde die getrouwd is met Vulcanus, liet haar liefde voor de god van de oorlog niet voorbijgaan. Net als u, Simonetta, koos ze ervoor om lief te hebben. Ik aanschouw het tafereel: u zit in een witte jurk op een grasveld vol bloemen en kijkt naar de zorgeloze slaap van Giuliano, die voor u ligt, naakt en uitgeput na het bedrijven van de liefde.

Vandaag is een goede dag om te werken.

26 april 1478

Het doet me pijn om deze woorden te schrijven, heel erg pijn.

Giuliano is vermoord! Poliziano is naar mijn huis gekomen met een waanzinnige blik in de ogen en met zijn handen en kleren onder het bloed. De verraders hebben hem in de rug aangevallen toen de kardinaal de kelk ophief tijdens de paasmis in de kathedraal. Bernardo Bandini stak als eerste op Giuliano in, en na hem heeft Francesco de' Pazzi hem meer dan tien dolkstoten toegediend. En Marco Vespucci, de lafaard, nam eindelijk wraak door hem eveneens aan zijn mes te rijgen.

Poliziano heeft Lorenzo beschermd door zich samen met hem op te sluiten in de sacristie terwijl iedereen jammerend en schreeuwend probeerde te vluchten. Toen ze ten slotte naar buiten konden komen, trof hij Giuliano's lichaam aan op de vloer, in een grote plas bloed. Het was zo'n vreselijk gezicht dat hij zelfs te bang was om het lijk te bedekken, en hij besloot een andere kant op te lopen om te voorkomen dat Lorenzo zijn dode broer kon zien. Het wrede lot wilde dat de dood hem op dezelfde dag kwam halen als u, en slechts twee jaar later.

Wat heb ik nu nog? Ik ben wees in dit deerniswekkende leven, waarin ik getuige diende te zijn van uw tragedie. Mijn geloof wankelt. Ik voel een angstaanjagende leegte. Giuliano, mijn vriend en beschermheer, is dood, echt dood... Hij had geen zin meer om te vechten, anders zou hij zich niet zo makkelijk hebben laten afslachten. Misschien had ik hem het geheim moeten vertellen. Ik hoop dat u in de hemel kunt vinden wat u op aarde werd ontzegd. Poliziano is met tranen in zijn ogen vertrokken. Hij zegt dat Florence nooit meer hetzelfde zal zijn. De klokken werden geluid om te waarschuwen voor het gevaar, en de poorten van de stad zijn gesloten. Het volk wil wraak, wil bloed met bloed vergelden.

10 mei 1478

Vanochtend kwam Lorenzo naar me toe. Hij zag er verloren en afgepeigerd uit. Hij voelt zich schuldig omdat hij niet in staat is geweest om zijn broer te beschermen. Maar dat was een te moeilijke taak, zelfs voor de heer van Florence. Lorenzo heeft altijd vrede gewild, maar gaf soms opdracht tot bloedige daden. Uiteindelijk is Giuliano daar het slachtoffer van geworden, terwijl hij zich nooit met politiek bemoeide en nooit iets heeft gedaan om de doelen van de familie te verwezenlijken. De conflicten in Florence droegen niet zijn naam, en hij is de stad altijd trouw gebleven.

Hij zegt dat hij bij u in het krijt staat en graag wil dat ik het geweldigste schilderij van mijn leven maak. Hij gaf me het gedicht van Poliziano over het toernooi dat Giuliano heeft gewonnen en over de liefde die hij voor u voelde. Ik heb de opdracht aanvaard ter ere van die liefde en van alle Florentijnse idealen die ons groot hebben gemaakt.

15 mei 1510

De arts zegt dat mijn laatste uur heeft geslagen. Ik ga met onbezwaard gemoed, want ik laat niets achter, hier in het ondermaanse. Ik ben te moe om nog langer tegen de pijn in mijn lichaam te vechten. Dankzij mijn kunst heb ik een goed leven gehad. Ik zal de pastoor vragen om mij de biecht af te nemen en zal boete doen voor mijn zonden. Ik vertrouw hem het schilderij toe, dan kan hij dat overdragen aan uw zoon. We zien elkaar gauw, mijn liefste, hoewel ik voortdurend van u bleef dromen. De ouderdom was zwaar voor mij. Ik schilder al een tijdje niet meer. Door de ziekte ben ik langzaam uitgedoofd. Ik hoop u te kunnen schilderen in de hemel. Daar zullen mijn handen geen pijn meer doen. Ik vrees het moment waarop ik God onder ogen zal komen, want ik weet niet zeker of hij wel tevreden is over mijn werk.

Tot snel, Simonetta. Hou een plekje voor me vrij aan uw zijde.

Carla sloeg het notitieboekje dicht. Ze huilde van onmacht over de ongelukkige geschiedenis van Simonetta en Giuliano. Ze was diep geraakt door wat ze had gelezen over Botticelli's gevoelens en gedachten. Het verdriet om het verlies van Simonetta en de afschuwelijke leegte die hij ervaarde. Hoe zijn wereld instortte door de dood van Giuliano.

Ze liep het atelier uit en vroeg zich af hoe de graaf aan het dagboek was gekomen en waarom hij het aan haar had laten zien. Op de gang kwam ze Aurelio tegen, die aangaf dat hij in de bibliotheek zat. Hij hoorde haar binnenkomen en zei: 'Hoe voel je je?'

Carla had een verloren blik in haar ogen. 'Bedroefd...' antwoordde ze en ze keek naar het dagboek dat ze in haar handen had.

De graaf gebaarde dat ze moest gaan zitten. 'Het gaat je niet in de koude kleren zitten, hè?'

'Het bevat zelfs portretten van Simonetta!'

De graaf glimlachte. 'Ja, dat maakt het helemaal bijzonder.'

'Jammer dat er bladzijden ontbreken. Wat zou daarop hebben gestaan?' vroeg Carla zich geïntrigeerd af.

'Ik vrees dat we dat nooit te weten zullen komen, maar de bladzijden die wel bewaard zijn gebleven bevestigen jouw theorie over het belang van Simonetta voor zijn werk.'

'Ik wist niet dat Botticelli haar eigenlijk niet op het vaandel wilde afbeelden.'

'Op dat moment dacht hij dat het beschilderen van een vaandel schadelijk zou zijn voor het aanzien van zijn kunst.'

Carla bladerde opnieuw door het dagboek. 'Er is iets wat ik niet begrijp. Waarom zei hij dat Lorenzo bij hen in het krijt stond?'

'Giuliano legde het aan met een getrouwde vrouw, en ik denk niet dat Lorenzo dat goed vond. Hij zal het ze in elk geval niet makkelijk hebben gemaakt.'

'Ja, natuurlijk... Hoe bent u aan het dagboek gekomen, als ik vragen mag?'

'Mijn familie heeft altijd goede relaties gehad, ook in de donkere perioden van dit land. We hadden privileges en toegang tot goederen die voor anderen onbereikbaar waren.'

Carla luisterde aandachtig toe, haast zonder met haar ogen te knipperen.

'Wij Verini stammen af van de Vespucci van de veertiende generatie. Het dagboek is ontdekt door een voorouder van mij, een groot kunstverzamelaar. Hij trof het aan in een partij kunstwerken en oude boeken die hij had gekocht van een klooster dicht bij Florence dat in de achttiende eeuw zijn deuren sloot. Je kunt je wel voorstellen wat hij voelde toen hij het dagboek vond. We zijn er echter nooit achter gekomen hoe het in dat klooster terecht is gekomen. Botticelli werd zeer gelovig in zijn laatste levensfase, maar hij is nooit tot een religieuze orde toegetreden.'

'U bent een nazaat van de Vespucci?'

'Ja.'

Carla legde haar hand op haar hoofd en leunde achterover op de bank. 'Een afstammeling van Simonetta en Marco Vespucci?' drong ze aan.

'Inderdaad, beste vriendin.'

Ze keek alsof ze water zag branden.

'Ik kan me voorstellen dat het wel een beetje veel is.'

'Een beetje veel? Het is gewoon ongelooflijk!' zei Carla hoofdschuddend. 'Waarom maakt u het dagboek niet openbaar? Al die theorieën over de oorsprong van *La Primavera* en u hebt het antwoord.'

'Ik wil niet dat het bekend wordt. En daarnaast is er ook nog dat schilderij.'

'Welk schilderij?'

'Het schilderij dat hij op verzoek van Simonetta heeft gemaakt om haar liefde voor Giuliano te vereeuwigen.'

'*Venus en Mars*?'

'Nee, *Venus en Mars* heeft hij in 1483 geschilderd. Dat komt niet overeen met de data die in het dagboek worden vermeld.'

'Hoe bedoelt u?'

'Het gaat om een schilderij dat hij eerder heeft gemaakt.'

'Een onbekend schilderij?'

'Als je afgaat op de beschrijving in het dagboek, betreft het waarschijnlijk een andere versie van *Venus en Mars* waarop Simonetta en Giuliano eveneens zijn afgebeeld.'

Carla voelde kriebels in haar buik.

'Botticelli gaf het schilderij voor zijn dood aan zijn biechtvader met de opdracht het aan de zoon van Simonetta te overhandigen. Maar het kwam nooit in bezit van mijn familie. Vermoedelijk heeft de biechtvader het doek zelf gehouden.'

'Maar in het dagboek staat niet wie dat was.'

'We weten dat Botticelli lid was van de Ognissanti-kerk. We zouden in het archief van de parochie kunnen duiken om erachter te komen wie in die tijd de pastoor was. Dat was doorgaans degene die de laatste sacramenten toediende aan belangrijke personen. Zou je me daarbij willen helpen?'

Carla begon te stralen. 'Dat zou ik geweldig vinden!' zei ze opgewonden. Maar ze had nog wel een vraag: 'Er is iets wat me intrigeert. Wat is het geheim dat Botticelli misschien had moeten vertellen aan Giuliano?'

'Beste Carla, ik geloof dat we het antwoord zullen vinden op het schilderij.'

Florence, Palazzo Vespucci

12 maart 1476

Na een lange reis vanuit Genua die meerdere dagen had geduurd kwam het rijtuig van de familie Vespucci aan bij het paleis. Onderweg waren ze flink heen en weer geschud, en daarom hadden ze meer tussenstops gemaakt dan gepland. Simonetta was niet in de beste conditie om te reizen, slechts twee weken na haar bevalling, maar Marco had er sterk op aangedrongen weer terug te keren. Hij wilde haar in Florence hebben.

De koetsier deed de deur voor ze open. Marco kwam als eerste naar buiten. Hij hielp Simonetta bij het uitstappen. Het was een schok voor haar om weer in Florence te zijn. Ze keek naar het atelier van Botticelli, naast het paleis. Het leek zo lang geleden, de dag waarop Giuliano haar kuste, waarop ze elkaar beloofden om samen naar Venetië te gaan. Na haar kwam de voedster naar buiten, met in haar handen de pasgeborene, die blauwe ogen had en een lichte huid. Simonetta gaf haar kind een kus.

Opeens hoorden ze de wielen van een andere koets. Simonetta herkende het rijtuig dat vlak naast hen stopte. Ze rilde.

'Madonna Vespucci, u bent terug!' zei Lorenzo door het raampje.

Toen ze hem zag, dacht ze terug aan hun gesprek en aan de pijn die ze voelde na haar beslissing. 'Ja, ik wilde in Florence bij mijn echtgenoot zijn,' antwoordde ze terwijl Lorenzo uitstapte.

'En dat is ook het beste, als ik zo vrij mag zijn.' Hij keek naar het kind in de armen van de voedster. 'De natuur is wijs: het heeft uw schoonheid.'

'Inderdaad. Ik heb God alleen maar gevraagd of Hij ervoor wilde zorgen dat het op zijn moeder zou lijken,' zei Marco met een glimlach.

'Nou, Hij heeft uw gebeden verhoord!' antwoordde Lorenzo gekscherend. Hij keek naar Simonetta en twijfelde of hij ze moest uitnodigen voor het feest van Giuliano. 'Madonna, zonder u was Florence niet hetzelfde de afgelopen maanden.'

'Dank u, messer,' antwoordde ze met een beleefde glimlach.

'U bent net op tijd terug om het verlovingsfeest van Giuliano en Fioretta bij te wonen. Dat is morgen in het paleis aan de Via Larga.'

Simonetta had het gevoel dat ze geen lucht meer kreeg. 'Ik dacht dat ze allang verloofd waren,' merkte ze vertwijfeld op.

'Fioretta's moeder was ernstig ziek, en daardoor konden we het niet eerder vieren.'

Er viel even een stilte.

'We zouden er graag bij zijn!' antwoordde Marco ten slotte.

'Uitstekend!' zei Lorenzo. Hij nam afscheid en stapte weer in de koets. 'Gefeliciteerd met het goede nieuws!'

Simonetta bleef roerloos voor de ingang van het paleis staan. Ze was er niet klaar voor om getuige te zijn van Giuliano's verloving. Marco pakte haar hand en nam haar mee naar binnen.

Florence, Palazzo Medici

13 maart 1476

De grote eetzaal van Palazzo Medici toonde zich in al zijn pracht aan de adel en burgerij van Florence, Venetië en Milaan. Lucrezia had gevraagd om de mooiste tapijten, de stoelen en bankjes waren bedekt met de fijnste zijde en elk hoekje was voorzien van kaarsen en witte lelies. De bedienden droegen dienbladen met de lekkerste wijnen, koekjes en zoetigheden van Toscane. Lucrezia keek tevreden om zich heen. In weerwil van alle problemen was de dag eindelijk gekomen.

Het echtpaar Vespucci liep in galakleding de trap op. Simonetta droeg een luchtige jurk van witte zijde en had een parelkroon op haar hoofd. Nerveus trok ze haar handschoenen omhoog. Ze was liever in Genua gebleven, dan had ze zich deze ellende bespaard. Marco was echter bijzonder content. Hij vond het geweldig om daar te zijn, tussen al die notabelen.

Toen ze eenmaal binnen waren, keek ze meteen waar Giuliano was. Hij stond naast Fioretta en begroette de gasten met een glimlach. Ze voelde een steek in haar hart. Fioretta zag er prachtig uit. Ze had een lange jurk aan in dezelfde groene kleur als haar ogen.

De komst van de Vespucci werd aangekondigd door de bode. Giuliano keek op. Ze kwamen naar hen toe, en zij was mooier dan ooit. De wereld stopte met draaien. Simonetta knikte en stak haar hand uit. Door het korset kon ze maar moeilijk ademhalen. Hij keek haar aan en kuste de hand. Hij rook de geur van haar huid.

'Gefeliciteerd met de verloving! U bent een gelukkig man, Giuliano!' zei Marco.

'Ja, dank voor uw komst... Ik hoop dat u geniet van het feest,' zei hij bedremmeld.

Marco en Simonetta knikten en liepen door naar de eetzaal. De volgende gasten maakten hun opwachting, maar Giuliano was er niet meer bij met zijn hoofd.

'Ik dacht dat Marco's echtgenote buiten de stad was,' zei Fioretta met haar ogen op Simonetta gericht.

'Lorenzo kwam ze gisteren tegen toen ze arriveerden uit Genua.'

'Ze is nog mooier dan in mijn herinnering,' zei ze, diep onder de indruk van Simonetta's schoonheid.

'Maar niet zo mooi als u,' loog Giuliano en hij gaf haar een kus.

Fioretta bedankte hem met een glimlach. Het feest ging van start met muziek en dans. De mensen vermaakten zich prima en wensten het jonge paar veel geluk.

Toen de avond inmiddels was gevallen, verlieten de eerste gasten het feest. Simonetta trok zich discreet terug in de tuin en liep naar de fontein om zich op te frissen. Ze trok haar handschoenen uit en gooide wat water in haar gezicht.

Opeens zag ze Giuliano op haar afkomen. 'Waarom bent u precies op deze dag teruggekeerd?' Hij was laaiend.

'U kunt er zeker van zijn dat ik dat niet had gedaan als ik had geweten dat u vandaag uw verloving vierde!'

Giuliano gaf een trap tegen de fontein. 'Waarom bent u niet gekomen? Hield u echt zo weinig van mij?'

'Dat heb ik uitgelegd in mijn brief!' verweerde ze zich.

'Welke brief?'

Ze keek Giuliano in de ogen en besefte dat hij niet wist waar ze het over had. 'Ik heb u een brief geschreven. Lorenzo kwam naar me toe om me duidelijk te maken dat ik u niet mocht scheiden van uw familie en van Florence. Dan zou u de rest van uw leven ongelukkig zijn geweest.'

Giuliano was even van slag. 'Wilt u zeggen dat u niet bent gekomen om mij te beschermen?'

'Ja, natuurlijk, want een andere reden was er niet...' zei ze terwijl er een traan uit haar ooghoek ontsnapte.

Giuliano ging tegenover haar staan. 'Dus u hield van mij!'

'Ja, en meer dan ik ooit van iemand gehouden heb.'

Giuliano huiverde. Hij pakte haar gezicht tussen zijn handen en kuste haar op de lippen. Simonetta's hart ontplofte. Waarom schonk het leven hun zo weinig momenten van geluk? 'Liefste, u zult uw leven moeten delen met Fioretta,' zei ze, want ze wist dat ze niet samen konden zijn.

'Ik kan alleen leven met u!'

'Op een dag zult u begrijpen dat sommige dingen belangrijker zijn dan wij.' Ze maakte zich van hem los en draaide zich om.

Diep vanbinnen wist Giuliano dat ze gelijk had. 'Wacht. Gun me tenminste een laatste dans!' zei hij smekend.

Simonetta liep naar hem toe en haalde een hand door zijn haar. Hij rook naar lavendel. 'U hebt het parfum op!' zei ze en ze dacht terug aan de dag waarop hij het aan haar wilde geven.

'Ik doe het elke dag op en dan denk ik aan u,' zei Giuliano en hij sloeg zijn armen om haar heen.

Langzaam bewogen ze op de zoete melodie van de luiten en violen in de salon. Ze keken elkaar zwijgend aan. Hun verlangen was zo hevig dat ze begonnen te trillen. Hij streelde haar zachte huid, verdween in haar eindeloze glimlach, zocht haar mond. Simonetta sloot haar ogen en voelde zijn warme vochtige lippen samensmelten met de hare. Er rolde een traan over haar wang. Ze wilde dat dat moment nooit meer voorbij zou gaan.

Florence, Galleria degli Uffizi

5 juli 2023

Een dag later betrad Carla zaal 25 met een brede glimlach op het gezicht. Na het lezen van Botticelli's dagboek had ze een veel beter beeld gekregen van zijn werk. Echt een buitenkans. Ze zag niet direct dat professor Belletti en Max met een meisje stonden te praten. Ze hoorden haar binnenkomen en draaiden zich om.

'Carla, daar bent u dan. Ik wil u graag voorstellen aan Marina. Zij zal contact opnemen met de musea waarvan we werken willen lenen.'

Marina liep naar haar toe en gaf haar een hand. Met samengeknepen ogen nam ze Carla van top tot teen op. 'Professor Belletti heeft me al veel over jou verteld. Leuk om je in levenden lijve te ontmoeten.'

Het was een aantrekkelijk meisje met een gemiddelde lengte, lang kastanjebruin haar en zo'n extreem lichte huid dat ze net een porseleinen pop leek.

De professor richtte zich tot Carla en Max: 'Kunnen jullie Marina de lijst met schilderijen geven? Dan kan ze aan de slag. Het duurt vaak lang voor alles geregeld is.'

'We wilden u een paar dagen extra vragen,' zei ze. 'We twijfelen nog over de schilderijen uit de tijd van Savonarola, toch Max?' Ze keek hem aan.

Hij werd echter afgeleid door Marina. 'Eh... ja. Een paar dagen extra...' zei hij ten slotte.

De professor keek ze streng aan. 'Mag ik vragen wat jullie sinds de vorige bijeenkomst hebben uitgespookt? Jullie hadden meer dan genoeg tijd om die lijst op te stellen!'

Toen stak Mauro zijn hoofd door de deur. 'Professor, of u even naar de kamer van de directeur wilt komen.'

'Marina moet vandaag nog die lijst hebben!' riep hij en hij beende weg.

Het werd stil in de zaal.

'We kunnen er beter direct aan beginnen, Max.'

'Vind je het erg als ik eerst koffie ga drinken met Marina? We hebben elkaar al heel lang niet gezien.'

'Kunnen jullie dat niet doen wanneer we klaar zijn?'

'Ik zal hem gelijk weer terugbrengen, schoonheid. Maak je geen zorgen!' zei Marina met een knipoog.

Carla draaide zich om en liep naar haar tafel. Ze was des duivels, maar beet op haar tong.

'Wat leuk om je weer te treffen, Max. Toen Belletti me voor dit project vroeg, dacht ik al dat we elkaar misschien weer tegen zouden komen.'

'Waar werk je tegenwoordig?'

'Dat vertel ik je zo, maar eerst wil ik koffie.' Marina pakte Max bij de arm en samen liepen ze de zaal uit.

Carla voelde een steek in haar buik. 'Ik zal hem gelijk weer terugbrengen,' deed ze haar na met een stemmetje. Wie denkt ze wel niet dat ze is?

Toen ging haar telefoon. Het was een onbekend nummer. Ze nam op.

Florence, Palazzo Pitti, het bureau van het Carabinieri-Commando voor de bescherming van Cultureel Erfgoed

Vanuit de taxi keek Carla naar de uit drie lagen bestaande rusticagevel van Palazzo Pitti, op de zuidoever van de Arno. Ze was telkens weer onder de indruk van de kolossale constructie, die haar deed denken aan een Romeins aquaduct. De okergele muren waren meer dan zeshonderd jaar oud. Het gebouw was nu waarschijnlijk op zijn mooist, dacht ze.

Ze stapte uit en zag Àlex voor de poort staan. Hij had haar overgehaald om hem te helpen bij het identificeren van een van de werken die zijn cliënten zouden hebben ontvreemd uit het museum waar ze werkten. Toen hij haar ontwaarde, werd hij helemaal blij. 'Ik dacht dat je niet meer zou komen!'

'Ik kon niet eerder weg. Van Belletti moesten we de lijst afmaken van de schilderijen voor de tentoonstelling, en Max liet me doodleuk zitten om koffie te gaan drinken met Marina,' zei ze terwijl ze de deur van de taxi dichtgooide.

'Je moet me de rest dadelijk maar vertellen. Laten we eerst naar binnen gaan voordat de griffier naar huis gaat.'

Carla wierp nog een laatste blik op het gebouw en liep met hem mee naar de ingang. 'Ik wist niet dat de carabinieri een bureau hadden in Palazzo Pitti. Luca Pitti heeft het laten bouwen om de Medici naar de kroon te steken. Maar dat lukte die arme man helaas niet.'

'Het moet ook niet makkelijk zijn geweest om met hen te wedijveren.'

Ze betraden het gebouw. Àlex liep voorop, want hij wist de weg. Ze gingen de trap op naar de tweede verdieping en kwamen bij een kantoortje met witte muren. In het midden van de ruimte stond een grote houten tafel met acht stoelen eromheen. Aan de tafel zat een klein mannetje met een aktetas op zijn knieën. 'Ah, jullie zijn er eindelijk. Ik stond op het punt om te vertrekken,' zei hij en hij maakte zijn tas open. Hij bekeek Carla eens goed en was duidelijk onder de indruk van haar.

Carla verontschuldigde zich: 'Excuses voor de vertraging. Ik kon niet eerder weg van mijn werk.'

De tafel werd bijna volledig bedekt door een plat voorwerp waar een wit doek overheen lag. Toen Àlex voorzichtig de doek weghaalde, kwam er een tempuraschilderij tevoorschijn dat uit drie delen bestond. Carla zette haar tas op een stoel en boog zich over het werk. 'Wat een prachtige triptiek is het toch!' Vervolgens haalde ze een etui uit haar tas met een vergrootglas erin. Ze trok de lamp die boven de tafel hing dichterbij om het schilderij aan een nader onderzoek te onderwerpen. Even later pakte ze een mesje waarmee ze een monster nam van de verf, een minuscuul schilfertje dat ze in een plastic zakje deed. Àlex en de griffier keken gebiologeerd toe.

Op een gegeven moment knikte ze met haar hoofd. 'Wel, heren, het verfmonster moet nog geanalyseerd worden, maar voor mij lijdt het geen enkele twijfel: dit is inderdaad het drieluik *San Giovenale* van Masaccio. Kijk maar naar de moderne humanistische letters van de datering,' zei ze en ze wees met een glimlach naar de rechterbenedenhoek. 'Deze triptiek was het eerste werk in Europa zonder gotische letters.'

De griffier, die niet over de kennis beschikte om te bepalen of Carla's bewering klopte, vulde snel de akte met de verklaring in en stond toen op om een foto te maken van het kunstwerk. 'Signorina, kunt u mij te zijner tijd de resultaten van de analyse doen toekomen?' vroeg hij vol bewondering.

'Ja, uiteraard. Ik zal het gecertificeerde rapport van het laboratorium bij u laten bezorgen.'

'Uitstekend. Dan hoef ik nu alleen nog maar uw identiteit vast te stellen.'

Carla haalde haar paspoort uit haar tas en gaf dat aan hem.

'Een handtekening en dan zijn we klaar,' zei hij, wijzend naar het lijntje onderaan de akte. 'Dank u wel, signorina!' De griffier gaf een kopie aan Àlex en stopte het origineel in zijn tas. Toen liep hij het kantoor uit na nog een laatste blik op Carla te hebben geworpen.

Carla en Àlex keken elkaar aan en schoten in de lach.

'Hij kon zijn ogen echt niet van je afhouden!'

'Je overdrijft.'

'Hij was er helemaal niet bij met zijn hoofd en liet drie keer zijn pen vallen,' zei Àlex geamuseerd. 'Als je tegen hem had gezegd dat het een Leonardo was, zou hij je ook hebben geloofd.'

Carla pakte haar paspoort. 'Misschien, maar het is en blijft een Masaccio!'

Er kwamen twee politieagenten binnen.

'Jullie kunnen het weer meenemen,' zei Àlex. Vervolgens liep hij met Carla naar de uitgang. 'Ik breng je wel even naar huis. Mijn auto staat op de parkeerplaats.'

'Dat hoeft niet. Ik pak een taxi.'

'Laat me nou. Dat is het minste wat ik voor je kan doen.'

Carla liet zich overhalen. Het was ook beter dan een taxi nemen naar San Gimignano.

De wagen slingerde zacht over de bochtige weg naar San Domenico. Carla sloot haar ogen en liet haar gezicht strelen door de warme wind die door het raampje naar binnen kwam. Àlex had al zijn charmes in de strijd moeten gooien, maar ten slotte was ze gezwicht, want ze gingen samen eten bij een vriend van hem die in Fiesole woonde.

'Ik snap niet waarom ik me heb laten overhalen!' zei ze en ze keek hem aan.

'Het is een prachtig Toscaans dorpje omringd door wijngaarden. Je zult er geen spijt van krijgen. Bovendien leer je Marco eindelijk kennen.'

Maar die hele Marco kon haar op dat moment geen biet schelen. Ze haalde diep adem en keek naar de zon boven de heuvels. 'Het licht in Toscane is uniek!' merkte ze op, denkend aan de dag waarop ze voor de eerste keer in Florence was aangekomen.

'Dat moet de reden zijn dat de kleuren van de schilderijen zo intens zijn, bijvoorbeeld die van dat drieluik van Masaccio,' beaamde Àlex.

'Wist je dat het in zeer slechte toestand verkeerde toen het werd ontdekt? Het hing aan de muur van een kerk. Waarschijnlijk was het zijn eerste werk, want het wordt zelfs niet vermeld door Vasari.'

'Ik verbaas me telkens weer over de wonderen die restaurateurs verrichten. Jullie zijn echt in staat om een doek weer tot leven te wekken.'

Er verscheen een flauw lachje op Carla's gezicht. Ze stak haar arm door het raam en probeerde de wind te pakken met haar hand. Ze bestudeerde zijn gezicht terwijl hij reed. Àlex keek op zijn horloge en trapte het gaspedaal in.

'Hebben we haast?'

'Marco heeft me op het hart gedrukt om bij hem te zijn voordat de zon ondergaat.'

Twintig minuten later sloeg hij een onverharde weg in, en algauw kwamen ze bij een elegante toegangspoort die werd bewaakt door twee granieten zuilen. Aan het eind van de tuin zagen ze een oud stenen huis met rode houten luiken dat midden tussen de wijngaarden lag. Àlex parkeerde de auto onder een houten afdakje. Carla stapte uit. Ze werden welkom geheten door een jonge man in een blauw overhemd en een jasje. Er stak een pochet uit zijn borstzak. Hij zag eruit als een markies. De twee mannen begroetten elkaar met een stevige omhelzing. Vervolgens keek Marco naar haar. 'Hallo, Carla. Àlex heeft veel over je verteld. Leuk om je te ontmoeten,' zei hij en hij gaf een kus op haar hand.

Carla kreeg het gevoel dat hij uit de achttiende eeuw kwam.

'Ik moet zeggen dat Àlex je schoonheid geen recht heeft gedaan.'

Carla bloosde.

'Luister maar niet naar hem. Als goede Toscaan zit het Marco in het bloed om vrouwen complimentjes te geven.'

'Kom, dan zijn we nog op tijd voor de zonsondergang. Dat is een van de charmes van deze plek.' Marco nam ze mee naar een pergola van jasmijn in de achtertuin met een tafel waar een hagelwit kleed op lag. Er kwam een jonge vrouw naar buiten met een glas wijn in haar handen.

'Ornella, dit zijn Àlex en Carla.'

'Aangenaam,' zei ze en ze gaf ze ieder twee kussen. 'Dus nu zie ik je eindelijk eens, Àlex. Marco houdt maar niet op over wat jullie tweeën allemaal meemaken.'

Marco bood ze een glas wijn aan. 'Ik ben benieuwd wat jullie ervan vinden. Het is de trots van het huis.'

Carla hield eerst haar neus boven het glas. De fruitige aroma's prikkelden haar zintuigen. Ze proefde. Het was een soepele, maar volle wijn. Ze keek naar de wijngaarden en zag hoe de zon achter de heuvels verdween en de hemel oranje kleurde. 'Wat een prachtige plek. Het verbaast me niks dat de Medici hier een buitenverblijf hadden!' merkte ze verrukt op.

'Als jullie willen, kunnen we het morgen gaan bekijken,' stelde Marco voor.

'Dat zou ik hartstikke leuk vinden, maar morgenvroeg moet ik helaas acte de présence geven in de Galleria degli Uffizi.'

'Àlex vertelde me al dat jullie een tentoonstelling organiseren.'

Ze werden onderbroken door Ornella. 'Jongens, jullie kunnen aan tafel! Het eten is klaar!' riep ze en ze kwam naar buiten met een dienblad vol antipasti.

Carla nam plaats op een vurenhouten bank bedekt met blauwe en groene kussens. Ze keek naar het huis. 'Wonen jullie hier?' vroeg ze aan Marco.

'Ja, het is maar een halfuurtje naar Florence, waar we ons kantoor hebben.'

'Het is een ongelooflijke plek!'

'Ja, hè? Ik probeer Àlex ervan te overtuigen dat hij mijn partner moet worden. Hier vlakbij staat een villa te koop. Daar zouden jullie best kunnen gaan wonen.'

Uit zijn woorden begreep Carla dat Àlex hem niet op de hoogte had gebracht.

'Ik heb altijd met hem willen werken, maar hij is met geen mogelijkheid uit Barcelona te krijgen. Hij is alleen maar zo goed om mij te bezoeken omdat jij naar Florence bent gekomen.'

'Volgens Àlex ben jij een uitstekende strafrechtadvocaat. Wat voor soort zaken behandel je?'

'In Florence werk ik veel voor musea en kunststichtingen. Ik heb zelfs een paar keer wat gedaan voor de Galleria degli Uffizi. Het zijn goede cliënten,' antwoordde hij en hij nam een slok wijn.

Carla keek naar de sinaasappelbomen en bougainvilles in de tuin en liet zich bedwelmen door de geur van jasmijn. Marco maakte ze aan het lachen met anekdotes over situaties waarin Àlex een figuur had geslagen. En heel even vond ze het ontzettend jammer dat hij vreemd was gegaan. Ze pakte haar glas wijn en sloeg de inhoud in één keer achterover.

Fiesole

6 juli 2023

De volgende dag voelde ze Àlex' arm om haar naakte lichaam. Ze lagen in bed in een kamer die ze niet herkende. Het felle ochtendlicht drong via de halfgeopende luiken naar binnen. Ze herinnerde zich de nachtelijke wandeling door de wijngaarden, de geur van vochtige aarde, Àlex die haar begon te zoenen... Wat had ze in godsnaam gedaan? Ze kreeg zin om te krijsen.

Ze duwde voorzichtig zijn arm weg, want ze wilde hem niet wakker maken, en stond op om naar de badkamer te gaan. Haar hoofd tolde. Onder de douche zeepte ze zich zo stevig in dat haar huid rood werd. Ze wilde ze wegspoelen, de beloften en strelingen van die nacht. Er was precies gebeurd wat ze had proberen te vermijden. Hoe kon ze zo stom zijn geweest?

Toen ze uit de badkamer kwam, keek Àlex haar glimlachend aan vanuit het bed. Haar maag keerde om.

'Goeiemorgen, lieverd. Ik dacht even dat je nooit meer uit die douche zou komen.'

'Ik moest nog wakker worden,' loog ze en ze verzamelde haar kleren, die her en der op de vloer lagen.

'Dat was echt een emotionele achtbaan gisteren,' merkte hij geamuseerd op.

Carla keek hem ernstig aan. Ze moest daar weg. 'Àlex, ik word om negen uur verwacht in het museum!'

'Goed, ik neem snel een douche en dan gaan we,' zei hij en hij liep naar haar toe om haar een zoen op haar mond te

geven, maar Carla wendde haar hoofd af.
'Is er wat?'
'Dit had helemaal niet mogen gebeuren!'
Àlex keek haar in de ogen en zei: 'Oké. Als je meer tijd nodig hebt, begrijp ik dat volkomen.' Vervolgens liep hij de badkamer in. Voordat hij de kraan van de douche opendraaide, keek hij eerst nog even in de spiegel om zichzelf een triomfantelijke glimlach toe te werpen.

Florence, Galleria degli Uffizi

In stilte reden ze terug naar Florence. Starend naar de weg dacht Carla aan de gevolgen van wat ze had gedaan. Toen ze bij de Piazza della Signoria kwamen, stelde Àlex voor om samen te ontbijten. Carla zei nee. Snapt-ie niet dat ik te laat kom? Denkt-ie soms dat ik alles voor hem laat vallen? Ze stapte zo snel mogelijk uit.

'Wanneer zien we elkaar weer?'

'Dat weet ik niet, Àlex!' antwoordde ze vinnig.

Ze arriveerde om kwart voor tien in het museum. Ze haastte zich naar zaal 25 en zag tot haar opluchting dat professor Belletti niet aanwezig was. Max zat te werken achter zijn computer en glimlachte toen hij haar zag. 'Je hebt geluk dat Belletti vandaag een vergadering heeft met het bestuur,' zei hij met een schalkse blik.

'Ik heb me verslapen!' loog ze terwijl ze haar laptop openklapte.

'Hoe ging de identificatie? Was het een Masaccio?'

'Ja, het is de triptiek *San Giovenale*. Ik wacht nog op de resultaten van het laboratorium, maar ik weet het vrijwel zeker. Àlex denkt niet dat het de medewerkers zijn geweest.'

'Uiteraard, want het is zijn taak om ze te verdedigen.'

Waarom was ze überhaupt over Àlex begonnen? Ze veranderde van onderwerp. Ze wilde niet dat Max nog meer vragen stelde. 'Zijn jullie gisteren nog opgeschoten, jij en Marina?'

'Vandaag gaan de leenverzoeken de deur uit. Ze gelooft niet dat de musea in kwestie moeilijk zullen doen. We moeten gaan nadenken over de manier waarop we de werken willen presenteren. Heb jij een goed idee?'

Maar op dat moment was Carla niet echt helder van geest. Ze had gisteravond te veel gedronken en geneerde zich voor wat er was gebeurd. 'Sorry, Max. Ik voel me niet zo lekker. Ik ga even naar de cafetaria.'

'Wil je dat ik meega?'

'Nee, dank je. Ik wil alleen zijn.'

Ze stond op en verliet de zaal met de gedachte dat ze alles door haar vingers had laten glippen.

Florence, het atelier van Botticelli

17 maart 1476

Botticelli bekeek de schetsen die hij had gemaakt voor een opdracht van de Signoria toen zijn bediende liet weten dat hij bezoek kreeg van madonna Vespucci. Hij was blij haar te zien. Hij had haar niet verwacht.

'Beste Sandro, hoe gaat het met u?' Ze was heel bleek en had paarse kringen onder haar ogen.

'Madonna, het doet mij veel genoegen dat u weer in Florence bent. Ik zag u laatst al in uw koets aankomen bij het paleis.'

'Ja, Marco heeft me nodig aan zijn zijde.'

'Hoe voelt u zich?' vroeg hij bezorgd omdat Simonetta er zo slecht uitzag.

'Een beetje moe. Waarschijnlijk door de reis.'

Hij twijfelde even of hij er wel over moest beginnen, maar zei toen toch maar: 'Ik neem aan dat u inmiddels hebt gehoord dat Giuliano gaat trouwen met Fioretta.'

'Ja, gisteren zijn we naar het verlovingsfeest gegaan. Ze leken heel gelukkig,' zei ze, starend uit het raam met haar rug naar hem toe. Opeens draaide ze zich om. 'Sandro, ik moet u iets vragen.'

'Zegt u het maar.'

'Waarom hebt u die brief niet aan hem gegeven?'

Hij wist dat ze die vraag op een dag zou stellen. 'Als Giuliano had geweten dat u van hem hield, zou hij u nooit hebben laten gaan.'

'Maar hij had het recht om dat te weten, vindt u niet?'

Botticelli gaf geen antwoord. Zij was altijd zijn prioriteit geweest.

Simonetta keek naar de tekeningen op tafel. 'Sandro, ik wil dat u een schilderij maakt.'

'Een schilderij van wat precies?'

'Van onze liefde,' antwoordde ze met een glinsterende blik. 'Ik wil graag dat die liefde op de een of andere manier eeuwig blijft bestaan.' Ze deed haar cape af en liet hem op de grond vallen. Vervolgens ging ze achterover op het bankje zitten in haar witte jurk met goud-zwarte biezen. Ze keek hem aan en zei: 'Is het goed zo?'

Botticelli werd danig van zijn stuk gebracht door haar onwereldse schoonheid. Hij pakte meteen een staafje houtskool en begon eerst haar gezicht te tekenen, haar diepblauwe ogen, haar weemoedige glimlach, en toen haar lichaam en de lange haren die op haar borst hingen. Daar was ze weer, vlak voor hem, in al haar pracht. Hij stopte even en keek naar de hemel. Hij dankte God dat hij zijn muze weer terug had gekregen. En Simonetta poseerde voor hem als nooit tevoren.

Florence

25 september 1972

De eigenaar van de kleine juwelierswinkel op de Via Lambertesca legde de horloges met veel zorg op de plank onder de glazen toonbank. Het was de oudste zaak in zijn soort van Florence en de meest prestigieuze van Toscane, en zowel de Verini als andere welgestelde families lieten er unieke sieraden vervaardigen. Hij keek op toen hij het belletje van de deur hoorde en zag Arnaldo naar binnen komen. Hij glimlachte en zei: 'Arnaldo, hoe is het met je? Ik hoorde dat je een ongeluk hebt gehad.'

'Goedemorgen, Ricardo. Het gaat alweer beter. Maar het was een goede waarschuwing dat ik wat voorzichtiger moet rijden.'

'Dat doet me deugd. Wat kan ik voor je betekenen?'

Arnaldo bekeek de vitrines met de sieraden die exclusiever waren dan de andere. 'Ik ben op zoek naar een verlovingsring.'

De juwelier fronste zijn voorhoofd. 'Vond je de ring die je had uitgekozen niet mooi genoeg?'

'Die ik had uitgekozen?' vroeg hij verbaasd.

'Ja, de diamanten ring met die blauwe saffier uit Kasjmir. Een uniek exemplaar. Ik weet nog dat je zei dat ze die gewoon verdiende,' antwoordde hij terwijl hij zijn bril afzette.

Arnaldo was in de war. Hij kon zich niet herinneren dat hij hier zo'n ring had gekocht. 'Wanneer was dat dan?'

De juwelier haalde een hand door zijn dikke witte haar en keek hem niet-begrijpend aan. 'Een jaar of twee geleden...'

Arnaldo bedacht dat het vóór het ongeluk moest zijn geweest.

'Ik was ervan overtuigd dat je die ring al aan haar had gegeven. Je leek op dat moment heel zeker van jezelf.'

Twee jaar geleden kwam Bianca net terug uit Zwitserland en was hij helemaal niet van plan geweest om met haar te trouwen, dus voor wie had hij die ring dan wel gekocht? Het sloeg nergens op. 'Heb ik toen iets over haar verteld?'

De juwelier dacht even na. 'Nee, en je wilde het ook geheimhouden. Je vroeg me om niets tegen je familie te zeggen en dat heb ik ook niet gedaan,' zei hij met een knipoog.

Arnaldo snapte er niets meer van. 'Ricardo, ik kom op een andere dag wel weer terug!' zei hij en hij verliet halsoverkop de zaak.

Eenmaal buiten probeerde hij de woorden van de juwelier tot zich door te laten dringen. Voor wie had hij twee jaar geleden een ring gekocht en waarom was dat een geheim? Hij liep langs de winkeltjes op de Via Lambertesca, zoekend naar een verklaring. Wie zou er meer van kunnen weten? Maar natuurlijk, Domenico!

Een halfuur later belde Arnaldo geagiteerd aan bij Domenico, die in een oud benedenhuis woonde in de wijk Oltrarno. Het huis had een kleine binnenplaats met sinaasappelbomen. Hij was daar niet vaak geweest, ook al kenden ze elkaar al jaren. Domenico liep ook niet te koop met de bescheiden afkomst van zijn familie. Hij drukte drie keer op de bel naast de versleten houten deur. Domenico deed open. 'Arnaldo, wat doe jíj hier?' vroeg hij verbaasd.

Arnaldo stormde naar binnen. Hij had de hele weg lopen piekeren. 'Wie heb ik in vredesnaam een verlovingsring gegeven?' riep hij, zwaaiend met zijn armen.

Domenico werd wit als een doek. 'Wat is er met jou aan de hand?' vroeg hij, nog steeds met de deur in zijn hand.

'Het is niet te geloven! Ik sta op het punt me te verloven,

en dan kom ik er puur bij toeval achter dat ik al een keer zo'n ring heb gekocht!'

Domenico begreep er helemaal niets van. Na hun confrontatie op het afstudeerfeest had Arnaldo afstand van hem genomen. Al een hele tijd hoorde hij alleen nog maar van hem via vrienden en bekenden. 'En waarom vraag je dat aan mij?' vroeg hij kwaad.

'Misschien omdat jij mijn beste vriend bent,' antwoordde hij ironisch.

Domenico wist niet wat hij hoorde. Arnaldo deed net of er niets tussen hen was voorgevallen. Hij slikte even en sloot de deur. Ze liepen door een nauwe gang vol fletse schilderijen naar de huiskamer, waar hij gebaarde dat Arnaldo plaats moest nemen op de bank. 'Vertel eens rustig wat er gebeurd is,' zei hij.

'Vandaag ging ik naar de juwelier om een ring te kopen voor Bianca, en toen zei hij dat ik er twee jaar geleden al een heb gekocht.'

'Echt waar? Maar voor wie dan?' vroeg hij, nog altijd gespannen.

'Dat is dus het probleem. Ik kan het me niet meer herinneren. Ik hoopte dat jij het zou weten.'

'Je kunt het je niet meer herinneren?'

Op dat moment realiseerde Arnaldo zich dat zijn familie waarschijnlijk had verzwegen dat hij aan geheugenverlies leed. 'Door het ongeluk ben ik een aantal dingen vergeten...' zei hij beschaamd.

Domenico zag opeens het licht. Hij ging naast hem zitten en zei: 'Arnaldo, na ons afstuderen zijn we uit elkaar gegroeid.'

Arnaldo was verbijsterd. 'En waarom dan wel?'

'Niemand heeft iets fout gedaan. Het gebeurde gewoon. Jij houdt je bezig met de familiezaken en ik probeer een baan te krijgen bij een museum. We hebben verschillende levens, dat is alles,' antwoordde hij met een gelaten glimlach.

Arnaldo stond op. 'Door dat vervloekte ongeluk ben ik een deel van mijn leven kwijtgeraakt!' schreeuwde hij kwaad.

Domenico keek naar hem terwijl hij van de ene kant van de huiskamer naar de andere liep. Dit was een kans, en daar moest hij gebruik van maken.

'Domenico, je moet me helpen om de ontbrekende puzzelstukjes te vinden!'

'Maar wat ontbreekt er dan precies? Je bent de baas van wijndomein Verini en staat op het punt om in het huwelijk te treden met een prachtige vrouw.'

'Voor wie kan ik die ring hebben gekocht?'

'Arnaldo, je hebt er nooit eerder serieus over nagedacht om te trouwen,' loog hij.

Arnaldo keek hem aan.

'Het kan een cadeautje zijn geweest voor je moeder of grootmoeder. Je hebt wel eerder sieraden voor hen gekocht. Ricardo wordt oud en haalt waarschijnlijk dingen door elkaar.'

'Misschien heb je gelijk.'

'Natuurlijk heb ik gelijk. En bovendien wisten we allemaal dat je ten slotte met Bianca in het huwelijksbootje zou stappen. Jullie zijn gemaakt voor elkaar.'

Arnaldo glimlachte. 'Domenico, het spijt me dat we uit elkaar zijn gegroeid.'

Hij keek naar hem. Arnaldo had een baard van een paar dagen en zijn haar zat slordig. Waarschijnlijk zat hij niet zo lekker in zijn vel.

'Kan ik wat voor je doen?'

Domenico dacht even na. 'Nou, het helpt altijd als je vader een goed woordje voor me doet.'

'De directeur van de Galleria degli Uffizi is hem nog wel een paar gunsten verschuldigd.'

Domenico onderdrukte een glimlach en zei: 'Ik heb verschillende sollicitatiebrieven gestuurd, maar nooit antwoord gekregen.'

'Waarom heb je me dat niet eerder verteld?'

'Ik wilde het op eigen kracht doen,' loog hij wederom.

'En dan zeg je dat ik te trots ben!' antwoordde hij en hij

drukte zijn vuist zachtjes tegen zijn bovenarm.

'Laten we een biertje gaan drinken om die verloving van jou te vieren!' riep Domenico in de hoop dat Arnaldo die ring van twee jaar geleden verder zou vergeten. Hij pakte de sleutels van het kastje in het halletje, en gezamenlijk gingen ze de deur uit.

Florence, Palazzo Medici

25 april 1476

Botticelli rende van zijn atelier in de Ognissanti-wijk naar Palazzo Medici, waar hij nat van het zweet arriveerde. Hij werd ontvangen door Giuliano, die nerveus heen en weer liep in de salon.

'Messer, mijn excuses dat ik u lastigval, maar het is belangrijk!' zei hij terwijl hij de druppels van zijn gezicht veegde met een zakdoek.

'Wat is er, Sandro?'

'Het gaat om Simonetta! Ze is heel erg ziek en ik weet niet of ze wel goed wordt behandeld door de dokter van de Vespucci!'

Giuliano keek hem bezorgd aan. 'Waarom denkt u dat?'

Botticelli besloot te liegen. Hij wilde hem niet vertellen dat hij haar geschilderd had. 'Ik zag haar de afgelopen dagen in de kerk, en elke keer ging het slechter met haar. Ze heeft haast geen kleur meer op haar wangen. En vandaag was ze er niet tijdens de mis, en u weet: het moet wel heel erg zijn, wil ze die niet bijwonen.'

'U maakt me ongerust, Sandro,' zei hij met beklemd gemoed.

'Ik had bedacht dat u misschien úw arts kunt sturen, want dat is de beste van de stad.'

'Marco zal daar nooit mee akkoord gaan.'

'Als mijn vrees gegrond is, zal hij te wanhopig zijn om uw hulp af te wijzen.'

Giuliano knikte en vroeg de bediende om zijn arts naar de Vespucci te sturen. 'Sandro, ik hoop dat u zich vergist. Als haar iets overkomt, weet ik niet...' Het lukte hem niet om de zin af te maken.

'We moeten vertrouwen op God.'

'Ik hoop dat Hij naar u luistert!' zei Giuliano terwijl hij een kruisje sloeg.

Pas een paar uur later hoorden ze de koets stoppen voor het palazzo. Giuliano rende naar het raam en zag de arts behoedzaam uit het rijtuig komen. Botticelli liep zenuwachtig naar de deur van de salon. 'Hij is eindelijk terug!'

Een paar minuten later kwam de dokter binnen. Hij had een ernstige blik in de ogen.

'Zegt u mij: hoe gaat het met haar?' vroeg Giuliano angstig.

'Ik ben bang dat ik akelig nieuws heb. Madonna Vespucci is er slecht aan toe. Haar vooruitzichten zijn niet goed, want de ziekte is naar haar longen gezakt. Ik heb haar naar beste kunnen behandeld, maar op dit moment is er geen hoop meer op herstel.'

Giuliano was volledig uit het lood geslagen. 'Piero, wat zegt u allemaal?'

'Het spijt me, messer Giuliano. We kunnen niets voor haar doen,' antwoordde hij met gebogen hoofd.

'Wilt u zeggen dat ze zal sterven?' vroeg hij verbouwereerd.

'Ja... Ze heeft nog maar een paar dagen.'

'Luister goed, Piero! Als u van het leven houdt, zou ik maar op zoek gaan naar een manier om haar te redden!' beet hij hem toe.

'Messer Giuliano, ik ken niemand die deze ziekte in dit stadium heeft weten te genezen. Als we eerder met de behandeling waren begonnen, had ik haar nog kunnen redden, maar nu kunnen we ons alleen toevertrouwen aan God.'

Giuliano rende de salon uit naar de stallen, waar hij opdracht gaf zijn paard op te zadelen. Met een op hol geslagen hart kwam hij een paar minuten later aan bij Palazzo Vespucci. Hij sprong van zijn rijdier en klopte venijnig op de deur tot er werd opengedaan. De bediende vertelde hem dat Simonetta ziek was en geen bezoek kon ontvangen. Giuliano begon echter als een bezetene te schreeuwen, en algauw kwam Caterina naar de deur. 'Messer Medici, wat doet u hier?' vroeg ze verontrust.

'Ik moet haar zien! Ik weet dat ze ernstig ziek is!'

'Dat is onmogelijk. Messer Vespucci is niet thuis. Het zou zeer ongepast zijn.'

'Caterina, ik smeek u. Ik moet met haar praten!'

Simonetta's dame zag de radeloosheid in zijn ogen en kreeg medelijden. Ze nam hem mee naar de kamer van haar meesteres.

Giuliano liep langzaam naar binnen. Het was halfdonker in het vertrek. Hij zag haar in bed liggen en knielde naast haar neer. Ze was bleek. Haar haren plakten tegen haar bezwete gezicht. Hij streelde haar voorhoofd. Simonetta opende haar ogen. 'Giuliano, wat doet u hier?' vroeg ze zachtjes.

'Mijn liefste, u had mij moeten zeggen dat u zo ziek was,' antwoordde hij, helemaal van streek door haar toestand.

'Het is niet verstandig om hier te zijn. Als Marco u hier ziet...' Simonetta begon te hoesten.

Giuliano pakte haar hand. Hij had haar het liefst opgetild en meegenomen. 'Marco kan me niet schelen, hij kan me echt niets schelen. Ik wil bij u zijn!'

Simonetta glimlachte.

Giuliano haalde haar haren voorzichtig uit haar gezicht en veegde haar voorhoofd af met zijn zakdoek. 'We hadden samen weg moeten gaan om in Venetië een nieuw leven te beginnen!' zei hij met vochtige ogen.

'Giuliano, u bent een lid van de Medici-familie. Dat mocht ik niet van u afnemen.'

'Begrijpt u het nog steeds niet? Ik was de uwe vanaf de eerste dag dat ik u zag en misschien wel veel langer, want het is duidelijk dat onze zielen elkaar al kenden,' zei Giuliano en hij kuste haar.

'Van u gehouden te hebben... heeft me al het geluk geschonken dat ik had kunnen wensen. Meer verlang ik niet van dit leven.'

'Alles wat ik ben, bevindt zich in uw blik! Blijf naar mij kijken!' zei hij volkomen ten einde raad. Hij wist dat hij haar zou verliezen.

Simonetta streelde hem. 'Mijn Giuliano...' Ze kuchte. Het kostte haar veel moeite om te praten. Het licht in haar ogen begon te doven.

Giuliano ging naast haar liggen en pakte haar hand. 'Voor eeuwig de uwe, mijn vrouwe,' antwoorde hij terwijl hij tegen zijn tranen vocht.

Simonetta voelde zijn hand en keerde haar hoofd naar hem toe. Ze glimlachte en sloot toen haar ogen.

De volgende ochtend werd Florence gewekt door de doodsklokken die in de Ognissanti-wijk werden geluid. Boodschappers te paard verlieten Palazzo Vespucci met de overlijdensberichten en verspreidden in allerijl het nieuws van de tragedie over de hele stad. Florence boog zijn trotse hoofd en treurde om het verlies van de allermooiste. Men trok rouwkleding aan, en de straten, ramen en balkons werden gevuld met stilte en zwarte linten.

Botticelli was ontroostbaar. Het heengaan van zijn muze, zijn godin, had hem in diepe verslagenheid achtergelaten. Hij kleedde zich lusteloos aan, trachtte zijn verdriet te bedekken met zijn kleren. Hij keek uit het raam naar het paleis van de Vespucci en was de ongelukkige getuige van het haastige komen en gaan van familie en vrienden.

De koets, die werd getrokken door twee witte paarden getooid met zwarte veren, begon een paar uur later aan zijn trage en pijnlijke tocht naar de kerk. De stilte daalde neer over de wijk. De processie werd opgehouden door de menigte die zich op straat had verzameld. Het volk voelde verdriet en zelfs woede om de onrechtvaardige dood van de jonge vrouw.

Botticelli ging op het balkon staan om de kist voorbij te zien komen. Simonetta lag op een wit laken met haar hoofd op een kussentje. Ze werd omringd door bloemen. Haar goudblonde krullen vielen half over haar gezicht. Zelfs nu was haar schoonheid nog steeds huiveringwekkend. Giuliano liep achter de familie aan. Hij was een gebroken man, meer dood dan levend. Botticelli had vreselijk met hem te doen.

Hij volgde de kist tot de wagen uit het zicht was verdwenen. Toen liet hij zich op zijn knieën vallen. Het duurde een poos voor hij voldoende kracht had om weer op te staan. Hij liep naar zijn atelier en haalde de doek van het schilderij dat op de ezel stond. Hij keek naar haar. Ze zat op het gras in een witzijden jurk, stil en sereen. Hij sloeg zijn handen voor zijn gezicht en barstte in tranen uit. Waarom had God hem alles afgenomen? Zonder haar zou hij nooit meer dezelfde zijn.

Florence, de Ognissanti-kerk

6 juli 2023

Carla verliet de Galleria degli Uffizi en liep naar de Ognissanti-kerk. De graaf had haar gebeld om te vertellen dat de beheerder van het archief haar die middag zou ontvangen. 'De naam van de pastoor kan ons de eerste aanwijzing geven over het schilderij,' zei hij.

Ze wandelde over de oever van de Arno om uit te waaien, want ze was kwaad op zichzelf vanwege dat gedoe met Àlex. Ze keek naar de grijze lucht. Het zag ernaar uit dat het zou gaan regenen. Toen ze langs de Ponte Vecchio liep, stopte ze even om de juwelierswinkeltjes te bekijken. Het wemelde er van de toeristen. Ze verbaasde zich telkens weer over de gammele huisjes, die zich aan de brug vast leken te klampen om niet in de rivier te vallen.

Even later bereikte ze de Piazza Ognissanti. Ze aanschouwde de witte gevel van de barokke kerk met de lunet van blauwe terracotta en ging naar binnen. Haar blik werd meteen getrokken door een enorm kruisbeeld dat op een sokkel stond van twee niveaus. Het maakte diepe indruk op haar. Er was verder niemand in de kerk. Waarschijnlijk was de laatste dienst al afgelopen. Ze liep naar de kapel van de Vespucci om *De Maagd van de Barmhartigheid* te bekijken, Ghirlandaio's fresco waarop Simonetta is afgebeeld met de gehele familie, zittend op hun knieën onder de cape van Maria. Ze herkende haar niet meteen. Ze was het meisje met de roze mantel. Carla probeerde haar gezicht te bestuderen, maar de kerk was schaars verlicht en de hemel werd snel donker.

Ze begaf zich via het zijpad naar het hoofdaltaar, dat al bijna volledig in halfduister was gehuld. Opeens hoorde ze voetstappen achter zich. Ze keek over haar schouder en meende een schaduw te zien die in de richting van het aangrenzende klooster gleed. Ze versnelde haar pas en stond op het punt om te gaan gillen toen ze een stem hoorde: 'U moet signorina Bas, zijn.'

Carla draaide zich om en zag een priester in een rafelig zwart habijt. 'Ja, dat ben ik,' antwoordde ze opgelucht.

'Ik wilde net vertrekken. Ik dacht dat u niet meer zou komen,' zei hij wrevelig.

'Het spijt me. Ik kon niet eerder komen.'

'Goed, als u zo goed wilt zijn mij te volgen. Dan breng ik u naar het archief.'

Hij leek niet al te blij met haar bezoek. Carla moest haar best doen om hem bij te houden, want hij zette er flink de pas in. Het archief bevond zich in het klooster, waar geen schim of schaduw te bekennen was. Carla slaakte een zucht van verlichting en zei: 'Vanbuiten ziet het er niet zo groot uit.'

'Bent u hier nooit eerder geweest?'

'Ik schaam me het te moeten zeggen, maar nee.'

'De Ognissanti-kerk is een van de oudste van Florence,' zei de priester.

'Voor een godshuis van de franciscanen heeft het een ongewoon rijke architectuur.'

'Dat komt doordat de Ognissanti-kerk is gesticht door de orde van de humiliaten.'

'De humiliaten?' herhaalde Carla verbaasd. 'Daar heb ik weleens van gehoord, maar ik weet er niet veel van.'

'Ze kwamen uit Lombardije. In de middeleeuwen hebben ze zich in Florence en Milaan gevestigd, maar op een gegeven moment werden ze door de paus verstoten uit de kerk.'

'Ik snap niet dat ik hier nu pas voor het eerst ben,' zei Carla met spijt in haar stem terwijl ze *Het laatste avondmaal* van Ghirlandaio bewonderde, een magnifieke muurschildering van vier bij acht meter die een hele wand van het refectorium besloeg.

'Naar verluidt is *Het laatste avondmaal* van Leonardo op dit fresco geïnspireerd,' merkte de priester vergenoegd op.

'Dat zou me niet verbazen. Het is een meesterwerk,' antwoordde ze, kijkend naar de lange tafel met de twaalf discipelen en Jezus in het midden.

De priester liep weer verder. Ze gingen naar de eerste verdieping.

'Waar bevindt zich eigenlijk het graf van Botticelli?' vroeg Carla. 'Dat heb ik niet gezien toen ik naar binnen kwam.'

'In de laatste kapel. Maar verwacht geen al te groots monument,' zei de priester, die een sleutelbos tevoorschijn haalde en een deur opende. Ze betraden een ruimte met een immense rij archiefkasten die allemaal onder het stof zaten. 'Om welke tijd gaat het? Dat heeft de graaf me niet verteld.'

'De tijd van Botticelli,' antwoordde Carla, en haar hartslag versnelde, want ze besefte dat ze in die kasten misschien het antwoord kon vinden dat ze zochten.

Carla arriveerde met goed nieuws in het palazzo. Ze liep door de hal naar de bibliotheek. Vanuit de gang zag ze de graaf bij de boekenkasten staan. Ze was nog steeds niet gewend aan het idee dat hij een nazaat was van Simonetta en Marco Vespucci. Ze glimlachte.

De graaf hoorde haar binnenkomen en draaide zich om. 'Hoe ging het in de Ognissanti-kerk?'

Carla legde haar tas op tafel. 'Ze hebben een register van alle pastoors van de kerk sinds de oprichting. De beheerder heeft me een kamer vol archiefkasten laten zien. Gelukkig waren ze goed georganiseerd, anders was ik nu nog steeds aan het zoeken.' Ze pakte een notitieboekje en las de aantekeningen voor die ze had gemaakt. 'Volgens het archief was pater Amadeo Sorvino van 1475 tot 1512 de pastoor van de parochie.'

De ogen van de graaf begonnen te schitteren. 'De biechtvader van Botticelli!' riep hij met een stralende glimlach.

'Botticelli overleed in 1510, dus dat kan kloppen,' zei Carla terwijl ze haar notities nakeek. 'Wist u dat de Ognissanti-kerk is gesticht door de humiliaten?'

'Ja, dat was in de middeleeuwen een machtige religieuze orde. Ze hadden echter een duistere oorsprong en zijn dikwijls vergeleken met de katharen. De meeste werken in de kerk, ook die van Botticelli en Ghirlandaio, zijn gemaakt in opdracht van leden van die orde.' Hij zweeg even en keek Carla aan met samengeknepen ogen, alsof hij diep nadacht. 'Natuurlijk, pater Sorvino was ook lid van de humiliaten!'

Carla begreep niet wat hij daarmee bedoelde. 'Waarom is dat belangrijk?'

'De humiliaten waren grote kunstliefhebbers en hadden een enorme collectie. Wat als pater Sorvino het schilderij van Botticelli aan die collectie heeft toegevoegd toen hij het eenmaal in bezit had?'

'Wilt u zeggen dat hij Botticelli's laatste verzoek naast zich neer heeft gelegd?' vroeg ze vol ongeloof.

'We zouden moeten bedenken wat voor hem belangrijker was: de orde of de christelijke gelofte.'

Er viel even een stilte.

Uiteindelijk zei de graaf: 'Er is alleen iets wat ik niet begrijp. Toen de paus de orde in de zestiende eeuw ontbond, werden hun bezittingen aan andere geloofsgemeenschappen gegeven en had het schilderij boven water moeten komen.'

'Maar wat als ze niet alles hebben overhandigd? Wat als er werken zijn achtergehouden?' opperde Carla.

'We moeten bedenken waar de humiliaten het schilderij kunnen hebben verborgen.'

'Waarom werd de orde door de paus ontbonden?'

'Ze begonnen zich tegen Rome te verzetten, dus hij liet ze onderzoeken door de aartsbisschop van Milaan, Carolus Borromeus. Die pakte ze zo hard aan dat een paar leden van de orde hem probeerden te vermoorden. De paus was daar zo woest over dat hij ze uit de katholieke kerk zette, waarna de orde voorgoed verdween.'

De graaf keerde zich om en pakte een boek uit de kast: *From Giotto to Botticelli. The Artistic Patronage of the Humiliati in Florence.* 'Ze hadden een groot netwerk van kloosters in Italië,' zei hij, bladerend in het boek. Hij liet haar een pagina zien met een kaart.

'Het zijn er meer dan honderd!' riep Carla verbaasd.

'Als je een uiterst waardevol kunstwerk wilt verstoppen, waar zou je dat dan doen?'

'In het hoofdkwartier?' suggereerde Carla.

De graaf wees op de kaart naar een abdij in de buurt van Milaan. 'Viboldone!' zei hij enthousiast.

Carla's hart ontplofte bijna.

San Gimignano, Palazzo Verini

25 september 1972

Toen Arnaldo in het paleis arriveerde, kwam Fabio net de marmeren trap afgelopen. Het was een heldere sterrennacht.

'Neefje, hoe gaat het? Ik heb gehoord dat je binnenkort niet meer de meestbegeerde vrijgezel van Toscane zult zijn!'

Arnaldo schudde het hoofd. 'Dat heb je zeker van onze grootmoeder gehoord. Ze kan het niet laten om het overal rond te bazuinen!'

'Ze heeft het tenminste over je,' antwoordde Fabio terwijl hij op het muurtje bovenaan de trap ging zitten. Hij haalde een sigaret uit de zak van zijn jasje en stak die rustig aan.

Arnaldo keek naar hem. Hoewel ze heel erg verschillend waren, mocht hij hem graag. Hij ging naast hem zitten.

'Ben je weer een beetje hersteld van het ongeluk? We dachten even dat we je kwijt waren,' zei Fabio met een ernstige blik in de ogen.

'Nou, ik ben zelf een deel van mijn leven kwijt.'

'Heb je je geheugen nog steeds niet terug?'

'Nee, van de afgelopen twee jaar kan ik me helemaal niets meer herinneren. Het is echt frustrerend!'

'Dat kan ik me voorstellen,' zei hij en hij gaf hem een trekje van zijn sigaret.

Arnaldo keek naar de hemel. 'Weet je nog dat onze grootvader ons leerde hoe je de Poolster kon vinden? En dan zei hij dat een man altijd wist waar het noorden was.'

'Jij vond hem steevast als eerste!' zei Fabio verwijtend.

Er verscheen een nostalgische glimlach op Arnaldo's gezicht. 'Nou, op dit moment heb ik anders het gevoel dat ik het noorden volledig kwijt ben.'

'Hou op, zeg! Je hebt je leven uitstekend op de rails. Over niet al te lange tijd sta je aan het hoofd van het familiebedrijf en ben je getrouwd met een waanzinnig knappe vrouw. Ik kreeg bijna een hartverzakking toen ik haar in die witte jurk zag op het wijnfeest.'

'Ik weet echt niets meer van die dag.'

'Even afgezien van Bianca was het verder niet bijster interessant.'

Ze keken zwijgend naar de hemel en hoorden de krekels tsjirpen. Arnaldo pakte de sigaret aan en nam een trekje. 'Fabio, ik ben bang dat ik iets mis.'

'Wat dan?'

'Vandaag wilde ik een verlovingsring kopen voor Bianca, en toen zei Ricardo dat ik een paar jaar geleden al zo'n ring heb gekocht. Maar voor wie was die ring dan bedoeld?'

Fabio liet zijn sigaret op de grond vallen. 'Hoe moet ik dat weten? Jij vertelt mij nooit wat over je leven!' Als door een wesp gestoken stond hij op.

Arnaldo ging ook staan. Hij kende zijn neef goed genoeg om te weten dat hij iets verborg. 'Fabio, jij weet er meer van!'

'Nee, ik weet niets!' antwoordde hij en hij draaide zich om.

Arnaldo pakte hem bij zijn arm en keek hem in de ogen. Fabio zei eerst niets, maar ten slotte vroeg hij: 'Was je werkelijk van plan om met haar te trouwen?'

'Over wie heb je het?' schreeuwde hij wanhopig.

Fabio dacht even na. 'Kom mee. Ik heb iets voor je,' zei hij en hij liep de trap af naar zijn auto.

Arnaldo volgde hem. 'Waar gaan we heen?'

'Naar mijn huis.'

Ze stapten in de wagen. Arnaldo voelde de adrenaline door zijn aderen stromen. 'Fabio, met wie wilde ik trouwen?'

‘Ik heb liever dat je dat zelf ziet,’ antwoordde hij en hij trapte het gaspedaal nog wat dieper in.

Tien minuten later parkeerde Fabio zijn auto in een van de straten in het centrum van San Gimignano. Onderweg had Arnaldo verder niets uit hem weten te krijgen.

‘Wacht hier op me. Ik ben zo terug.’

‘Ik ga met je mee!’ antwoordde hij terwijl hij de hendel van de deur zocht.

‘Beter van niet. Ik wil niet dat mijn ouders je zien.’

Arnaldo knikte en bleef in de wagen zitten. Hij zag Fabio naar binnen gaan. Met wie wilde hij trouwen? Waarom wist Domenico van niets? Er schoten allemaal vragen door zijn hoofd.

Na een paar minuten die eeuwig leken te duren was Fabio weer terug met een schetsboekje in zijn handen. Hij stapte in en zei: ‘Ik geloof dat je dit zoekt.’

Arnaldo pakte het aan, sloeg de harde zwarte kaft om en begon te bladeren. Het boekje bevatte houtskoolschetsen van een en hetzelfde meisje. Ze had amandelvormige ogen en een verblindende glimlach. Hij herkende zijn eigen manier van tekenen, maar kon zich niet herinneren dat hij die schetsen had gemaakt, en hij wist ook niet meer wie dat meisje was. Hij bestudeerde haar gezicht. ‘Ze is heel knap. Wie is het?’

Fabio stak opnieuw een sigaret op. ‘Het beste wat je ooit is overkomen,’ antwoordde hij en hij blies rook in zijn gezicht.

‘Ik kan me haar niet herinneren…’ zei hij ontmoedigd. ‘Was die ring voor haar?’

‘Dat denk ik wel…’

Zwijgend keek hij nogmaals naar de schetsen, en opeens zag hij haar. Ze zat op de strook gras langs de Arno en hij was haar aan het tekenen. Het meisje keek hem aan en vroeg wat hij moest met al die schetsen van haar. Hij antwoordde dat hij al haar gezichtsuitdrukkingen wilde vastleggen om ze niet te vergeten, en zette nog een laatste lijntje op papier alvorens het schetsboekje weer dicht te slaan. Hij liep naar haar toe en gaf haar een zoen. 'Heb ik je weleens verteld dat ik van je hou?' Ze glimlachte.

Fabio tikte op zijn schouder. 'Arnaldo, ik praat tegen je!'

'Fabio, ik kan me haar weer herinneren!' zei hij onthutst.

'Echt?'

'Ja, ze is prachtig...'

'Ja, dat was ze.'

'Dat was ze?'

'Tja, ze zal het nog steeds wel zijn.'

'Hoe heet ze?'

'Graziela.'

'Graziela? Dat was een studiegenote, maar ik herinner me niet...'

'Nou, het lijkt erop dat je met haar wilde trouwen. Ik heb haar alleen maar op het wijnfeest gezien, maar jij was toen gelukkiger dan ooit.'

'Zeg me waar ze is. Ik moet haar zien!'

'Arnaldo, je ouders vermoorden me.'

'Alsof jij zo bang voor ze bent...'

'Ze was hoe dan ook veel te goed voor onze familie, als je het mij vraagt.'

'Het laatste wat ik op dit moment nodig heb is jouw ironie.'

Fabio blies rook door het raampje naar buiten.

'Hoe ben je aan dat schetsboekje gekomen?'

'Na je ongeluk kwam mijn moeder thuis met een doos vol spullen. Je ouders wilden niet dat je die zag. Ik weet niet waarom ik het boekje bewaard heb. Ik ben gewoon te sentimenteel.'

'Wat zat er nog meer in die doos?'

'Dat weet ik niet meer, en voordat je het gaat vragen: ik weet ook niet wat mijn moeder ermee gedaan heeft.'

'Waarom hebben ze die spullen voor me verborgen gehouden?' vroeg hij verontwaardigd.

'Omdat ze vonden dat ze niet geschikt voor je was.'

Er viel even een stilte.

‘Fabio, ik moet haar zien!’ zei Arnaldo wederom.

‘Ik weet alleen dat ze naar een tante in Genua is gegaan.’

‘In Genua?’

‘Dat heb ik gehoord. Ik kan je het adres van haar moeder in San Gimignano geven. Zij kan je vast meer vertellen.’

Arnaldo streek met zijn vingers over de schetsen.

‘Weet je het echt niet meer?’

‘Nee... En het vreemdste is nog dat ik blijkbaar van haar hield,’ antwoordde hij en hij keek andermaal naar het gezicht in het boekje.

San Gimignano

7 juli 2023

Carla werd om halfzeven gewekt door het alarm van haar telefoon. Ze keek door het raam. De zon liet zich nog niet zien. De graaf zou haar straks ophalen om naar de abdij in Viboldone te rijden. De kans dat ze het verdwenen schilderij van Botticelli zouden vinden was niet groot, dat wist ze, maar ze vond het al geweldig om er samen met hem naar te zoeken. Ze trok een blauwe jurk aan die tot over haar knieën kwam. Die was wel geschikt voor een bezoek aan een abdij.

Ze zat thee te drinken in de tuin toen ze de Maserati het onverharde pad op zag rijden. Ze keek op haar horloge. Hij was vijf minuten te vroeg. Ze nam nog een laatste slok, liep naar de keuken en zette haar mok op het aanrecht.

De chauffeur hield de deur voor haar open.

'Hallo, Amadeo!' Ze stapte in en begroette de graaf met een glimlach. 'Goedemorgen. Ik zie dat u net zo punctueel bent als professor Belletti.'

'Goedemorgen...' antwoordde hij, onder de indruk van haar verschijning.

Carla nam naast hem plaats en zette haar tas bij haar voeten. 'Ik wilde u nog bedanken. Het is echt een voorrecht om mee te helpen bij het zoeken naar het schilderij.'

De graaf keek haar aan, maar zei niets.

'Is er iets?' vroeg ze bezorgd.

'Als je je haar opsteekt lijk je nog meer op je grootmoeder...'

Carla voelde even aan haar knotje. 'Ik wilde er gepast uitzien voor ons bezoek aan de abdij.'

De graaf glimlachte. 'Ik heb wat lectuur voor je meegenomen voor onderweg. We zijn pas over een uur of drie in Viboldone.'

Carla keek naar de boeken op de achterbank. Ze pakte het boek over de humiliaten en begon het door te bladeren. 'Wat fantastisch dat de abdij bewaard is gebleven.'

'Zo heel af en toe doen we weleens wat goeds in dit land.'

'Wat voor soort nonnen leven daar?'

'Benedictijnen. Na de ontbinding van de humiliaten kwam de abdij in handen van de olevitaner benedictijnen, maar na de verovering van Lombardije door Oostenrijk werden ze gedwongen om te vertrekken. Viboldone stond vele jaren leeg, tot 1940, toen de abdij door kardinaal Schuster werd aangeboden aan de benedictinessen.'

'Denkt u dat er nog een register is van de werken die de abdij in bezit had in de tijd van de humiliaten?'

'Dat zou best eens kunnen. Ik heb het er nog niet met de abdis over gehad, maar ze toonde zich bereid om ons te helpen. Ze had een telefoontje gekregen van de juiste persoon,' zei hij met een ondeugende glimlach.

'De juiste persoon?'

'De hulpbisschop van Milaan.'

'Kent u die?'

'Mateo was me nog een gunst verschuldigd.'

Carla besloot niet door te vragen en ging verder met lezen.

De abdij van Viboldone, San Giuliano Milanese

Het silhouet van de imposante abdij was al veel eerder te zien dan het dorp San Giuliano. De chauffeur ging door het hek van het complex en reed over het grindpad naar de kerk. Carla keek naar de bakstenen gevel met het grote witmarmeren roosvenster en naar de beeldjes van de Maagd en de heiligen op de architraaf. Ze werden bij de ingang van de kerk opgewacht door twee nonnen in een zwart habijt.

De chauffeur hield de deur open. Carla stapte als eerste uit en daarna de graaf, leunend op zijn wandelstok. Hij keek om zich heen en zette zijn hoed op.

'Welkom in de abdij van San Pietro en San Paolo,' zeiden de nonnen plechtig.

'Dank u wel,' antwoordde de graaf met een knikje.

'Moeder-overste zit al op u te wachten. Als u zo vriendelijk wilt zijn om ons te volgen.' Met lichte tred liepen de nonnen door de kerktuin naar het klooster. De jongste keek af en toe vanuit haar ooghoeken naar Carla's blauwe jurk.

In het klooster was alleen het gemurmel van het water in de fontein te horen. Verder was het volkomen stil. Carla wierp een blik op de bloeiende rozen, het groene, zonovergoten gras, de zorgvuldig gesnoeide struikjes. Ze liepen de trap op naar een kantoor op de eerste verdieping van het gebouw. De oudste non deed de deur open. De abdis zat achter een groot houten bureau. Zo te zien was ze een jaar of zeventig. Ze had een ernstig gezicht, en door de dikke glazen van het brilletje op haar neus leken haar ogen groter dan ze waren. Carla keek naar haar dunne lippen toen ze begon te praten. 'Welkom in Viboldone. Ik hoop dat u een goede reis hebt gehad. Neemt u plaats, alstublieft,' zei ze, wijzend naar de twee stoelen die voor het bureau stonden. 'Waarmee kan ik u helpen?'

'Dank u dat u ons op zo korte termijn heeft willen ontvangen. Ik besef dat het besturen van de abdij veel toewijding vereist,' zei de graaf.

'Het werk maakt deel uit van de benedictijnse spiritualiteit,' antwoordde ze met een flauwe glimlach.

Carla had niet het gevoel dat ze erg blij was met hun bezoek. 'Mag ik u complimenteren met deze fantastische plek?' zei ze. 'Er heerst hier een onbeschrijflijke rust.'

'Dank u. Dat is een van de kwaliteiten van Viboldone. De bouwers van de abdij hebben uitzonderlijk werk geleverd.'

'Daar wilde ik het net over hebben,' zei de graaf. 'Ik weet niet of monseigneur Gratacoso heeft verteld wat de reden is van ons bezoek.'

'Monseigneur Gratacoso heeft me alleen gevraagd om u zo goed mogelijk te helpen.'

De graaf leunde op zijn stok en boog naar voren. 'We zijn op zoek naar een schilderij dat wellicht in bezit was van de orde van de humiliaten en dat zich hier in Viboldone zou kunnen bevinden.'

De abdis keek hem verbaasd aan. 'Een schilderij? Wat voor schilderij?'

'Het enige wat we weten is dat het in de vijftiende eeuw is geschilderd en toebehoorde aan de toenmalige pastoor van de Ognissanti-kerk in Florence, pater Sorvino.' Hij wilde niet zeggen dat het ging om een schilderij van Botticelli.

'Dus u hebt het over een schilderij van meer dan vijfhonderd jaar oud?' Ze schudde het hoofd en legde haar gevouwen handen op het bureau. 'Toen de humiliaten de abdij in de zestiende eeuw verlieten, werden hun bezittingen aan andere geloofsgemeenschappen gegeven. Er is niets in Viboldone achtergebleven.'

Teleurgesteld wierp Carla een blik op de graaf. 'Weet u ook aan welke gemeenschappen?' vroeg ze, want ze wilde zich nog niet gewonnen geven.

'Voornamelijk aan de barnabieten en jezuïeten, maar het is niet bekend waar ze precies terecht zijn gekomen. Ik vrees dat uw reis voor niets is geweest.'

'Nou, we zijn hier nu toch, dus we kunnen in elk geval de abdij bezoeken,' zei Carla, die haar niet echt geloofde.

'Het spijt me vreselijk, maar ik heb dringende werkzaamheden die niet kunnen wachten.'

'Monseigneur Gratacoso heeft ons op het hart gedrukt de abdij te bezichtigen,' zei de graaf en hij keek haar strak aan.

De abdis zweeg even. 'Goed, ik zal een bezoek voor u regelen,' antwoordde ze ten slotte met tegenzin. Vervolgens drukte ze op een bel die op het bureau was bevestigd. De jongste non kwam binnen. 'Zuster Delfina, als u onze gasten wilt vergezellen. Ze zouden graag de abdij bezoeken.'

'Ja, uiteraard,' zei ze. 'Als u mij wilt volgen. Dan beginnen we in de kerk.'

Ze namen afscheid van de abdis en liepen achter haar aan. Carla zag een groep nonnen in een zaal. Ze zaten gebogen over boeken die op grote schrijftafels lagen. 'Wat zijn ze aan het doen?'

'Onze gemeenschap wijdt zich aan het restaureren van oude boeken uit kerkelijke bibliotheken en archieven.'

'Hebben jullie ook gewerkt aan boeken over de kunstcollectie van de abdij?'

'Ja, we bezitten diverse boeken over Viboldone.'

'Weet u of daar ook iets in stond over de kunstwerken van de abdij ten tijde van de humiliaten?'

De non dacht even na. 'Niet in detail. Destijds had de abdij een geweldige collectie, maar volgens sommige boeken werd een aantal werken naar de vrouwenkloosters in Milaan gebracht nadat de mannelijke tak van de humiliaten was ontbonden door de paus. De vrouwen waren heel belangrijk in de orde. Ze behoorden tot de beste families van de regio.'

Het gezicht van de graaf lichtte op. 'Natuurlijk, de vrouwelijke tak!'

'De nonnen hadden verschillende kloosters in Milaan, maar de meeste daarvan werden gesloten vanwege gebrek aan financiële steun, hoewel de pauselijke bul niet op hen van toepassing was.'

'Weet men waar de werken van Viboldone naartoe zijn gestuurd?' vroeg Carla hoopvol.

'Nee, daar is niets over bekend. Het enige wat ik u kan vertellen is dat sommige kloosters tot in de negentiende eeuw actief waren.'

Carla glimlachte en keek de graaf aan. Misschien was deze reis toch niet zo zinloos geweest.

's Avonds dineerden Carla en de graaf op het terras van hun hotel in Milaan met uitzicht op de elegante gevels van de wijk Monforte. Ze hadden een rustig tafeltje weten te bemachtigen bij de glazen koepel, zodat ze het interieur konden zien van het schitterende historische gebouw.

'We moeten erachter komen wat de kloosters waren van de vrouwelijke tak en of ze bewaard zijn gebleven,' zei Carla energiek. 'Zonder die novice zouden we nooit hebben geweten dat de werken naar de vrouwenkloosters zijn overgebracht!'

'De kerk houdt er niet van als je je neus in hun zaken steekt,' merkte de graaf op terwijl hij een stukje van zijn filet afsneed.

'Waar kunnen we het beste zoeken?'

'Het historisch archief van Milaan is de enige plek waar we iets over die kloosters zullen vinden.'

Carla begon te peinzen. De graaf glimlachte.

'Wat is er zo grappig?'

'Je bent net zo gedreven als je grootmoeder.'

'Jullie waren goede vrienden, toch?' Ze kon het niet laten om het te vragen.

'Aanvankelijk niet. Ik was een beetje hooghartig, en de meisjes op de universiteit interesseerden me niet, tot ik haar leerde kennen...'

Carla legde haar bestek op tafel en keek hem aan.

'Toen werd ik verliefd zoals ik me nooit had kunnen voorstellen.'

Ze hoorde het met verbazing aan. Ze had al zo'n vermoeden dat de graaf en haar grootmoeder meer waren geweest dan vrienden, maar dat hij verliefd op haar was vond ze toch wel verrassend.

De graaf vervolgde zijn verhaal, starend naar de gevels van Monforte. 'Graziela was een ongelooflijke vrouw. Ik kende niemand zoals zij,' zei hij en hij merkte dat zijn ogen vochtig werden. Carla had zijn gevoelens voor haar grootmoeder weer tot leven gewekt.

'Hoe is dat afgelopen?' vroeg ze en ze pakte de ring vast die aan de ketting om haar hals hing.

'Ze was zogenaamd niet goed genoeg voor de familie Verini, en ik raakte haar kwijt. Nu zou ik het anders hebben gedaan.'

Carla keek hem vertederd aan. Ze zag het verdriet in zijn ogen.

De graaf voelde zich ongemakkelijk. Hij pakte het horloge uit de zak van zijn jasje.

'Waarom bent u nooit eerder op zoek gegaan naar het schilderij, als ik vragen mag?'

Hij zweeg even en zei toen: 'Dat had ik willen doen met je grootmoeder. Maar toen zij er niet meer was, verloor ik mijn belangstelling. Zonder haar kon ik het niet.'

'Het spijt me dat ik zo nieuwsgierig ben.'

'Je kunt beter gaan slapen als je morgen naar het archief wilt. Ik zal Amadeo vragen om met je mee te gaan. Zelf moet ik nog wat zaken regelen in de stad.'

'Goed,' antwoordde Carla, en ze stond op.

De graaf haalde een pijp tevoorschijn en stak hem aan. 'Ik blijf nog even.' Hij nam de eerste trekjes en staarde voor zich uit.

'Welterusten, Arnaldo.'

De graaf gaf geen antwoord.

De volgende dag zei de bewaker bij de ingang van het archief dat ze haar tas, telefoon en paspoort moest achterlaten. Hij controleerde de foto, knikte naar Carla en gaf haar een rond fiche met nummer 23 erop.

Ze ging naar binnen en zag tot haar verbazing dat er al aardig wat mensen waren. Ze had verwacht dat het 's ochtends vroeg rustiger zou zijn. Toen ze het aanvraagformulier had ingevuld, liep ze naar de informatiebalie. Er waren drie mensen vóór haar. Ze liet haar blik glijden over de lange houten tafels en de eindeloze metalen boekenkasten die de wand aan de noordzijde bedekten.

Zodra ze aan de beurt was, gaf ze het formulier aan de vrouw achter de balie. Die las wat erop stond, dacht even na en raadpleegde toen haar computer. 'Dit is het enige wat je erover zult vinden,' zei ze ietwat neerbuigend en ze gaf het formulier terug.

Carla keek wat ze opgeschreven had en liep naar de lange rij computers die tot het eind van de zaal doorliep. Ze ging zitten op plaats nummer 23 en tikte de gegevens in die ze had gekregen. Het was akelig stil in de zaal. Vrijwel meteen verschenen er perkamenten met Ouditaliaanse teksten op het beeldscherm. Het waren inschrijvingen uit de veertiende en vijftiende eeuw van overeenkomsten waarbij de orde van de humiliaten gebouwen en stukken grond kocht in Cassano d'Adda, een dorp in de provincie Milaan. Het betrof meer dan honderd gescande pagina's die van slechte kwaliteit waren. Ze haalde even diep adem en begon toen te lezen.

Na dertig oersaaie pagina's met notariële teksten vond ze een passage over een klooster in Cassano dat San Matteo heette en dat was verkocht aan de nonnen van de humiliaten. Ze voelde kriebels in haar buik en zocht haastig naar het klooster op internet, maar San Matteo bleek verwoest te zijn. Dit werd geen gemakkelijk klusje. Ze ging weer verder met lezen en scrolde met de muis door de pagina's. Een halfuur later dansten de letters voor haar ogen.

Ze stond op om de benen te strekken en het hoofd helder te krijgen. Ze was geen andere vermelding van de nonnen tegengekomen. Na een rondje door de zaal liep ze naar de cafetaria. Misschien moest ze Max bellen. Hij was beter in het bestuderen van oude documenten dan zij. Hij kon sneller lezen en legde verbanden die voor haar niet zo duidelijk waren. Maar ze zag er toch maar van af, want de graaf wilde hun zoektocht immers geheimhouden.

Even later keerde ze weer terug naar de computer. Haar ogen waren vermoeid. Ze vond een passage over drie kloosters van de nonnen in de stad en provincie Milaan. Ook nu begon ze direct te googelen. Het eerste klooster, Santa Caterina di Brera, het hoofdkwartier van de vrouwelijke tak van de humiliaten, was in de achttiende eeuw afgebroken. Het tweede, het klooster in Legnano, dat beschikte over een ziekenafdeling voor arme mensen, was eveneens gesloopt. Carla sloeg met haar vuist op tafel. Alle deuren werden voor haar neus dichtgegooid. Na tweehonderd jaar stond er waarschijnlijk geen gebouw meer overeind, dacht ze.

Zonder veel hoop tikte ze de laatste naam in, Santa Maddalena al Cerchio, maar na een paar seconden verscheen er een foto van een oud klooster op het beeldscherm. Ze slaakte een kreet van opwinding, met als gevolg dat de bewaker haar bestraffend aankeek vanuit zijn stoel. Ze verontschuldigde zich en stuurde snel een opdracht naar de printer om de foto af te drukken. Met haar ogen verslond ze het internetartikel over het klooster. Haar hart klopte zo hevig dat ze even bang was dat ze opnieuw een standje zou krijgen van de bewaker. Ik heb het gevonden, zei ze in gedachten tegen zichzelf. Ze sloot de computer af en haastte zich naar de informatiebalie om de afdruk van de foto op te halen. De medewerkster keek haar verbaasd aan. 'Je hebt geluk gehad,' zei ze.

Carla bekeek de foto van het klooster. Het was nog volkomen intact en bevond zich midden in Milaan. Ze was euforisch.

Twintig minuten later betrad Marina het archief. Ze ging naar de informatiebalie, identificeerde zich met haar pasje van de Galleria degli Uffizi en zei tegen de medewerkster dat ze samen met Carla Bas aan een project werkte en dat ze was vergeten om nog iets op te zoeken. De vrouw wist nog precies wie ze was. Ze pakte het formulier dat Carla had ingevuld uit een bakje en gaf het aan haar. Vervolgens vertelde ze welke computer ze had gebruikt. Marina liep naar nummer 23 en bekeek de zoekgeschiedenis. Bij het zien van het klooster op het beeldscherm verscheen er een glimlach op haar gezicht.

Door de ontdekking van het vrouwenklooster van de humiliaten was de theorie van de graaf weer wat plausibeler geworden. Na het verlaten van het archief had Carla hem meteen opgebeld om hem op de hoogte te stellen. 'We gaan morgen op bezoek met een gids,' antwoordde hij.

Inmiddels was ze weer terug in haar hotelkamer, en ze wilde vóór het diner nog even gaan douchen, toen haar telefoon overging. Ze keek op het scherm en glimlachte. 'Hallo, Max. Wat een verrassing!'

'Hoe is het met je? Ik maakte me een beetje zorgen over je, laatst in het museum,' zei hij.

Waarschijnlijk was het hem opgevallen dat ze zich ongemakkelijk voelde sinds haar misstap met Àlex. 'Goed, hoor. Ik had gewoon niet goed geslapen,' loog ze.

'Heb je tijd en zin om vanavond wat te gaan eten?'

'Dat zou ik heel leuk vinden, maar ik zit op dit moment in Milaan.' Ze had enorm veel zin om hem te vertellen over de zoektocht naar het schilderij en haar ontdekking van het klooster.

Het werd even stil aan de andere kant van de lijn. 'Sorry, ik wilde je niet storen...' zei hij ten slotte.

'Max, jij stoort me nooit. We kunnen iets afspreken wanneer ik weer terug ben. Wat doe je dit weekend? Ga me niet vertellen dat je moet werken, want dan voel ik me schuldig.'

'Ik ga naar het dorp van Luigi met een paar vriendinnen.'

Dat vond Carla niet leuk om te horen. 'Aha, doe hem de groeten...'

'Komt voor elkaar. Tot maandag, Carla.'

'Tot maandag.'

Ze bleef even op bed liggen en probeerde na te denken. Waarom vond ze het zo vervelend dat Max een weekendje weg was met een paar vriendinnen? Er werd opnieuw gebeld. Het was het nummer van Àlex' hotel, en ze besloot niet op te nemen. Sinds Fiesole meed ze hem, want ze was er nog niet over uit wat het voor haar betekende.

De telefoon op de kamer ging over. Het was de graaf. Ze spraken een halfuur later af in het restaurant van het hotel. Haastig liep ze naar de douche.

De volgende dag werden ze door de chauffeur afgezet voor nummer 7 van de Via Cappuccio. Carla was zenuwachtig. 's Nachts had ze in bed liggen bedenken wat ze in het klooster zouden kunnen aantreffen. Ze keek naar het smalle straatje en naar de lelijke graffiti op de gevels.

'Je zou niet zeggen dat hier een klooster zit!' merkte de graaf op terwijl hij met zijn wandelstok wat papiertjes opzijschoof die op de grond lagen.

Carla keek andermaal naar de foto die ze in het archief had laten afdrukken. 'Nou, het moet hier toch echt zijn...' antwoordde ze, al was ze niet helemaal zeker van haar zaak.

Er kwam een mollige man naar hen toe met krullend haar en een rond brilletje die het zweet van zijn voorhoofd veegde met een zakdoek. Hij had een pak met een lichtgekleurd jasje aan waar hij een bleek gezicht van kreeg. 'Excuses voor de vertraging! Het is echt onmogelijk om hier een plekje te vinden voor je auto,' zei hij en hij zette de hoed op die hij in zijn hand hield.

Carla realiseerde zich dat het de gids was die ze hadden ingehuurd. 'Het is niet erg, hoor. Wij zijn hier ook pas net. Ik ben Carla. We hebben elkaar aan de lijn gehad. En dit is graaf Verini.'

'Aangenaam. Ik ben Paolo. Vandaag zal ik uw gids zijn in Santa Maddalena.'

'We twijfelden al of het hier was,' zei Carla met haar ogen op de gevel gericht.

'Ja, vanaf deze plek is dat moeilijk voor te stellen. Het klooster werd in 1915 gerenoveerd door de ingenieur Guido Ucelli. Hij maakte er het centrale deel van zijn huis van. Daarom heeft het zo'n bijzondere ligging. Maar vanbinnen zal het klooster u niet teleurstellen. Dat beloof ik u. Als u zo vriendelijk wilt zijn om mij te volgen.'

Ze gingen naar binnen en liepen door een nauwe gang naar een rechthoekige binnenplaats met een galerij eromheen en een stenen put op een sokkel. Het gras werd verlicht door de zon. Carla keek naar de klimop rond de pilaren die de bogen van de galerij ondersteunden. Het kloostergebouw had drie verdiepingen en een schuin dak. De tijd leek er geen vat op te hebben gehad. Ze was sprakeloos.

'Indrukwekkend, nietwaar?' zei de gids.

'Net of je teruggaat naar het verleden!'

'Dit is het overblijfsel van het klooster Santa Maria Maddalena al Cerchio, dat in de vijftiende eeuw is gebouwd op de ruïnes van het Romeinse amfitheater. Hier hebben nonnen van de orde van de humiliaten gewoond van het jaar 1000 tot 1810, toen het klooster op last van Napoleon werd gesloten. Daarna volgde een duistere fase. Het complex werd verkocht en als opslagplaats gebruikt, in kleine appartementen opgedeeld en grotendeels afgebroken.'

Carla ging volledig op in de tijdloze schoonheid van die plek.

'De ingenieur Guido Ucelli heeft het met veel respect gerestaureerd, samen met zijn vrouw Carla, en in 1923 werd het uitgeroepen tot nationaal monument. Als u mij wilt volgen. Dan neem ik u mee naar boven.'

Ze liepen de stenen trap op naar de zuilengang op de eerste verdieping. Carla had veel bewondering voor de uitzonderlijk goed gelukte restauratie van het gebouw. Het leek net of het vijfhonderd jaar lang in een enorme kluis was bewaard.

Tijdens het bezoek zag ze echter geen enkel schilderij in de zalen die toegankelijk waren voor het publiek, dus vroeg ze aan de gids: 'Paolo, we doen onderzoek naar schilderijen die in de zestiende eeuw naar de vrouwenkloosters zijn gestuurd. Weet u misschien of Santa Maddalena een van de kloosters was die kunstwerken heeft ontvangen?'

De gids pakte andermaal zijn zakdoek om het zweet van zijn gezicht te vegen. 'Het klopt dat er een aantal werken terecht zijn gekomen in de vrouwenkloosters, maar we weten niet welke. De orde van de humiliaten was heel geheimzinnig. Wat ik wel kan zeggen is dat geen van die schilderijen zich op dit moment nog in Santa Maddalena bevindt, en ik vrees dat niemand heeft opgeschreven waar ze heen zijn gegaan.' Hij zweeg even en zei toen: 'Het spijt me dat ik u niet beter kan helpen...' Vervolgens leidde hij ze naar de uitgang.

Carla en de graaf namen afscheid van de gids en stapten in de auto. Het bezoek was geëindigd in een anticlimax. 'Ik dacht dat we dichtbij waren...' zei Carla met klaaglijke stem terwijl ze nogmaals een blik op de foto wierp.

'Ons uitgangspunt is de biechtvader van Botticelli. We moeten terug naar de Ognissanti-kerk,' zei de graaf.

Carla knikte.

San Gimignano

25 september 1972

Arnaldo ging diezelfde avond nog naar het adres dat hij van Fabio had gekregen. Toen hij daar eenmaal was aangekomen, zag hij een stenen huis met een tuintje omringd door cipressen. Hij stapte uit zijn auto en liep over het met wilde rozen omzoomde tegelpad, zonder goed te weten hoe hij de situatie moest aanpakken. Het huis kwam hem niet bekend voor. Hij belde aan. Mevrouw Ferrara deed open. Ze keek hem stomverbaasd aan.

'Goedenavond, mevrouw,' zei hij, ietwat van zijn stuk gebracht, want ze leek sprekend op het meisje van de schetsen.

'Wat kom jíj hier doen?' vroeg ze kortaf.

'Ik wil Graziela graag zien.'

De vrouw trok een vies gezicht. Arnaldo was bang dat ze hem meteen weer weg zou sturen. 'Nadat je twee jaar niets van je hebt laten horen? Wat denk je wel niet?' zei ze verontwaardigd.

Arnaldo slikte even en zei toen: 'Ik zou haar willen vertellen wat er gebeurd is.'

Mevrouw Ferrara lachte schamper. 'Wat er gebeurd is? Nou, dat lijkt me wel duidelijk. Jullie Verini gebruiken mensen gewoon, en daarna laten jullie ze vallen als een baksteen. Je hebt echt veel lef om hierheen te komen!' zei ze en ze smeet de deur dicht.

Arnaldo voelde zich hulpeloos. Ze beschuldigde hem ervan

iets gedaan te hebben wat hij zich niet kon herinneren. 'Mevrouw Ferrara, ik ben uw dochter helemaal vergeten! Door dat ongeluk ben ik mijn geheugen kwijtgeraakt en weet ik niet meer wat er de afgelopen twee jaar is gebeurd!' schreeuwde hij door de deur.

Een paar tellen later deed de vrouw weer open. 'Je bent haar vergeten? Hoe bedoel je?' vroeg ze wantrouwend.

'Graziela was voor mij alleen nog maar een studiegenote en niets meer.'

Ze zweeg even. 'Kom binnen,' zei ze ten slotte.

Arnaldo betrad het kleine halletje en keek naar de twee houten stoelen en de schilderijen van bloemen aan de muur. Hij kon zich niet herinneren daar eerder te zijn geweest. 'Dit is alles wat ik nog van haar heb,' zei hij en hij liet het schetsboekje zien dat hij in zijn handen had.

De vrouw zette haar bril op om de tekeningen te bekijken. Ze probeerde waarschijnlijk te bedenken of ze hem moest geloven, dacht Arnaldo.

'Ze lijkt er wel op.'

'Dat kan ik zelf nog niet bepalen...'

Ze pakte een foto van haar en haar dochter van het kastje. Ze stonden met een arm om elkaars schouder en een glimlach op het gezicht in de tuin van de universiteit op de dag van haar afstuderen. Arnaldo bestudeerde de foto. 'Ik kan me haar echt niet meer herinneren...'

'Misschien maar beter zo. Graziela is uiteindelijk weer verdergegaan met haar leven.'

'Ik wil haar graag vertellen wat er gebeurd is.'

'Wat heeft het voor zin om het verleden op te rakelen? Bovendien heb ik gehoord dat je binnenkort gaat trouwen.'

'Ik wil niet dat ze denkt dat ik haar domweg ben vergeten. Ik heb het gevoel dat ze belangrijk voor mij was,' zei hij en hij keek haar strak aan.

'Dus je weet niets meer van haar?'

'Ik lag twee dagen in coma, en de artsen zeiden tegen mij

dat ik geluk had als mijn geheugenverlies tijdelijk zou blijken te zijn. Ik wist niet meer...'

'... dat je een relatie had met Graziela...'

'Al die dagen zijn verdwenen. Toen ik de tekeningen zag, begon me voor het eerst iets te dagen.'

Mevrouw Ferrara ging op de stoel in het halletje zitten. 'Nu begrijp ik het. Ze hebben van je geheugenverlies gebruikgemaakt om zich van Graziela te ontdoen. De schoften!' Ze pakte een zakdoek en veegde het zweet van haar voorhoofd. Vervolgens keek ze andermaal naar de foto van hen tweeën. 'Arnaldo, waarom ben je hierheen gekomen?'

'Iets in mij zegt me dat mijn gevoelens voor haar echt waren. We verdienen allebei een gesprek.'

'Daarvoor kom je te laat,' zei ze onverbiddelijk. 'Graziela is gelukkig op dit moment. Ze woont bij haar tante in Genua en heeft een baan op de faculteit Kunstgeschiedenis.'

'Ze verdient het om te weten wat er gebeurd is!' protesteerde hij.

'Misschien in de toekomst. Nu heeft het geen zin,' zei ze hoofdschuddend. 'Het zou haar alleen maar verdriet doen om je weer te zien.' Ze hield de deur open om hem uit te laten.

Arnaldo staarde naar de vloer en gaf zich gewonnen. Hij bedankte haar en liep teleurgesteld naar zijn auto.

Florence, Hotel Pitti Palace

9 juli 2023

Toen ze 's middags terugreden naar Florence, probeerde Carla te bedenken of ze iets over het hoofd hadden gezien tijdens hun bezoek aan het klooster.

De graaf keek haar aan. 'We moeten weer naar de Ognissantikerk. Misschien was er nog iemand aanwezig op het moment dat Botticelli de biecht werd afgenomen door pater Sorvino. Priesters gingen doorgaans niet alleen wanneer ze een parochiaan de laatste sacramenten moesten toedienen.'

'Natuurlijk, daar had ik niet aan gedacht! Morgen ga ik terug naar het archief. Ik ben inmiddels vrienden met de beheerder.' Doordat de graaf ouder en rustiger is, heeft hij meer overzicht, dacht Carla. Ze keek naar hem met een glimlach.

Toen ze in de buurt van Florence kwamen, vroeg ze de chauffeur om haar af te zetten bij het hotel van Àlex. Ze moest erachter zien te komen waarom hij haar had weten te verleiden. Misschien voelde ze nog steeds iets voor hem.

De chauffeur bracht eerst de graaf naar huis en reed vervolgens naar het hotel. 'We zijn er, signorina Carla.'

'Dank je wel, Amadeo,' zei ze en ze stapte uit.

Voordat ze het kleine hotel bij de Ponte Vecchio betrad, stuurde ze een bericht naar Francesca dat ze naar Àlex ging en dat haar nicht dus niet op haar hoefde te wachten voor het avondeten.

Eenmaal binnen zag ze een jongen achter een versleten

houten balie staan. Ze keek naar de grote zwarte roos die op de marmeren vloer was geschilderd en naar de ouderwetse gele lampen aan de wanden. Ze was verbaasd: Àlex sliep meestal niet in dit soort armoedige hotels. 'Goedenavond. Ik ben op zoek naar Àlex Costa.'

De receptionist glimlachte naar haar. 'Hij is net vertrokken. Als u op hem wilt wachten, kunt u wel in de salon gaan zitten,' zei hij vriendelijk en hij wees naar een ruimte met vier verkleurde leren stoelen en een oude tv.

Vanuit de salon zag ze dat de jongen naar haar keek. Hun blikken kruisten elkaar. Hij liep naar haar toe. 'Sorry dat ik het vraag, maar u bent toch Marta?'

Carla keek hem niet-begrijpend aan.

'Ik ben Mario. We hebben elkaar de afgelopen dagen een paar keer gesproken over de telefoon.'

Ze voelde een steek in haar buik en kon haast niet meer ademhalen. Ze stond op en verliet ijlings het hotel. 'Ik kan het gewoon niet geloven! Wat ben je toch een hufter!' schreeuwde ze en ze smeet het kaartje van het hotel op de grond.

Met bonzend hart liep ze door de straten van het centrum zonder te weten waar ze heen ging. Ze dacht terug aan de avond in die wijngaard in Fiesole, aan zijn woorden, zijn strelingen. Het was allemaal één grote leugen. Ze nam plaats op een bankje, sloeg haar handen voor haar gezicht en barstte in huilen uit. 'Hoe kon ik zo stom zijn!'

Haar telefoon ging over. Het was het hotel van Àlex. Ze drukte hem weg en stond op.

Carla stak de Ponte Vecchio over en liep in shock langs de rivier in de richting van de nauwe straatjes van de Ognissanti-wijk. Ze bleef staan voor een metalen hek dat toegang bood tot een kleine binnentuin. Ze ging naar binnen en liep de trap op naar de tweede verdieping, al wist ze niet zeker of dit het goede huis was. Nadat ze haar tranen had gedroogd, belde ze aan.

'Carla, wat doe jíj hier?' vroeg Max verbaasd.

Ze probeerde iets te zeggen, maar er kwamen geen woorden uit haar mond. Ze moest haar best doen om niet te gaan huilen.

'Kom verder. Doe of je thuis bent. Het is niet heel groot, maar wel gezellig.'

Carla keek naar het beukenhouten kastje in het halletje, naar de foto's die in de lijst van de zilveren spiegel waren geklemd. Max nam haar mee naar de huiskamer. Het was een ruimte met witte muren en een hoog plafond. Er stond een rode bank, en aan de wand tegenover de deur hing een grote zwart-witfoto van de Neptunusfontein. Ze dacht terug aan de tijd dat ze daar vaak gingen zitten wanneer ze uit het museum kwamen. Ze nam plaats op de bank. Haar hart klopte hevig. Ze wist niet waarom ze daar was.

'Gaat het wel goed met je? Ik had niet verwacht dat je bij mij langs zou komen,' zei Max. Hij ging naast haar zitten en schoof de tijdschriften opzij die slordig op het tafeltje lagen.

'Ja, hoor,' loog ze, achteroverleunend op de bank. 'Ik ben net terug uit Milaan en had zin om een wandeling door de wijk te maken.'

'Nou, ik vind het leuk dat je er bent,' antwoordde hij met een glimlach.

'Ik wist niet zeker of je hier nog woonde.'

'Ik heb het de afgelopen jaren opgeknapt. Het is klein, maar groot genoeg voor mij alleen.'

'Wonen je ouders nog altijd in Siena?'

'Ja, in het huis van mijn grootouders. Mijn moeder wil daar niet meer weg.'

'Ik weet nog dat je me een keer hebt meegenomen. Het is een heel fraai huis.'

'Daar zitten ze lekker rustig. Elke keer dat ze in Florence komen, worden ze gek van de drukte. Ze geven de voorkeur aan kleinere steden. Mijn vader woonde in een klein stadje in Kent, tot hij verliefd werd op Siena en op mijn moeder.'

'Dan hebben ze het nog goed opgenomen dat je in Florence ging studeren.'

'Omdat ze wisten dat het heel belangrijk voor mij was en dat ik er alles aan had gedaan om een beurs te krijgen.'

'Dat was echt een prestatie. Ik weet niet of ik dat weleens tegen je gezegd heb.'

Max glimlachte trots.

Carla keek naar de grote foto aan de muur en zei: 'De reflectie van het licht is indrukwekkend. Heb jij die gemaakt?'

'Ja, een paar jaar geleden.'

'Die foto doet me denken aan vroeger.'

'Wat waren we toen nog jong en idealistisch,' zei Max. Hij stond op en liep naar de keuken. 'Heb je zin in een wijntje?'

'Ja, graag.' Misschien zou het haar goeddoen, dacht ze.

Hij kwam een paar minuten later terug met een fles en twee glazen. 'Hoe was het dit weekend in Milaan?'

'Teleurstellend, als ik eerlijk moet zijn. Ik denk dat jouw weekend veel beter is geweest,' zei ze om van onderwerp te veranderen.

'Ik ging mee voor Luigi. Hij vindt een meisje leuk, en ik moest haar vriendin vermaken.'

Carla's telefoon ging over. Weer was het Àlex. Ze had zin om haar telefoon tegen de muur te smijten.

'Neem je niet op?'

'Nee,' zei ze gedecideerd en drukte hem wederom weg.

'Zal ik wat te eten voor ons maken?'

'Dat lijkt me een uitstekend idee,' zei ze, want ze wilde niet alleen zijn.

'Ik ga kijken wat ik in de keuken heb. Doorgaans krijg ik niet veel mensen over de vloer.'

'Waarom vind ik dat moeilijk om te geloven?'

'Oké, zo nu en dan heb ik wel bezoek, maar meestal stelt het niet veel voor.'

'Klopt het wat Luigi zei, dat je nooit een vaste vriendin had?'

'Luigi zegt maar wat!' Hij deed de koelkast open en pakte een paar San Marzano-tomaten, een stuk Parmezaanse kaas in plastic folie en een paar blaadjes basilicum.

'Moet ik je helpen?' bood Carla aan terwijl ze naar de keuken liep.

'Dit is alles wat ik heb,' zei hij en hij liet zien wat hij uit de koelkast had gehaald.

'Wat ruiken die tomaten lekker!'

Max spoelde ze af, samen met het basilicum, vulde een pan met water en zette die op het vuur. Carla observeerde hem.

'Weet je dat Luigi nog steeds naar je vraagt? Je hebt een hele goede indruk op hem gemaakt,' zei hij en hij gaf haar een stuk kaas.

'In elk geval een betere dan op jou. Als ik eraan denk hoe ik door jou ontvangen werd!' zei ze en ze nam een slok van haar wijn.

Max liep naar haar toe. 'Ik heb toch sorry gezegd. Belletti had me helemaal niet verteld dat er nog een andere assistent-curator zou komen, en bovendien ben jij...'

'Wat ben ik?'

Hij keek haar aan en zei: 'Intimiderend, Carla...'

'Intimiderend?'

'Ja, en dat ben je altijd geweest.'

'Ik? Waarom?'

'Omdat je belangrijk voor mij bent.'

Ze keken elkaar aan. Carla kreeg zin om hem te zoenen. Je bent al die tijd recht voor mijn neus geweest, dacht ze. Ze kuste hem met halfgeopende lippen.

Max deinsde terug. 'Weet je het zeker?'

'Ja.'

Hij zette het gas uit, pakte Carla bij haar middel en tilde haar op het aanrecht. Ze sloeg haar armen om hem heen en drukte hem stevig tegen zich aan.

San Gimignano

10 juli 2023

Toen ze de volgende ochtend thuiskwam, zat Francesca in de keuken te ontbijten. In het halletje stond de koffer die Carla had meegenomen naar Milaan. Die moet gisteravond zijn afgeleverd door de chauffeur van de graaf, dacht ze.

'Goedemorgen, nichtje! Je hebt vannacht ergens anders geslapen.'

'Ik was bij Max,' zei ze.

Francesca begreep er waarschijnlijk niets meer van. 'Hè, je ging toch naar Àlex toe?'

'Ja, maar toen ik in zijn hotel op hem zat te wachten, vroeg de receptionist of ik misschien Marta was...'

Francesca bracht haar handen naar haar gezicht. 'Niet te geloven! Wat een klojo!'

De bel ging. 'Dat zal de buurvrouw zijn. Ze had een paar glazen van me geleend. Ik ben zo terug, en dan moet je me alles vertellen.' Francesca liep naar het halletje. Ze deed open en keek recht in de ogen van Àlex. 'Hoe durf jij hier te komen!' gilde ze.

Carla kwam kijken wat er aan de hand was en zag Àlex in de deuropening staan met een bos witte rozen. Haar maag keerde om. 'Wat moet je hier?' beet ze hem toe.

Francesca liet ze alleen.

'Je neemt de telefoon niet op...'

'Vind je het gek?' vroeg ze verongelijkt.

‘Dat van die receptionist was een vergissing.’

‘De vergissing was dat je mobieltje het niet deed en dat Marta je moest bellen in het hotel!’ schreeuwde ze nijdig.

‘Carla, ik hou van je!’

‘Jij houdt alleen van jezelf!’

Àlex schudde het hoofd. Hij hield de rozen ondersteboven, waardoor de bloemblaadjes op de grond vielen. ‘Je snapt het niet. Ik mag je niet verliezen. Jij maakt een betere man van mij!’

Ze vond hem pathetisch. ‘Vind je niet dat ik iets beters verdien?’

Hij gaf geen antwoord.

‘Het is gewoon je aard, Àlex,’ ging ze verder. ‘De schorpioen verdrinkt omdat hij het niet laten kan de kikker te steken die hem naar de andere kant van de rivier brengt.’

‘Het komt door Max, of niet? Je hebt het zeker aangelegd met die Italiaan!’

Carla ontplofte. ‘Zo is het genoeg! Je zei dat je in Florence zou blijven tot ik een beslissing had genomen. Nou, die heb ik inmiddels genomen!’ zei ze en ze wees hem de deur.

Àlex’ gezicht vertrok. Hij draaide zich om, liep het huis uit en gooide de bos bloemen in de tuin. ‘Hier ga je nog spijt van krijgen!’ gilde hij woedend.

Carla gooide de deur dicht en snoof een paar keer diep.

De volgende ochtend werd ze gewekt door de beltoon van haar telefoon. Ze wist niet hoe laat het was. Ze keek naar het scherm. Een onbekend nummer. Ze besloot om niet op te nemen en trok het laken over zich heen. ’s Nachts had ze nauwelijks geslapen. De confrontatie met Àlex was haar niet in de koude kleren gaan zitten. Een paar minuten later ging de telefoon opnieuw. Hetzelfde nummer. Ze nam op. ‘Hallo?’

‘Signorina Bas?’

‘Spreekt u mee,’ antwoordde ze nog half in slaap. Ze herkende de stem niet.

‘Ik ben het, Paolo, uw gids in Milaan.’

Wat wilde die vent? Ze had spijt dat ze had opgenomen. 'Zeg het eens, Paolo,' zei ze met tegenzin.

'Sorry dat ik u stoor, signorina, maar ik geloof dat ik weet waar u kunt vinden wat u zoekt.'

Ze ging rechtop in bed zitten en hield haar telefoon stevig vast. 'Hoe bedoelt u?'

'Toen u laatst vroeg naar de schilderijen van de humiliaten, dacht ik er niet meteen aan, maar vandaag ging ik met een groep naar het Sant'Erasmo-klooster, en daar hangen schilderijen in de bibliotheek die wellicht van hen zijn geweest.'

'Waar is dat klooster?'

'In Milaan. En alleen het hoofdgebouw is nog over, net als bij de Santa Maddalena. Het behoorde toe aan de nonnen van de humiliaten. Als u wilt, kan ik het aan u laten zien.'

'Ja, natuurlijk. Zou u morgen kunnen?' vroeg ze hem meteen.

'Ik ben om elf uur vrij.'

'Uitstekend! Tot morgen dan.'

Ze hing op en belde de graaf. 'We moeten morgen weer naar Milaan!' zei ze.

Florence

25 september 1972

Op weg naar het palazzo realiseerde Arnaldo zich dat hij een paar weken geleden een tafel had gereserveerd in een van de beste restaurants van Florence om Bianca de verlovingsring te geven. Maar dat etentje was hij helemaal vergeten toen Graziela andermaal in zijn leven verscheen. Hij keek hoe laat het was en keerde de auto om.

Eenmaal aangekomen bij het huis van Bianca bleef hij nog even in de wagen zitten. Hij kon niet met Bianca verder zonder te weten wat Graziela voor hem betekend had. Hij stapte ten slotte uit, liep naar de deur en belde aan. De butler deed open. 'Goedenavond, meneer Arnaldo.'

'Goedenavond. Kunt u Bianca laten weten dat ik er ben?'

'Ja, ze zit al op u te wachten. Komt u verder.'

Arnaldo bleef staan in de hal. Hij begreep niet waarom hij dat allemaal deed. Alsof zijn handelingen werden gestuurd door iemand anders.

Na een paar minuten kwam Bianca naar hem toe in een bordeauxrode jurk die tot haar enkels reikte. Ze had haar lippen in dezelfde kleur gestift en droeg haar haar in een knotje. Ze was oogverblindend. 'Ik dacht dat je niet meer zou komen. Waar bleef je?' vroeg ze en ze gaf hem een zoen op zijn mond.

'Sorry, ik moest wat familiezaken afhandelen,' loog hij.

'Ik heb er zo'n zin in! Je moeder heeft gezegd dat we in La Giostra gaan eten!'

Arnaldo zweeg. Hij wist niet hoe hij haar moest vertellen dat ze niet zouden gaan.

Bianca bekeek hem van top tot teen. 'Wil je in die kleren naar het restaurant?' vroeg ze verbaasd.

'Bianca, morgenvroeg moet ik ergens heen voor een dringende zaak.'

De glimlach verdween van Bianca's gezicht. 'Waarom vertel je me dat?'

'Ik geloof niet dat het vandaag de beste dag is om naar La Giostra te gaan.'

Bianca fronste haar wenkbrauwen. 'Arnaldo, is er iets?'

'Nee, een probleem met een van mijn bezittingen dat ik persoonlijk moet oplossen. Meer is het niet.'

'Maar kun je er dan niet een andere dag heen?' vroeg ze hem met haar mooiste glimlach.

Arnaldo stond even in dubio. 'Nee, het kan niet wachten!' zei hij ten slotte.

Bianca's gezicht betrok. 'Goed, eerst de belangrijke dingen, en het is wel duidelijk dat ik daar niet toe behoor!'

'Nee, Bianca. Dat is het niet.'

'Laat maar, Arnaldo!' zei ze en ze liep de trap op naar haar kamer.

'Geloof me. Het spijt me echt,' zei hij zachtjes.

Arnaldo begaf zich verward en gefrustreerd naar zijn auto. Het voelde niet goed dat hij tegen haar had gelogen. Hij stapte in en reed weg.

Toen hij weer thuis was, liep hij direct naar de geheime kamer in de bibliotheek. Hij werd altijd rustig van het lezen van het dagboek. Hij ging op de bank zitten en sloeg het open.

Opeens zag hij Graziela voor zich, leunend tegen de muur terwijl hij haar hartstochtelijk zoende. Hij werd helemaal warm vanbinnen en vergat even adem te halen. Aangeslagen bleef hij op de bank zitten.

Na een tijdje stond hij op om het dagboek in de kluis te leggen. Hij ging naar zijn kamer en was vastbesloten om haar in Genua op te zoeken.

Milaan, het Sant'Erasmo-klooster

12 juli 2023

Onderweg naar Milaan voelde Carla zich bevrijd. Het was haar eindelijk gelukt om de banden met Àlex te verbreken. Ze keek naar de graaf, die naast haar de *Corriere della Sera* zat te lezen. Hij was vele jaren geleden verliefd geworden op haar grootmoeder, maar raakte nog steeds ontroerd als hij aan haar dacht. Echte liefde moest iets zijn wat daar veel op leek.

De chauffeur reed over de Via dei Giardini, in de wijk Borgonuovo. Ze sloegen rechts af en zagen een oude arcadegevel die bedekt was met weelderige klimop. Carla liet het boek over de humiliaten uit haar handen vallen. 'Wat schitterend!'

Het was een gebouw van twee verdiepingen met bogen en pilaren op de begane grond. Het schuine dak rustte lichtjes op de houten architraven van de eerste verdieping.

De chauffeur stopte. Toen ze uitstapten, stond de gids al op ze te wachten. Hij glimlachte naar ze. 'Goedemorgen. Ik snap niet waarom ik dit niet eerder bedacht heb. Sant'Erasmo is een van de oudste en meest emblematische gebouwen van de stad!'

'Het belangrijkste is dat we hier nu zijn,' merkte Carla op terwijl ze andermaal een blik op de gevel wierp.

'Over een paar minuten eindigt de andere rondleiding en kunnen we naar binnen.'

'Zullen we beginnen in de bibliotheek?' vroeg ze ongeduldig. Misschien hing het schilderij daar wel.

Paolo lachte. 'Zoals u wilt.'

Carla keek hem aan. 'De vorige keer ben ik vergeten te vragen waar de nonnen van de humiliaten zich eigenlijk aan wijdden.'

'Hun voornaamste bezigheid was het verzorgen van zieken en melaatsen op verschillende plekken in de stad, maar men heeft ook bewijs gevonden dat ze op een gegeven moment belangrijke posities bekleedden in de orde, iets wat maar zelden voorkwam in een door mannen gedomineerde kerk en samenleving.'

'Ze waren hun tijd dus ver vooruit. Weet u of de orde nog leden heeft?' vroeg ze aan de graaf.

'Helaas is de vrouwelijke tak van de humiliaten eveneens uitgestorven. Anders zouden ze ons vast en zeker interessante dingen te vertellen hebben.'

De gids zag dat de groep voor hen klaar was met de rondleiding. 'Ze zijn inmiddels naar buiten gekomen. Als u mij wilt volgen. Dan neem ik u mee naar de bibliotheek.'

Ze liepen onder de boog door en namen de trap naar de eerste verdieping. Ondanks de vervallen toestand waarin het klooster verkeerde, was het niet moeilijk om je voor te stellen hoe mooi het in vroeger tijden moest zijn geweest.

Eenmaal boven deed de gids de tweede deur van de zuilengang voor ze open, waarna ze een grote rechthoekige zaal betraden die werd verlicht door een rij gevelramen. Er stonden twee lange leestafels met houten banken. Carla keek naar de enorme schilderijen met religieuze motieven die aan de andere kant van de zaal hingen. Haar hart begon sneller te kloppen. Ze liep er schielijk heen om ze van dichtbij te bekijken. Opeens voelde ze een rilling. Ze gebaarde naar de graaf dat hij ook moest komen. 'Misschien is dit...' Ze durfde haar zin niet af te maken.

De graaf bestudeerde het schilderij dat ze had aangewezen. 'Als het een Botticelli was geweest, zouden ze dat wel geweten hebben.'

'Zijn religieuze thema's zijn niet makkelijk te identificeren.

Van sommige schilderijen is nog steeds niet duidelijk of hij ze heeft gemaakt,' merkte Carla op.

Ze aanschouwden *De Maagd met het Kind op haar schoot*. Carla analyseerde de lijnen, het perspectief, de kleuren. Toen vroeg ze aan de gids: 'Paolo, weet u wat de oorsprong is van deze werken?'

'Eerlijk gezegd niet. Maar ze hangen hier en niet in een museum, dus hun artistieke waarde zal niet al te groot zijn.'

Carla bekeek de andere schilderijen. Aan het eind van de zaal keerde ze om en ging ze weer bij *De Maagd* staan. 'Het lijkt op *De Madonna van het Boek*, maar dan in groter formaat,' zei ze tegen de graaf.

'Het schilderij dat we zoeken zou moeten lijken op *Venus en Mars*.'

'Dat weet ik, maar dit werk is misschien ook van Botticelli. We zouden het mee moeten nemen voor nader onderzoek.'

De graaf dacht even na. 'Ik weet hoe we dat kunnen doen,' zei hij ten slotte.

Ze werden gewaarschuwd door de gids. 'We moeten helaas vertrekken. De volgende groep is gearriveerd.'

Carla maakte verschillende foto's van het schilderij, en daarna verlieten ze de bibliotheek. Haar ogen glinsterden. 'Wat als het echt een Botticelli is? In het Nationaal Museum van Cardiff hebben ze ontdekt dat er onder de verf van *De Madonna met de granaatappel* een schets verborgen zat van een mannengezicht gemaakt door Botticelli, terwijl men er altijd van uit was gegaan dat het schilderij een imitatie was.'

'We moeten voorzichtig zijn, Carla. Laten we het doek eerst onderzoeken.'

Ze namen afscheid van de gids en stapten in de auto, die voor het klooster op hen stond te wachten. De graaf pakte zijn telefoon en ging bellen. 'Hallo, Mateo. Ik wil je nogmaals om een gunst vragen.'

Carla keek naar de prachtige gevel van Sant'Erasmo en kreeg kippenvel. Wat als dat het schilderij was dat ze zochten?

De zetel van het aartsbisdom bevond zich in een monumentaal paleis van twee verdiepingen met een steenkleurige gevel aan de charmante Piazza Fontana, vlak achter de dom.

De hulpbisschop, een stevige man met zwart haar en doordringende ogen, ontving ze in zijn werkkamer. Hij droeg een zwarte soutane en had een gouden ketting om zijn hals met een groot kruis dat op zijn borst hing. In levenden lijve was hij nog indrukwekkender dan de naam op zijn deur deed vermoeden. Ze keek naar de prachtige ring aan zijn rechterhand.

'Hallo, Arnaldo. Dat is lang geleden!' zei hij met een glimlach.

'Veel te lang!' antwoordde de graaf, die zijn ring kuste.

'Ga zitten, alsjeblieft,' zei hij en hij wees naar de bank voor de boekenkast die de muur bedekte. De hulpbisschop keek naar Carla en nam vervolgens plaats op zijn stoel. 'Zeg eens, Arnaldo, wat brengt jou hier in Milaan? Ik weet dat je niet graag je geliefde Florence verlaat.'

'Een goede zaak,' zei de graaf en hij keek even naar de ramen van de ruime kamer die uitzicht boden op het plein. 'Weet je nog dat we op zoek waren naar een schilderij?'

'Je zei toen dat het in Viboldone terecht kon zijn gekomen.'

'Ja, inderdaad.'

'En, heb je het gevonden?'

'Misschien wel. Alleen niet in Viboldone, maar in het Sant'Erasmo-klooster.'

'Dat klooster in Borgonuovo?' vroeg hij verbaasd. 'Hoe kan ik helpen?'

'Ik zou het graag meenemen voor nader onderzoek.'

De hulpbisschop dacht even na en zei toen: 'Ik begrijp het niet. Waarom wil je het onderzoeken?'

'Omdat het een Botticelli zou kunnen zijn,' antwoordde de graaf, die benieuwd was naar zijn reactie.

De hulpbisschop boog naar voren. 'Wil je zeggen dat je een Botticelli hebt ontdekt in het Sant'Erasmo-klooster?' vroeg hij met een blik vol ongeloof.

'Wellicht,' antwoordde hij bedachtzaam.

‘Maar waarom zou ik het dan aan jou geven?’ zei hij met zijn ogen op Carla gericht.

‘Maak je geen zorgen. Ze is te vertrouwen.’

‘Dat kun je niet maken!’ zei hij terwijl hij zijn ring aanraakte met de duim en wijsvinger van zijn andere hand.

‘In de Galleria degli Uffizi organiseren we de grootste tentoonstelling over Botticelli die ooit is gehouden. Stel je eens voor wat het zou betekenen als we een schilderij presenteren dat niet eerder bekend was.’

‘Maar dan is het nog steeds onmogelijk wat je van me vraagt.’

‘Mateo, weet je nog, die telefoontjes met Rome die ik vijf jaar geleden voor je heb gepleegd?’

De hulpbisschop draaide onrustig op zijn stoel en keek ongemakkelijk naar Carla. ‘Dus nu vraag je me om een wederdienst?’

‘Je kunt ervoor zorgen dat de kerk een schilderij krijgt dat van onschatbare waarde is. En dat helpt je misschien om bisschop te worden.’

Hij zweeg even en raakte andermaal zijn ring aan. ‘Goed, ik zal zien wat ik kan doen!’ zei hij ten slotte.

Carla slaakte een diepe zucht, wat ertoe leidde dat de hulpbisschop wederom een blik op haar wierp.

Vanuit haar auto zag Marina de graaf en Carla pratend en glimlachend het paleis uit komen. Ze pakte meteen haar telefoon om te bellen.

‘Heb je nieuws?’ vroeg de stem aan de andere kant van de lijn.

‘Ik kan het nog steeds niet geloven, maar ze hebben een schilderij gevonden. Het zou een Botticelli kunnen zijn…’

Er viel even een stilte.

‘Waar?’

‘In een oud nonnenklooster van de humiliaten.’

‘Heb je het gezien?’

‘Ja, het is een *Maagd met het Kind*. Het lijkt veel op andere religieuze schilderijen. Ze komen net uit de zetel van het aartsbisdom. Ik weet niet waarom ze daar waren.'

'Ze wilden toestemming om het doek mee te nemen.'

'Wat doen we?'

'Wachten op hun volgende stap.'

Marina hing op en reed achter ze aan nadat ze voor de ingang van het paleis waren opgehaald door de chauffeur.

Florence, Piazza Ognissanti

13 juli 2023

Die ochtend had Carla in het museum aan Max gevraagd om tijdens de lunchpauze met haar mee te gaan naar de Ognissanti-kerk. Tijdens haar eerste bezoek was ze niet bij het graf van Botticelli geweest. Samen liepen ze langs de Arno naar de Piazza Ognissanti. Ze was helemaal vol van de ontdekking van het schilderij in Sant'Erasmo en kon niet wachten om hem op de hoogte te stellen.

Max keek haar aan. 'We hadden onderweg wat broodjes moeten halen. Ik sterf van de honger!'

'Jij kunt altijd zo lekker overdrijven. Zodra we de kerk hebben bezocht, trakteer ik je op een lunch.'

Max glimlachte. 'Toen ik vertrok, vroeg Marina waar we heen gingen.'

'Serieus? Ik geloof dat ze je leuk vindt,' zei Carla.

'Hou op, zeg! We zijn alleen maar vrienden. Ga me niet vertellen dat je jaloers bent!' zei hij en hij sloeg een arm om haar heen.

Carla maakte zich los. 'Op Marina? Ze ziet eruit als een porseleinen pop...' zei ze hoofdschuddend.

Max lachte. 'Je hebt me nog steeds niets verteld over je geheimzinnige reisjes naar Milaan. Wat deed je daar eigenlijk?'

Ze kon zich niet langer bedwingen. 'Ik ben naar een abdij gegaan om te zoeken naar een verloren schilderij van Botticelli,' antwoordde ze, ook al wist ze dat hij haar niet zou geloven.

'Ik moet toegeven dat je veel fantasie hebt.'

'Maar het is waar! Ik ben er met de graaf heen gegaan,' hield ze vol.

'Je maakt een grapje zeker.'

'Nee, de graaf heeft een dagboek van Botticelli waarin hij dat schilderij beschrijft,' zei ze ernstig. 'Dit hou je toch wel voor je, hè?'

Max begreep dat ze het meende. Hij bleef staan. 'Een dagboek van Botticelli? En hoe weet je dan dat het echt is?' vroeg hij ongelovig.

'Het bevat tekeningen van Simonetta die door hem zijn gesigneerd. Bovendien staan er dingen in die alleen hij of iemand uit zijn naaste omgeving kon weten.'

'Carla, het kan een vervalsing zijn.'

'Nee, het is echt. Je zou het moeten lezen.'

'Ik ken jou langer dan vandaag. Soms word je verblind door je eigen enthousiasme.'

'Nou, dat schilderij hebben we anders wel gevonden!' zei ze kwaad.

'Sorry, wat?'

'Ja, in de bibliotheek van een klooster.'

'Kom op, zeg! Denk je nu werkelijk dat niemand zich zou hebben gerealiseerd dat het een Botticelli is?'

'Je weet best dat er schilderijen zijn waarvan het nog maar de vraag is wie ze heeft gemaakt,' antwoordde ze gepikeerd. 'We proberen toestemming te krijgen om het doek te onderzoeken.'

'Maak je niet dik, Carla. Ik wil alleen maar voorkomen dat je te hoge verwachtingen koestert.'

'Goed, we zullen zien wat het laboratorium zegt!' zei ze uitdagend.

Max keek haar sceptisch aan. 'Kom, laten we doorlopen. Anders zijn we dadelijk te laat terug in het museum!' zei hij en hij pakte haar hand.

Even later waren ze bij de kerk.

'Waarom wilde je hier eigenlijk heen?' vroeg Max.

'Ik heb nog nooit zijn graf gezien.'

'Dat meen je niet! Voor jou staat dat bijna gelijk aan heiligschennis,' zei hij lachend.

Carla negeerde hem en ging naar binnen. Ze liep over het zijpad naar de kapel van de Vespucci om Simonetta's gezicht te bekijken. Op Ghirlandaio's fresco was ze heel jong en had ze nog niet de schoonheid die Botticelli in zijn portretten zou weten te vangen.

Max ging naast haar staan. 'Signorina, het opmerkelijkste werk van Ghirlandaio is het fresco *Het laatste avondmaal*,' zei hij wijzend in de richting van het refectorium.

Carla wendde haar blik echter niet af. 'Het meisje met de roze mantel is Simonetta.'

'O ja? Ze lijkt er anders niet op.'

'Ze was nog maar negentien. Je kunt zien dat ze geen idee heeft van wat haar te wachten staat...'

'Ik ben hier zo vaak geweest, en nou moet ik van jou horen wat de geheimen van de Ognissanti-kerk zijn!' antwoordde Max.

Carla moest lachen. Ze liep door het middenschip naar de rechterdwarsbeuk, waar het graf moest zijn, in de kapel van San Pietro d'Alcántara.

De kleine kapel had dezelfde decoratieve stijl als de rest van de kerk, met veel goudverf en roze marmer. Ze keek naar de vochtplekken op de muren en de gebarsten tegels op de vloer. Ze begaf zich naar het altaar, maar zag nergens een graf. Toen ze zich weer omkeerde, ving ze een glimp op van een ronde tegel van wit marmer met een blauw wapen. Er stond een leeuw op met drakenklauwen. Het werd enkel afgebakend met een rood koord. Ze las de inscriptie: SEPULCRUM MARIANI FILIPEPI. Haar haren gingen recht overeind staan. Dit was wel een heel bescheiden graf. Ze wist dat hij in bittere armoede was gestorven, maar de slechte staat waarin de kapel verkeerde, raakte haar nog het meest.

Toen Max naast haar kwam staan, keek ze hem verontwaardigd aan. 'Nu begrijp ik wat de beheerder van het archief bedoelde. Waarom is deze kapel zo verwaarloosd?'

'De Ognissanti-kerk heeft niet veel aanzien in Florence.'

'Maar dat is gewoon niet goed! Iedereen staat in de rij om zijn werk te bewonderen, maar niemand heeft het fatsoen om zijn graf te onderhouden!' zei ze hoofdschuddend.

'Wie heeft er dan gezegd dat het wel goed is?'

Carla brieste. 'Nou ja, hij ligt in elk geval waar hij wilde, dicht bij Simonetta.' Ze maakte een paar foto's van het graf, en daarna verlieten ze de kerk. 'Ik vraag me af of ze het ooit geweten heeft.'

'Wat precies?' vroeg Max.

'Dat Botticelli verliefd op haar was.'

'Waarschijnlijk niet.'

Terwijl ze weer terug naar het museum liepen, keek Carla ontgoocheld naar de foto's van het graf. Max sloeg een arm om haar heen.

Een paar dagen later hoorde Carla het geluid van een vrachtwagen die de parkeerplaats van het palazzo op reed. De graaf had haar 's ochtends vroeg gebeld om te vertellen dat het schilderij van Sant'Erasmo die dag gebracht zou worden. Dankzij de hulpbisschop konden ze het werk lenen zonder de lange en gecompliceerde procedures die in dergelijke gevallen gebruikelijk waren. Carla had het museum gevraagd of ze vrij kon krijgen. Na het telefoontje van de graaf was ze niet in staat geweest om aan iets anders te denken.

Ze liepen naar buiten en zagen Aurelio praten met de jongen die de vrachtwagen bestuurde. Hij stapte uit met een collega, en samen haalden ze een grote houten kist uit de laadruimte die ze vervolgens op aanwijzing van Aurelio naar het atelier droegen. De graaf en Carla liepen achter hen aan en keken hoe ze de kist op de werktafel neerzetten.

'Wil jij het doen?' vroeg de graaf.

Carla begon te stralen. 'Uiteraard!' Ze haalde de spanbanden los en tilde de deksel op. Haar hart bonsde toen ze de kurkblokken en doeken verwijderde waarmee het schilderij werd beschermd. Met z'n tweeën legden ze het kunstwerk heel voorzichtig op de tafel. De afmetingen waren eerder die van een schilderij dat horizontaal moest worden opgehangen, dacht Carla. Ze bestudeerde de kleuren en penseelstreken. 'Als het geen Botticelli blijkt te zijn, is het geschilderd door iemand die hem wilde imiteren.'

'Goed, je kunt aan de slag. Ik zal je verder met rust laten,' zei de graaf, die daarna het atelier verliet.

Carla haalde de lamp die aan het plafond hing dichterbij om het schilderij beter te verlichten en begon het doek schoon te maken met penselen en oplosmiddel. Na twee uur was ze daarmee klaar en pakte ze haar vergrootglas om de details te bekijken. Het schilderij leek op een Botticelli, maar diens fijne toets ontbrak, net als zijn beheersing van kleur en perspectief. Naarmate haar onderzoek vorderde, raakte ze er steeds meer van overtuigd dat het gemaakt was door een van zijn leerlingen. Diep teleurgesteld dacht ze terug aan de woorden van Max in de Ognissanti-kerk. 'Hè, verdomme!' riep ze en ze duwde kwaad de lamp weg. Ze staarde uit het raam en dacht: hoe moet ik hem dit vertellen?

Ze gooide de deur van het atelier met een klap achter zich dicht en ging naar de tuin om tot bedaren te komen. Max had gelijk: de kans dat het een Botticelli betrof was miniem. Ze voelde zich heel dom. Ze had zich illusies gemaakt en op de een of andere manier het vertrouwen van de graaf beschaamd.

Toen liep ze naar de bibliotheek. Ze zag de graaf op de bank zitten en keek hem zwijgend aan. Hij wist het meteen: 'Geen Botticelli?'

'Ik denk dat het is gemaakt door iemand uit zijn atelier,' antwoordde Carla beteuterd. 'Het komt wel uit dezelfde tijd, dat lijdt geen twijfel, maar het is niet door hem geschilderd. Ik dacht echt dat het een Botticelli kon zijn...'

‘Carla, we zijn op zoek naar een schilderij van meer dan vijfhonderd jaar oud waarvan niemand weet of het bestaat. Dat is geen sinecure.’

‘Waar zijn we de mist ingegaan?’

‘Waarschijnlijk hebben we ons vergist in de beweegredenen van pater Sorvino.’

‘Waarom zou hij anders hebben besloten om zijn belofte niet na te komen?’

‘Misschien vanwege de dingen die op het schilderij waren afgebeeld.’

‘Dingen die de kerk niet leuk vond?’

‘Het ging om een schilderij van een vrouw die naast een man lag die niet haar echtgenoot was. Ik kan me niet voorstellen dat de kerk dat kon waarderen. Misschien heeft hij het vernietigd. Slechts een paar jaar daarvoor had de dominicaanse prediker Girolamo Savonarola boeken en schilderijen laten verbranden die naar zijn mening onzuiver waren. Overal in de stad werden vreugdevuren van de ijdelheden ontstoken.’

‘Dat klopt. Zelfs Botticelli heeft een paar van zijn doeken verbrand nadat hij zijn volgeling was geworden,’ zei Carla beteuterd.

‘Het was een roerige tijd. We hebben geluk dat *La Primavera* en *De geboorte van Venus* aan de vlammen zijn ontsnapt, want zijn werken vertegenwoordigden alles wat Savonarola verfoeide.’

Carla ging naast hem zitten. De teleurstelling in zijn ogen deed dubbel pijn.

De volgende dag begaf Carla zich ’s ochtends vroeg naar het paleis. Ze had zich de hele nacht afgevraagd wat ze fout had gedaan.

Ze liep naar het atelier en haalde de doek weg waarmee het schilderij werd beschermd. Toen ze de lamp aan het plafond dichterbij trok, gooide ze per ongeluk een flesje met oplosmiddel om. De vloeistof kwam op een hoek van het schilderij terecht en verspreidde zich meteen. Ze begon de plek haastig te deppen met een lapje, maar constateerde algauw dat er een klein beetje verf was afgebladderd. Ze pakte haar loep om de schade op te nemen en zag tot haar verbazing dat er andere kleuren onder de toplaag leken te zitten. Ze deed snel wat oplosmiddel op een sponsje en verwijderde nog wat verf. Bij het zien van het resultaat begon ze te trillen. 'Daar ben je!' gilde ze. Ze stond op en rende naar de bibliotheek. Haar hart klopte haar in de keel. 'Arnaldo, we hebben het gevonden!' schreeuwde ze.

De graaf keek haar vragend aan. Hij begreep niet direct wat ze bedoelde.

'De Botticelli zit eronder! Pater Sorvino heeft het niet vernietigd! Hij liet er iets anders overheen schilderen!'

De graaf glimlachte, pakte zijn wandelstok en liep met Carla naar het atelier. Toen ze daar waren, liet ze hem de verschillende kleurlagen zien.

'Er is geen twijfel mogelijk: dat is een ander schilderij!' riep hij vergenoegd.

'We moeten de laag verwijderen die later is aangebracht. Dat is een lastige klus, maar niet onmogelijk,' zei ze opgewonden.

'Laten we eerst bewijzen dat het om een echte Botticelli gaat,' stelde de graaf voor.

'We kunnen het schilderij onderzoeken met infrarood- en röntgentechniek. Dat werkt altijd goed in dit soort gevallen.' Ze straalde van oor tot oor. 'Arnaldo, we hebben het gevonden!' Ze kon zich niet langer inhouden en gaf hem een knuffel.

De graaf verstarde. Hij was het niet gewend dat mensen genegenheid toonden.

Florence, Atelier voor Kunstbehoud Stefano Messina

20 juli 2023

Stefano had niets willen vertellen over de telefoon. Toen ze zich bij zijn atelier meldden, werden ze meegenomen naar een grote zaal met blauwe muren waar allemaal foto's van de werkplaatsen hingen.

Carla liep zenuwachtig heen en weer. 'Als het een Botticelli is, had hij ons dat direct laten weten, of niet?'

'Stefano is heel zorgvuldig. Hij wilde ons persoonlijk op de hoogte brengen van zijn conclusies,' zei de graaf, bladerend in een tijdschrift.

Carla vond dat hij veel te rustig was. 'Misschien is het ook niet echt gepast om mensen telefonisch te laten weten dat ze een Botticelli hebben ontdekt,' zei ze echter.

De graaf moest lachen. Er kwam een jongeman binnen die vroeg of ze hem wilden volgen. Stefano zat achter een groot houten bureau en begroette ze met een brede glimlach. Hij droeg een wit linnen overhemd en een blauw jasje met een pochet in de vorm van een bloem in zijn borstzakje. Hij deed haar denken aan een Engelse lord.

'Hallo, Arnaldo. Hoe gaat het met je?'

'Ik geniet van de rust van San Gimignano.'

'Dat zou je niet zeggen als je ziet wat voor stukken je naar me toe stuurt.'

Carla lachte. Stefano bekeek haar door de glazen van zijn elegante hoornen bril. Hij had blauwe ogen. 'Heeft zij het schilderij ontdekt?'

'Jazeker.'

'Ze lijkt niet echt op een restaurateur.'

Carla forceerde een glimlach. Ze vond het niet prettig als er over haar werd gesproken in de derde persoon.

'Maar ga zitten, alsjeblieft. Willen jullie iets drinken?'

'Nee, dank je. We hebben al koffie gehad voordat we hierheen kwamen.'

'En, wat hebt u gezien? Zit er een ander schilderij onder?' vroeg Carla gespannen.

Stefano keek haar streng aan. 'Niet zo ongeduldig, zeg!'

'Neemt u mij niet kwalijk. Het zijn de emoties.'

Stefano knikte om aan te geven dat hij haar excuses aanvaardde. Carla hield haar adem in.

'Het röntgenapparaat dat we hier hebben is niet groot genoeg voor het schilderij. In dat soort gevallen laten we het scannen door een gespecialiseerd radiologisch centrum, en op de beelden zijn een man en een vrouw te zien die naast elkaar liggen in wat een weide lijkt te zijn. Het doet me denken aan het schilderij...'

Carla liet hem niet uitspreken. '*Venus en Mars*! Zij zit op een grasveld vol bloemen en Giuliano ligt voor haar, naakt en uitgeput na het bedrijven van de liefde,' zei ze, het dagboek parafraserend.

Stefano werd bleek. 'Hoe...'

Carla keek de graaf aan en glimlachte.

'Het doet inderdaad denken aan het schilderij met Simonetta Vespucci en Giuliano de' Medici dat in het British Museum hangt, maar het is nog te vroeg om te concluderen dat hij het heeft gemaakt,' zei Stefano. 'Bovendien is er één groot verschil.'

'Wat precies?' vroeg Carla.

'Ze is zwanger.'

'Zwanger? Waarom zou hij haar zwanger hebben afgebeeld? Ze was al bevallen van haar kind...' zei Carla met gefronste wenkbrauwen. Ze keek opnieuw naar de graaf en probeerde te begrijpen wat de implicaties waren van hun ontdekking.

'Ik ben in mijn leven getuige geweest van allerlei belangrijke vondsten, maar als het echt om een Botticelli blijkt te gaan, is dit de allergrootste,' zei Stefano, die daarna op het knopje drukte van de intercom. 'Kun je champagne brengen?' vroeg hij aan zijn assistent.

Lorenzo liet niet lang op zich wachten en kwam algauw binnen met een fles Moët & Chandon en drie glazen op een dienblad.

'Die heb ik bewaard voor speciale gelegenheden!'

De assistent ontkurkte de fles, die meteen begon te schuimen, en vulde de glazen tot de rand. Carla was extatisch.

'Het is een fantastische opdracht om dit schilderij weer tevoorschijn te toveren. Dank je wel, Arnaldo!' zei Stefano.

'Ik zou het fijn vinden als Carla erbij betrokken wordt.'

'Maar natuurlijk! Wat denk je, Carla? Wil je samenwerken met mijn team?'

'Ik voel me vereerd,' antwoordde ze met een glimlach.

'Je grootmoeder zou trots op je zijn. Ze was ervan overtuigd dat het schilderij bestond,' zei de graaf geëmotioneerd. Vervolgens hief hij zij glas. 'Op jou, Graziela!'

Genua

26 september 1972

De trein arriveerde met dertig minuten vertraging in Genua. Die ochtend was hij naar het station gegaan zonder zeker te weten of hij haar op de universiteit zou aantreffen. Tijdens de reis had hij voortdurend naar de schetsen in het boekje gekeken in de hoop zich meer van haar te herinneren. Hij kreeg ze maar niet uit zijn hoofd, de beelden van hen tweeën terwijl ze de liefde bedreven in de geheime kamer. Hoe had hij haar ooit kunnen vergeten? Hij werd door de hostess gewaarschuwd dat ze hun bestemming hadden bereikt. Ze vergezelde hem naar het perron en legde met een glimlach uit waar de taxi's stonden.

Na een rit van twintig minuten werd hij door de chauffeur afgezet in het historisch centrum van Genua, voor een gebouw van vier verdiepingen met een groot balkon dat de hele breedte van de gevel besloeg. Voor hij naar binnen ging, las hij het bord bij de ingang: FACULTEIT ITALIAANSE STUDIES, ROMAANSE STUDIES, OUDHEDEN EN KUNSTEN. UNIVERSITEIT VAN GENUA. Gespannen vroeg hij de vrouw achter de balie of ze die dag aanwezig was. Ze zette haar bril op, raadpleegde de kaartjes in een bakje dat op haar bureau stond en stuurde hem naar kamer 114 op de eerste verdieping. Arnaldo wierp haar een dankbare glimlach toe en liep met bonzend hart de trap op. Via een lange gang kwam hij bij de betreffende kamer. Hij klopte aan.

'Binnen!' riep een vrouwenstem.

Hij deed de deur open, en toen zag hij haar staan bij een groot doek op een ezel. Haar delicate profiel stak scherp af tegen het zonlicht dat door het raam viel. Op dat moment herinnerde hij zich het afstudeerfeest, haar sensuele rode jurk en de aantrekkingskracht die hem overweldigde toen hij met haar danste. 'Ela, hoe is het met je?' vroeg hij aangedaan.

Graziela deed onwillekeurig een stap naar achteren en stootte tegen haar kruk.

'Sorry, ik wilde je niet laten schrikken,' zei hij teder.

'Wat doe jíj hier?' vroeg ze onthutst. Ze deed haar stofjas goed en haalde een lok uit haar gezicht.

'Ik geloof dat ik je mijn excuses moet aanbieden.' Hij kon zijn ogen niet van haar afhouden. Ze had rode wangen en friemelde aan haar haar. Hij herinnerde zich dat gebaar.

'Dus je hebt het lef om je hier na twee jaar te vertonen?' vroeg ze kwaad.

'Graziela, door dat vervloekte ongeluk ben je uit mijn leven weggevaagd.'

Ze fronste haar voorhoofd. 'Hoe bedoel je?'

'Ik ben mijn geheugen kwijtgeraakt, en daardoor wist ik niet meer wat jij voor mij betekende.'

Graziela moest op haar kruk leunen om niet te vallen. Ze kon haar oren niet geloven en probeerde de puzzelstukjes in elkaar te passen. 'Dat hebben je ouders me nooit verteld...' stamelde ze.

'Dat was de enige manier om jou te doen geloven dat ik niet van je hield.'

Ze sloeg haar handen voor haar gezicht. 'Nou, dat is ze dan goed gelukt...' zei ze en ze begon te huilen.

Arnaldo omhelsde haar en wilde haar alleen nog maar zoenen.

'Ik ging elke dag naar het ziekenhuis, maar ze hielden me steevast tegen,' zei ze snikkend.

'Vergeef me, Graziela, vergeef me dat ik je pijn heb gedaan.' Het brak zijn hart dat ze zo verdrietig was.

Graziela keek hem aan en zei: 'Ik dacht dat ik je nooit meer zou zien.'

Arnaldo kuste haar betraande gezicht en herinnerde zich opeens de smaak van haar lippen, de geur van haar haar. Hij dacht dat hij gek werd. 'Graziela, ik hou van je. Ik heb altijd van je gehouden!' zei hij en hij pakte haar handen vast. 'Ga met me mee naar Florence. We hadden grote plannen, weet je nog?'

Graziela werd vanbinnen verscheurd. Waarom gebeurde dit? Hij was alles voor haar geweest, de liefde van haar leven. 'Vanaf de dag dat ik hier aankwam, heb ik daar continu aan gedacht,' zei ze eerlijk.

De telefoon ging over. Graziela hield haar blik op Arnaldo gericht tot het geluid verstomde. Ze liep naar het raam en keek naar de straat. 'Arnaldo, het is te laat...' zei ze, waarna de tranen weer begonnen te stromen.

'Te laat voor wat?'

'Voor ons. Ik ben nu met iemand anders.'

Arnaldo voelde een steek in zijn hart. 'Dat maakt me niet uit!'

'Hij is mijn echtgenoot...'

Het gevoel werd nog sterker. Hij kromp ineen van de pijn. 'Verlaat hem en ga met mij mee!' zei hij smekend.

Graziela slikte even. Ze moest het hem vertellen. 'We hebben een dochter.'

Arnaldo pakte haar stevig bij de schouders. 'Waarom heb je niet op mij gewacht?' gilde hij.

'Je liet twee jaar lang niets van je horen. Ik dacht dat je me uit je leven wilde bannen. Dat probeerde je vader me ook duidelijk te maken toen ik naar het palazzo ging op de dag dat je uit het ziekenhuis kwam.'

'Mijn vader? De rotzak! Wat zei hij precies?'

'Het ging niet alleen om wat hij zei. Ik zag je vanuit de tuin. Bianca was net naar binnen gegaan met haar ouders. Die dag begreep ik eindelijk wat mijn moeder bedoelde: ik maak geen deel uit van jullie wereld.' Er biggelde een traan langs haar wang.

Arnaldo wist niet wat hij moest zeggen. 'Dat meisje in de regen... Dat was jij!'

'Ja.'

'Ik wist niet wie je was... Ik...'

'Arnaldo, het maakt niet meer uit,' zei ze terwijl ze haar verdriet probeerde te onderdrukken. Ze wilde hem alles vertellen. Dat ze volkomen van de kaart was toen ze uit Florence vertrok, dat ze dacht dat ze er nooit meer overheen zou komen. Dat ze op een gegeven moment een reden kreeg om verder te gaan, want haar bezorgde tante had haar voorgesteld aan een man die in niets op Arnaldo leek, maar die van haar hield en goed voor haar zorgde. Dat ze besloot om met hem te trouwen omdat ze toch nooit geaccepteerd zou worden in de familie Verini en omdat ze niet wilde dat Arnaldo afstand deed van zijn lotsbestemming.

'Graziela, ik wil je niet nog een keer verliezen!' Hij knielde voor haar neer en pakte haar handen.

Ze zag dat hij er helemaal kapot van was. 'Maak het niet nog moeilijker voor me... Je moet gewoon terug naar je familie en vrienden in Florence. Daar ben je gelukkig,' zei ze, vechtend tegen de tranen.

Arnaldo liet haar gaan. Graziela week achteruit en trok haar stofjas uit. Elke knoop die ze losmaakte deed pijn. Ze trilde over haar hele lichaam. Ze pakte haar tas, en zonder om te kijken verliet ze de kamer.

Even later zag Arnaldo door het raam dat ze op straat werd opgewacht door een man die haar kuste en omarmde. Samen liepen ze weg. Ze werden gevolgd door een jonge vrouw achter een kinderwagen.

Hij ging volledig door het lint en sloeg zó hard op het raam dat het glas brak. Het bloed gutste uit zijn vingers. Hij leunde met zijn rug tegen de muur en liet zich op de vloer zakken terwijl hij schreeuwend van onmacht zijn bebloede hand vastpakte.

Florence

20 juli 2023

Die avond verliet Lorenzo iets na achten het atelier van Stefano. Hij haastte zich naar het café op de hoek waar hij elke donderdag afsprak met zijn vrienden. Ze zaten al aan hun vaste tafel bier te drinken. Francesco en Claudio hieven glimlachend hun glas toen ze hem zagen.

'Dit is inmiddels het tweede rondje. Je weet dat de laatste moet betalen.'

Lorenzo trok een benauwd gezicht en pakte zijn portemonnee om te kijken of hij wel voldoende geld bij zich had. 'Vandaag heb ik een excuus: we hadden iets te vieren op het atelier.'

'Kun je er ook wat meer over vertellen?'

'We hebben een schilderij ontdekt.'

'Wat voor schilderij?'

'Jullie weten dat ik er niet te veel over mag zeggen, maar het is een schilderij van een van de groten.'

'Die Stefano zal je vast goed betalen, dus het derde rondje is ook voor jou!' zei Claudio, die de kans op een gratis biertje nooit aan zich voorbij liet gaan.

Lorenzo gaf zich gewonnen en pakte het laatste biljet dat hij nog in zijn portemonnee had zitten.

Even later kwam Marina binnen in een strakke en elegante rode jurk. Toen ze bij de bar ging staan, keken ze alle drie om. Na het uitwisselen van een paar blikken nam Lorenzo het initiatief. 'Mogen we je uitnodigen voor een drankje?' vroeg hij vanaf zijn stoel.

'Ja, hoor,' antwoordde ze met een glimlach.

Hij stond op en zei tegen zichzelf dat Vrouwe Fortuna hem gunstig gezind was. 'Wat wil je drinken?'

'Hetzelfde als jij,' antwoordde ze met haar ogen op zijn glas gericht.

Hij bestelde een biertje aan de bar terwijl zij zachtjes met haar heupen wiegde op het ritme van de muziek.

'Alsjeblieft,' zei hij en hij schoof het glas naar haar toe. Hij keek haar in de ogen en zei: 'Ik heb je hier nooit eerder gezien.'

'Ik werk op een kantoor vlakbij. Ik ben Carola,' loog ze.

'Aangenaam kennis te maken, Carola. Ik ben Lorenzo.' Ze klonken met hun glazen.

'Zijn jullie iets aan het vieren?' vroeg ze en ze keek naar de tafel waar Claudio en Francesco zaten.

'Ja. Ik werk bij een bedrijf dat kunstwerken conserveert, en vandaag hebben we een belangrijke ontdekking gedaan,' zei hij om indruk op haar te maken.

'Gefeliciteerd!' Ze hield haar glas omhoog en knipperde met haar ogen.

Lorenzo besloot toe te slaan. 'Waarom gaan we niet even zitten?' zei hij, wijzend naar een leeg tafeltje.

Marina knikte instemmend en liep met hem mee. Hij schoof een stoel voor haar naar achteren en gluurde naar haar vrouwelijke rondingen toen ze ging zitten. Vervolgens nam hij naast haar plaats.

'Jouw werk moet heel spannend zijn.'

'Denk dat maar niet. De meeste dagen gebeurt er weinig interessants. Vandaag was echt een uitzondering.'

Marina boog naar voren en gunde hem een blik op haar aantrekkelijke decolleté.

'Maar laten we het over jou hebben. Wat doe jij precies?' vroeg Lorenzo.

'Ik werk op een architectenbureau twee straten verderop.'

‘Ik heb je nog nooit in deze buurt gezien. Anders had ik dat zeker onthouden.’

‘Ik ga altijd naar het centrum met vriendinnen. Vandaag had ik met een man afgesproken, maar die stomkop heeft op het laatste moment afgezegd.’

‘Wat een sukkel!’

Marina glimlachte. ‘Ja, zijn kans is verkeken. En jullie? Komen jullie hier vaak?’

‘Dit is voor ons het dichtstbijzijnde café. We komen hier elke donderdag na het werk. Het bier is goed, en ze maken geweldige focaccia’s.’

‘Vertel wat meer over dat bedrijf van jou. Het conserveren van kunstwerken heeft me altijd fascinerend werk geleken,’ zei Marina in de hoop een band te creëren.

‘Ik restaureer schilderijen. En ik durf te beweren dat ons atelier het beste van Florence is. Mijn baas, Stefano, is een soort genie en staat hoog aangeschreven in het vak.’

‘Heb je kunstgeschiedenis gestudeerd?’

‘Ja, en ik heb de master Kunstbehoud gedaan. Ik werk nu iets meer dan een jaar bij Stefano en heb al veel van hem geleerd. Misschien kan ik op een dag mijn eigen bedrijf oprichten.’

‘Een man met ambities. Daar hou ik van.’

Lorenzo glimlachte trots. Op dat moment kwam Claudio aanzetten met een paar biertjes. ‘Wij trakteren!’ zei hij en hij zette de glazen op het tafeltje terwijl hij Lorenzo een knipoog gaf.

‘Leuke vrienden heb jij.’

‘Ja, zij waren de enigen die de winkel nog had, dus heb ik ze maar genomen. Maar het zijn goeie jongens.’

Marina lachte en nam een slok van haar bier.

Lorenzo keek naar haar. ‘Het verbaast me dat iemand een meisje als jij laat zitten.’

‘Tja, maar daardoor hebben wij elkaar wel leren kennen,’ merkte ze op en ze deed met een sensueel gebaar een lok achter haar oor.

'Dat is waar. Echt een geluk bij een ongeluk,' zei hij gekscherend.

'Je hebt een mooie lach,' zei Marina en ze boog naar hem toe.

Lorenzo kon zich niet bedwingen en gaf haar een kus.

Ze deinsde achteruit. 'Misschien gaan we een beetje te snel...' zei ze en ze legde haar vingers op haar lippen.

'Sorry, ik dacht dat je...'

'Ik kan beter gaan...' Marina stond op en pakte haar tas.

'Geef me tenminste je nummer!' zei Lorenzo.

'Geef liever dat van jou.'

'Ja, natuurlijk!'

Marina bewaarde het nummer op haar telefoon en liep weg. 'Ik bel je!' zei ze nog met een knipoog.

Lorenzo keek haar na. Hij had het heel warm gekregen. Hij liep naar de bar en bestelde nog een biertje alvorens zich weer bij zijn vrienden te voegen.

De volgende dag ging zijn telefoon toen hij op het atelier zijn boeltje aan het pakken was. Het was halfacht 's avonds, precies het moment waarop hij doorgaans stopte met werken. 'Met wie spreek ik?'

'Hallo, Lorenzo. Ik ben het, Carola.'

'Hallo, Carola,' zei hij aangenaam verrast, want hij had niet verwacht dat ze zou bellen. 'Hoe is het?'

'Sorry dat ik gisteren zo halsoverkop vertrok. Gewoonlijk ben ik veel voorzichtiger met mannen. Ik weet niet wat me bezielde...'

'Het moet mijn mooie lach zijn geweest.'

'Misschien...'

'Zullen we afspreken in hetzelfde café als gisteren? Ik wilde net naar huis gaan.'

'Je zei toch dat je in de buurt werkte? Zal ik je anders ophalen?'

Hij dacht even na. Stefano wilde niet dat ze mensen naar het atelier lieten komen, maar alleen Piero was er nog, en die maakte eveneens aanstalten om te vertrekken. 'Goed. Het adres is Via dei Malcontenti nummer 27. Ik wacht hier op je.'

Marina belde twintig minuten later aan. Lorenzo controleerde nog even of er niemand meer was. Piero had gevraagd of hij het schilderij in de kluis wilde leggen. Hij twijfelde of hij het wel aan Carola moest laten zien, maar hij wilde graag punten bij haar scoren.

Op weg naar de deur haalde hij een hand door zijn haar en trok hij de boord van zijn overhemd recht. Hij deed open en hield zijn adem in toen hij haar zag. Marina had haar haar opgestoken en droeg een zwarte halterjurk die tot haar voeten kwam.

'Ga je me nog binnenlaten?'

'Ja, sorry, natuurlijk. Ik was even de kluts kwijt. Je ziet er prachtig uit!' antwoordde hij en hij deed de deur achter haar dicht.

'Dus hier werk je...' zei Marina. Ze wierp een blik op de ingelijste foto's aan de blauwe muren. 'Kun je me niet een rondleiding geven? Dat zou ik heel leuk vinden.'

Lorenzo liet haar alle ruimtes van het atelier zien. Ze begonnen bij de vergaderzaal, met de grote ovalen tafel van massief hout, en vervolgens gingen ze naar de vier werkplaatsen en Stefano's kantoor.

'Ik had niet gedacht dat het zo groot zou zijn. Hoeveel mensen werken hier?'

'We zijn met z'n zessen, maar iedereen is al naar huis,' zei hij met een ondeugende glimlach.

'Gelukkig maar. Dan worden we niet gestoord.'

Lorenzo was zenuwachtig. 'Ik wilde je die ontdekking van gisteren nog laten zien. Kom je mee?' zei hij, in de hoop haar op die manier definitief aan de haak te kunnen slaan.

Marina knikte. Ze betraden de werkplaats die toegang bood tot een iets kleinere kamer. Lorenzo toetste een numerieke code in op het paneel naast de stalen deur. Het schilderij lag op een werktafel. Ze liepen erheen.

Marina voelde een rilling en keek naar het schilderij. 'Vergeef me mijn onwetendheid, maar ik zie niet direct wat er zo bijzonder aan is,' loog ze.

'We zijn bezig met het verwijderen van de bovenste verflaag, want het gaat om het schilderij dat daaronder zit. Het is echt een belangrijke vondst.'

'Weten jullie dan al wie het gemaakt heeft?'

'We denken dat het misschien een Botticelli is.'

'Serieus?' vroeg Marina met gespeelde verbazing. Ze richtte haar blik op het bovenste gedeelte van het doek, waar het originele schilderij inmiddels tevoorschijn was gekomen. 'Op dit moment lijkt het een rommeltje,' merkte ze op alsof ze de procedure niet kende.

'We zijn net begonnen. Het duurt nog maanden voordat de bovenste laag helemaal weg is. We worden geholpen door een jonge vrouw die het schilderij heeft ontdekt. Men zegt dat ze heel goed is.'

Marina realiseerde zich dat hij het over Carla had. 'Jullie moeten echt over veel geduld beschikken om dit werk te doen. Ik zou dat niet kunnen.'

'Ja, het is een tijdrovend klusje, dat zal ik niet ontkennen.'

'Neem me niet kwalijk, maar zou ik even naar het toilet mogen?' vroeg ze.

'Ja, natuurlijk.'

Hij nam haar mee naar de gang en wees naar de betreffende deur. Marina liep naar binnen en ging meteen bellen. Toen ze weer had opgehangen, bekeek ze zichzelf in de spiegel. Ze fatsoeneerde haar pruik. Rood haar stond haar echt goed.

Voordat ze naar buiten ging, pakte ze een klein flesje uit haar tas. Vanaf de gang zag ze Lorenzo met twee glazen champagne in de vergaderzaal staan. Met haar mooiste glimlach liep ze naar hem toe.

Giancarlo reed met hoge snelheid naar Genua, een rit van drie uur. Ze moesten Florence verlaten voordat Lorenzo wakker werd en de politie ging bellen om de diefstal te melden. Bij dit middel bleef je doorgaans een paar uur onder zeil, maar hij wist dat dat niet voor iedereen gold. Dat baarde hem zorgen, want hij had het niet in de hand.

Hij keek in dè achteruitkijkspiegel. Ze hadden al een hele tijd geen auto's meer achter zich. Hij kon zich pas ontspannen toen hij het plaatsnaambordje van Genua zag. Hij volgde de aanwijzingen van het navigatiesysteem. Over minder dan vijftien minuten zouden ze in de oude haven zijn. Het gedeelte met de pakhuizen kende hij, want hij had er eerder spullen afgeleverd. Hij stopte voor nummer 6 en zette de motor van het bestelbusje uit. Toen gaf hij Marina een duwtje. Ze was halverwege de reis in slaap gevallen. 'Wakker worden! We zijn er.'

Ze opende haar ogen en zag de kade. Nadat ze zich had uitgerekt, keek ze op haar horloge. 'Dat heb je snel gedaan,' zei ze slaperig.

'Drie uur, zoals gepland,' antwoordde hij droogjes.

'Ik vergeet dat je inmiddels een echte professional bent,' merkte ze op met een lachje.

'Maar dat kun jij ook worden. Dat weet je.'

'Veel te riskant voor mij. Ik zou niet kunnen leven met die spanning de hele tijd.'

'Marina, volgens mij ben je geknipt voor dit werk. En je vindt het gewoon leuk, ook al wil je dat misschien niet erkennen. Je hebt die vent binnen twee uur uitgeschakeld.'

'Je vergist je. Het is één ding om een paar streken uit te halen op de universiteit, maar wat jij doet is heel iets anders.'

'Ik moest het proberen,' zei hij en hij haalde de sleutel uit het contact. 'Toen je me voor deze klus belde, dacht ik dat je dit soort dingen wel vaker deed. Je werk bij de Galleria degli Uffizi biedt grote kansen. We zouden allebei veel kunnen verdienen.'

'Dit doe ik alleen omdat ik op dit moment geld nodig heb,' zei ze om een eind te maken aan het gesprek.

Ze stapten uit het busje, en Giancarlo drukte op de bel naast het rolluik. Marina keek nerveus naar de bakstenen gevels van de oude pakhuizen, die schaars werden verlicht door een rij oude lampen. Het roestige rolluik schoof omhoog. Er verscheen een dikke man met een onvriendelijk gezicht.

'We hebben het schilderij bij ons,' zei Giancarlo.

'Kom verder. Ik zat al op jullie te wachten.'

Ze liepen terug naar het busje en haalden er een houten kist uit die ze vervolgens naar het donkere en rommelige magazijn droegen. De man nam ze mee naar een kamer met airconditioning waar de afgeleverde kunstwerken werden klaargemaakt voor verder transport. Hij hield de isolerende deur voor ze open en zei dat ze de kist op de tafel moesten zetten. 'Ik heb een mogelijke koper,' zei hij.

Marina glimlachte en verwijderde langzaam de deksel. 'Kun je me even helpen, Giancarlo?'

Samen haalden ze het schilderij uit de kist en legden het op tafel. Marina tilde de bovenkant een klein stukje omhoog om het werk te bestuderen dat in Stefano's atelier was uitgevoerd. Er moest nog veel gedaan worden. Ze draaide het schilderij om. 'Je kunt veel te weten komen door de achterkant te bekijken.'

Ze streek met haar vingers over het doek, alsof ze op die manier de waarde van het werk kon vaststellen. Opeens voelde ze een oneffenheid, links onderaan. Verbaasd ging ze terug met haar hand. Er zat iets aan het doek geplakt. Ze richtte de lamp boven de tafel op de plek om te zien wat het was. Haar hart sloeg op hol. Het leek op een envelop. Haastig pakte ze een spatel en wat oplosmiddel. Het kostte haar tien minuten om de envelop los te krijgen zonder dat hij scheurde. Vervolgens maakte ze hem open. Er zat een vergeeld blaadje in dat met de hand was beschreven. Ze begon het meteen te lezen. Het handschrift kwam haar bekend voor. Op een gegeven moment moest ze even gaan zitten, want ze stond te trillen op haar benen van emotie.

'Wat is het?' vroeg Giancarlo nieuwsgierig.

'Het is een brief gericht aan Alessandro Vespucci, de zoon van Marco en Simonetta Vespucci.'

Misschien had ze zojuist een brief van Botticelli ontdekt. Die zou dan van onschatbare waarde zijn. Ze stond op en liep snel naar de stellingkasten om een luchtdichte doos te zoeken. De brief maakte het aannemelijker dat het schilderij echt was en mocht dus niet beschadigd raken.

'Waarom hebben ze dat niet in het atelier gezien?' vroeg Giancarlo verbaasd.

'Ik geloof dat die Lorenzo niet erg zorgvuldig te werk gaat. Waarschijnlijk heeft hij de achterkant helemaal niet bekeken.'

'Maar hij zei toch tegen jou dat ze het met röntgenstralen hadden gescand... Dan moeten ze die envelop toch hebben gezien?'

'Het is een tamelijk groot schilderij. De apparaten in dat soort ateliers zijn alleen geschikt voor kleinere doeken, dus wellicht hebben ze het over het hoofd gezien.' Ze haalde haar telefoon uit haar tas en ging bellen. 'We hebben een briefje gevonden dat op de achterkant van het schilderij was geplakt,' zei ze opgewonden met haar blik op de doos.

'Een briefje?' vroeg de stem.

'Ja, het handschrift lijkt dat van Botticelli te zijn. En zijn naam staat eronder. Het is gericht aan de zoon van Simonetta. Volgens het briefje was Marco niet zijn vader, maar Giuliano de' Medici.'

Het werd even stil aan de andere kant van de lijn. 'Ik kom morgenvroeg naar jullie toe!' zei de ander ten slotte voordat hij ophing.

Marina glimlachte. Na deze klapper hoefde ze waarschijnlijk geen andere klussen meer aan te nemen.

Florence

21 juli 2023

De volgende dag drukte Carla vijf keer op de bel van het huis van Max. Ze was in alle staten. Max schrok wakker en sprong uit bed. Hij keek door het spionnetje en deed open toen hij haar zag. 'Vanwaar al die drukte? Het is zeven uur 's ochtends!' zei hij boos.

'Ze hebben het schilderij meegenomen uit Stefano's atelier!' schreeuwde ze met opgeheven handen vanaf de overloop.

'Welk schilderij? Wat voor atelier?' Hij wist niet waar ze het over had.

'Het schilderij dat we in het Sant'Erasmo-klooster hebben gevonden. We waren het aan het onderzoeken in de werkplaats van een vriend van de graaf om erachter te komen of het werkelijk een Botticelli was. Maar nu is het verdwenen!' antwoordde ze met verwilderde ogen.

Max haalde een hand door zijn verwarde haren. 'Kom binnen,' zei hij en hij legde een hand op haar rug.

'Ik kan het simpelweg niet geloven!' zei Carla wanhopig met haar vingers tegen haar slapen. 'De graaf heeft me vanochtend gebeld en toen ben ik hierheen gerend.'

'Maar wat heeft hij precies tegen je gezegd?'

'Het lijkt erop dat een van de assistenten was vergeten om het schilderij in de kluis te leggen. En toen Stefano vanmorgen naar het atelier ging, was het schilderij weg.' Ze praatte zo snel dat ze buiten adem raakte.

'Rustig maar, Carla. Ik zet even een kopje thee voor je,' zei hij en hij bracht haar naar de bank.

'Dit is echt verschrikkelijk. Ze hebben het gestolen!'

Max reageerde niet, maar liep naar de keuken om de waterkoker aan te zetten. Een paar minuten later was hij weer terug met twee dampende mokken. 'Goed, leg het me nog eens duidelijk uit.' Hij zette de mokken op de tafel voor de bank en keek naar Carla, die eindelijk was gaan zitten. 'Hebben ze alleen dat schilderij meegenomen?' vroeg hij.

'Ja... Het lijdt geen twijfel dat ze daarvoor waren gekomen.'

'Maar er hangen daar toch bewakingscamera's, neem ik aan?'

'De rechercheurs zijn de opnames nu aan het bekijken.'

'Carla, dit is een zaak voor de politie. Wij kunnen verder niets doen.'

'Maar Max, niemand wist dat dat schilderij bestond, dus hoe heeft dit in hemelsnaam kunnen gebeuren?'

'Nou, het personeel van het atelier wist ervan...'

'Dat zijn professionals. Ze werken voortdurend met schilderijen die een vermogen kosten. Ze zouden nooit iets durven te flikken, want zij komen als eersten in beeld. Bovendien is Stefano een vriend van de graaf.'

'De verleiding om een Botticelli in handen te krijgen kan heel sterk zijn,' merkte hij op met een ernstig gezicht.

'Hou toch op! Stefano kan het echt niet zijn geweest!' antwoordde ze hoofdschuddend.

'Oké, laten we nadenken. Wie wist het nog meer?'

Carla begon te peinzen. 'De hulpbisschop van Milaan. Hij heeft ervoor gezorgd dat we het schilderij uit het Sant'Erasmoklooster mochten meenemen.'

'Denk je dat hij erachter zit?'

'Als het een Botticelli is, kan hij punten scoren om bisschop te worden. Het is een eerzuchtige man die weet wat hij wil. Dat zou hij nooit op het spel zetten door dat schilderij te stelen.'

'Goed, wie hebben we nog meer?'

'Paolo, de gids van Sant'Erasmo, maar die wist niet dat er een

Botticelli onder zat.' Carla was ten einde raad en tastte volledig in het duister. Ze leunde achterover en keek door het raam. Opeens drong het tot haar door. 'Jij wist het ook...'

'Meen je dat nou?' zei hij, wiebelend op de bank.

'Ik weet niet meer wát ik moet denken...' Haar gedachten schoten alle kanten op. 'Waarom zou het een bisschop of een gerenommeerde restaurateur zijn geweest en niet een ambitieuze medewerker van de Galleria degli Uffizi?' merkte ze op en ze keek hem in de ogen.

Zijn gezicht vertrok. 'Ik begrijp dat je je zorgen maakt en dat je je schuldig voelt omdat je mij over dat schilderij hebt verteld, maar om dan te denken dat ik...'

Carla was niet van plan op te geven. 'Waar was je gisteravond?'

Hij schudde vol ongeloof het hoofd. 'Ik ben vroeg naar bed gegaan.'

'Precies op de dag van de diefstal?'

Max sprong op van de bank. 'Zo is het genoeg. Ga weg, alsjeblieft!'

Carla stond op en ging er met kloppend hart vandoor. Toen ze eenmaal vertrokken was, gooide hij zijn mok tegen de muur. Er kwamen spetters op de foto van de Neptunusfontein. Hij schreeuwde van woede.

Max liep driftig heen en weer in de huiskamer. Waarom dacht Carla dat hij het gedaan kon hebben? Hij probeerde de informatie die ze hem had gegeven op een rijtje te zetten. Wie kon er nog meer een motief hebben om het schilderij te stelen?

Opeens kwam hij op de graaf. Die had de beschikking over Botticelli's dagboek en zocht al heel lang naar het schilderij. Het was goed mogelijk dat hij het onder geen beding aan de staat wilde afstaan nu hij het eindelijk gevonden had. Het was een gewaagde actie, eentje die je van hem kon verwachten. Maar hij moest eerst bewijs vinden voordat hij zijn theorie aan Carla kon voorleggen. Anders zou ze hem niet geloven.

Hij stapte onder de douche, draaide de kraan open en liet het water over zijn lichaam stromen. Dat hielp hem om helder na te denken. Hij boog zijn hoofd en sloot zijn ogen.

Toen hij uit de badkamer kwam, schoot hem ineens te binnen dat hij met Marina had afgesproken in het museum om te praten over de laatste twee werken die ze nog wilden lenen voor de tentoonstelling. Hij at snel wat, kleedde zich aan en ging de deur uit.

De graaf arriveerde om halfacht 's ochtends bij het atelier. Stefano had hem na de ontdekking van de diefstal meteen gebeld.

Lorenzo verklaarde dat hij een vriendin naar het atelier had laten komen en dat hij was vergeten om het schilderij in de kluis te leggen. Hij werd 's ochtends vroeg wakker op de vloer van de vergaderzaal, met hoofdpijn en zonder te weten wat er was gebeurd. Toen hij het meisje nergens kon vinden, rende hij naar de luchtdichte kamer, maar het schilderij lag niet meer op de werktafel. Zijn wereld stortte in.

Stefano gaf hem ongenadig op z'n lazer en belde vervolgens de carabinieri. Hij wist maar al te goed dat dit soort zaken niet een-twee-drie opgelost werden. Hij wilde niet bekendstaan als het atelier dat een Botticelli was kwijtgeraakt. Bij de gedachte alleen al kreeg hij koude rillingen, want dan zou zijn reputatie naar de maan zijn.

De graaf duwde de hendel van de glazen deur stevig naar beneden en betrad het atelier. Vanuit de receptieruimte zag hij Stefano in de vergaderzaal. Hij stond te bellen. De graaf stormde naar binnen. 'Mag ik weten wat er in godsnaam gebeurd is?' Hij was furieus.

'Arnaldo, het spijt me vreselijk,' antwoordde hij met een gekwelde blik in de ogen. 'Dit is me nog nooit overkomen!'

'Hoe konden ze het zomaar meenemen? Hebben ze de kluis soms gekraakt?' gilde de graaf. Hij kon het gewoon niet geloven.

'Die idioot van een Lorenzo heeft gisteren een vriendin naar het atelier laten komen, en het ziet ernaar uit dat hij door haar is gedrogeerd,' zei hij hoofdschuddend. 'Hij wordt op dit moment in mijn kantoor door de politie ondervraagd. Ze hebben hem bloed afgenomen om te controleren of er nog resten van bepaalde stoffen in zitten. Hij zegt dat hij tot vanochtend zes uur buiten westen was en daarna de diefstal ontdekte.'

De graaf ging zitten en probeerde alles te verwerken. 'Met wat voor mensen werk jij eigenlijk? Ik dacht dat je ze altijd met veel zorg uitkoos!'

'Dat doen we ook! En ik snap niet waarom hij zich zo makkelijk in de luren heeft laten leggen! Hij kende haar blijkbaar nog maar kort,' zei hij en hij begon door de zaal te ijsberen. 'Arnaldo, hoe kan ik het weer goedmaken?'

'Door het schilderij terug te vinden! Ik zoek er al vijftig jaar naar!'

'Ik schaam me echt kapot en ben bereid om alles te doen wat nodig is. Mijn reputatie staat op het spel!' zei hij en hij haalde een hand door zijn weelderige haar.

'Jouw reputatie? Je bent net een schilderij kwijtgeraakt dat een enorme sentimentele waarde voor mij had, om er nog maar over te zwijgen dat we op het punt stonden een onbekend werk van Botticelli aan de wereld te presenteren!' antwoordde hij verontwaardigd. 'Sorry hoor, maar ik ben gewoon ontzettend kwaad.' Hij probeerde tot bedaren te komen en zei toen: 'We moeten dat meisje vinden. Heb je de beelden van de bewakingscamera gezien?'

'Nee, die zijn in beslag genomen. Ik mag ze niet bekijken.'

'Ben jij ook een verdachte?'

'Dat zijn we op dit moment allemaal, zelfs jij.'

'Praat geen onzin!' zei de graaf. Hij stond op en pakte zijn stok.

'De rechercheurs willen ook met jou praten. Hoe meer informatie we verstrekken, hoe groter de kans dat ze de schuldigen vinden. De eerste achtenveertig uur zijn van cruciaal belang.'

'Daar ben ik nu niet in de stemming voor!' zei de graaf en hij verliet het atelier. Hij was niet bereid om de absurde vragen van een stelletje agenten te beantwoorden.

Max betrad zaal 25 op de derde verdieping van het museum toen het al negen uur was geweest. Hij keek vanuit zijn ooghoeken naar Carla's tafel. Ze was er nog niet. Professor Belletti kwam vlak na hem binnen. 'Goedemorgen, Max.'

'Goedemorgen,' zei Max met een geforceerde glimlach.

'Waar is Carla?'

'Ze heeft me gevraagd u te zeggen dat ze zich niet lekker voelt,' loog hij om haar te dekken.

De professor keek hem onderzoekend aan en zei: 'Jullie zijn goede vrienden geworden, hè?'

'Ja, we hebben het altijd goed kunnen vinden,' antwoordde hij. Wat kon hem dat schelen, vroeg hij zich geërgerd af. Hij pakte zijn telefoon en ging achter zijn tafel zitten.

'Professor, Marina moest nog bevestigen dat we de twee werken mogen lenen die we nog voor de tentoonstelling wilden hebben: de drie panelen van *Nastagio degli Onesti* van het Prado en *Portret van een jonge vrouw* van het Städel Museum. Ik ben naar Kunstbehoud gegaan, maar daar zeiden ze dat ze vandaag niet zou komen.'

'Vanochtend moest ze naar Rome vanwege haar moeder. Ik geloof dat ze behoorlijk ziek is. Ze heeft haar werk tijdelijk overgedragen aan Mauro.'

'Oké, dan zal ik wel met hem gaan praten.'

Max was verbaasd. Marina had hem niet verteld dat ze naar Rome zou gaan. Hij belde haar discreet op haar mobiele telefoon, maar kreeg haar voicemail. Er klopte iets niet.

Opeens realiseerde hij zich dat ze ook afwezig was toen Carla met de graaf naar Milaan ging, zowel de eerste als de tweede keer, en dat ze altijd veel belangstelling aan de dag legde voor alles wat ze deed. Hij besloot naar haar huis te gaan. Hij moest met haar praten.

Max belde voor de vierde maal aan, maar niemand deed open. Hij was de trap naar de vierde verdieping opgelopen en probeerde weer op adem te komen. Het was een oud en niet al te goed onderhouden gebouw zonder lift in de wijk Santa Croce.

Omdat Max maar bleef aanbellen, kwam de buurman naar buiten. 'Ze is gisteravond vertrokken. En ze had een grote koffer bij zich, dus ik denk dat ze pas over een aantal dagen terug is.'

Max sloeg zo hard met zijn vuist op de deur dat hij zich bezeerde. Hij draaide zich om en zag een jonge man in een andere deuropening staan. Hij droeg een blauwe zijden kamerjas die tot zijn knieën kwam en had een kop koffie in zijn hand. 'Jeetje, ze heeft je laten zitten. Het spijt me, jongen.'

'Heb je enig idee waar ze heen is gegaan?' vroeg hij terwijl hij over zijn pijnlijke hand wreef.

'Om eerlijk te zijn zegt ze nooit veel. Ze is nogal gereserveerd. Beneden stond er een kerel op haar te wachten in een gammel busje, dus ik vond het wel vreemd dat ze zelf zo'n prachtige zwarte jurk aanhad. Maar goed, ik heb haar altijd al een beetje merkwaardig gevonden,' zei hij en hij sloot toen de deur.

Max liep luid vloekend de trap weer af. Hij belde haar opnieuw, maar werd andermaal doorverbonden met haar voicemail. Het was duidelijk dat ze iets in haar schild voerde. Waarom had hij dat niet zien aankomen?

'Marina, ik ben het weer. Neem de telefoon op!' schreeuwde hij gefrustreerd. Hij bleef midden op straat staan en wist even niet wat hij moest doen. Vervolgens liep hij naar zijn auto.

Een halfuur later was hij weer terug bij het museum. Hij ging direct naar de restauratieafdeling op de derde verdieping. Mauro zat achter zijn computer. 'Hallo, Mauro. Ik hoorde dat jij het werk van Marina hebt overgenomen.'

'Ja, mevrouw is een paar daagjes weg. Dat geloof je toch niet? Ze kwam aanzetten met een verhaal over haar moeder, maar ik durf te wedden dat ze aan de boemel is met een of andere vent.'

'Het is niet eerlijk dat jij haar werk moet doen. En je kunt er vergif op innemen dat je niet eens een bedankje krijgt.'

'Max, jij bent de enige hier die me waardeert!' zei hij met een glimlach.

'Ik bedenk opeens iets. Als we in haar computer kijken, vinden we waarschijnlijk de reservering van het romantische hotelletje waar ze de komende dagen verblijft, en dan kunnen we Belletti laten zien dat ze de boel bedondert.'

'Maar we komen niet zomaar in haar computer.'

'Jij wel! Je bent immers de beheerder,' zei Max met een machiavellistische glimlach.

'O, Max! Je maakt de duivel in mij wakker. Geweldig!' Mauro stond op en ging met Max naar de afdeling Kunstbehoud. Er was niemand. Hij nam plaats achter Marina's computer en voerde het wachtwoord in. 'Je hebt tien minuten, dus je moet wel opschieten. Ze zijn koffie aan het drinken,' zei hij met een blik op zijn horloge.

Max keek in Marina's mailbox. Al snel vond hij een bericht dat naar een onbekend e-mailadres was gestuurd met 'Viboldone' als onderwerp. Toen hij het bericht opende, zag hij foto's van Carla en de graaf in wat een middeleeuws klooster leek. Hij begon te trillen. In een andere e-mail zag hij een foto waarop ze bij Palazzo Verini toekeken hoe een grote houten kist uit een vrachtwagen werd geladen. Daar moest het schilderij in hebben gezeten. Hij maakte er foto's van met zijn telefoon. Vervolgens filterde hij de berichten in de inbox op de naam van de ontvanger en vond toen het e-mailadres van iemand die treintickets voor Milaan naar haar toe had gestuurd. Max sloeg met zijn vuist op de tafel. Zij was het dus geweest.

'Alles goed?' vroeg Mauro vanuit de deuropening.

'Nee. Ik zal je later alles vertellen.'

Hij sloot de computer af en stond snel op. Hij moest Carla waarschuwen.

Carla zat in de cafetaria van het museum te staren naar de klokkentoren van Palazzo Vecchio. Ze had door de straten van het centrum gedoold terwijl ze antwoorden probeerde te vinden. Ze kon de gedachte niet verdragen dat ze misschien nog een keer was bedrogen, door Max nota bene!

Haar telefoon ging. Hij was het. Ze aarzelde of ze wel op moest nemen, maar wilde domweg weten wat er gebeurd was. 'Hallo,' zei ze korzelig.

'Ik geloof dat ik weet wie het schilderij gestolen heeft.'

'Wie dan?' vroeg ze ongeduldig.

Max zweeg even en zei toen: 'Zeg me waar je bent, dan vertel ik je alles.'

'In de Galleria degli Uffizi, op het terras van de cafetaria.'

'Wacht daar op me. Ik kom zo naar boven. Ik zit op de derde verdieping.'

Max was er vijf minuten later, maar voor Carla duurde het een eeuwigheid. 'Wie was het?' vroeg ze nog voordat hij de kans kreeg zijn mond open te doen.

Hij ging naast haar zitten en pakte zijn telefoon. 'Bekijk dit eens!' zei hij en hij toonde haar de foto's van haar en de graaf in Viboldone.

Carla huiverde. Ze swipete door de foto's en zei toen volledig uit het lood geslagen: 'Waar heb je die vandaan?'

'Ze stonden op de computer van Marina. Ze had ze naar iemand toe gemaild.'

'Marina?' vroeg ze met gefronst voorhoofd. 'Wat heeft zij ermee te maken?'

'Alles, vrees ik. Toen Belletti me vanochtend vertelde dat ze naar Rome moest, begon ik lont te ruiken. Ik herinnerde me opeens dat ze tijdens jouw reis naar Viboldone ook weg was, en ze stelde daarna allerlei vragen over jou en de graaf. Ik ben naar haar huis gegaan, maar ze was al vertrokken. En op dat moment kreeg ik het idee om op haar computer te kijken.'

Carla keek hem perplex aan. 'Ze is ons gevolgd naar Viboldone... Waarschijnlijk was zij die schaduw in de Ognissantikerk. Ik dacht echt dat ik toen gek werd!' zei ze met haar ogen op de foto's gericht. 'Ik heb die Marina nooit gemogen.'

'Ze was inderdaad een beetje een vaag persoon. Tijdens onze studie verkocht ze kunstwerken die ze op een verdachte manier wist te bemachtigen. Ik ben een paar keer met haar meegegaan naar een antiquair in Oltrarno, en dan kreeg ze een aardig bedragje. Maar ik had nooit gedacht dat ze tot zoiets in staat zou zijn.'

'Naar wie heeft ze die foto's toe gestuurd?'

'Het was een e-mailadres met allemaal cijfers. Het kan iedereen geweest zijn.'

'We moeten erachter zien te komen wie het is.'

'Ik heb met Luigi gesproken. Dat is een vreselijke computernerd, en hij stelde voor om een e-mail met een Trojaans paard naar het adres te verzenden.'

'Een wat?'

'Een virus dat het IP-adres en de gegevens leest van degene naar wie Marina die berichten heeft gestuurd.'

'Denk je dat dat werkt?'

'We moeten het proberen, maar misschien zal het antwoord je niet bevallen.'

'Waarom zeg je dat?'

'Toen ik vanmorgen naging wie het kon zijn, dacht ik aan de graaf.'

'Ben je helemaal besodemieterd?' zei ze verbijsterd. 'Waarom zou hij een schilderij laten stelen dat hij zelf heeft ontdekt?'

'Om het te houden. Ondertussen zou het zijn aangemerkt als cultureel erfgoed, en ik denk dat hij meent dat het van hem is. Waarom heeft hij anders dat dagboek al die tijd verborgen gehouden?'

'Max, dat is onmogelijk. Zo is hij niet!' Ze schudde het hoofd.

'Carla, jij ziet alleen de goede kant van mensen, maar de graaf is een gevaarlijke megalomaan.'

Ze wond zich op. Dit was echt tegen het zere been.

Max kreeg een bericht op zijn telefoon. 'We zullen het weldra weten. Luigi heeft het virus verstuurd.'

Carla moest er niet aan denken. Haar maag keerde om bij de gedachte alleen al dat ze door de graaf om de tuin was geleid.

Een halfuur later ging Carla naar Palazzo Verini met de foto's die Max naar haar toe had gestuurd. Ze wilde ze aan de graaf laten zien, hoewel ze volkomen van de kaart was. Dat hij bij de diefstal betrokken kon zijn, wilde er bij haar niet in.

Aurelio deed de deur open, vriendelijk als altijd, en nam haar mee naar de bibliotheek. De graaf stond te bellen. Ze liep stilletjes naar binnen om hem niet te storen. Toen hij haar zag, gebaarde hij dat ze even moest wachten. Ze ging op de bank zitten en pakte haar telefoon om de foto's nog maar een keer te bekijken. Opnieuw rezen haar haren te berge. Misschien hadden ze wel gevaar gelopen.

De graaf hing op. 'Sorry. Ik had een antiquair aan de lijn. Een vriend van mij. Ik wil weten waar je kostbare gestolen kunstwerken kunt aanbieden op de internationale markt voor rijke verzamelaars, want ik ben niet van plan om alles over te laten aan de politie.'

'Ik ga ook niet afwachten tot er iets gebeurt. Vanochtend heeft Max een aantal foto's gevonden die me versteld deden staan.'

'Wat voor foto's?' vroeg hij terwijl hij naast haar plaatsnam.

Carla ging dichter bij hem zitten en liet de beelden op haar telefoon zien.

De graaf werd wit als een doek. 'Dat zijn wij in Viboldone! Waar heb je die vandaan?'

'Ze stonden op de computer van Marina, een collega van de Galleria degli Uffizi. Ze heeft ze per e-mail verstuurd.'

'Weten jullie naar wie?' vroeg hij bezorgd.

'Nee, en ze is niet meer in Florence. Het ziet er heel slecht uit. Ik weet niet of we het schilderij ooit nog terug zullen krijgen.'

'De foto's bewijzen dat ze ons gevolgd zijn. Het was dus geen toevallige diefstal. Ik vraag me alleen af hoe ze wist dat het een Botticelli was,' merkte hij op terwijl hij naar de foto's keek.

Carla zei maar niet tegen hem dat ze Max over de ontdekking van het schilderij had verteld toen ze samen de Ognissanti-kerk bezochten. 'Dat weet ik ook niet, maar we moeten de politie laten weten wat we op de computer van Marina hebben aangetroffen.'

'Vanochtend hebben de carabinieri de assistent van Stefano ondervraagd. Misschien speelde hij met haar onder één hoedje.' Hij staarde peinzend uit het raam. 'Ja, wat als Stefano er iets mee te maken heeft? Ik vond het al zo vreemd dat het in zijn atelier kon gebeuren. Doorgaans is hij zeer zorgvuldig.'

'Op dit moment weet ik niet wat ik daarvan moet denken,' gaf Carla toe. Ze had het gevoel dat haar hoofd ontplofte. Het werd haar allemaal te veel. Ze keek andermaal naar de beelden op haar telefoon.

Even later besloot ze ervandoor te gaan. Om de een of andere reden zei ze niets over de val die Max had gezet met Luigi.

San Gimignano

23 juli 2023

Luigi was om tien uur 's ochtends bij het terras van de trattoria in het centrum waar hij had afgesproken met Max. Hij zag hem aan een tafeltje zitten met koffie en een broodje en nam naast hem plaats.

'Heb je het?' vroeg Max nerveus.

'Als een rat in de val!' antwoordde hij triomfantelijk en hij haalde een dubbelgevouwen blaadje uit de zak van zijn jasje.

Max pakte het aan. De spanning greep hem bij de keel.

'Het duurde langer dan ik had verwacht. Het bestand dat het virus activeerde heeft-ie pas vanochtend geopend. Die vent is echt heel voorzichtig.'

Toen Max de naam las, sloeg hij steil achterover. 'O nee!'

'Hij gebruikte dat account voor zijn misdaden. Ik heb een aantal interessante dingen gevonden. Ken je hem?'

'Ja, behoorlijk goed,' antwoordde Max, die probeerde te bedenken wat hij moest doen.

'Is het iemand anders dan je verwachtte?'

'Ik weet gewoon niet hoe ik het aan Carla moet vertellen.'

'Dan doe ik dat wel voor je. Ik vind het niet erg om haar nog een keer te zien,' zei hij met een olijke glimlach.

'Nee, ik moet het zelf doen. Kan ik dit als bewijs gebruiken bij de politie?'

'Nee, maar je weet nu in elk geval waar je moet zoeken.'

'Ja, en ik moet snel zijn,' zei hij en hij stond op. 'Dank je wel, Luigi. Ik sta bij je in het krijt!'

Twee uur daarvoor werd professor Belletti wakker in zijn oude huis in de wijk Oltrarno, het enige wat zijn ouders hem hadden nagelaten.

Vanuit zijn bed keek hij door het raam naar de kleine binnenplaats met de verdorde sinaasappelbomen. Hij stond op, trok zijn pantoffels aan en begaf zich naar de badkamer. Daar keek hij in de spiegel naar de rimpels in zijn gezicht en de wallen onder zijn ogen. Hij pakte zijn scheerapparaat om zijn grijze baard te trimmen en wierp zichzelf een glimlach toe voordat hij onder de douche stapte.

Toen hij klaar was, deed hij zijn badjas aan en liep hij naar de oude draaitafel bij het raam om de naald op de plaat te laten zakken. De kamer werd gevuld door de aria uit de tweede akte van Verdi's *Otello*, waarin Jago zijn woede en minachting botviert. Hij voelde een rilling en kreeg kippenvel. Hoelang had hij al niet op dit moment gewacht... Terwijl hij zijn overhemd aantrok, dacht hij terug aan het afstudeerfeest in de tuin van de universiteit. Aan het gesprek waarbij Arnaldo hem vertelde dat hij op zoek wilde naar een onbekend werk van Botticelli, een schilderij dat in een geheim dagboek werd genoemd. Hij zag het allemaal weer voor zich: Graziela dansend met Arnaldo, de vechtpartij op de parkeerplaats, het bloed op zijn handen en hoe hij hem vernederde voor het oog van de wereld. Want dat had hij gedaan: hij had hun vriendschap verraden. Domenico voelde nog steeds de klap waarmee hij met zijn gezicht op de grond viel, de razernij die zich daarna van hem meester maakte.

Eenmaal aangekleed begaf hij zich naar de keuken, pakte een bord prosciutto uit de koelkast en sneed een stuk kaas af op het plankje dat op het aanrecht lag. Hij liep naar de binnenplaats met een linnen tafelkleed en het porseleinen servies. Vervolgens haalde hij de *Corriere della Sera* uit de brievenbus en ging rustig ontbijten. Hij wilde de tijd nemen om te genieten van ieder moment, want vandaag was de dag waarop alles zou veranderen.

Na het ontbijt liep hij door de gang naar het halletje en keek hij naar de oude schilderijen die hem al die jaren gezelschap hadden gehouden. Hij zou ze nooit meer zien. Hij pakte zijn jasje van de kapstok en trok de deur met een triomfantelijke glimlach achter zich dicht.

Op dat uur van de dag viel het licht uit de tuin overvloedig door het grote raam van het atelier. Carla was onrustig. Die ochtend was ze al vroeg naar het paleis gegaan om de presentatie van de Ghirlandaio voor te bereiden. Ze vond dat ze nog niet klaar was, maar professor Belletti wilde het schilderij nu al zien. Ze keek naar het doek op de ezel. Het was haar gelukt om de kleuren weer tot leven te wekken, de barsten weg te werken en de schade te herstellen die door het opgehoopte vocht was aangericht.

Toen Aurelio haar binnenliet, had hij gezegd dat de graaf al een hele tijd in zijn werkkamer zat en dat hij niet gestoord wilde worden tot de professor er was.

Ze keek naar de antieke houten klok aan de muur. Het was tien uur. Belletti kon elk moment arriveren. Ze pakte het penseel waarmee ze de mantel van de Maagd had geretoucheerd en deed een stap naar achteren om haar werk van een afstandje te bekijken. Ze moest zich concentreren op het schilderij, maar de gedachte dat de graaf misschien betrokken was bij de diefstal liet haar niet meer los.

Algauw hoorde ze de deur opengaan. Ze draaide zich om en zag de graaf binnenkomen in gezelschap van de professor, die een opvallend blauw jasje aanhad dat eleganter was dan wat hij doorgaans droeg. 'Goedemorgen,' zei ze met een nerveuze glimlach.

'Goedemorgen, Carla!' antwoordde de professor joviaal. 'Ik wilde de Ghirlandaio heel graag zien. Volgens Arnaldo hebt u fantastisch werk geleverd.'

'Ik hoop maar dat hij gelijk heeft.'

De twee mannen gingen bij het doek staan. Carla was gespannen. Ze wist hoe kritisch ze waren.

'Dat hebt u geweldig gedaan, Carla. U bent erin geslaagd om de originele kleuren heel dicht te benaderen!' zei de professor bewonderend.

Trots keek ze naar het schilderij. 'Dank u wel.'

'Uitstekend werk, inderdaad!' oordeelde de graaf.

'Weet u al waar het komt te hangen?' vroeg Carla. Haar telefoon begon te zoemen. Hij lag op de tafel. Ze had het geluid uitgezet om te kunnen werken.

'In de eetzaal voor de zomer.'

'Maar dan bent u de enige die ervan kan genieten.'

'En mijn gasten.'

'Vindt u niet dat zo'n belangrijk werk door meer mensen zou moeten worden bekeken? U hebt hem altijd hier in het palazzo gehouden.'

De graaf keek haar verbaasd aan. Carla kreeg het gevoel dat hij echt zo megalomaan was als Max beweerde. Ze keek naar hem terwijl hij het schilderij bestudeerde. Misschien had hij haar van meet af aan een rad voor ogen gedraaid.

Toen ze naar de tafel liep om haar penseel neer te leggen, begon haar telefoon opnieuw te zoemen. Ze keek op het scherm en zag tot haar verwondering dat Max vier keer had gebeld. 'Wilt u mij even excuseren?' vroeg ze en ze begaf zich naar de tuin.

De professor keek de graaf aan. 'Je lijkt een beetje zenuwachtig, Arnaldo. Is er iets?'

'Nee, hoor. Niets ernstigs. Een probleempje bij het wijnhuis,' loog de graaf. Hij had de hele ochtend gebeld met de kunsthandelaren die door zijn vriend de antiquair waren genoemd. Een van hen kon misschien iets meer te weten komen over een kostbaar renaissancestuk dat op de zwarte markt was aangeboden. Ze hadden afgesproken dat hij hem binnen een uur zou terugbellen.

'Het heeft toch niets te maken met het schilderij?' vroeg de professor.

De graaf keek hem niet-begrijpend aan. 'Heb je het over de Ghirlandaio? Ik ben zeer tevreden over Carla's werk en zal je er nooit genoeg voor kunnen bedanken dat je haar uit Barcelona hebt laten komen.'

'Ik moet jou juist dankbaar zijn.'

'Mij?' vroeg de graaf met gefronste wenkbrauwen.

'Ik wist dat ze jouw achilleshiel zou blootleggen, Graziela, en dat je door haar je waakzaamheid zou verliezen.'

De graaf probeerde de betekenis van die woorden te doorgronden, en plotseling viel alles op zijn plaats. Hij omklemde het handvat van zijn wandelstok en besefte dat hij met open ogen in zijn val was getrapt. Waarom had hij nooit aan Domenico gedacht? Zijn benen werden helemaal week, en hij moest even gaan zitten op het krukje dat voor de ezel stond. 'Jij was het! Jij hebt het schilderij gestolen!' riep hij ontdaan.

De professor glimlachte. 'Het was makkelijker dan ik verwacht had. Je hebt het dagboek aan Carla laten zien en ging toen weer op zoek naar het schilderij alsof het leven je een tweede kans had gegeven. Je bent te sentimenteel. Dat ben je altijd geweest,' zei hij smalend.

De graaf was ontzettend kwaad, en nog het meest op zichzelf. Hij had Domenico nooit mogen onderschatten, want hij wist waartoe hij in staat was. 'Koester je echt zoveel wrok tegen mij?'

'Voor jou is alles altijd heel gemakkelijk geweest. Omdat jij nou eenmaal graaf Verini bent, gingen alle deuren voor je open. Het is heel frustrerend als je talent hebt, maar hooguit professor kunt worden of hoofd van de restauratieafdeling van de Galleria degli Uffizi. Ik verdiende veel meer!' zei hij en hij stak trots zijn kin omhoog.

'Die baan bij het museum heb je anders dankzij mij gekregen, ellendeling!' Hij stond op en keek hem strak aan. 'Mag ik weten waarom je hier bent terwijl je dat schilderij al lang en breed in je bezit hebt? Alleen maar om me te vernederen?'

'Er is iets wat ik ook nog wil hebben,' antwoordde hij zelfgenoegzaam. 'Het dagboek.'

De graaf voelde een steek in zijn borst. 'Over mijn lijk!' schreeuwde hij woedend.

'Arnaldo, ik had liever gezien dat dit niet nodig was geweest,' zei hij en hij pakte een pistool uit de zak van zijn jasje.

'Kent je hebzucht dan geen grenzen?' vroeg de graaf, die niet kon geloven wat er allemaal gebeurde.

'Geef me dat dagboek, dan ga ik weg zonder dat er iemand gewond raakt. Je wilt toch niet dat haar iets overkomt...' zei hij met een blik op de deur waar Carla zojuist doorheen was gelopen.

De graaf probeerde te bedenken wat zijn opties waren. 'Je zou haar nooit iets durven aan te doen!' zei hij verontwaardigd.

'Dat hangt van jou af...'

Ze keken elkaar zwijgend aan, schatten de ander in.

'Kom mee!' zei de graaf ten slotte.

Ze verlieten het atelier en liepen door de gang naar de bibliotheek. De graaf activeerde het openingsmechanisme van de geheime kamer en maakte de kluis open die achter het schilderij zat. Hij moest het dagboek aan hem geven voordat Carla terugkeerde, want hij wilde haar niet in gevaar brengen.

'Ik heb al een koper voor die Botticelli. Vandaag vertrek ik uit Florence en begin ik aan het leven dat me toekomt,' zei hij snoeverig.

De graaf schudde het hoofd. 'Je komt hier nooit mee weg. Ik ben van plan je aan te geven.'

'Dat zou ik maar niet doen. Ik weet wat je familie heeft gedaan toen de fascisten aan de macht waren. Ik beschik over onweerlegbaar bewijs dat jullie in die tijd allerlei roerende en onroerende zaken hebben ingepikt. Het kostte me veel moeite om de documenten te verzamelen waarmee dat kan worden aangetoond, maar het was het allemaal waard. Ik kan ervoor zorgen dat jij alles moet teruggeven wat jouw familie op illegale wijze heeft weten te bemachtigen. Je weet dat dat een grote financiële klap voor je zou zijn en dat de naam van je familie voorgoed besmeurd zou raken.' Hij zei het met een tevreden lachje, want hij wist dat dit de genadeklap was.

Het bloed van de graaf begon te koken. 'Je bent een vuile smeerlap!' riep hij driftig terwijl hij de kluis sloot.

De professor grijnsde. Hij had hem waar hij hem hebben wilde. 'Er is trouwens niet alleen slecht nieuws vandaag, Arnaldo. Ik heb namelijk een brief gevonden die aan de achterkant van het schilderij was verborgen,' zei hij en hij ging naast hem staan om het dagboek over te nemen.

De graaf keek hem verbaasd aan.

'Een brief van Botticelli gericht aan de zoon van Simonetta. Daarin schrijft hij dat zijn vader niet Marco Vespucci was, maar Giuliano de' Medici.'

De graaf raakte in een shock en liet het dagboek uit zijn handen vallen.

'Arnaldo de' Medici! Nu begrijp ik waarom je zo arrogant bent,' zei de professor. Hij bukte zich om het dagboek van de grond te rapen en bleef hem daarbij onder schot houden.

De graaf kon zich niet meer beheersen en stortte zich ziedend op Domenico. Er klonk een hard en droog geluid dat door de hele ruimte weergalmde. Tijdens de worsteling was het pistool afgegaan. De kogel had zijn schouder doorboord.

'Arnaldo, nee!'

De graaf viel achterover en had het gevoel dat zijn borst explodeerde. De professor pakte hem vast om te voorkomen dat hij viel.

'Domenico, je wist dat ik het niet kon toestaan...'

De professor keek naar zijn bebloede handen en liet de graaf en het pistool op de grond vallen. Dit had niet mogen gebeuren.

Een paar seconden later kwamen Aurelio en Carla toegesneld. Ze hadden het schot gehoord en zagen de graaf op de vloer liggen, onder het bloed. De professor stond naast hem, als door de bliksem getroffen. Aurelio raapte snel het pistool op. 'Carla, bel de politie!'

Nerveus pakte ze haar telefoon uit haar tas en belde 112. 'Ik bevind me in Palazzo Verini. Dit is een noodgeval. Iemand heeft de graaf neergeschoten. Hij is gewond. Jullie moeten direct komen, en stuur een ambulance!'

Carla hing op, boog zich over de graaf heen en drukte met haar hand op de wond om het bloeden te stoppen. Hij gilde van de pijn. Ze voelde het warme bloed tussen haar vingers stromen en werd heel erg bang. 'Arnaldo, alles komt goed!'

Hij keek haar aan. 'Graziela...' Toen verloor hij het bewustzijn.

Carla dacht dat hij in haar armen zou sterven. In de verte was een sirene te horen.

De ambulance reed met hoge snelheid naar het Algemeen Ziekenhuis van Florence. Het snerpende geluid van de sirene ging door merg en been. Ze was doodsbenauwd. Ze zat naast de ingeklapte brancard en hield zijn hand vast. De graaf keek haar aan met zijn kleine oogjes, en zij praatte tegen hem om te voorkomen dat hij opnieuw buiten kennis raakte.

Ze dacht terug aan de dag waarop ze hem in de Galleria degli Uffizi zag zitten bij *La Primavera* in zijn blauwe pak, leunend op het zilveren handvat van zijn wandelstok. Wat was ze toen onder de indruk van zijn kennis en elegantie! Ze hadden van meet af aan een klik, en nu voelde ze zich vreselijk schuldig dat ze ooit aan hem had getwijfeld.

De graaf probeerde iets te zeggen: 'Het kind van Simonetta was...' Hij moest even ademhalen.

Carla snapte het opeens: '... van Giuliano! Daarom werd ze zwanger afgebeeld door Botticelli!' Ze had meteen door wat dat betekende: 'Arnaldo, u bent een afstammeling van de Medici!'

De graaf glimlachte. Hij staarde naar de ring aan de ketting om haar hals die uit haar blouse was gekomen. Hij strekte zijn hand uit om hem te pakken. Toen hij de ring tussen zijn vingers had, herkende hij hem meteen.

'Die heeft mijn oma gekregen van mijn biologische grootvader. Het was het enige wat ze nog van hem had.'

Hij keek haar vragend aan.

'Mijn grootmoeder was in verwachting van een andere man.'

De uitdrukking op het gezicht van de graaf veranderde ineens volkomen. Zijn ogen werden vochtig. Nu begreep hij pas waarom Graziela zo snel was getrouwd. 'Ze heeft die ring van mij...' mompelde hij en hij verloor andermaal het bewustzijn.

Carla voelde een steek in haar maag. 'Doe iets!' gilde ze wanhopig tegen de ambulancebroeder die aan de andere kant van de brancard zat.

Hij controleerde haastig zijn pols en deed hem een zuurstofmasker op. Vervolgens opende hij het raampje om tegen de bestuurder te zeggen dat hij harder moest rijden. Hij keek Carla aan en zei: 'Hij verliest veel bloed. De kogel moet eruit. Hier kan ik verder niets doen.'

Carla pakte andermaal de hand van de graaf en deed er alles aan om niet in paniek te raken.

Een paar minuten later stopten ze voor de ingang van de spoedeisende hulp. Er stonden verpleegkundigen klaar die snel de deur openmaakten om de brancard uit de ambulance te trekken. Carla liet zijn hand los. Ze stapte uit en wilde achter hem aan, het ziekenhuis in, maar een verpleegkundige hield haar tegen. 'Alleen familieleden, mevrouw.'

'Maar het is mijn grootvader!' riep ze zowel trots als verongelijkt.

Hij werd meegenomen naar een operatiekamer. Haar hart bonsde haar in de keel. Ze moest buiten wachten en keek hem na door de raampjes van de klapdeuren. Er gingen allemaal verpleegkundigen om hem heen staan. Ze zochten een ader om een infuus in te brengen. Carla huiverde. Ze hield van die man met zijn droevige blik.

Ze leunde met haar rug tegen de koude muur van de kale ziekenhuisgang. Het kostte haar moeite om voldoende lucht te krijgen. Ze wilde krijsen. Ze mocht hem niet verliezen. Eindelijk had ze haar grootvader gevonden, haar familie. Ze stamde af van Simonetta Vespucci, ze was uit Venus geboren.

Carla haalde diep adem en sloot haar ogen om tot bedaren te komen. Ze zag hem weer voor zich, zittend in het atelier terwijl zij aan de Ghirlandaio werkte, lopend door de abdij van Viboldone nadat hij de moeder-overste onder druk had gezet om ze toe te laten tot het klooster. Op het terras van het hotel in Milaan vertelde hij haar dat hij verliefd was geworden op haar grootmoeder. Die man was diep tot haar ziel doorgedrongen. Er rolde een traan over haar wang.

Opeens kreeg ze sterk de behoefte om alles te delen met de enige persoon die direct had gezien wie zij in werkelijkheid was. Met trillende handen haalde ze haar telefoon uit haar tas om te bellen. 'Ik ben in het ziekenhuis,' zei ze tegen hem. 'Ik heb je nodig, Max.'

Dankwoord

Iedereen die deze pagina's heeft bereikt: bedankt dat jullie mijn boek lezen en me de mogelijkheid hebben gegeven om jullie hart te beroeren.

Ik wil met name mijn ouders bedanken, Josep en Magda, want zij zijn er altijd voor mij en steunen me op ieder pad dat ik kies. En tevens María Dolores, die geduldig luistert naar mijn plannen en dromen.

Daarnaast wil ik de volgende mensen bedanken.

Yago, omdat hij de moed en het geduld had om mij te steunen tijdens mijn eerste literaire avontuur, omdat hij me een andere visie gaf en hielp bij het construeren van een gewaagde en soms ingewikkelde plot, omdat hij met me meeging naar Florence om musea, palazzo's, kerken en kloosters te bezoeken en dan zo enthousiast was als een kind en omdat hij meer in mij en mijn roman geloofde dan ikzelf.

Èric en Arnau, die me op deze reis hebben vergezeld en er samen met mij van hebben genoten.

Mijn gewillige proeflezers: Marta, Inés, Diana en Pep. Jullie waren de eersten die zagen of mijn literaire kindje op eigen benen kon staan. Dank voor jullie uiterst waardevolle bijdragen.

Mireia Lite, de scherpe en gepassioneerde uitgeefster van Rosa dels Vents, die van meet af aan geloofde in mijn roman. Zij heeft me geholpen, de juiste richting gewezen en nuttige adviezen gegeven. Daardoor maakte je alles leuk, spannend en gemakkelijk. Dank je wel!

Pilar Clemente, omdat ze me bijstond tijdens het schrijfproces en me confronteerde met het verhaal, de personages en mijzelf. En omdat ze me aanmoedigde dit boek te publiceren.

Mijn twee docenten op de schrijfschool Ateneu, Mar Tomàs en Eduard Márquez, omdat ze me de weg hebben gewezen en vakkundig en geduldig de complexe en fantastische kunst van het schrijven hebben geleerd. Ik hoop dat ik blijk heb gegeven van enige luciditeit.

Mijn yoga-vriendinnen: Pilar, Diana, Anna, Raquel, Marta, Montse en Simona. Voor al die yoga-retraites waarop jullie me discreet zagen verdwijnen om op mijn laptop te schrijven. Jullie geloofden in mij en hebben me van begin tot eind aangemoedigd. Zonder jullie en onze chaturanga's zou het niet hetzelfde zijn geweest. Jullie zijn echte krijgers.

Cristina en Gemma, die al zolang ik me kan herinneren mijn vriendinnen zijn, heel erg bedankt dat jullie me altijd hebben gesteund. Wie had dat gezegd toen we op de gang door de nonnen werden gestraft omdat we niet stilletjes in de klas zaten?

Carlos, mijn genereuze vriend en een uitstekende advocaat, bedankt voor je inspiratie en documentatie met betrekking tot juridische kwesties, misdrijven, het strafrecht en gerechtelijke procedures, zaken waar ik helemaal niets van afwist.

Mercedes, die me uitlegde hoe musea functioneren en hoe schilderijen worden gerestaureerd.

Muntsa, mijn trouwe vriendin. Jij wist al hoe dit zou aflopen.

Arantxa, een onbaatzuchtige vrouw met een zeer groot hart. Bedankt dat je vertrouwen in mij had en dat je me de mogelijkheid gaf om dit boek te presenteren.

Mag, vanwege de manier waarop je ogen begonnen te stralen toen je de eerste pagina's las en omdat je me telkens weer hielp en aanmoedigde.

Bea, Ramon, Toni, Paula, Rut, Víctor en Paula, vanwege de onvoorwaardelijke steun van de familie.